英漢語
比較與翻譯

主編　劉政元、于德晶

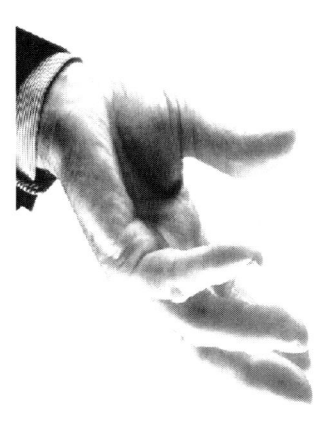

財經錢線

前　言

著名翻譯理論家費道羅夫（1988）曾說過：「翻譯是一門專業性很強的語言學學科，它研究兩種語言的對比規律……任何一種翻譯……都要靠兩種語言的對比。」可見，對比是翻譯理論的核心。翻譯的理論、方法和技巧建立在英漢兩種語言異同對比的基礎上。由於歷史、文化和社會狀況的不同，英漢兩種語言在很多方面存在不少的差異，這就給翻譯工作者帶來不少的挑戰。而翻譯實踐告訴我們：對雙語研究得越深刻，對原文理解越準確，運筆自覺性也越高，從而真正做到胸有成竹，下筆有神。因此，可以說英漢對比研究是翻譯學的一個重要研究課題。瞭解並掌握好英漢語言、文化上的共性和異性有助於提高翻譯的質量。

從翻譯實踐看，漢語和英語不僅在語言上存在差異，兩種語言使用者在思維、認知、文化以及價值觀上也存在差異，這些差異通常會在詞彙、語義、語法和語篇層次上表現出來，給語言轉換造成困難。翻譯是跨文化、跨語言的交際活動，是一種語言與另一種語言間的轉換，但也不是簡單的語言轉換。翻譯活動既要考慮到翻譯目的，也要考慮翻譯的效果。翻譯工作者在加強本族語水平的同時，有意識進行英漢兩種語言、文化的對比，有利於減少和消除英漢互譯的障礙。在一定意義上而言，學習翻譯，實際上就是學習兩種語言的轉換，更是學習兩種思維方式、兩種文化的轉換。

本書的突出特點是注重英漢對比分析對翻譯的指導作用，強調理論與實踐兼備，從全新的角度——微觀、宏觀結合，宏觀為主，微觀為輔，對比英、漢兩種語言、思維，尤其文化的異同，在比較的基礎上談翻譯，並介紹常見翻譯技巧運用的動因和實施方式，將雙語知識轉化為有力的方法論工具，幫助學

習者處理和預測各種翻譯問題，深化對翻譯技巧的認識，提高翻譯技能。

　　本書的閱讀對象是大學英語專業翻譯本科、翻譯碩士專業學位研究生和翻譯工作者。凡是正在從事翻譯或有志於翻譯工作的人，學習本書后，能對翻譯的一些基本規律有所瞭解，有所遵循，從而獲得教益。即提高自己的應用翻譯能力和跨文化翻譯處理技能。

　　本書在寫作過程中，研究生華黎、張浙、傅瑤、王璐、楊自秀、周嘉慧、侯環環、蔡玲麗等曾為筆者收集資料、整理書稿，並在筆者指導下，寫出部分章節的初稿，對她們付出的辛勤勞動表示衷心的感謝。本書力求完美，但由於水平所限，不乏疏漏和欠妥之處，懇請廣大同仁和讀者不吝指正，以臻完善。

編者

目　錄

第一章　緒論 …………………………………………（1）
　第一節　翻譯的概念 ………………………………（1）
　第二節　翻譯的標準與原則 ………………………（6）
　第三節　翻譯的過程 ………………………………（13）
　第四節　英漢語的同與異 …………………………（27）
　第五節　英漢對比的重要性 ………………………（28）

第二章　詞 ……………………………………………（32）
　第一節　英漢詞類與詞性比較與翻譯 ……………（32）
　第二節　英漢構詞方式比較與翻譯 ………………（40）
　第三節　英漢主導詞類的比較與翻譯 ……………（47）
　第四節　英漢顏色詞比較與翻譯 …………………（49）
　第五節　英漢外來詞比較與翻譯 …………………（67）
　第六節　英漢語言指稱意義的比較與翻譯 ………（81）

第三章　句子結構 ……………………………………（94）
　第一節　概述 ………………………………………（94）
　第二節　英漢語句式的開放性與封閉性 …………（95）
　第三節　英漢語的否定與肯定 ……………………（99）
　第四節　英語的緊湊與漢語的疏散 ………………（105）
　第五節　英語的平行與漢語的對偶 ………………（112）
　第六節　英漢語語態的比較與翻譯 ………………（119）
　第七節　英漢語語序的比較與翻譯 ………………（124）

第四章　長句、並列句和複合句 ……………………（132）
  第一節　長句翻譯 ………………………………………（132）
  第二節　並列句翻譯 ……………………………………（144）
  第三節　複合句翻譯 ……………………………………（147）

第五章　語篇 ………………………………………………（151）
  第一節　英漢語篇的構成 ………………………………（151）
  第二節　語篇發展模式分析與語篇調整 ………………（152）
  第三節　語篇銜接手段的比較 …………………………（162）
  第四節　科技文體的比較與翻譯 ………………………（169）
  第五節　文學文體的比較與翻譯 ………………………（180）
  第六節　法律文體的比較與翻譯 ………………………（194）
  第七節　語篇翻譯講評 …………………………………（208）

第六章　英漢文化比較與翻譯 ……………………………（228）
  第一節　文化與翻譯 ……………………………………（228）
  第二節　英漢文化差異的表現 …………………………（240）
  第三節　英漢稱謂系統與翻譯 …………………………（248）
  第四節　英漢語言感情色彩的異同 ……………………（254）

參考文獻 ……………………………………………………（260）

第一章　緒論

第一節　翻譯的概念

在漢語中，「翻譯」（筆譯）一詞有多種含義：首先，「翻譯」可表示動態的行為或過程，相當於英語的 translate 或 translating，比如「他在翻譯一部小說」（He's translating a novel）；其次，「翻譯」又可指上述行為或過程的終端產品（end product）或譯作，相當於英語中的 translation（可數名詞，有單、復數之分），例如「這部小說有幾十種漢語翻譯」（There are dozens of Chinese translations for this novel）；再次，該詞還用來指翻譯現象或概念，也相當於 translation（抽象名詞，不可數名詞）一詞，例如「翻譯是非常重要的」（Translation is of vital importance）；最后，「翻譯」尚可表示動作行為者，與 translator 意義相當。

上述有關「翻譯」一詞及其英語對應形式的分析本身就已經充分體現了語言之間的差異性：在漢語中，「翻譯」可直接用來表示各種相關的靜態或動態意義，其本身並不發生任何構詞及構形上的形態變化；而在英語中，則出現了由 translate 派生出的 translating、translation 等詞語，此外，作為可數名詞，translation 及 translator 表達單數概念時前面要有冠詞等限定成分，表示復數意義時則需要發生構形變化，同樣，動詞 translate 也需要根據人稱、數、時態、語態等句法規則發生種種構形上的變化。這些現象表明，形態變化構成了漢英兩種語言之間的差異性之一：在表達過程中，漢語文字不需要任何形態上的變化，或者說其本身根本無從發生形態變化；英語屬印歐語系，而字母語言一般均需要借助形態變化來表達句法或邏輯關係，不僅如此，形態變化之於英語還具有強制性，形式上的任何缺失必然會造成邏輯上的失誤，忽略了這一點，即會導致（漢英）翻譯中的敗筆。

上述分析表明，翻譯的本質主要涉及差異性問題——迥異的思維方式、迥異的行文習慣、迥異的文化現象，凡此等等，其間必然會遭遇種種不可預知的現象。鑒於此，要對翻譯進行全面界定確乎不是一件輕而易舉的事情。的確，翻譯的歷史幾乎和語言一樣古老，或不妨說翻譯幾乎見證了整個人類文明的發展進程。然而遺憾的是，即使如翻譯的性質與標準，乃至直譯、意譯、忠實、通順這些最為基本的問題，迄今為止人們也仍未達成一致的看法，因而僅僅從這一點來看，要為翻譯下一個一勞永逸的定義，大概很少有人不會感到捉襟見肘的。

有學者指出，翻譯是用目標語言（target language）對源語語言（source language）所承載的意義進行表述的過程。在此過程中，原文和譯文既要確保語義

上的對應，又要兼顧文體或風格上的對等。也有人以為，所謂翻譯，即是把一種語言文字的意義用另一種語言文字表達出來的語言轉換過程，在這一過程中，譯者應將原作的優點完全注入另一種語言，從而使譯文讀者所獲得的理解與感受同原文讀者一樣清楚和強烈。

　　顯而易見，上述兩個定義均涉及了語言、意義（語義）、文體、風格、對等、轉換等方面的問題，其中對等概念可謂舉足輕重，也是所有譯者一直以來努力追求的終極目標。就其本質來看，所謂對等並非是靜態的，而應該是動態的。換言之，在諸多情況下，對等往往只能體現在上述某一特定的層次或階段，比如對等的形式、對等的意義、對等的文體風格等。之所以如此，正是由於語言之間存在著差異性，語言獨特性使然。各層次之間的對等往往只能是相對的，且有時會出現某些不對等現象，比如美國英語中的 You can say it again 意為「你的話對極了」或「說得好」，而並非「你可以再說一遍」等；You don't say 表示「真的嗎」或「是嗎」，而不是「你不要說話」「你給我閉口」等。在上述兩例中，形式與內容之間顯然出現了不對等乃至齟齬現象。

　　此外，對等的動態性還體現在表述的多樣性與靈活性等方面。以英漢語為例，不少情況下，同樣的形式常可以用來表達不同的內容，例如 Someone will have to break the ice 一句，即有「總得有人先開口說話呀」「總得有人把冰給敲破吧」兩種不同的理解和翻譯。前者是慣常用法，其中 break the ice 為習語，表示「打破沉默」；后者可見於特殊的語境或場景，比如看到船只困於冰封的河面而無法前行，船長對著七嘴八舌的船員大叫一聲：Someone will have to break the ice! 這裡 break the ice 可按字面意義理解，當然還可能有第三種現象，船長召集船員徵求對策，看到大家搖頭耷腦，緘默不語，便大叫一聲：Someone will have to break the ice! 這種情況下，船長的話就有可能產生歧義，或者說會產生不同的語用效果，比如有人開始說話，有人拿起工具去敲打堅冰，有人則不明其意，仍坐在那裡等待進一步解釋。

　　上述情況涉及了一詞多義或同形異義問題。與此相反，我們還常會遇到異形同義現象，也即同樣的內容可以有不同的表達形式。比如下面一例，譯成英語就會出現若干不同的說法：

（1）再走幾步就到圖書館了。

　　譯文一：You'll arrive at the library within a few steps.
　　譯文二：A few more steps will bring you to the library.
　　譯文三：The library is only a few steps away.
　　譯文四：The library is only within a few steps.

　　上述譯文均不失地道性，后三種譯文雖然形式上與原文大有出入，卻通過不同句式的選擇完美地再現了原文意義。原文省略了主語，可稱為有靈或人稱主語句。在我們看來，這樣的表述方式才是合乎邏輯的，因為只有「人」才能「到

達」某一去處。再看譯文，則出現了四種不同的結構，其中譯文一邏輯關係上與原文相同，說明英語在人稱主語運用方面與漢語相同，而后三種譯文的主語則由人稱換成了物稱，其中譯文二屬典型的無靈主語句，這種表述形式顯然有別於漢語慣常的行文方式。當然，漢語中也有「圖書館只有幾步之遙」一類的說法，在這裡，句子的主語雖然是物稱，但充當謂語的卻並非有靈動詞，因而不同於英語典型的無靈主語句（見譯文二）。此外，四種譯文均無一例外地添加了主語，充分體現了英語完整的 SV 構句特徵。

對等的動態性既不乏充分的客觀依據（意義及形式的多樣性），又真實地反應了譯者的主觀能動性（翻譯是多種可能性的選擇），因而動態對等意識應體現於英漢互譯的整個過程。就上述兩例來看，英譯漢時，英語詞語的多義性要求我們應根據特定的語境或上下文來理解原文意義；漢譯英時，英語表現形式的多樣性與獨特性則為句式選擇的靈活性提供了便利條件。關於后者，我們不妨再看一個例子：

（2）曲曲折折的荷塘上面，彌望的是田田的葉子。葉子出水很高，像亭亭的舞女的裙。

譯文一：On the uneven surface of the pond, all one could see was a mass of leaves, all interlaced and shooting high above the water like the skirts of slim dancing girls.

譯文二：All over this winding stretch of water, what meets the eye is a silken field of leaves, reaching rather high above the surface, like the skirts of dancing girls in all their grace.

譯文三：As far as eye could see, the pool with its winding margin was covered with trim leaves, which rose high out of the water like the flared skirts of dancing girls.

在漢語中，信息排列一般表現為自然的時間及空間順序，漢語構句時雖然局部上有一定的自由度，但長句結構安排有時則不如英語靈活，因為后者通常是按照內容主次來安排信息的。也就是說，並列關係除外，表達一系列動作行為或狀態時，英語往往會首先建構一個完整的句子主幹，也即運用某一表達主要內容的核心動詞與前面的主語構成完整的 SV 結構，而后再把其他動作、行為、狀態等視為次要信息，並分別用從屬結構、非謂語形式、介詞或介詞短語、獨立結構等種種形合手段進行銜接，這樣一來，自然也就有了靈活選擇表達形式的可能性。比如上述三種譯文就分別運用了獨立主格結構、現在分詞短語和非限制性定語從句，從而出現了三種形式相異而意義及效果相同的譯文。

形式和內容之外，上述兩種有關「翻譯」的定義還涉及了文體與風格對等方面的問題。文體和風格屬於兩種不同的概念，前者指的是文章或作品的類別或體裁，比如描寫客觀事物的記述或論述類文體、著重是非判別的論說或辯論類文體、用於抒發感情或情感的抒情類文體等；后者則表示作家在作品中所表現出的藝術特色和創作個性，是作者在特定語境或上下文中對詞語、句式、修辭手法等

自覺選擇的結果，常常體現於文學作品內容及形式的各類要素。一方面，從語言本身來看，不同的文體具有不同的行文風格，如論說類文體用詞正式，句式嚴謹，抒情類文體語言生動，色彩豐富等；另一方面，不同語言本身的獨特性又為作者風格的形成提供了必要條件。就翻譯而言，文體與風格意義上的對等主要體現在「切合」或「得體」等方面，也即語言形式要貼切、得體，應合乎表達內容的需要。例如：

（3）The agenda of ongoing work in the social and behavioral sciences has been revealed here in only the most fragmentary way. But I hope these fragments will provide some glimpse into the excitement and significance of the whole.

譯文一：關於在社會和行為科學中我們目前正在搞的工作的進程，在這兒只是以很不搭界的方式硬是擺出來的；可是我希望這些拉拉雜雜的東西倒能使讀者見識一下我們整個的研究工作是多麼有趣兒又是多麼有意義。

如上所述，通常情況下，論述或論說文體題材或內容較為莊重，故而用詞上要求嚴肅、嚴格、嚴謹、客觀，避免使用俚俗語或過分口語化的表述形式。在上述譯文中，整個句子行文上拉雜不堪，這一點姑且不論，單就「搞」「不搭界」「拉拉雜雜」「有趣兒」等口語和俚語詞而言，就沒有能夠體現切合或得體原則，從而導致了語域混亂或文體上的不對等現象。改譯：

譯文二：關於目前正在進行的社會與行為科學工作，這裡只作了不甚全面的論述，希望這些只言片語能讓讀者大致瞭解整個研究工作的魅力和意義。

需要指出的是，由於語言之間的差異性，同一類文體在不同語言中往往會表現出迥異的行文特色，尤其在文學作品、軟賣型（soft—sell）廣告、某些演說詞等帶有描述特徵的文體中，此類現象表現更為突出。這種情況下，動態的切合或得體原則同樣需要體現於整個轉換過程，然而，鑒於語言本身的獨特性，對等的效果往往會打上某些折扣。例如：

（4）少焉，霞映橋紅，菸籠柳暗，銀蟾欲上，漁火滿江矣。

Soon the evening glow was casting red hue over the bridge, and the distant haze enveloped the willow trees in twilight. The moon was then coming up, and all along the river we saw a stretch of lights coming from the fishing boats.

原文按照自然的時間、空間順序以流水句式依次排列開來，各成分之間無任何銜接手段，典型地體現了漢語的意合行文特徵，四字排比結構不僅節奏感極強，且具有含蓄朦朧的表達效果；譯文則發揮了英語形合表達優勢，或者說譯文中必須借助大量的形合手段來實現語義及邏輯上的連貫，比如並列連詞、冠詞、人稱代詞、連接副詞、構形變化等。然而不幸的是，顯性銜接手段的運用必然會影響原有詩意及節奏的再現，從而使原本隱含朦朧的表現效果變得顯豁明晰，不免給人一種含蓄不足、嚴謹有餘的感覺。在本例中，譯者抑或並非沒有意識到原文省淨的行文風格，而只是出於無奈或不得已而為之罷了。

關於上述現象，我們也許可以從另一種角度做出客觀的解釋：在描寫或描述文體中，漢語以寫意勝，重情感外露，喜直抒胸臆，常用不乏渲染的詞句將主觀感受投射到描寫對象本身，以期獲得讀者或交際對象的共鳴；英語則以白描勝，重客觀陳述，喜邏輯推理，常借助諸種形合手段將描寫對象編織進嚴密的邏輯網路，以便讀者或交際對象依靠自身的邏輯推理能力做出理性的判斷。

當然，上述所言並非意味著英語中缺少借以渲染情景的手段，事實上，英語中並不缺乏出彩的妙方，不少情況下，借助某些美學方法或修辭手法，英語作家同樣能練出生花妙筆。例如：

(5) It was a day compounded from silences of bee and flower and ocean and land, which were not silences at all, but motions, stirs, flutters, risings, fallings, each in its own time and matchless rhythm.

蜜蜂無言，春花不語，海波聲歇，大地音寂，這日子如此安靜。然而並非安靜，因為萬物各以其特有的時間與節奏，或振或動，或起或伏。

原文中運用了「連珠」和「散珠」修辭手法，前者於各並列成分之間均使用了中心並列連詞 and，後者則省略了最後兩項並列成分之間的並列連詞。「連珠」和「散珠」的運用產生了極強的渲染效果，熱鬧紛繁的春日景象隨即躍然紙上。鑒於兩種修辭格在漢語中均無對應形式，因此也就談不上形式上的對等轉換，至於原文繪聲繪影的表現效果，則只能憑藉漢語特有的由詞組或小句堆疊而成的流水句結構體現於字裡行間。

上述兩種有關翻譯的定義中，定義二還涉及了譯文的接受效果問題，即「譯文讀者所獲得的理解與感受應同原文讀者一樣清楚和強烈」。一般而言，譯文接受者的理解與感受是否清楚、強烈，主要由譯者的認知與轉換能力以及語言之間差異程度的大小所決定：假如譯者不能準確地進行理解與表達，或者忽略了語言之間的差異性，假如目標語言無法完美地再現原文中某種獨特的表現或修辭手段，譯文讀者自然無法獲得與原文讀者一樣清楚的理解和強烈的感受。譯文的接受效果的確取決於譯者對原文意義及風格的理解與再現，但問題的關鍵是，由於語言的差異性，或由於受個人認知能力和行文能力的影響，譯者對原文意義及風格的把握與傳遞往往會迥然不同。例如：

(6) My aunt was a lady of large frame, strong mind, and great resolution; she was what might be termed a very manly woman. My uncle was a thin, puny little man, very meek and acquiescent, and no match for my aunt. It was observed that he dwindled and dwindled gradually away from the day of his marriage. His wife's powerful mind was too much for him; it wore him out.

譯文一：姨媽體格健碩，心志如鋼，行事果敢決斷，正可謂那種頗有男子漢氣概的女子。姨夫則是瘦骨嶙峋、弱不禁風的小男人，且一向忍氣吞聲，壓根兒就配不上姨媽。人們說他婚后便一天瘦似一天，妻子堅強的意志令他難以消受，

已落得倦怠不已，油盡燈枯了。

譯文二：姨媽膀大腰粗，性情彪悍，做事一向手段強硬，正可謂那種頗為雄性化的娘兒們。姨父則身板單薄，性情柔順，且事事逆來順受，絕對不是姨媽的對手。據說他婚后就一天天消瘦下來，老婆強悍的性格讓他不堪重負，身心都給糟踐壞了。

同漢語相比，英語詞語具有更大的模糊性，假如離開充分的語境或上下文，譯者往往難以把握其確定意義，此外，不少情況下，英語詞語的感情色彩也常常令人不易捉摸，這裡兩種譯文之所以會出現截然不同的語氣，其原因即在於此。不過有一點需要指出的是，就本例來看，某些限定詞語的語義色彩還是比較鮮明的，因而其褒貶抑揚的再現理應當有個度的把握，兩種譯文選詞上明顯具有較強的主觀傾向，這一點顯然是應該盡量避免的，換句話說，作為原文的第一接受者，譯者不僅要對自己負責，更重要的還有一份對於譯文讀者的責任，而假如棄原文於不顧，任個人情緒孳生蔓延，即會有悖於翻譯的宗旨。

分析結果表明，要較為全面、確當地為翻譯下一定義，就必須考慮到如下幾個方面的問題：第一，翻譯是一種跨語言、跨文化交際活動，翻譯的界定首先應涉及語言的獨特性以及由此而產生的語際間的差異性；第二，翻譯是一種特殊的語言交際活動，活動的客體包括原文和譯文，活動的體涉及原文作者、譯者和譯文讀者，其中譯者充當的是仲介者與調節者角色，不僅應忠實於原文作者意圖及原作意義，同時還要能消除、化解或再現語言之間的差異性，並以地道、流暢的行文將原文信息準確地傳遞給譯文讀者；第三，原文內容至少蘊涵了兩個層面的信息，即概念信息和文體風格信息，其中概念意義傳遞是第一位的，在此基礎上，譯者還應該盡量保留原文的文體風格信息。

據此，我們最后將借用當代美國翻譯理論家尤金·奈達為翻譯所下的定義再行分析與說明：所謂翻譯，就是要在譯入語中用最貼切、自然的對等語再現源語的信息，首先是語義信息，其次是文體風格信息。根據這一定義，譯者至少應注意如下四個方面的重要問題：第一，翻譯是一種有條件的、不完全的對等轉換；第二，轉換的對象包括語義信息（語義內容）和文體風格信息（語言形式）；第三，內容傳遞是第一位的，形式再現是第二位的，換言之，譯者應盡量保留原文的形式信息，而當內容與形式不可兼得時，則只能退而求其次；第四，譯文語言在語義和形式上應最大限度地貼近原文，同時行文應通順得體、自然流暢，符合譯入語表達習慣，最大限度地避免生吞活剝、佶屈聱牙一類的翻譯腔或翻譯症。

第二節　翻譯的標準與原則

對翻譯標準與原則問題的探討歷來是中外翻譯界的熱點話題，在我國尤為顯著。翻譯標準或原則一直是翻譯理論界的焦點問題，是翻譯實踐者不懈尋求的實

踐準繩，也是翻譯批評家們衡量譯文好壞的尺度。

至於「標準」與「原則」之間的關係，應該是合二為一的問題，正如劉重德先生（1998）所說：「The so-called principles of translation are actually the two sides of the same thing. The former lays emphasis on the translator, referring to what the translator should follow while translating, whereas the latter on the reader or critic, who may use the criteria to evaluate a translation.」（所謂翻譯標準和翻譯原則實際上是一個問題的兩個方面：前者側重於譯者，是指譯者在翻譯過程中應該遵循的原則；而后者側重於讀者或批評家，他們可以利用某些標準來衡量一部譯作的好壞。）

中西方關於翻譯標準與原則的提法很多，可以說是仁者見仁，智者見智。

一、中國具有代表性的翻譯標準與原則

根據羅新璋的總結，整部中國翻譯理論可以用「案本—求信—神似—化境」四個概念加以概括（王克友，2008：6），而這恰恰是中國具有代表性的翻譯的標準與原則發展演化的總結。

（一）佛經翻譯時期的翻譯標準與原則

支謙（約3世紀）在其《法句經序》中指出：「佛言依其義不用飾，取其法不以嚴。其傳經者，當令易曉，勿失厥義，是則為善。」這裡支謙強調佛經翻譯應採用直譯的方法。整句話的意思是：「翻譯佛言要傳達其意，不用修飾，要嚴格根據佛法。譯者翻譯經文，要使經文易懂，不失其本意，這樣的譯文才是好的譯文。」

道安（312—385，東晉）在公元328年所作的《摩訶鉢羅若波羅蜜經鈔序》提出了「五失本」「三不易」的譯學主張。其中「胡語盡倒而使從秦」為一失本；「胡經尚質，秦人好文，傳可眾心，非文不可」為二失本；三、四、五失本講的是章法的刪繁就簡。「聖必因時，時俗有易，而刪雅古，以適今時，一不易也」；「愚智天隔，聖或巨階，乃欲以千歲之上微言，傳使合百王之下末俗，二不易也」以及「釋氏弟子尚且慎重造經，現由凡人傳譯更難」的三不易。道安的意思是，翻譯佛經在五種情況下會失去本來面目，有三件事決定了譯事是很不容易的，因此必須慎之又慎。

在道安看來，佛經翻譯必須要「案本」，而何為「本」，這是一個非常關鍵的問題。道安認為，翻譯的目的正是因為人們不通異域之言，因而需要譯者傳達，使其通而曉之。由此看來，這個「本」指的是經文「大意」。然而，從道安的「五失本」的表達來看，「本」又可以說是包括了內容、形式及文體風格的。一「失」指經文形式的更改；二「失」指經文文體風格的改變；三、四、五失指經文內容的刪簡。可見，道安對「本」的理解遠遠超出了他的同代人，他在對翻譯之「本」的闡釋中不自覺地把內容、形式、風格和意義結合了起來，認

為它們都是意義的組成部分。

玄奘（600—664，唐朝）是中國三大佛經翻譯家之一。在佛經翻譯過程中他提出「既須求真，又須喻俗」的翻譯原則，即一方面要保持佛經的本義，另一方面又要通俗易懂，便於傳播。換句話來說，「求真」是為了「存信」，而「喻俗」是為了向讀者靠攏，增加可讀性。此外，他還提出「五不翻」的翻譯原則。所謂「不翻」，並非指跳過原文省略不翻，而是指在目的語與源語之間不需要或不存在完全吻合的對應詞，所以直接採用音譯，而不採用意譯。因此，「不翻」指的是「音譯」。所謂「五種不翻」，指的是佛經由梵文翻譯成漢文時，在五種情況下，應該採用「不翻」原則，即「音譯」原則。這五項原則依次為：秘密故不翻、多含故不翻、此無故不翻、順古故不翻、生善故不翻。「五種不翻」是玄奘譯經理論的重心，也是他為「翻譯」設立的法則。「五種不翻」譯論不僅成為歷代佛學翻譯家遵循的準則，而且對中西文化交往語境下漢英/英漢翻譯具有重要的借鑑價值和啓迪意義。

（二）嚴復（1854—1921，清朝）的翻譯三原則

清代嚴復於1898年在其《天演論・譯例言》中提出了「信、達、雅」的翻譯標準。他指出：「譯事三難：信、達、雅。求其信，已大難矣。故信矣不達，雖譯猶不譯也，則達尚焉。」《易》曰：「修辭立誠。」子曰：「辭達而已！」又曰：「言而無文，行之不遠。」三者乃文章正軌，亦即為譯事楷模。故信、達而外，求其爾雅。

「信」者，其實就是忠實於原意，不歪曲，不臆造，能夠正確地從源語（source language）翻譯到目的語（target language），直至今日，「信」或「忠實」依然被視為翻譯的首要原則。

「達」者，「通順」也，應該擴大到句子、段落和文章層面，避免出現結構混亂、生搬硬套、邏輯不清的現象。

如：This song is the beginning of his fame.

A：這首歌是他的名聲的開始。

B：這首歌是他的成名作。

譯文A和B分別將「the beginning of his fame」翻譯成「他的名聲的開始」和「他的成名作」，若從字面看來，譯文A更加忠實於原文，然而，漢語中很少會出現這樣的表達，因此譯文A就顯得過於僵化，讀來不夠自然，很難得到讀者的認可；與之相比，譯文B顯得自然通俗，避免了翻譯腔，符合中文讀者的表達習慣，因此更容易得到讀者認可。

「達」是「信」的進一步，要是意思與原文不對應，再通順也沒有意義。所以，唯有忠實了原意，然后才能去考慮通順。通順的過程其實就是語言的再組織，而合理「再組織」的實現就要求譯者能夠熟練運用母語或者「目的語」了。許淵衝（1984：4-5）主張「翻譯既要防止機械搬運的形式主義，也要反對想當

然的自由主義……如果「忠實」和「通順」發生矛盾，那應該把忠實於原文內容放第一位，把通順的譯文形式放第二位，把忠實於原文的形式放第三位。」

「雅」者，即嚴復所說的「爾雅」「古雅」。這一標準在現代已被賦予了新的含義，要求譯文的風格要與原文的風格保持一致，而不是在任何情況下以優雅、文雅、高雅為準繩。例如若將「It happens in Hilton.」翻譯成「盛世聚首，盡在希爾頓」可謂佳作；而將「The Merry Widow」譯成稍顯世俗的《風流寡婦》似乎比高雅的《風流遺孀》更能吸引眼球；將「Damned! Go to hell!」譯成「該死！見鬼去吧！」也不會因為言語粗俗而遭讀者唾棄，相反，若是弄出個文縐縐的之乎者也，反倒是對原文的不忠實。

雖然「翻譯沒有什麼放之四海而皆準的金科玉律」（劉紹銘，1999：21），但是嚴復的翻譯三原則在譯界翻譯標準中一直占據核心位置，后人在此基礎上對這三個原則進行了繼承、批判和發展。

林語堂在《論翻譯》中提出的「忠實、通順、美」的標準，實則是對嚴復標準的繼承與拓展。他用「美的標準」代替了嚴復「雅」的標準，認為譯文必須忠實於原文之「字神句氣」與「言外之意」。在《文學翻譯十講》（1984）中，劉重德提出了信、達、切「三位一體」的翻譯標準。劉重德教授用「切」取代了嚴復的「雅」，因為他認為「雅」即所謂的「文雅」，而翻譯不能拘泥於一種風格，應該實事求是，譯作要「切合」原作的風格。「切」是個中性詞，適合於不同的風格，這一標準吸取了嚴復三原則的合理成分，補充了其不足之處，進一步完善了翻譯的標準。

(三)「五四」以後的翻譯原則與標準

「五四」是我國近代翻譯的分水嶺（張培基，2009：4）。「五四」以後，白話文代替了文言文，東西方各國優秀作品，開始由我國翻譯史上的先驅如魯迅、瞿秋白等前輩介紹進來，為我們提供了一些寶貴的翻譯財富，具有「五四」特色的翻譯標準也應運而生；現當代翻譯學者們在總結前人經驗的基礎上，去粗取精，各抒己見，進一步豐富了翻譯的標準和原則的內涵。

1. 魯迅（1881—1936）的「信順」說

對於翻譯標準，魯迅主張「信順」兼顧，在《題未定草（二）》中他說：「凡是翻譯，必須兼顧著兩面，一當然力求其解，一則保存著原作的豐姿。」針對過分意譯而「牛頭不對馬嘴」的胡譯、亂譯，他提出了「寧信而不順」的原則，認為對異國語言文化的翻譯，就要翻出異國情調。不完全中國化的譯本「不但在輸入新的內容，也在輸入新的表現法」。瞿秋白讚成魯迅的翻譯準則，他還曾提出「翻譯——除去能介紹原來的內容，給中國讀者之外——還有一個很重要的作用：就是幫助我們創造出新的中國的現代語言。」

在這一時期，出現了「直譯」與「意譯」爭論的一個小高潮，而直譯與意譯之爭在本質上是圍繞著翻譯原則進行的激烈討論。直譯是把忠實於原文內容放

第一位，把忠實於原文的形式放第二位，把通順的譯文形式放第三位的翻譯方法。意譯卻是忠實於原文內容放第一位，把通順的譯文形式放第二位，而不拘泥於原文形式的翻譯方法（許淵衝，1984）。

許淵衝（同上）認為，如果譯文和原文相同的形式能表達相同的內容，一般可以直譯。如果譯文和原文相同的形式不能表達相同的內容，一般可以意譯。如果外國語言的表達形式比本國語更精確，更有力時，可以直譯，吸收外國的新鮮用語。魯迅主張「信至上」的直譯或「歸化」，追求譯文的「洋氣」是「五四」這樣一個特殊時期的產物，旨在「幫助我們創造出新的中國的現代語言」。

2. 傅雷（1908—1996）的「神似」論

20世紀50年代初期，傅雷在《高老頭》重譯本序中指出：「以效果而論，翻譯應像臨畫一樣，所求的不在形似，而是神似。」他認為翻譯任何作品，首先要將原作（連同思想、感情、氣氛、情調等）化為我有，方能動筆。這正說明翻譯的第一步——「理解」的重要性，沒有對原文透澈的理解，就難以「表達」出神似的譯作，也就得不到忠實的譯文。

但是，對原作絕對的理解確實是很難實現的，康德從哲學的角度論證了這一觀點：可以將翻譯中的原文看作一種「物自體」或「自在之物」，譯者代表了人的認識能力，而對原文的理解則相當於現象，產生的譯文相當於知識。物自體不可知，因此對文本絕對理解和翻譯都是不可能的。（王克友，2008）

3. 錢鐘書（1910—1998）的「化境」論

1980年《讀書》第二期發表了錢鐘書先生的《舊文四篇》，文中說到，錢先生認為：「文學翻譯的最高標準是『化』。把作品從一國文字轉變成另一國文字，既不能因語文習慣的差異而露出生硬牽強的痕跡，又能完全保留原有的風味，那就算得入於『化境』。」（許淵衝，1984）

「化境」即把原作翻譯過來后，文字雖然換了，可原文的思想、感情、風格都不留痕跡地在譯入語中傳達出來，恰似原作的「投胎轉世」：軀體換了一個，而精神依然故我。這一化境說與其說是翻譯的最高標準，不如說是翻譯的最高境界，是翻譯可達到的理想狀態。

當然，中國譯界翻譯的標準遠不止這些，而且受20世紀80年代西方翻譯的「文化轉向」和「結構主義」「后殖民主義」等的影響，翻譯的傳統標準受到衝擊，但基本上主流的翻譯標準還是遵循「忠實至上」的原則（這裡的忠實，可以首先理解為對原文「意義」的忠實，其次是「形式」的忠實）。

在「內容忠實基礎上的風格忠實也是不可忽視的重要標準，是影響譯文可讀性的重要因素，而對原文風格的再現則成為較高層次的翻譯準則了。根據劉重德的觀點，嚴格意義上的忠實其實是翻譯三原則的泛化之說，是在內容、語言和風格上的全面忠實。也就是說，「忠實」是翻譯原則的核心，是翻譯標準的概括。

二、國外具有代表性的翻譯標準和原則

西方翻譯的主流標準與中國「不謀而合」，具有代表性的主要有泰特勒的翻譯「三原則」，奈達的「對等原則」以及紐馬克的「文本中心論」。

（一）泰特勒（Alexander Fraser Tytler, 1747—1841）：翻譯的三條基本原則

18 世紀末，英國愛丁堡大學教授泰特勒在他的「Essay on the Principles of Translation」（1971）（《論翻譯的原則》）中系統地提出了進行翻譯和評判翻譯的三條基本原則：

（1）A translation should give a complete transcript of the ideas of the original work.（譯文應該完全傳達原文的意思。）

（2）The style and manner of writing should be of the same character as that of the original.（譯文的風格和筆調應與原文的一致。）

（3）A translation should have all the ease of the original composition.（譯文應像原文一樣流暢。）

不難看出，泰特勒的三原則與嚴復的「信達雅」有著很大的相似性，而且其影響也非常深遠，后來也同樣成為諸多翻譯家遵循的信條，對 19 世紀至 20 世紀的翻譯理論產生了積極影響。

（二）尤金‧奈達（Eugene A. Nida, 1914—2011）：形式對等（formal equivalence）和動態對等（dynamic equivalence）／功能對等（functional equivalence）

美國著名翻譯理論家奈達在 1964 年出版的《翻譯科學探索》（*Towards a Science of Translating*）一書中從語言和翻譯的基本原理出發提出了形式對等（formal equivalence）和動態對等（dynamic equivalence）。奈達對動態對等的定義是：「Dynamic equivalence is defined as a translation principle according to which a translator seeks to translate the meaning of the original in such a way that the TL wording will trigger the same impact on the TL audience as the origrinal wording did upon the ST audience.」（Eugene A. Nida, 1982: 4）

奈達強調，動態對等注重的是原文意義的再現，根據這一原則，譯者追求譯文接受者對譯作的反應與原文接受者對原作的反應基本相同的效果，這一對等是「和原語信息最接近的、自然的對等」。在與查爾斯‧泰伯（C. R. Taber）合著的《翻譯理論與實踐》（*Translation Theory and Practice*）（1969）一書中，奈達將「動態對等」改成「功能對等」（functional equivalence），認為翻譯意味著交流，強調讀者反應，判斷譯文的好壞不應僅僅停留在對應的詞義、語法和修辭手段的對比上，而應關注譯文讀者對譯文有何種程度的理解。

（三）紐馬克（Peter Newmark, 1916—2011）：文本中心論

英國著名翻譯理論家紐馬克在其著作《翻譯教程》（*A Textbook of Translation*）

（2001）提出了翻譯的「文本中心論」。他在德國語言功能理論基礎上根據語言的三大功能把翻譯文本分為表達型（expressive）、傳遞型（informative）和訴求型（vocative）。

紐馬克（2001）指出，「根據 Buhler（布勒）所說，語言的三大主要功能分別是：表達，信息傳遞（他稱之為『再現』）以及呼告（呼籲）。這三大功能也是人類使用語言的三大主要意圖。這三大功能分別強調譯者對於原作者，事實和讀者的忠實。」

紐馬克用以下圖表展現了語言功能、文本類型的關係：

Function 功能	→	Expressive 表達	→	Informative 傳遞	→	Vocative 呼告
Core 核心	→	Writer 作者	→	Truth 事實	→	Readership 讀者
Author's status 作者地位	→	Sacred 神聖	→	Anonymous 無名	→	Anonymous 無名
Type 文本類型	→	Topic 主題	→	Format 形式	→	
Serious imaginative literature 嚴肅富於想像的文學作品	→	Scientific 科學性的	→	Textbook 課本	→	Notices 通知
Authoritative statements 權威聲明	→	Technological 科技性的	→	Report 報告	→	Instructions 說明書
Autobiography 自傳	→	Commercial 商業性的	→	Paper 論文	→	Propaganda 宣傳
Personal correspondence 個人信函	→	Industrial 工業性的	→	Article 文章	→	Publicity 廣告
Minutes 會議記錄	→	Economic 經濟性的	→	Memorandum 備忘錄	→	Popular fiction 通俗小說

（Newmark，2001）

文本中心論認為，不同類型的文本應採用不同的翻譯方法，最為合理的翻譯方法是語義翻譯和交際翻譯兩種。在紐馬克（2001：47）看來，只有這兩種翻譯方法實現了翻譯的兩大目標：準確和精練。總體而言，語義翻譯強調忠實於原作者，適用於表達類文本，而交際翻譯強調忠實於譯文讀者，適用於呼告型文本，在遵循忠實原則的基礎上，加入了文本類型的因素，實際上是強調對原文本風格上的最大忠實。

綜上所述，西方譯界主張的三原則，「對等」以及以文本為中心的翻譯標準都將忠實置於首位，綜合考慮了譯文的意義、風格等因素，與中國譯界的翻譯標準基本是一致的。而翻譯標準形式上的多樣化有利於創造活躍的翻譯氛圍。

第三節　翻譯的過程

翻譯要經過理解與表達兩個主要階段：前者指向源語或原作所蘊涵的各種信息，其中包括概念信息、文體信息、風格信息、修辭信息等，這些信息或意義可見於詞語、句子、語段或篇章等各個層面，翻譯中的理解須以「信」為原則，並經得起「忠實」標準的檢驗；后者指向譯入語，也即在準確理解的前提下運用目標語言對上述各種信息或意義進行得體的表述，表達既涉及直譯、意譯、異化、歸化等翻譯方法的使用，同時譯者還必須遵守一定的表述規則。通常情況下，檢驗表達成功與否的標準為「通順」與「暢達」，而與此同時，鑒於語言之間的差異性，表達時也可適度保留原文中的異國情調，「適度」的標準是不過分偏離譯入語行文規範。

一、理解階段

就其一般意義而言，理解指的是運用現有的知識與經驗打通事物之間的關聯性，以充分瞭解並把握事物的本質及規律。換言之，理解就是根據現有的認知能力與水平對某一未知現象進解釋和說明的過程。由此可以認定，理解的關鍵是在新、舊事物或現象之間建立起某種聯繫，如果所建立的聯繫準確無誤，則理解是有效的，而假如所建立的聯繫出現偏差，則會生成無效理解。

理解的上述特性也同樣適用於翻譯，但翻譯中的理解又不乏獨特性。這裡不妨將閱讀與譯作一對比：一般而言，閱讀理解的合格率可圈定在 70%～75% 之間，其特點表現為整體為主局部為輔，所注重的是對語篇或篇章內容的宏觀領悟與把握，個別情況（如針對關鍵詞句的「式」理解）除外，閱讀理解基本上不要求對微觀語言結構或成分作事無鉅細的分析。比較而言，譯中的理解顯然要求更高且更為嚴格，由於翻譯關乎兩種語言之間的等量轉換，從理論上來講譯者對原文理解的準確率必須要達到 100%。與閱讀理解不盡相同的是，翻譯理解不僅要全面關注原文的整體結構與內容，而且還要詳細分析並準確領悟每一詞語在宏觀結構與微觀搭配中呈現出的確切含義，其原因是理解並非翻譯活動的終極目的，也就是說，理解任務完成後，譯名即還要進入同樣重要的表達過程。

上述分析表明，理解不啻是整個翻譯過程得以實施的必要前提和條件，從絕對意義上來講，理解的成敗決定著翻譯的得失。鑒於此，下面將從不同的語言層面入手就翻譯理解中的相關問題進行詳細討論。

（一）詞義理解失誤

所謂因字生句，由句成章，積章為篇，字詞之於整個語言構成的重要性由此可見一斑，也正因為這樣，才有了「字不妄也」一類的訓詞。創作如此，翻譯亦然，在語言轉換過程中。字詞理解之「妄」無疑也會影響整個句子乃至篇章

意義的正確表達。

詞語理解失誤有多方原因，其中包括詞義領悟不深、語義選擇不當、以一般意義代替特殊意義等，而所有這些幾乎都與語言之間的差異性密切相關。比較而言，英語詞語多義或復義現象更為常見，語義範圍也往往模糊不清。因此，準確選擇詞義也就成了譯者必須首先突破的瓶頸之一，假如詞義理解有誤，就必然會影響整個轉換過程。下面分析幾個譯例：

(1) Besides the neutral expression that she wore when she was alone, Mrs. Freeman had two others, forward and reverse, that she used for all her human dealings.

譯文一：除了獨個兒的時候不帶任何表情外，弗里門太太與人交往都有朝前和相反表情。

在原文中，forward 為多義詞，這裡顯然表示「傲慢的」「咄咄逼人的」等，reverse 意為「相反的」，其內涵意義應與 forward 的反義詞 backward 相當，表示「收斂的」等。理解完成後，則還要根據情況選擇適當的形式進行表述。改譯：

譯文二：除了獨個兒的時候不帶任何表情外，弗里門太太與人交往都會有一放一收的面孔。

在繼續舉例之前，這裡先要補充說明一點：為方便起見，我們將理解與表達劃分為兩個獨立的部分進行討論，而在實際操作過程中，兩者之間雖然時間上有先有後，但界限卻並非涇渭分明，正常的情況是，理解只涉及基本意義的確定，意義確定后，理解的結果還要以得體的形式在表達過程中加以體現。比如在上例中，篩選出 forward 和 reverse 的意義后，辭典上的解釋還要經過形式加工後才能夠有機地融入整個譯文。鑒於此，下文譯例分析也將偶爾涉及表達方面的問題。

(2) This failure was the making of him.

譯文一：這次失敗是他造成的。

making 意為「成功的因素」，而並非「製造」或「造成」等。改譯：

譯文二：這次失敗造就了他的成功。

譯文三：這次失敗奠定了他成功的基礎。

譯文四：這次失敗已讓他出人頭地。

(3) A seed consists of an embryo, a supply of food and one or more seed coats surrounding the young plant and its food supply.

譯文一：種子含有胚胎、胚乳和一層或幾層包在胚胎與胚乳外面的種皮。

embryo 在動物學和植物學中意義不同，原文中的 embryo 為植物學術語，也即后面的 the young plant。改譯：

譯文二：種子含有胚芽、胚乳和一層或幾層包在胚芽與胚乳外面的種皮。

(4) It's true that the embryo surgeon today does not always admit that the road to success must lead through a study of pathology.

譯文一：確實，今天的胚胎外科醫生並不總是承認研究病理學是成功的必由

之路。

在英語中，除某些純粹的專業性術語外，大部分詞語都具有概念意義、引申意義、情感意義等不同層面的含義，這些意義的確定均需要依照特定的語境。比如上述兩例，例（3）中的 embryo 為植物學術語，用的是概念意義，而在例（4）中，該詞則是一種比喻用法，表示「剛剛起步的」等。改譯：

譯文二：的確，當今某些胚胎外科醫生並不總是承認研究病理學是通向成功的必由之路。

(5) The earlier film huffed and puffed to evoke a similarly elemental struggle in the traditional Hollywood ways, with strenuously grandiose music and unrealistic computer-generated special effects.

譯文一：這部較早的影片來不及喘口氣就用好萊塢傳統戲路來喚起一場似曾相識的激戰，音樂強烈卻華而不實，電腦特效缺乏真實性。

譯文二：前者即使吹口氣也會在好萊塢的傳統方式下引起強烈的震盪，不僅僅是那熱情澎湃的宏大音樂和虛幻的電腦特技效果。

譯文三：早期的影片是以極其誇張的音樂和超出現實的電腦特技為主的在傳統路線上奄奄一息的好萊塢早期電影。

譯文四：早期的影片運用強烈壯觀的音樂和逼真的電腦特技手法來產生類似的好萊塢傳統意義上的基本衝突。

上述譯文均出現了詞義理解方面的問題：其一，huff 等於 puff，意為「吹噓」「過分渲染」等；其二，古希臘哲學家認為，大自然由土、水、氣、火四大元素所構成，故此 elemental 一詞被引申為「自然力的」；其三，grandiose 這裡有貶義色彩，表示「浮誇的」。改譯：

譯文五：早先上映的影片以傳統的好萊塢方式極力渲染了人與自然抗爭的類似場面，音樂過分華麗，電腦特技效果也不夠真實。

(6) However, many of the top brands then did not survive and most of the leaders in the PC industries today were not set up then.

譯文一：然而當年許多最知名的品牌都未能幸免於難，而今天個人電腦業的大多數領導人那時還未曾樹立呢。

根據 set up（建立、創立）的意義，leaders 應表示「領頭企業」，而非「領導人」。改譯：

譯文二：然而當年許多最知名的品牌如今已蕩然無存，而當下大多數個人電腦的領頭企業那時還未曾建立呢。

(7) They loved each other and there is no love lost between them.

他們曾經相親相愛，如今已無感情可言。

作為英漢翻譯中最為典型的「假朋友」之一，no love lost 常被誤解成「沒有失去任何愛（愛情）」「依然相愛」等，其真正意義應為「毫無愛（愛情）可

言」「相互厭惡」等，一般用於 there is（was）no love lost between... 句型，no love lost 隱含了某種言外之意，即彼此本無情誼（愛情）可言，更不用說會失去或丟失什麼了。從詞源學上來看，no love lost 當初的確有過字面意義，比如英國一首古民謠中就出現了這樣的詞句：No love between these two was lost/Each was to other kind.（兩人情誼無損，/彼此相親相愛。）而在現代英語中，no love lost 已獲得了新的語義，且已成為結構固定、意義穩定的習慣用法，不瞭解這一點，自然會望文生義，導致誤解。此外，在本句中，and 一詞有轉折意義，而並非純粹表示等同關係，從某種程度上來看，對於 and 的僵化理解也助長了對上述短語及整個句子的誤解。我們曾將本例原文用作課堂翻譯練習材料，在收上來的 36 種譯文中，理解正確的翻譯只有 10 份，這說明，no love lost 誤解現象是普遍存在的。下面請看幾種典型的問題譯文：

他們曾經相愛，如今依然如此。
他們深愛著對方，他們的愛將永恆。
他們相親相愛，現在仍然毫無二心。
他們曾經彼此相愛，這份愛將至死不渝。
他們曾經十分相愛，現仍是深愛對方。
他們曾經相愛，如今依然如故。
他們曾經彼此相愛，而今感情有增無減。
他們都深愛對方，如今這份愛仍無處不在。
他們曾經彼此相愛，而如今這份愛絲毫未減。

(8) He was open now to charges to willful blindness.
其時人們很容易指責他裝聾作啞。

本例也曾被用作隨堂練習材料，在收上來的 30 多種譯文中，理解正確的翻譯比例更低，其中主要問題是對（be) open to 的誤解與誤釋。受 open 字面意義影響，絕大多數譯者均將其理解為「對……公開的」，而在本例中，open 的意思應相當於 vulnerable，正確的解釋當為「易受攻擊的」，例如：That women are bad drivers is open to question.（女性不善駕駛的說法是有問題的。）下面請看幾例典型的問題譯文：

他公開接受對一意孤行的指責。
他因為盲目地固執而遭到公開起訴。
他因其故意視而不見而被公開指控。
他現在可以公開承認自己的任性盲目了。
他可以公開地接受別人對他視而不見的指責。
他現在公開接受對他一意孤行、妄自尊大的指責。

類似的現象可謂俯拾皆是，下面再看幾個譯例，注意分析譯文一中的理解失誤問題：

(9) I have no opinion of that sort of man.

譯文一：我對那種人沒有意見。

譯文二：我對那種人沒有好感。（have no opinion of：對……沒有好感）

(10) The lecture carried his audience with him.

譯文一：講演者贏得了聽眾的心。

譯文二：演說人贏得了全場喝彩。（carry：贏得，獲得）

(11) My mother had no suspicion that my happiness was so near.

譯文一：我母親毫不懷疑我的幸福即將來到。

譯文二：我的幸福已近在眼前，而母親卻毫無知曉。（have no suspicion：毫無察覺）

(12) He measured his length on the floor as soon as he entered the room.

譯文一：他一進房間就躺在地板上量了量自己的身高。

譯文二：他一進屋就跌了個四仰八叉。（measure one's length on the floor：跌倒在地）

(13) In a flash the evil intent of the vice-president to usurp power hit the president, between the eyes.

譯文一：一刹那間，副總統篡權的罪惡意圖給總統當頭一棒。

譯文二：刹那間，總統明白了副總統篡位奪權的罪惡用心。

（hit sb. between the eyes 使人忽然瞭解，使人猛然明白）

（二）結構理解失誤

如果說詞義理解之「妄」與詞語的微觀搭配有關，那麼結構上的理解失誤則會牽涉更為宏觀的語境。眾所周知，語言是思維方式的外延，不同的行文習慣往往代表著迥異的思維方式。作為思維方式的載體，每一種語言必然擁有表達相應思維模式的特定句型或句式，以英語為例，其中不少獨特的結構就無法按照漢語的思維習慣加以解析，否則便會導致理解上的種種失誤。例如：

(1) She pursed her lips. 「We do not」she reminded us gently, 「want to have to go to the Bank.」We all shook our heads.

譯文一：她噘起嘴，輕輕提醒我們說：「我們最好不要動銀行的錢。」我們都搖了搖頭。

本例涉及否定問句及其應答方面的問題。我們知道，在英語中，否定問句的應答往往是對事而不對人，與此相反，漢語否定句應答則常常對人而不對事。鑒於原文中的應答部分為體態語訴語言表述形式，我們不妨先把 We all shook our heads 改寫為 No, we do not，並根據上述邏輯規則及行文習慣將譯文一修改如下：

譯文二：她噘起嘴巴，輕輕提醒我們說：「咱們最好別去動銀行裡的存款。」我們都點了點頭。（或：……我們都點頭表示同意。）

(2) It is rather cool, not to say cold.

譯文一：天氣相當涼爽，不用說冷了。

譯文中出現了因結構理解錯誤而產生的邏輯或語義連貫失誤。not to say 相當於 if one man not say（雖然不能說、即使不能說），而不等於 not to speak of, to say nothing of, not to mention, let alone（「不用說」「不消說」）。改譯：

譯文二：天氣雖不算冷，也已經相當涼了。

(3) The woman who said she saw the murder wears glasses.

譯文一：那個女人說她看到謀殺者戴著眼鏡。

原文基本結構或句子主幹為 The woman... wears glasses，中間嵌入的 who said she saw the murder 為 woman 的后置定語。改譯：

譯文二：那位聲稱目睹謀殺案經過的女士戴著眼鏡。

(4) The most effective method of removing the acid contaminant is to cool and then neutralize the exhaust gases.

譯文一：去除這種酸性污染物的最有效方法是冷卻后中和廢氣。

原文運用了比較獨特的省略結構，最後一部分意為 to cool the exhaust gases and the neutralize them，也即要冷卻的不是污染物，而是廢氣。改譯：

譯文二：去除這種酸性污染物的最有效方法是，先將廢氣冷卻，而後加以中和。

(5) My grandmother never had a holiday until she was too old to enjoy it.

譯文一：我祖母從未度過一次假期，直到她老得無法享受了。

A until B 構成了英語中特有的銜接現象，其邏輯關係是：動作或狀態 A 一直持續到動作、狀態或時間 B 的結束，其中 had 意為 spent，系瞬間意義動詞，表達的是一次性或瞬間完成的動作行為。在這樣的結構中，若句子主幹中的核心動詞表達的是瞬間意義，則需要採用否定形式，將原句型轉換為：not（never, hardly）A until B，轉換后的句式仍具有肯定意義，但核心動詞原有的瞬間動作將變成持續性狀態。比如在 He did not stop until he was too tired to work on 一句中，stop 為瞬間意義動詞，故而前面需要加否定詞，漢語意思是「他累得做不下去了才算罷手」，而並非「他累得做不下去了還沒有罷手」。依據推理與分析，本例可直譯為「祖母直到老得無法享受了才度了一次假」，也就是說，「祖母」曾經度過假的，只是當時她太老了，根本談不上享受二字了。

據此我們可以將譯文一修改如下：

譯文二：祖母平生只度過一次假，但那時她年事已高，已無法享受度假的樂趣了。

(6) I should not like to conclude without expressing our sincere gratitude for the efforts of the Special Representative of the Secretary-General as well as the Commander of the Force and his staff.

譯文一：在未向秘書長的特別代表和部隊指揮官及其參謀所做的努力表示真

誠的感謝之前，我不想結束發言。

原文系委婉語，是結束會議發言時常用的一句套話。改譯：

譯文二：我謹向秘書長特別代表、軍隊指揮官及其參謀部所做的努力致以誠摯的謝意，並以此來結束我的發言。

(7) *Cast Away* is everything this year's other man-against-nature blockbuster, *The Perfect Storm*, was not.

譯文一：《荒島餘生》講述的是一部人類徵服自然的大片，《完美風暴》則不然。

譯文二：今年又一部反應人與自然抗爭的大戲不是《完美風暴》，而是《荒島餘生》。

兩種譯文均出現了結構理解失誤，A is everything B is not 為慣用句式，意為 A is quite different from B（A 有別於 B）。改譯：

譯文三：同本年度另一部人與自然抗爭的大片《完美風暴》相比，《荒島餘生》可謂特色迥異。

譯文四：作為本年度又一部人與自然抗爭的大片，《荒島餘生》迥然有別於《完美風暴》。

二、表達階段

解決了理解問題，我們便可以進入翻譯的表達階段了。在「表達」二字中，「表」針對的是形式及其所承載的意義，也即以外在的形式顯現或呈現內在的意義，「達」原意為「通」，泛指「暢通」，亦可解作「至於」或「及於」，與「表」互為參照，「達」即是讓外在的形式所承載的意義暢通無阻地及於彼方。就翻譯表達而言，「表」強調的是原文形式及內容的呈現過程，「達」則注重原文形式及內容在目標語言中的表現效果。如此一來，形式、意義、通順、暢達也就構成了翻譯表達中的潛在矛盾：一方面，形式是意義的載體，意義的再現必然涉及形式的移植；而另一方面，形式的獨特性是以語言為身分的，將一種語言獨特的表現形式移植到另一語言，其獨特性不僅會失去原有的表達或表現效果，甚至會因為有悖於另一種語言的行文習慣而遭到讀者拒絕。這樣的推論並無任何誇張之處，確定無疑的是，由於行文習慣上存在著差異，某些獨特的詞句在另一種語言中往往難以進行得體的再現，以 He crashed down on a protesting chair 為例，protesting 一詞並不難解，而一旦將其表述為漢語，就不再令人樂觀了，無論譯作「發出抗議聲」，還是譯成「發出吱吱呀呀的響聲」，其結果及效果都不甚盡如人意，這便是翻譯中的無奈，無奈之下，再參照前文有關翻譯的定義，我們所能做的便只有捨「形」取「義」了：前者有悖於漢語表達習慣，且容易令讀者一頭霧水故此只能棄之不用，而寧可選擇能讓讀者知其大意的后一種轉換形式。

依照上述討論結果，可將成功表達的關鍵總結為兩個方面：一是內容必須正

確，二是表述務必得體。前者與理解有一定關係，比如 Sorry, I am telling ahead of the story 一句，理解起來著實有些吃力，但還不至於出現太大偏差，問題的關鍵還在於表達，譯成「對不起，我講到故事前頭去了」就出現了內容上的失誤，正確的說法應該是「不好意思，我講到故事后頭去了」。后者主要指表達應該規範，符合目標語行文習慣，比如 they have chosen a wrong candidate 一句，假如保留原文獨特的限定結構，將其譯作「他們選擇了一位錯誤的候選人」，則顯然違背了漢語表述習慣，得體的表達應該是「他們選錯了一位候選人」。

(一) 詞語表達

與詞義理解相比，詞語表達往往更容易成為翻譯中的瓶頸。其原因是，詞義的理解有各種辭典可以參照，但不少情況下，辭典卻無法解決表達中的問題。以 widow 一詞為例，辭典上的解釋或定義無非是「寡婦」或「使成為寡婦」之類，意思可謂清晰簡單，然而在實際轉換過程中，問題就不是那麼簡單了。比如 She has been a widow only six months 一例，要得體地譯成漢語實在不是輕而易舉的事，一般而言，將其表述為「她不過才做了半年的寡婦」或「她守寡才不過半年」應該是可以接受的，但特殊情況下，就需要做些調整，將其靈活地譯成「她丈夫去世至今不過半年」等。此外，諸如 the widow of the late manager 之類的結構，譯作「已故經理的遺孀」並無大礙，而類似 the window of the late premier 這樣的搭配，再將 widow 譯成「遺孀」就不甚合體了，相比而言「已故總理的夫人」顯然更為得體。除上述情況外，值得一提的還有下面一種現象，以 marry 一詞為例，儘管辭典上有「嫁」「娶」「和……結婚」等多種解釋，但實際轉換過程中，初事翻譯的人卻往往傾向於選擇後者，不分場合地將 He (She) married her (him) 一概轉換成「他（她）和她（他）結婚了」等死板的形式，而不知道採用「他娶了她」「她嫁給了他」這種更為自然的說法。總之，成功表達的關鍵在於不僅要合意，而且還要合體，也就是處理好詞語形式與內容之間的關係，要做到這兩點，辭典所提供的有關某一詞語的基本概念的確是有用的，但就詞語表述方式的得體性而言，死摳辭典往往是不足為訓的。這裡還可以再舉一例：scientists alive 通常被譯為「活著的科學家」，因為大多數英漢辭典都將 alive 解釋為「活著的」，這種譯法當然也說得過去，但要做到群體，或者說要想讓譯文出彩，將其靈活地處理為「健在的科學家」顯然更為可取。

上述現象表明，鑒於表述形式的多樣性與可選擇性，加之表述過程又要考慮通順、得體、精彩等方面的因素，就其難度而言，詞語表達比起詞義理解的確有過之而無不及。關於翻譯中的乏表達，嚴復曾有過「一名之立，旬月踟躕」的慨嘆，表達形式選擇之難由此可見一斑。事實上，嚴復所言並不為過，凡做過翻譯的人想必都遭遇過類似的尷尬：不少情況下，即使再熟悉不過的簡單的「小詞」，翻譯時也會令人絞盡腦汁仍不得其解。以 stop 一詞為例：

(1) Woman begins by shouting「Don't! Stop!」to a man's advance and「Don't

stop!」to his retreat.

譯文一：面對男人的追求，女人常大喊：「給我站住！」而當他退卻時，她卻又大喊：「給我干下去！」

譯文二：面對男人的追求，女人常常高聲大叫：「別，住手！」而男人退卻時卻又慫恿道：「別住手啊！」

本例改編自英國作家王爾德的一句名言，說的是女性對於求愛者收放不定的矛盾心態。譯文一被認為表達上出了問題，於是便有了譯文二。但客觀地說，譯文二也不見得高明到哪裡去：「住手」一說不免讓人覺得「男人」老是在動手動腳似的。事實上，即使再給出幾種譯文，翻來覆去仍不見得能夠解決問題，這當然不是譯者的無能，而是翻譯的無奈：在這種特定的語境中，stop 一詞很難在漢語中找到貼切的對應形式。

除上述情況外，翻譯中的詞語表達問題還見於諸多方面，比如詞語省略、詞類轉換、詞義引申、詞義感情色彩選擇等，其中有的是表述方面的問題，有的則與理解相關。下面舉例說明：

（2）「I shall take it...」

「Take it then.」

「I reckon you want me to take it?」

「I can see you're bent on it,」 I said, 「so you may as well.」

譯文一：「我要拿了它了……」她說。

「那麼就拿它吧。」

「我認為你要我拿它的！」

「我能明白你非要拿它不可，」我說，「那就隨你的便吧。」

替代是英語中的表達優勢之一，類似情況下，漢語則傾向於選擇省略或重複手段，尤其是 it 一詞，漢語中雖然有對應形式，但「它」的絕對使用頻率始終是很低的。改譯：

譯文二：「我可要拿走了……」

「拿走就拿走吧。」

「這可是你說的！」

「看來你非要不可了，」我說，「那就請便吧。」

（3）One day she was pink and flawless; another pale and tragically. When she was pink she was feeling less than when pale; her more perfect beauty accorded with her less elevated mood; her more intense mood with her less perfect beauty. It was her best face physically that was now set against the south wind.

譯文一：有的時候，她就嬌妍完美；另有些時候，她就灰白戚楚。她臉上嬌妍的時候，她就不像她臉上灰白的時候那樣多愁善感；她更完美的美麗，和她較為輕鬆的心情，互相協調；更緊張的心情，和稍差的美麗互相融洽，現在迎著南

第一章　緒論

21

風而擺出來的那副面孔，正是她在形體方面表現得恰到好處的那一種。

本例原文也頻繁出現了名詞替代現象，譯成漢語時絕大多數都可以或應該省略，否則即會有翻譯腔之嫌，譯文一不僅保留了原有的八個代詞，而且又額外增加兩個，完全背離了漢語的行文習慣。除開其他方面的表述問題，譯文一之所以難以卒讀，代詞反覆使用也是其中的主要問題之一。下列譯文選自《翻譯批評散論》一書（稍有改動），通過省略代詞並適當調整行文方式，其表達效果顯然不可同日而語：

譯文二：近來她的面容總是隨著心境而不斷變化：輕鬆愉快時，臉龐美麗動人，抑鬱憂傷時，風韻無影無蹤；面色時而紅潤美豔，時而蒼白淒婉。較之衝動的心緒，平和的心境更能讓她容貌完美無瑕。南風拂面，此刻她的臉頰最為嫵媚。

（4）He was a man of integrity, but unfortunately he had a certain reputation.

譯文一：他是個正直誠實的人，但不幸的是有了某種名譽。

從感情色彩來看，reputation 為中性詞語，語義的褒貶往往需要借助限定成分，單獨使用時感情色彩能隨語境自然呈現，而在漢語中，類似的用法則必須加上相應的限定成分。改譯：

譯文二：他這個人正直誠實，卻不幸背上了某種惡名。

下面請再看幾例，注意辨別各例中兩種譯文的優劣並分析不同的表述或行文方式：

（5）It sounded like a fairy tale—but it was all too brutally real.

譯文一：這聽起來像是童話故事，但它的確是令人感到殘酷的真實。

譯文二：這聽上去仿佛童話故事，但的確是真真實實，不相信也無濟於事。

（6）A cold that rapidly grew worse caused his unlamented return to Paris.

譯文一：越來越糟糕的感冒使得他沒有被惋惜地返回巴黎。

譯文二：他得了感冒，病情越來越重，便只好回巴黎去了，但沒有誰為此感到惋惜。

（7）His moods changed constantly and he was in turn wild and aggressive and shy and loving.

譯文一：他的情緒變化無常，而且交替出現了野蠻和好鬥，害羞與可愛。

譯文二：他情緒瞬息萬變，時而凶野，咄咄逼人，時而羞澀，情意綿綿。

（8）「What is it makes you continually war with your happiness?"

譯文一：「是什麼使你和你的幸福不停地作戰呢？」

譯文二：「真是身在福中不知福，怎麼總也和自己過不去呢？」

（二）句子的表達

在句子轉換過程中，最為棘手的問題是英漢語句法結構上有著很大區別。表達較為複雜的內容時，英語常按照信息內容的主次來安排句子結構，其一般表現

是，先用表示主要動作或狀態的動詞與行為主體構成整個句子的主幹，而后借助各種從屬結構、非謂語動詞、獨立主格結構將其他動詞處理為次要成分。在這樣的句式中，主句中的核心謂語動詞是整個句子的焦點，其他次要信息均圍繞該焦點以疊床架屋的方式逐層展開，從而構成一個樹狀的立體結構中心——類似樹干的句子主幹，周圍大小枝干環環相套，層層蔓延。英語之所以能夠以這種方式進行組句，主要是因為英語中有極其豐富的形合銜接手段。而漢語則不然，漢語雖然不排斥諸如關聯語之類的形合銜接手段，但就總體而言，意合方式才體現了漢語的表達優勢。借助意合手段，漢語往往會按照自然的時空順序來安排句子內容，信息單位多為疊加式詞組或小句，各疊加成分：以並列方式依次展開，整體上體現為線性的流水句結構。這樣一來，漢語句子就似乎缺少了以謂語動詞為核心的信息焦點，或可以這樣說，由於缺少形合手段，漢語句子的信息焦點往往以隱藏方式散落在字裡行間。

　　由此可見，英漢語各有其獨特的行文方式或信息呈現手段，而造成這種差異性的最主要原因就在於英語注重形合，漢語偏向意合。對英語而言，形合銜接是強制和規定性的，而在漢語中，某些情況除外，形合手段的使用多具有自由性，且大都會捨棄形合，選擇意合。鑒於此，則不妨說句子及語段表達的關鍵就在於處理好形合與意合之間的關係，並酌情對相應的結構或成分作出調整。先以 Life here is as cheap as taxis are expensive 一句為例，其中就出現了由 as... as 銜接的獨特的比較結構，假如保留原文形合方式，將其譯成「這裡的生活便宜得正如出租車很貴那樣」，則顯然違背了漢語行文習慣，而通過形合銜接手段化解，並運用意合連貫方式將其譯為「這裡生活費用很低，出租車卻貴得離譜」，這樣的表達才算是合意、合體了。比較原文和后兩種譯文，兩者之間的差異是顯而易見的：原文為形合，譯文大致為意合（「卻」有一定的銜接作用）；原文為主從結構，譯文為並列結構；原文信息有主次之分，譯文內容無輕重之別。這說明，在句子翻譯過程中，合意、合體的表達很大程度上有賴於形合與意合之間的相互轉換及適當的語序或信息結構調整。請看例句：

（1）Go! I give you back your promise not to go without me.

譯文一：走吧！收回沒有我你就不走的諾言吧。

譯文二：走吧！收回你的諾言，別管我，你走吧。

　　在原文中，not to go without me 為后置非謂語動詞限定結構，其先行詞為 promise。而在漢語中，定語限定形式通常要置於被修飾成分之前，且多以「的」進行銜接。假如定語修飾成分過長或過於繁雜，則一般要轉化成其他成分而放在描寫對象之后，從而形成漢語中特有的流水句式。譯文一翻譯腔十足，原因是違背了漢語定語不宜過長的表述習慣，譯文二則順應了漢語行文規則，表達不失妥帖，既合意又合體。

（2）Any person not putting litter in this basket will be liable to a fine of five dollars.

譯文一：任何不把廢物丟進這個簍子的人將被處以五美元罰款。

同上例一樣，本例原文也運用了后置非謂語限定形式，翻譯時同樣需要根據漢語表達習慣在銜接或形合方面作適當調整。此外，譯文表達還需要兼顧公示語或公共招貼的文體特徵。改譯：

譯文二：廢物入簍，違者罰款五美元。

（3）It was after a long series of appeals to pedestrians. in which he had been refused and refused—every one hastening from contact.

譯文一：這是他一次次長期向行人乞求而一再遭到拒絕之后的事了——人人都急忙避開不與他接觸。

原文運用了非限制性定語從句，漢語無相應的銜接現象，故此需要將形合轉化為意合，並根據自然的時間順序對信息結構進行調整。改譯：

譯文二：此前他無數次向行人求乞，卻屢屢遭到拒絕，人們總是避之唯恐不及。

如果說英漢翻譯整體上表現為意合傾向的話，那麼漢英翻譯則恰恰相反，究其原因，前面已有相關討論，這裡不再贅述。請看例句：

（4）剛跟丈夫慪過氣，一頭濕漉漉的亂髮披散，站在院子的當口，讓風使勁吹著。

譯文一：I had just bickered with my husband, stood in a draught by the gate of the yard with wet unkempt hair on my head and let the wind fiercely blow myself.

譯文二：Having just bickered with my husband, I stood irritated in a draught by the gate of the yard, my wet unkempt hair fluttering fiercely over my shoulders.

原文為典型的漢語流水句，其中主語承前省略，四個小句按時間順序依次排列或並列，其間無任何形合手段，表面看去無任何信息焦點。譯文一運用常規並列結構將三個動詞銜接在一起儘管語法上無可挑剔，但卻沒有按照英語表達習慣對信息進行層次或分級處理，比較而言，譯文二從更高層次上體現了英語的構句特徵：將 stood（站）作為句子主幹中的核心謂語動詞，並運用非謂語結構及獨立主格結構將表示時間、情狀或狀態的內容處理為次要信息。

（5）相爭不下，索性各按自己的偏好買了一網兜，都很不服氣的樣子，暗笑對方不會享受真正的生活。

譯文一：We couldn't settle the argument and each just bought a string bagful of the kind we respectively favored, and each secretly laughed at the other who didn't know how to enjoy real life.

譯文二：Not being able to settle the argument as to which was better, we just each bought a string bagful of the kind we respectively favored, each secretly laughing at the other's inability to enjoy the real pleasures of life.

本例和上例結構相似，話題或主語（我們）承前省略，其後為四個流水句式，頗類似於連動結構，只是各小句之間出現了逗號。譯成英語時，不宜將所有內容全部塞進並列結構，而應該首先找出句子信息焦點並與主語構成完整的句子主幹，然后將表示限定、原因或情狀的次要信息放進定語從句、非謂語短語及獨立主格結構。

關於句子層面的表達問題，最后尚有兩點需要補充說明：首先，漢譯英過程中，應當注意一些形合或銜接現象使用上的規範性。下面舉一個非謂語方面的例子：

（6）就這樣，面對著滿院子燦爛的花，不說一句話，心中的怨恨卻早已全消了。

譯文一：Thus looking at the splendid flowers around the yard, my grudge vanishes without a single word to say.

譯文二：Facing the splendid flower blossoming in the yard, without saying any word the dissatisfaction in my mind had already gone away.

譯文三：Seeing the blossomed flowers in the yard silently, that discontent in my head disappeared in this way.

譯者能夠有意識地運用非謂語形式將信息結構層次化，這一點是應該肯定的，但必須指出的是，三種譯文中均出現了「垂懸分詞」或「垂懸修飾語」這種不規範表述形式，從而導致了翻譯中的硬傷。改譯：

譯文四：Facing the riotous flowers in the yard, I found all my grudges quiet dispelled.

譯文五：The flowers in the yard presenting a riot of color before my eyes, all my grudges were thus quietly dispelled.

譯文六：With the riotous flowers of the whole yard before my eyes, all my grudges were thus quietly dispelled.

其次，上例表明，在翻譯過程中，某些句子往往會有多種可能的表達形式，而只要不違背原意義，且又符合目標語表述習慣，這些形式都應該具有存在的理據與價值。這種現象一方面反應了翻譯中的寬容意識，也即對多樣性或多種可能性的容忍態度，同時也從一個方面對表達的性能進行了嶄新的詮釋，那就是「從心所欲，不逾矩」，而只要不逾越規矩（忠於原文意義、順從譯文規則），譯者是完全有理由做到匠心獨運、神筆各異的。

（7）在次貸危機影響下，我們的生意十分蕭條。

譯文一：We have been suffering a lot in business owing to the subprime crisis.

譯文二：The effect upon our business of the subprime crisis has been striking.

譯文三：Our business has been suffering a lot in the subprime crisis.

譯文四：The subprime crisis has done our business much harm.

譯文五：The subprime crisis has seen our business suffering a lot.

譯文六：The subprime crisis has rendered our business dull.

譯文七：The subprime crisis has made our business sluggish.

七種譯文分別將「我們」「我們的生意」「影響」及「次貸危機」作為句子主語，其中除譯文一之外，其他各譯文均使用了英語中特有的無靈主語和有靈動詞謂語結構。在這種結構中，主語通常為無生命的（inanimate）客觀現象，而謂語動詞所表達的動作則一般只屬於有生命的（animate）主體，這在后五種譯文中表現最為明顯。如此一來，通過宏觀及微觀上的選擇與安排，我們便得到了上述各種合意且合體的表述形式，從而充分體現了譯者的自由度及表達的靈活性。

需要強調指出的是，一方面，就「從心所欲」而言，譯者自然可以自由選擇不同的表述形式，但另一方面，以「不逾矩」而論，譯者還必須自覺接受目標語行文習慣的規約，有悖於此，即會偏離翻譯的基本原則。請看例句：

(8) It was a typical summer evening in June, the atmosphere being in such delicate equilibrium and so transmissive that inanimate objects seemed endowed with two or three senses, if not five.

譯文一：那是六月裡一個典型的夏季黃昏。一片大氣，平靜穩定，都到了精密細緻的程度，而且特別富於傳送之力，因此那些沒有生命的東西，也都變得仿佛有了兩種或者三種感官，即使不能說有五種。

譯文二：這是六月裡一個典型的傍晚，大氣的平衡達到了精細的程度，傳導性也十分敏銳，所以沒有生命的東西也似乎有了兩三種感覺，如果說沒有五種的話。

譯文三：這是六月裡特有的夏日黃昏，暮色格外柔美寧靜，極富於感染力，就連那些冥頑之物也仿佛平添了幾分靈性，萌生了各種各樣的知覺。

通常情況下，英譯漢時原文和譯文字、詞上的比例關係大致為1:1.3或1:1.4（大體如此），比例過分失調即說明表達上存在問題。本例原文由31個單詞構成，譯文一則多達77個漢字（標點符號除外）。比例過於懸殊，一般說明兩種現象：一是某些詞語（尤其是描寫性形容詞等）表達過分鋪張渲染，二是出現了太多形式上的枝枝蔓蔓。譯文一顯然屬於后一類問題，很大程度地違背了漢語意合行文習慣，刪去「那是」「一個」「都到了……的程度」「而且」「之」「因此」「或」「即使」等詞語並對句式稍作調整，譯文質量即刻會有很大提升。如前所述，漢語儘管不拒絕使用銜接手段（尤其是論說、說明等信息類文體），但對於描寫性很強的敘事類文體，邏輯銜接過於頻繁則應視為大忌。不幸的是，不少譯者對此卻不甚了了，常常是抬筆「因為」、落筆「所以」（見譯文二），從而嚴重阻塞了語流和節奏，雖不至於難以卒讀，讀來也已是味同嚼蠟了。總之就描寫文體而言，漢語表述就應該像譯文三那樣，不枝不蔓，省淨利落，結構錯落有致，節奏自然勻稱。

第四節　英漢語的同與異

　　漢字「囚」能指示：人被關起來了。漢字能形象地指示意義，這種圖畫文字我們沿用至今，是我們共享的寶貴的文化遺產。看看「囚」在英語裡的對應詞 prisoner，就會發現：和漢語不同，英語 prisoner 的書寫形式看不出任何囚犯的特徵，因為英語屬於拼音文字。

　　Crawfurd（1867）曾說，人類當初嘗試各種辦法以看得見的方式記錄自己的思想，辦法之一必然是以圖畫來代表自然物體，這種做法既直觀又簡便。可以設想，文字最初像圖畫，到了后來，人們接觸的東西日漸增多，思想愈加複雜，全靠圖畫應付不了。於是，人們就設法讓符號抽象一些，以便表達各種類別和概念。在此過程中，漢語和英語朝著不同的方向發展：漢語成了表意文字，英語成了拼音文字。但不管怎麼變化，英漢語文字都有讀音、書寫形式和意義。

　　英語喜歡在詞形上做文章，即大量使用詞綴。比如，加上 -ion 就能把動詞變成名詞；-en 能把一些形容詞變成動詞。動詞 walked 既表達行為（walk），又表達行為發生的時間（-ed 表示發生在過去）。所以，英語 went 在漢語裡對應的可不只是「去」，還表達過去和完成的意思（類似漢語的「了」和「過」）。由此看來，漢語詞綴不發達，如果有也不過是一些單音節詞（如「子」「頭」）。英語還喜歡調用一些語言手段，如介詞、關係代詞、分詞，來修飾和限定某個概念，所以，英語的句子像一棵有主幹和枝丫的樹。漢語沒有英語那樣豐富的形態變化，也較少使用表達邏輯關係的連詞，介詞使用也沒有英語那麼頻繁，更沒有關係代詞、分詞之類的語法手段。所以，漢語更依賴詞續來表達思想，句子更像是一條珠鏈，句內成分的排列順序往往和我們觀察、感知世界的順序相對應。看下面的例子：

　　（魯僖公）十有六年春，王正月戊中朔，隕石於宋，五。（《春秋左傳》）

　　句子裡的「隕石於宋，五」在語序上好像有點問題，寫成「五石隕於宋」豈不更順口？可我們的先人非要這麼說。因為這樣說更符合人們觀察這一事件的方式：先聽見有東西從天上掉下來了，掉下的東西是石頭，接下來確定石頭所落的位置，最后計算隕石的數量。這樣表述意味著對事件的感知從聽覺開始，然后聚焦於石頭本身。看來，漢語也同樣有靈活的表達方式，但只要心裡有時間順序這條線，無論它如何變幻，我們總能在感知次序和時間關係上對它的表達方式做出合理的解釋。

　　語言之間「音雖似別，義則大同」（法雲 1984）。在這個世界上，任何語言都能表達和區分感知經驗。語言之間的差異在於它們必須表達什麼，而不是它們可能表達什麼（Jakobson, 1959）。我們需要瞭解和尊重語言差異，並學會在異中求同，這是語言對比和翻譯活動相互補充、相互借鑑的契合點（潘文國，

2007)。這就意味著要麼一個字都不翻譯,只要是翻譯,肯定會發生變化,所以翻譯只能追求「最佳近似度」。而「最佳近似度」只是一個抽象的概念,要判斷譯文是否最近似於原作,就需要一些具體的標準來衡量,這樣就有了一個標準系統,即「絕對標準—最高標準—具體標準」。具體標準是由翻譯的功能、人類的審美情趣以及讀者、譯者的多層次性決定的,這樣一來,翻譯的具體標準不只一個,而且這些具體標準是共存的,只不過它們的主次地位和作用隨著翻譯功能、讀者和譯者的審美情趣以及不同的讀者層、譯者層的變化而變化。當某個或某些具體標準處於主導地位、起主導作用時,其他具體標準就處於次要地位,為主要標準服務。「翻譯標準多元互補論」用辯證的方法推翻了上千年來翻譯界試圖建立一個絕對標準的設想,取而代之的是一個標準系統,各種具體標準的提出無疑是中外翻譯標準史上一次重要的探討,在翻譯界引起了強烈反響,對翻譯實踐有著重要的指導意義。

籠統說來,我們現在評論譯文時一般主要看譯文是否忠實(whether faithful or not)、是否通順(whether fluent or not)。其中,前者主要是說譯文是否忠實地傳達了原文的內容、風格和邏輯關係,即 message, style and logic;後者指的是譯文是否是通順的目的語。具體說來,翻譯就是用通順的目的語再現原文的信息和風格的過程。在保證原文信息、風格、邏輯的同時,英文的漢語譯文應為通順的中文,而不至於出現歐化的詞彙或句式;漢語的英譯文應沒有拼寫和選詞錯誤,文法正確(因為英文的文法較中文要更為嚴謹),同時保證句式結構的平衡。當然,由於翻譯的文體存在差異,所以根據上文的多元標準互補論,我們可以說,有些文體比如文學、廣告等的翻譯,其忠實程度可以小一些,通順程度更大一些,以保證文學或廣告讀者的審美預期;而另一些文體,尤其是信息類文體,比如新聞、法律、說明書等的翻譯,其忠實程度要求要更高一些,通順程度可以低一些,以保證這些文體的讀者捕捉信息的需要。當然,任何文體的最優方案就是盡可能地接近原文的信息、風格和邏輯,同時又盡可能地保持譯文的通順流暢。

第五節 英漢對比的重要性

翻譯不是一個簡單的語言轉化過程,它涉及兩種語言和文化,是通過語言的轉換連接或溝通自身文化和異國文化的橋樑,是一種創造性的實踐活動,在翻譯過程中譯者應該進行必要的語言和文化比較,選擇合適的方法以取得滿意的翻譯效果。也就是說,譯者要根據兩種語言的語法。古今中外都有不同但又相同的觀點。這如何解釋呢?讓我們先來回顧一下古今中外對翻譯標準的看法。在我國,翻譯標準一直是翻譯理論界討論的焦點問題。早在三國時期,支謙在《法句經序》中就提出翻譯應該「因循本旨,不加文飾」,東晉道安提出「案本而傳,不令有損言遊字」。當然,這些有關翻譯的觀點都是他們在翻譯佛經過程中的一些

主張。我國第一個比較全面地提出翻譯標準的當屬清末資產階級啓蒙思想家嚴復，他說：「譯事三難，信、達、雅。「信」「達」「雅」之說，一直被翻譯界視為翻譯標準的圭臬。著名翻譯家傅雷提出「神似」之說，認為翻譯應保存原作的風格。錢鐘書提出「化境說」，他在《林紓的翻譯》一文中寫道：「文學翻譯的最高標準是「化」（羅新璋，1984：696）。錢先生認為譯者應有極好的語言表達功底，使譯文符合譯文讀者的口味。而實際上，傅雷和錢鐘書的翻譯標準是針對文學翻譯而言的，但筆者認為他們的觀點完全可以應用到所有文體的文字翻譯上。

在西方，第一個比較全面地提出翻譯標準的當屬 18 世紀英國學者泰特勒（Tytler），他認為翻譯應該保存原作的思想、風格和手法以及原作的通順。①現代的翻譯標準有奈達的「動態對等」（dynamic equivalence）和后來的「功能對等」（functional equivalence），前者強調的是信息對等，后者指「不但是信息內容的對等，而且，盡可能地要求形式對等」（郭建中，2000：66）。蘇聯費道羅夫提出了「等值論」。②可是這樣看來，無論是中國還是西方，翻譯標準幾乎都落在「忠實」上，「無非是要譯作盡量相似於原作而已」（辜正坤，1998：200）。但是忠實的程度如何，似乎沒有定論。針對翻譯標準久攻不克的問題，辜正坤提出了「翻譯標準多元互補論」。他認為翻譯的絕對標準就是「原作本身」，最高標準是最佳近似度，即「譯作模擬原作內容與形式（深層結構與表層結構）的最理想的逼真程度」（辜正坤，1998：200），要達到絕對標準是不可能的。①原文是：1. That the translation should give a complete transcript of the idea of the original work. 2. That the style and manner of writing should be of the same character with that of the original. 3. That the translation should have all the ease of original composition (A. F. Tytler：Essay on the Principles of Translation，見申雨平編：《西方翻譯理論精選》，北京：外語教學研究出版社，2002，第 167 頁。）②原文是：費道羅夫為「等值翻譯」規定了這樣的要求：傳達原作的內容和形式並再現原作形式的特點（在語言手段所及的範圍內）；創造它們的功能對應物，特別要重視傳達局部即原文的各個因素或段落與整體的關係。（[蘇] 加切奇拉澤：《文藝翻譯與文學交流》，蔡毅和虞杰編譯，北京：中國對外翻譯出版公司，1987，第 19 頁。）

結和文化的異同並根據不同的讀者對象和翻譯目的決定所要採取的翻譯技巧，如選詞（diction）、重複（repetition）、省略（omission）、增益（amplification）、轉換（conversion）、歸化（adaptation）等，還要決定採取直譯（literal translation）還是意譯（free translation）的方法。正如何匡指出：「語言是長期歷史發展的產物，一切發達的語言都有極豐富的詞彙和嚴密的語法結構，不同的語言在語音、詞彙、結構上有極其複雜的區別。因此，上述語言形式的改變過程（即翻譯過程——筆者按）是一極複雜的過程，它絕不象譯電碼那樣簡單機械，輕而易舉。」可見翻譯中語言對比的重要性。一般說來，翻譯主要涉及語

義對比、語法對比和文化對比。

一、語義對比

詞是語言中最小的語義單位，可以說，如果沒有詞彙，就得不到語言的任何信息。英漢兩種語言形成的環境不同，所表達的思維不同，使用詞彙就會存在差異。同時，詞彙的意義隨著社會實踐的深入不斷發展和變化。所以詞義傳達正確是取得良好翻譯效果的重要一環。漢英兩種語言的詞彙，有的意義一一對應，有的意義交叉，還有的意義完全相反。在翻譯實踐中，如果譯者只是「望文生義」，把原語詞彙的表面意義遷移到目的語當中，就會出現選詞不當的現象。所以，在翻譯過程中，某一詞在目的語中的對應詞不僅要查辭典確定，更多地要根據上下文確定。正如朱光潛在《談翻譯》中指出，「詞的意義在字典中不一定尋得出，我們必須玩索上下文才能明瞭」。王佐良在《詞義・文體・翻譯》一文中指出：對於翻譯中的詞義，譯者要明白，①詞義不是簡單地一查辭典就得，而是要看它用在什麼樣的上下文裡。而上下文不只是語言問題。說話是一種社會行為，上下文實際上提供了一個社會場合或情境，正是它決定了詞義。可見對翻譯者以及一切學習和運用外語的人來說，如果要確實瞭解英語詞義，就必須同時瞭解英語國家的社會情況。②詞義與用詞者的意圖不可分。顯然，翻譯者也應該在譯文裡傳達說話人的意圖以及他表示意圖時在口氣和態度等方面的細微差別。③意義是複雜的。一個詞不僅有直接的、表面的、字典上的意義，還有內涵的、情感的、牽涉許多聯想的意義。因此可以說，英漢詞義不是一一對應的關係，應該考慮到語言所在的文本、社會和文化，根據原詞所在的文本、社會和文化確定其涵義，然后才能根據這一涵義譯出。而長期以來，很多中國學生在學習英語的過程中，習慣於在記英文單詞時只記其漢語意思，沒有考慮到英語單詞的語境涵義，所以在高年級學習翻譯時，習慣將某一漢語詞同記憶中的某一英文詞對應，反之亦然，造成了很多用詞不當現象。通過上面的論述，我們應該明白，翻譯中在選詞時要考慮更多的因素，尤其是看似意義相近的英文單詞和漢語對應詞之間的差別。可見，翻譯中語內近義詞和語際對應詞的對比非常重要。本書后面會專章論述翻譯中的選詞，此不贅述。

二、語法對比

英漢兩種語言具有不同的語法體系，英漢翻譯的技巧必定涉及兩種語法的比較。比如英語中的時態、名詞複數變化相當嚴格，而漢語的時態卻不明顯，雖然有時可以用助詞「著」「了」「過」來暗示時態，但很多時候都不用這些助詞；漢語中表示不確切數量的人時，有時會有后綴「們」，如「孩子們」「委員們」，但漢語中非人的東西一般不會在后面加上「們」表示複數，如漢語沒有「樹們」「書們」「桌子們」等，也不說「五個孩子們」。另外，英語中有冠詞而漢語中無

冠詞，漢語中有量詞而英語中沒有。被動語態在英語中使用的頻率比漢語要高，特別是在科技和法律文件中，而漢語即使從上下文看是被動的關係，也往往沒有被動的符號，比如「失蹤的孩子找到了」（The lost child has been found.）、「昨天房子剛剛刷過」（The house was painted yesterday）等。英語中的連接手段如連詞、形容詞性的物主代詞（one's）、介詞等的使用比漢語多。漢語的詞與詞之間、分句與分句之間的關係主要是通過上下文推斷出來的，比如「我正吃飯，來了客人」，英文則要說成：when I was having my meal, a guest came. 該英譯文中添加了連接手段 when、have，還添加了冠詞 a。當然，英漢兩種語言之間的語法不同之處還有很多很多，本書后面將詳細論述並探討這些差異以及在翻譯中如何處理這些差異。

三、文化對比

文化的含義很廣，涉及風俗習慣、歷史地理、政治經濟、宗教信仰等諸多方面。語言是文化的載體。由於中西方文化有著不同的淵源，所以翻譯的過程不僅僅是詞彙和語法比較的過程，很多情況下需要根據兩種文化的異同，採取不同的翻譯策略，以免造成譯文讀者的不理解。比如，如果將 Do you see any green in my eyes? 直譯就成了：你能看見我眼裡的綠色嗎？漢語的讀者看了以後，肯定會目瞪口呆，這到底是什麼意思呢？而實際上，green 在英語文化中有自己的寓意，這裡是「幼稚」的意思，所以正確的譯文應該是：你以為我幼稚可欺嗎？此外，像 to kill two birds with one stone 和 to laugh off one's head 在某些場合下可直譯成「一石雙鳥」和「笑掉腦袋」；在另一些場合下，可歸化成漢語的習慣表達方式「一箭雙雕」和「笑掉大牙」，這取決於譯文的讀者層和翻譯的目的等。當然，英漢兩種語言由於形成的地理環境不同，遵循的風俗習慣有很大差異，其在文化中的不同就更為明顯。比如，漢語的「陰陽」「禮」的概念，「風」「月」「梅」的文化涵義絕不是西方人能完全理解的。所以，朱光潛先生說：「如果我們不熟悉一國的人情風俗和文化歷史背景，對於文字的這種意義也就茫然，尤其在翻譯時，這一種字義最不易應付。」再比如兩種語言的稱謂系統、指稱系統、常用的隱喻手段等都存在很大的差別，譯者在翻譯中遇到這些文化特色很強的語言表達時應考慮到這些差別，根據讀者和和翻譯目的進行選擇「異化」或「歸化」的方法。由此可見，要探討翻譯技巧，英漢文化比較也是不可或缺的一環。正如奈達指出，作為譯者，僅熟悉兩種語言是不夠的，熟悉兩種文化同樣重要。（In the first place, knowing two languages is not enough. It is also essential to be acquainted with the respective cultures.）

第二章 詞

第一節　英漢詞類與詞性比較與翻譯

　　首先，英漢語詞類數量及範圍有所不同。英語詞類計十種，其中包括六類實詞：名詞、動詞、形容詞、副詞、數詞及代詞；四類虛詞：冠詞、連接詞、介詞與嘆詞。漢語則有十二大詞類，其中實詞、虛詞各占一半，前者包括名詞、動詞、形容詞、數詞、量詞及代詞，后者有副詞、介詞、連接詞、助詞、嘆詞與擬聲詞。

　　上述分類表明，英漢語詞類不僅數量不等，形式及劃分範疇亦有差異：冠詞為英語獨有，量詞、助詞及擬聲詞則為漢語獨享，英語副詞為實詞，漢語副詞則為虛詞等。就翻譯而言，副詞歸類問題忽略不計似乎並無大礙，至於詞類空缺方面的差異，就需要譯者倍加關注了。

一、冠詞翻譯

　　英語冠詞雖小，且數量有限，作用卻不可小覷，使用頻率也高得驚人。除此之外，尚有一整套完備的運用規則，故此不妨認定，英語實可稱為冠詞優勢語言。而既然這樣，漢譯英過程中，就應當增加必要的冠詞，且須在三種形式（a, an, the）之間做出合理選擇。有悖於此，即會導致相應的句法錯誤。比如「給我本書」應譯為 Give me a book，其中不定冠詞起區別作用：我要的是書而不是雜誌或其他之類。而「把書給我」則須譯作 Give me the book，其中定冠詞表示特指，有邏輯上的規定作用，表明言者知道聽者理當明白自己所指為何。在漢語中，名詞類的區別意義通常為隱含性的，而一旦表述為英語，則需要借助不定冠詞加以顯性處理。此外也可以將相應的名詞轉化為復數形式，比如「真正的素食者從不取食於動物」一句，即應譯為 A strict vegetarian is a person who never eats any thing derived from an animal，或譯作 Strict vegetarians are those who never eat anything derived from animals，在前一譯文中，不定冠詞的運用即有句法上的強制性。定冠詞也可用於表達區別意義，因而漢譯英時偶爾也可用 the 替代 a（an），比如「馬是有用的動物」既可譯成 A horse is a useful animal，也可譯作 The horse is a useful animal，在后一譯文中，定冠詞無特指意義，若回譯成漢語，不應解作「這匹馬是一種有用的動物」。

　　因漢語無冠詞現象，故而英譯漢時往往需要酌情對冠詞進行化解。先以定冠詞為例，在某些特定搭配中，其特指或限定意義就需要特別注意，比如 go to school 和 go to the school 兩例，前者意為「去上學」，其中 school 為抽象的虛指，后者表示「去學校」，school 為具體的實指，類似的例子還有 go to church（去做禮拜），go to the church（去教堂），go to sea（當水手），go to the sea（去海邊）等。由此可見，定冠詞往往具有明顯的辨義功能，某些情況下，用與不用甚至能產生兩種相反的意義。以 out of question 和 out of the question 為例，有無定冠詞便決定了意義的兩極：沒 the 即「沒問題」，有 the 則「有問題」。不定冠詞的轉換則涉及另一方面的問題，我們知道，不定冠詞主要用於泛指，表示一類人或事物，儘管有時不乏數的概念，意義與 one 大致相當，翻譯時則仍以隱性處理為主，如一味機械複製，行文即會有囉嗦之嫌，某些情況下甚至會導致嚴重的翻譯腔。

比如 A capable man will never fail 一句，可譯為「能者永將不敗」或「有能力者永將不敗」，譯作「一個有能力者永將不敗」則顯然有失簡潔。不定冠詞機械複製所導致的翻譯腔問題更是普遍，請看下例：

Youth is not a time of life; it is a state of mind; it is not a matter of rosy cheeks, red lips alsupple knees; it is a matter of the will, a quality of the imagination, a vigor of the emotion; it is the freshness and vitality of the deep springs of life.

譯文一：青春不是一種生命時光，它是一種心理狀態；它不是一種面頰紅潤、嘴唇通紅和膝蓋柔軟的問題；它是一種意志、一種想像的品質、一種情感活力的問題；它是生命暮春時節滿活力的清新氣息。

譯文二：青春非是年華，而是心境；不是粉面桃腮，柔膝朱唇，而是堅定的意志，馳騁的想像，熾熱的情感；青春充滿了清新與活力，青春是深邃的生命甘泉。

譯文一與原文意旨相悖，情趣相左，讀之如食雞肋，吐納不得；譯文二則詩意盎然，文採蘊囊與原文意境相稱，韻味相合。究其原因，首為冠詞之過，如前所述，冠詞為英語獨有，漢譯時如：一味取便，「一種」接著「一種」，即會如刺在喉、如芒在背，如嚼飯哺人，令人作嘔，結果必遭讀者憎惡，將其棄之一旁。除此之外，代詞自然也難辭其咎，漢語如用指代，實為情非得已，翻譯時一不肯放過，定會「它」「它」不已，喋喋不休。

二、量詞翻譯

量詞是漢語中獨特的詞類，數量眾多，且運用頻繁，不少情況下，漢語離開量詞幾乎寸步不行，因此不妨說漢語是一種量詞優勢語言。量詞多由名詞轉化而來，用法上既可實指，亦可虛指。實指表達實際概念，虛指具有修辭作用。此外無論實指虛指，不少量詞都具有感情色彩，或褒貶，或揚或抑，使用時半點馬虎不得。英語中雖無量詞概念，卻有相應的表述手段，也即借助單位名詞或量名詞表達與漢語量詞類似的意義。同量詞一樣，單位名詞也可用於實指和虛指，不少

也具有明顯的感情色彩。

量詞翻譯實非輕而易舉。首先，一般情況下，同一量詞可用來限定不同對象，此時譯者應先仔細分析所用量詞概念意義上的細微差異，而后在英語中找到對應的單位名詞加以轉換。

例如：

（1）他從井裡提出滿滿一桶水來，沖洗沾滿污泥的衣服。

He dipped up a bucketful of water from the well and dashed it over the coat covered over with mud.

（2）一個賣牛奶的姑娘正向集市走去，手裡提著一大桶牛奶。

A milk maid was on her way to the market. In her hand she carried a large pail of milk.

上述兩例均使用了「桶」字，表面看來並無任何差異，而一旦譯成英語，則需要根據搭配關及概念意義進行選詞：bucket 一般指打水用的吊桶，pail 則多指用來運送液體（如水、牛奶等）的容器，故而譯文選詞上應加以區別。類似的例子還有很多，另如「有組織的一群人」「擁擠的一人」「四處散開的一群人」「擁擠的一群行人」「蜂擁而至的一群人」就應分別譯為 a group people, a crowd of people, a multitude of people, a throng of people, a swarm of people, 而「一只大雁」「一群奶牛」「一群蜜蜂」「一群鵪鶉」則應分別譯作 a flock of geese, a herd of cows, a swarm of bees, a bevy of quails。

其二，量詞翻譯還須注意感情與修辭色彩，前者較易處理，只消留意語義褒貶，尋找恰當的對應形式即可，如「一群騙子」（a pack of liars）、「一幫惡棍」（a gang of ruffians）、「一幫嚼舌的女人」（a horde of gossiping women）、「一群影星」（a galaxy of film stars）等，后者涉及得體性問題，因而轉換時較為複雜。

例如：

（3）向窗外看去，你會看見一片片渦旋的白雲漂浮在湛藍的海面上。

Looking out of the window, you'll see the blue oceans covered with swirls and patches of white clouds.

（4）一片片綠草開始在焦土上出現，代替了這裡許多世紀以來一直生長的參天大樹。

In place of the magnificent trees which had been growing here for centuries patches of green had begun to appear in the blackened soil.

與「片」對應的英語單詞包括 piece, field, stretch, tract, expanse, mass 等，而上述兩例譯文之所以要選擇 patch，主要在於該詞具有較強的修辭色彩，可將「與周圍顏色不同」這一強調視覺反差的表現效果傳遞出來。

其三，實指以外，量詞尚有虛指現象，其區別是前者可以將前面的數詞改為復數，如「一桶水」「兩桶水」等，后者一般不能將數詞改為復數（某些形式可

用「幾」代替數詞）。虛指量詞譯成英語時往往需要靈活處理，或轉換成其他形式，或直接將其省略，可數名詞在某些情況下也可運用不定冠詞。請看譯例：

（5）大廳此時沉浸在一片漆黑之中。

The hall was now completely dark.

（6）她雙眼無一絲表情，人們簡直以為她根本沒有看見對方。

Her eyes were so empty of expression that you might have thought she did not even see him.

（7）你知道他們那一茬說法。

You know their argument.

（8）房間裡爆發出一陣大笑。

The room exploded with laughter.

（9）觀眾中響起一片掌聲。

Spectators broke into applause.

（10）老太太還沒開口，你便說了一大堆喪氣話。

譯文一：But before the old lady says a word, you come out with all that ill-omened talk!

譯文二：Trust you to pour cold water on the whole idea before Grandmother has even had a chance to speak!

（11）他忍不住咽了一口唾沫，嘴角邊掠過一絲豔羨的微笑。

He swallowed involuntarily, the merest flicker of an envious smile curling the corners of his lips.

（12）一絲發抖的聲音，在空氣中愈顫愈細，細到沒有，周圍便都是死一般靜。

A faint, tremulous sound vibrated in the air, then faded and died away.

如上所述，作為漢語表達優勢之一，量詞不僅數量眾多，且使用頻率頗高，英語中雖無量詞概念，但可借助單位名詞或量名詞表達相應的意義。這說明，在英漢轉換過程中，不少單位名詞可直接譯為量詞。例如：

（13）Vast flats of green grass, dull—hued spaces of mesquite and cactus, little groups farm houses, woods of light and tender trees, all were sweeping into the east.

一片片茫茫的綠色草原，一簇簇色澤灰暗的牧豆樹和仙人掌，一群群小巧的木屋，一叢叢青枝嫩葉的樹林——一切都在向東奔馳。

而另一方面，漢語量詞有時所表達的往往不只是確定的概念意義，很多情況下，量詞還可能蘊含豐富的修辭意義，這種現象尤見於某些重疊現象及比喻性量詞，在前一現象中，量詞重疊可實指，也可虛指，而無論虛實，兩者均不乏節奏及樣態或摹狀上的修辭效果，例（13）譯文中「簇簇」「群群」「叢叢」即屬於此列，至於后一種現象，在「一輪明月」「一鉤新月」「一彎新月」「一汪清泉」

之類的搭配中，量詞的修辭效果同樣是顯而易見的。

英漢過程中，原文即使未出現單位名詞或量名詞，譯者有時也可根據表達需要添加適當量詞。例如：

（14）They entered the woods, and bidding adieu to the river for a while, ascended some the higher grounds; whence, in spots where the opening of the trees gave the power to wander, were many charming views of the valley, the opposite hills, with the long range of woods overspreading many, and occasionally part of the stream.

他們進了樹林，暫且告別溪澗，登上高處的山坡。從林子空隙間望去，可以看見種種迷人的景色：山谷，對面的群山，一座座山上布滿整片的樹林，還有那一條溪澗也不時映入眼簾。

最后需要指出的是，英語中有一種類似量名詞或單位名詞的習慣搭配形式，翻譯時不宜直轉換為漢語的量詞。比如 a great mountain of a wave 一語，意思相當於 a wave like a great mountain，因而可譯為「排山倒海似的波濤」。類似的例子還有很多，比如 an angel of wife（天使般的妻子），an awful fool of a man（蠢笨十足的家伙），a death of a cold（嚴重的感冒），a palace of a house（宮殿般的豪宅），a fine figure of a young man（翩翩少年郎），an old rascal of fellow（十足的老惡棍）等。

三、助詞翻譯

英語雖有助動詞一說，卻無純粹的助詞概念，而在漢語中，助詞則是另一表達優勢，不僅數量眾多，分類詳細，且運用相當頻繁，是表情達意的重要手段之一。助詞主要附著於詞、短語、分詞或句子之後，用以表達各種附加的語法意義或情感意義，前者包括結構助詞（的、地、得）、動態詞（著、了、過、的）、比況助詞（似的、一般、一樣），後者主要是語氣助詞（啊、嗎、哪、呀）。在表達語法關係的助詞中，動態助詞將在下文中作進一步探討，結構助詞及比況助詞運用不甚複雜，漢譯英時注意其句法功能並選擇相應形式即可，只是英譯漢時需要避免「的」「的」不休、「地」「地」不絕、「得」「得」不已等翻譯腔現象，因為漢語助詞運用也還涉及得體性問題。下面我們主要就語氣助詞的翻譯及其在轉換過程中的運用問題稍事討論。

漢語語氣助詞大都源於嘆詞，兩者之間的差別在於后者語氣較強，前者語氣較弱。比較而言，漢語並不過多使用嘆詞，這大概與漢民族情感表達方式有關。漢語表現情緒的手段常常是內在而含蓄的，貪用嘆詞或動輒嘆之，往往有感情不真、語氣不實之嫌。故此每遇感嘆，有時會傾向於將嘆詞移到句末而變成語氣助詞，以免產生過於突兀之感。英語則不然，其表現感情或情感的手段主要是嘆詞，英語嘆詞有 120 個之多，幾乎比漢語多了一倍，這說明嘆詞在英語中是一種十分活躍的詞類。瞭解英漢嘆詞之間的差異性及其各自的情感表達方式，之於翻

譯具有積極的指導意義。漢語嘆詞數量及使用頻率均不及英語，大量的語氣助詞卻可起到補偏就弊的作用。這就是說，漢譯英過程中，某些語氣助詞可能需要轉換為英語嘆詞。英譯漢時，不少英語嘆詞也有可能需要譯為漢語語氣助詞。而在某些情況下，則既要保留原有形式，又要酌情增加必要的語氣助詞。請看例句：

（1）「你還和我犟嘴啊？」

「Well, do you still deny it?」

（2）秦氏聽了笑道：「這裡還不好？可往哪裡去呢？不然往我屋裡去裡。」

「If this is not good enough, where can we take you?」said his hostess with a laugh.「Well, come along to my room.」

（3）「Well, I declare!」she said.

「真奇怪呀！」她說道。

（4）Ah, yes, Jeanne married a man with a lot of money.

是呀，珍妮嫁了一個很有錢的人呢。

（5）Ah, here is the thing I am after.

哎呀，我找的東西在這兒呢。

英譯漢過程中，原文有時並未出現嘆詞，但卻明顯蘊涵了某種語氣，這種情況下，也有必要發揮漢語表達優勢，酌情增加適當的語氣助詞。比如：

I'd really like to tell you something 一句，譯為「我倒是真想和你談點什麼呢」便能一定程度地減少突兀感。然而必須指出的是，語氣助詞具有較強的表感功能，用與不用往往會產生截然不同的表達效果，因此譯者必須能夠準確把握原文語氣，假如不該用時而出手，小小助詞也同樣能夠導致翻譯中的敗筆。請看一例：

（6）「I have said so, often. It is true. I have never really and truly loved you, and I think I never can.」She added mournfully,「perhaps, of all things, a lie on this thing would do the most good to me now; but I have honour enough left, little as this, not to tell that lie. If I did love you I may have the best o'causes for letting you know it. But I don't.」

譯文一：「我不是對你說過，常常對你說過嗎？本來就是這樣啊。我從來沒真心愛過你，沒實意愛過你，我想我永遠也不會愛你的。」於是她又傷感地接著說：「也許，事到如今，我撒一句謊，說我愛你，就會於我頂有好處；不過我還得顧點兒臉面哪，別瞧我已經丟夠臉了，我就是不能撒這個謊。如果我愛你，那我也許最有理由，應該讓你知道知道，但是我可不愛你呀。」

譯文二：「我早就這麼說過，說過多次。確實是這樣的。我從沒真心實意地愛過你，我想我永遠也不會愛你。」接著，她又淒愴地說道，「也許，時到如今，我在這件事上撒一句謊，倒會對我極為有利，但是，我儘管已經丟盡了人，可是還得顧點臉面，不能撒這個謊。假如我真愛你，那我也許最有理由讓你知道。可

是我不愛你。」

原文選自哈代的小說《德伯家的苔絲》，文中為主人公苔絲斥責惡少亞歷克的一段話。首先，我們知道，亞歷克實令苔絲恨入骨髓，就大背景而言，苔絲說話時自當是咬牙切齒的；此外，再看原文語言，情況也的確如此：詞語層面，never, really, truly, mournfully 等情感色彩極強，若非憤懣之情至於極端，英語中少有此種用詞現象；句子層面，短句斷斷續續，說話人已是「氣」（泣）不成聲，長句一氣呵成，If I did love you 之後本該稍事停頓卻未能停下，說話人似要將對方一口吞下。凡此等等，苔絲決絕的語氣該是明白無誤了。而在譯文一中，譯者卻無緣無故地增添了「嗎」「啊」「呢」「呀」「的」五個語氣助詞，加之「兒」話音的運用，原本殺氣騰騰的語氣裡竟平添情真意切、情意綿綿似的戀戀不捨、無可奈何的韻味，原本髮指眥裂的苔絲竟變得如此小鳥依人了。比較而言，譯文二顯然要勝出幾籌，只是由於語言差異及語感方面的問題，原文中刻薄的語氣仍未得到應有的渲染。

在上文中，我們從三個方面就英漢詞語分類差異及其之於翻譯的影響進行了較為詳細的分析。關於最后一種詞類空缺現象，也即漢語擬聲詞語，這裡不擬另行分析。其原因是，英語雖無聲詞類，卻不乏相應的表現形式。至於翻譯，譯者如能注意詞性選擇、詞義辨別等相關問題，轉變過程中基本不會遭遇太大的障礙。

四、詞性轉類與翻譯

英漢詞語分類方面的知識無疑有助於更好地做好翻譯，除此之外，譯者尚需瞭解英漢詞類方面的問題。在漢語中，詞性轉類現象頗為普遍，尤其在名詞與動詞及名詞與形容詞之間，此類現象更司空見慣。正因為這樣，語法學家才會有「詞無定性、隨義轉類」一說。言外之意，漢語詞性具有不確定性，在不同搭配中，同一詞語往往會表現為不同的詞性，並由此而獲得或被賦予新的意義。這種觀點儘管不乏泛詞性化之嫌，卻能一定程度地表明漢語在詞性變化方面的確存在著靈活性。之所以如此，主要因為漢語詞語無任何形態變化，因而各詞語無須在形態上與其句子成分之間保持嚴密的一致性，或者說詞語的運用不必與句子其他成分在數、人稱、時態、語態等方面保持一致。以「老實」一詞為例，依照詞法規則，「老實」之前可由「很」「非常」等副詞限定，據此可將其界定為形容詞，具有定語功能。比如「他是個老實人」（He's an honest man；He's a man of honesty）；而另一方面，在「老實是美德」（Honest is a virtue）、「你這人不老實」（You're not honest；You're dishonest）、「你要老實告我」（You should tell me frankly；You will have to tell me truthfully）幾類句子中，「老實」一詞顯然又獲得了名詞、動詞、副詞等身分。但儘管如此，為方便起見，我們仍將「老實」視為形容詞，並賦予其不同的句法功能。一般語法書中，此類現象通稱為類或一詞多

類，也即兼具兩種以上的詞性且意義相同或相關的詞語。在漢語中，類似現象可謂數不勝數，比如「態度嚴肅」（in a severe manner; with a severe air）、「嚴肅黨紀」（to enforce party disciplines），「思想純潔」（with a decent mind; to have a chaste mind; to be virtuous in mind），「純潔思想」（to have a refined mind; to be refined in mind; to have one's mind refined），「態度端正」（with a proper-attitude）、「端正態度」（to rectify one's attitude; to correct one's attitude; set right one's attitude）等。因搭配不同，「嚴肅」「純潔」和「端正」分別獲得了名詞及形容詞兩種詞性，或可稱為形容詞、動詞兼類（形兼動）現象。

就詞語轉類而言，所謂靈活性指的不過是幾種特定的詞類，如名詞、動詞、形容詞、副詞等，對於代詞、數詞、連詞等實詞或虛詞，則基本不會出現任何轉類現象。同樣，在英語十大詞類中，能夠轉類的大體上也只有名詞、動詞、形容詞及副詞四種，除此之外，介詞中的某些形式（如 down, except, near, over, round, up 等）也可直接轉變為動詞、副詞、形容詞或名詞，而無論用作何種詞類，這些詞語在句子中的詞性無一不是涇渭分明的，儘管不少漢語介詞也可轉類為動詞或兼作動詞，但由於漢語動詞缺少嚴格的形態標誌，介詞與動詞之間的界限往往是不易劃清的。例如：

（1）在心神最恍惚的時候，他忽然懷疑駱駝是否還在他的背后。

At the height of his confusion, he had suddenly suspected that the camels were no longer behind him.

在原文中，前一個「在」一般被認定為介詞，后一個「在」則被視為動詞，而兩者之間卻無任何形式上的區別標誌。英語則不然，后一個「在」轉換為相應成分時，介詞 behind 則需要與 be 構成完整的 SV 主幹，同時動詞還必須根據時態要求發生相應的形態變化。

撇開形態限制，英語詞語轉類上的靈活性比之漢語可謂有過之而無不及。以表示身體部位的名詞（head, eye, mouth, nose, hand, arm, foot 等）為例，其中大都可以直接用作動詞，更為甚者，某些不可能轉類的詞語竟也能臨時活用為動詞，如 Don't brother me（別和我稱兄道弟的），Don't uncle me（別老叫我「叔叔」「叔叔」的）等。此外，在莎士比亞筆下，還出現了 But me no buts（別老給我「但是」「但是」的），You can happy your friend, malice or foot you enemy, or fall an axe on his neck（你可以讓朋友快樂，可以痛恨或踩踏自己的仇敵，甚至可以把斧頭架上仇人的脖頸）等有趣的用法。總之，在英語中，獨特的詞語轉類現象可謂數不勝數，鑒於漢語中無嚴格的對應形式，翻譯時應根據表達需要進行靈活表述。例如：

（2）Who chaired the meeting?
主持會議的是哪位？
（3）They breakfasted at the guesthouse.

他們在賓館用了早餐。

（4）Investigations fathered the baby on him.

調查結果證明他就是孩子的父親。

（5）Vernal breezes green the Thames with a kiss.

春風一吻泰河綠。

（6）An accident serious enough to total a car generally totals the occupants as well.

整輛車都報廢了，這樣的車禍，乘車人大都會全部「報銷」。

（7）On this issue there was little grace and less give.

在這一問題上，沒多少客氣好講，更談不上什麼讓步。

（8）And poor Lady Jane was aware that Rebecca had captivated her husband. Although she and Mrs. Rawdon my-deared and my-loved each other every day they met..

可憐的簡小姐心下明白，麗蓓卡已經迷住了自己的夫君，然而每天見到這位羅頓太太，兩人還是要「心肝兒」「寶貝兒」的叫個不停。

上述譯例表明，詞語轉類與活用可收到生動簡潔的表達效果，正因為如此，英漢語均不乏類似的表意手段。所不同的是，就靈活性而言，英語詞語轉類多見於名詞、動詞之間，而在漢語中，詞語的轉類範圍則要寬泛得多。此外值得注意的是，漢語詞語轉類前后一概不受任何形態制約，英語詞語轉類后則一般應根據表達需要發生形態變化（如 ups and downs 等），關於后一種現象，我們還將在下文中繼續探討。

第二節　英漢構詞方式比較與翻譯

人類社會變動不居，新思想、新變化層出不窮，新思想、新概念不能全靠造出全新的詞彙來表達。任何語言都有一套手段，運用已有的概念和形式組合成新的思想和概念。這個組合過程具體表現為構詞；英漢語的構詞主要有五種方法：語綴法、轉化法、縮略法、重疊法和複合法。

一、語綴法

1. 語綴法是在詞根上加前綴或后綴。加前綴一般會發生意義變化（如反義），加后綴通常會改變詞性。英語裡常用的詞綴有：

anti-　antitrust（反壟斷的），antibiotic（抗生素）

ex-　ex-wife（前妻），ex-president（前總統）

pro-　pro-choice（讚成墮胎合法化的），pro-western（親西方的）

re-　reuse（再利用），re-route（變更旅程）

-age　coverage（報導，保證金），percentage（百分比，百分數）

-ation　legislation（立法），inflation（通貨膨脹）

-ee　employee（雇員），referee（裁判），nominee（被提名人），trustee（受託人，保管人）

-ness　awareness（意識），cost-effectiveness（成本效率）

-philia　Anglophilia（親英），Americophilia（親美）

翻譯這類英語詞彙時要注意：

（1）漢語中可能有多個對應詞素，比如，anti-與某些社會行為、社會意識組合時常譯成「反」，如 anti-terrorism（反恐），anti-apartheid（反種族隔離）；與某些物質或自然現象組合時常譯成「抗」，如 antigens（抗原），anti-cancer（抗癌的），anti-virus（抗病毒的，殺毒液）。當然，anti-還可以有其他譯法，如 antiseptic（防腐劑）。

（2）有時需要根據組合的社會意義來翻譯。比如，pro-choice 直譯成「讚成選擇的」不好理解。根據維基百科（WIKIPEDIA），它是指婦女有選擇終止妊娠的權利，所以根據其語境譯成「讚成墮胎合法化的」更容易理解。

（3）注意詞綴和詞的區別。比如 ex-Yugoslavia 中的 ex-是詞綴，意思是「前」，整個單詞的意思是「前南斯拉夫」；而 ex-dividend 中的 ex 是介詞，意思是「不包括，無權享受」，整個組合的意思是「不含紅利的」。

2. 漢語裡的語綴是詞的附加成分，有些沒有詞彙意義，有些具有詞彙意義，有的后綴還具有語法作用。我們可以根據詞性變化對其進行分類：

（1）不改變詞性

巴　結巴（stammer），鍋巴（crispy rice）

兒　胖墩兒（short and fat child），（尿）片兒（diaper）

頭　舌頭（tongue）

老　老鄉（fellow townsman），老伙計（old boy/fellow/chap）

工　工筆（traditional Chinese realistic painting），工巧的（skillful），工整的（net）

（2）改變詞性：變為名詞

頭　寡頭（oligarch），滑頭（slippery eel）

子　胖子（fatso），尖子（the best），塞子（plug），鑿子（chisel）

者　投資者（investor），先進工作者（advanced worker）

員　辦事員（clerk），傷員（the wounded）

家　畫家（painter），贏家（winner）

手　投手（bowler/hurler），演奏手/選手（player）

商　製造商（manufacturer），零售商（retailer），贊助商（sponsor）

氣　神氣（manner），殺氣（murderous look）

性　自覺性（awareness of...），記性（memory），悟性（savvy）

（3）改變詞性：變為動詞

化　電氣化（electrify），標準化（standardize），美化（beautify）

（4）改變詞性：變為形容詞或副詞

可　可心／人（be to one's liking），可取（desirable）

然　天然（natural），井然（orderly）

翻譯漢語語綴時要注意：

（1）在漢語裡，有些動詞加上「家、者、手、員」等語綴后成為實施某類行為的人，但這些后綴所指的對象和範圍通常有差異。比如，「作家」是「作者」，但前者比後者更有社會威望；「歌唱家」要比「歌手」更具專業聲望或社會地位；而「學者」是給「學員」傳授知識的。在英語裡，「作家」「作者」其實就是一個詞（writer），「歌唱家」和「歌手」也都稱 singer；但「學者」和「學員」卻不是一個意思，分別為 scholar 和 student。

（2）漢語的複合詞在英語裡可能需要短語來表達，比如，「黨性」就需要短語 party spirit 來表達。

（3）詞性改變可以是多向的。比如，「生氣」是心理動詞，但可以用程度副詞修飾，有形容詞的部分語法特性（如「他很生氣」）；又如，帶「化」這個動詞詞綴的「人性化」卻一般不做動詞，而是做形容詞或副詞，如人性化設計（consumer-oriented design）。

二、轉化法

詞由一種詞類轉化成另一種詞類，這種情況就叫轉化或者轉類。現代英語裡存在大量的轉類詞，而且轉化后的詞義與原來的詞義相關，有時會改變讀音、詞尾或拼寫方式。如：

use/juːz/v. 使用　　use/juːs/n. 用處

excuse/Ik'skjuːz/v. 原諒，辯解　　excuse/ik'skjuːs/n理由，借口

英語詞性轉換通常在名詞和動詞之間進行。如：

to drink v. 喝，飲

to taste v. 品嘗

to catch v. 抓，捕

eye n. 眼睛

size n. 大小，尺寸

drink n. 飲料

taste n. 味道，品味

catch n. 捕獲物，把手

to eye v. 盯著看

to size somebody up　v. 打量

以下是常見的名—動轉化：

身體	名詞	動詞
Back	背	支持（to back up a conclusion）
Stomach	胃	消化，容忍（a book hard to stomach）

動詞

架梯或梯狀物（a wall laddered with shelves）

鋤地（to hoe in the filed）

拴住（to chain the door）

航運（old electronics shipped to China）

動詞

裝封套（jacketed syringe）

適合，合身（Suit yourself. I hope you'll be very happy together.）

容器	名詞	動詞
bag	包	袋裝（bagged flesh spinach）
jar	罐	吵鬧，震動（to jar somebody out of deep sleep）
scoop	鏟子，勺子	舀，挖出（cut an orange or grapefruit in half and scoop out the fruit）

在古代漢語裡，詞性轉換得十分靈活，臨時組合很常見。這種現象又稱詞的活用。在現代漢語裡，詞性轉化不如以前那麼自由，但還是要通過詞彙在句子中的語序加以判別，最常見的是動詞、形容詞轉換成名詞，很少從名詞直接轉為動詞，但常見名詞用做形容詞的情形。如：

（1）這個人很垃圾。
He is a big lout.

（2）他太男人了！
What a manly man he is!

（3）這事越說越神。
The more it is talked about, the more incredible it becomes.

形容詞轉成動詞的現象也常出現在現代漢語裡。如：

（4）這可苦了我了。
I had a really hard time.

（5）這位歌星一推出就紅了起來。
The singer rose to stardom soon after her introduction.

（6）熱浪熱死了不少人。
The heat wave claimed many lives.

以下是一些常用的轉類名詞：

to get a close-up 給個特寫

the latest goings-on 最新事態，最新情況
big sell-off（股票）大拋售
stand-in 替身（演員）
best-buy 特惠商品，最值得買的商品
two-year follow-up 為期兩年的跟蹤期
combination of the two 合二為一
shoplifting charge 入店行竊的指控
violation of the law 觸犯法律
breakthrough in negotiation 談判獲得突破
ceasefire agreement 停火協議
family breakup 家庭破裂
military buildup 軍事集結
professional pickpocket 職業扒手
start-up capital/funds 啟動資本/基金
time-tested method 屢試不爽的方法
low-brow entertainment 低俗的娛樂形式
technical know-how 技術性的專門知識
to act in self-defence 正當防衛
formation of the new faction 新派系的形成
tradeoff between risk and return 權衡風險和收益
show of force against its tiny neighbor 對弱小鄰國耀武揚威
rehabilitation of the visually impaired 視障人群的康復問題
environmental cleanup and pollution control 環境治理和污染控制
management shake-up 管理層改組
economic meltdown 經濟崩潰

翻譯時應注意的問題：

1. 英語裡由動詞轉化而來的名詞通常可以指動作的對象或結果，構成該動詞所表達的事件的一部分。如 pay 可以指「薪水」，prey 指「劫掠物，戰利品」。

2. 翻譯時要特別留心一些從名詞轉過來的動詞，這類動詞表達的行為可能以原生名詞為工具或介質，但是多數和原生名詞的意義相去較遠，翻譯時要考慮上下文，小心應對。如：

（1）Thanks for the coffee, it juiced me up.
謝謝你的咖啡，特提神。

（2）Take some photos of her alone, not always sandwiched between her siblings.
給她拍幾張個人照，別老夾在兄弟姐妹中間照。

3. 總的說來，漢語少用名—動轉化，翻譯英語的名—動轉化也比較困難。

如果是排比式的名—動轉化，處理起來更要費些心思。如：

And believe me, you'll be wined, womened and songed from one end of the U. S. to the other.

相信我，在美國無論你到哪裡，那裡都有花天酒地等著你。

（句中 be wined, womened and songed 的意思大概就是「有美酒暢飲、美女相擁、笙歌繚繞」。）

三、縮略法

縮略法就是把詞縮短，不增減意義，也不改變詞義。首字母（或首字）縮略法（如 UNESCO，APEC；地鐵；亞太；人流）是英漢語縮略的主要方式。英語裡還有一些靈活的縮略形式，如 triple-H days 中 H 是縮寫形式，分別表示 hazy（陰沉的），hot（熱的）和 humid（潮濕的），譯成漢語應該就是「桑拿天」了。英語還有其他縮略方式，如縮合（motel 汽車旅館），截短（flu 流感）等。漢語中還有一種特殊的縮略法，叫做數字概括法。翻譯這類詞的時候要注意數字的內涵。如：

兩伊戰爭　Iran-Iraq War
「兩個凡是」the「two whatevers」
三巨頭（汽車業）the Big Three
「三個代表」the「Three Represents」
「五反」　movement against the「five evils」
六淫　six evils; six disease—provoking conditions
七情　seven passions
「十二五」規劃 the 12th Five-Year Plan
十四大 the 14th National Congress of the Communist Party of China

還要特別注意一些相對固定的表達形式，如：

工傷 injury at work
老保 pension insurance
醫保 medical insurance
社保基金 social security funds
人機對話 man-machine conversation
人機交互 human-computer interaction

四、重疊法

漢語可以使用疊字構詞，如「亮晶晶」「三三兩兩」。這種構詞方式英語裡沒有，但英語可以使用基數詞的複數形式表達不確定的數量，常用的 in twos and threes 就指「三三兩兩」。漢語裡的疊音詞有些不改變詞性，詞義也基本不變，

如「爸，爸爸」「媽，媽媽」「哥，哥哥」等。有些會產生新的附加意義，如「家，家家」「人，人人」。還有些疊音詞應看作一個單純詞，單個詞素不能單獨使用，如「猩猩」「娓娓」和「隆隆」。在翻譯的時候，要注意它的詞彙含義和語用規約。比如，把「警察叔叔」譯作 uncle policeman 不符合英語稱呼的規範。上例如果不是稱呼，譯成 policeman 即可；若是稱呼，可譯成 officer。

五、複合法

複合指兩個或兩個以上的詞素合成一個新詞。漢語的主要構詞方式是複合，有五種類型：聯合式、偏正式、動賓式、補充式、主謂式，如「朋友」「雪白」「理髮」「提高」「地震」。漢語重整體思維，傾向於給事物添加類屬標記；英語重個體思維，一般不需要這類標記。如噴氣飛機（jet）、電視機（TV）、電機（electric machinery）、收割機（cropper）、挖掘機（grab）；柳樹（willow）、楊樹（poplar）、槐樹（sophora）。但「梧桐樹」在英語裡要加類別詞（phoenix tree）。英語裡偶爾也使用一些準類別詞來構建複合詞，如：

gate　　Watergate scandal（水門事件）
　　　　Zipper gate scandal（拉鏈門事件）
　　　　Irangate scandal（伊朗門事件）
holic　　shopaholic（購物狂）
　　　　workaholic（工作狂）
phobia　claustrophobia（幽閉恐懼症）
　　　　acrophobia（恐高症）
　　　　hydrophobia（恐水症，狂犬病）
mania　　bibliomania（集書狂，藏書癖）
　　　　Beatlemania（披頭士迷）

另外，英語也大量使用獨立的詞彙來表達類別義。比如，machinery 可以組成很多常用詞：farm/agricultural machinery（農業機械），industrial machinery（工業機械），state machinery（國家機器），political machinery（敦治機器）。以下是一些常見的複合名詞：

copycat product　　山寨產品
credit market　　信貸市場
oil royalty　　石油產地使用費
hedge fund　　金融避險基金，對沖基金
computer glitch　　電腦故障
money laundering　　洗錢
subprime mortgage crisis　　次貸危機
public funds embezzlement　　侵吞公款

biodiversity science　生物多樣性科學
emergency preplan　應急預案
self-esteem　自負，自尊
civil engineering　土木工程（學）
credit crunch　信貸緊縮，有限借貸
wardrobe malfunction　走光
green tax　綠色稅收
eco-village　生態村
fashion-forward　時尚先鋒
nail bar　美甲吧
cover charge　服務費
talent show　才藝展示

第三節　英漢主導詞類的比較與翻譯

英漢兩種語言詞類的分法各有不同，詞類的數目有差異，但是主要詞類兩種語言都有，如，名詞「pen」的原始意義是羽毛，因為人們最初始是用羽毛作為書寫工具的。

一、普遍意義與特殊意義

由於詞義範圍在歷史演變中的擴大或縮小，有些詞既可以指一類事物，也可以指這類事物的一種或一個。例如「case」有「事例」「實例」這一普遍的意義，還有「病例」「病人」和「案件」兩個特殊意義，在「That is often the case with him.」（他往往就是這樣。）句子中，用的是「case」的特殊意義。

二、抽象意義與具體意義

這兩個意義也是詞義範圍變化的產物。在「Beauty is but skin deep.」（美貌只是外表罷了。）中，beauty 表示「美貌」這種抽象的意義；在「She is a real beauty」（她真是個美人）中，「beauty」具體指一個「美麗的女子」。「pride」可以表達「驕傲」這種抽象的意義，「Pride goes before a fall.」（驕傲必敗），也可以表達「一個使人引以為自豪的人」這樣一種具體意義，例如「The bright boy is the pride of his parents.」（這個聰明的孩子是他父母的驕傲）。英語詞彙中這種現象很多，一般抽象名詞都可用來指具體事物。例如：

government
抽象意義——治理國家（the art of government 治國之術）
具體意義——政府（The Government of the People's Republic of China 中華人

民共和國政府）

抽象意義——憂慮（Worry and suffering have turned her hair white. 憂慮和折磨使她的頭髮變白了。）

具體意義——使人憂慮的人或事（What a worry that child is! 那孩子真令人心煩呀！）

代詞、動詞、形容詞、副詞、介詞、連詞等，在這些詞的類型中，在表意功能以及使用頻率上，英漢兩種語言各自有其主導詞類，下面對英語的名詞主導展開討論。

作為有豐富形態變化的綜合型語言，英語句子中的謂語動詞要受到很多形態變化規則的約束，使用時有很多不便，所以一般每個句子只有一個謂語動詞。英語中很多名詞都是從動詞變化而來，具有動態的含義，而且形態變化相對簡單，常常用來表示動作，含有動作、行為、變化、狀態、品質、情感等概念，因此，名詞化（nominalization）就成為英語的一大特點。這一特點在書面語及學術文體中表現得更為突出，構成了以靜態為主的語言特徵。這就是所謂的「名詞優勢於動詞」（preponderance of nouns over verbs），例如：「You can rectify the fault if you insetrt a wedge.」（嵌入一個楔子，就可以糾正誤差。）在科技文體中，這句話會改為：

「Rectification of this fault can be achieved by insertion of a wedge.」同樣，「He failed in this exam, so he felt disheartened.」（他這次考試不及格，因而很沮喪。）在書面語中，這個複合句結構使用名詞化的方法，可以改為簡單句結構：「His failure in the exam made him disheartened.」由此可見，這種名詞優勢可以使表達簡潔精練，在西式文體中，更能體現出莊重感和科學性。

英語名詞主導的另一個重要表現是偏好使用抽象名詞，抽象名詞在科技語體中出現頻率較高。例如：

A frequent subsection of this problem section is a review of past, research on the topic being investigated. This would consist of summaries of the contributions of previous researchers to the question under consideration with some assessment of the value of these contributions. This subsection has rhetorical usefulness in that it enhances the credibility of the researcher by indicating that the data presented is based on a thorough knowled of what has been done in the field and, possibly, grows out of some investigative tradition.

在這樣一個短小的段落中，抽象名詞達十餘個，使用的名詞比漢語要多，名詞化點非常明顯。英語中的許多抽象名詞，在漢語中一般是用其他形式來表達的。例如：

The cultivation of a hobby and new form of interest is therefore a policy of first importance to a public man.

因此對一個政府人員來說，培養業余愛好和新的興趣是頭等重要的明智之舉。英語抽象名詞多，主要是由於英語豐富的虛化手段。其中最重要的虛化手段是有虛化功能的詞綴，特別是后詞綴。如：

-ness	fruitfulness	greatness	illness
-ion	realization	discussion	decision
-ship	friendship	scholarship	statesmanship
-hood	childhood	motherhood	likelihood
-dom	freedom	kingdom	officialdom
-th	truth	warmth	length
-al	refusal	approval	arrival
-ment	movement	argument	judgment
-ing	building	feeling	painting

第四節　英漢顏色詞比較與翻譯

大千世界，多彩繽紛，曼妙奇特。斑斕的色彩，之於生活，以其強烈的視覺衝擊力，給予人們美的享受；之於文學，大量顏色符號的存在，記錄著現實中的繽紛世界。這些符號即顏色詞。其不僅能夠描繪客觀的景和物，還具有很強的寓意作用，賦予抽象的事物和人物性格、生活特徵、心理活動、情感、情緒等以不同的色彩，使表達增添了形象的比喻意義。把顏色的單純賞目性昇華到對人物品行的形象表達是顏色詞獨有的語言功能。值得注意的是，在跨文化交流中，不同民族、不同文化背景，其顏色詞所蘊含的文化內涵不盡相同。

作為中英詞彙的重要組成成分，顏色詞在交際中發揮了十分重要的作用，其不僅與人類生活息息相關，也是人類認識世界的重要途徑，更是包含了豐富的文化內涵。英漢語言中有關顏色的詞彙非常豐富。這些顏色詞彙有時在英漢兩種語言中所反應的事物和現象具有相同或者相似的引申意義，有時相同的顏色詞彙卻反應著完全不同的引申意義。這就給翻譯帶來眾多的困難。如何準確理解和表達顏色詞所蘊含的文化意義是翻譯研究的一大重點和難點。因此，本節將分節介紹顏色詞的定義，中西文化在顏色詞上的認識差異以及顏色詞翻譯的策略與技巧。

一、英漢顏色詞詞彙比較

人類認識和使用顏色詞的歷史悠久，據專家統計，人的眼睛在正常情況下可以辨別上百萬種不同顏色的細微差別，然而能用語言表達的顏色名稱卻十分有限。中西語言中均存在表示顏色的詞彙，即顏色詞。這些詞彙在表達上或相同，

或迥異，為語言中不可或缺的重要組成成分。

顏色雖種類無窮無盡，並且不同語言表達顏色的詞彙的數量，差別很大，但是對於顏色詞的分類大致相同。就英漢兩種語言而言，顏色詞大致可分為：基本顏色詞、實物顏色詞和花色顏色詞。

（一）基本顏色詞

英漢基本顏色詞基本一致。一般認為，在漢語中存在七大顏色詞，即：紅（red）、橙（orange）、黃（yellow）、綠（green）、青（cyan）、藍（blue）、紫（purple）；在英語中，基本顏色詞達九個，它們分別是：red（紅色）、white（白色）、black（黑色）、green（綠色）、yellow（黃色）、blue（藍色）、purple（紫色）、grey（灰色）和 brown（棕色）。

這些詞大多短小精悍，為單音節詞，屬於英國本土詞彙。此外：通常情況下，pink（粉紅）、verdant（翠綠色）、crimson（深紅色）、auburn（棕色）、russet（赤褐色）、sombrero（黑色）等外來詞彙也被認為是英語的基本顏色詞。這些詞彙與英國本土詞彙共同構成了英語基本顏色詞。

一般而言，英語基本顏色詞具有高度的靈活性。它們變化多端，包羅萬象，能適應多種表達形式，常見於與程度副詞連用，表達顏色濃淡明暗，如深黛色 deep blue，淡黃色 light yellow 和各種混色（黃綠色 yellow green）。此外，大自然中還存在這樣一種色彩：它們是兩種或多種顏色的共存，但又有別於混色，因為顏色間並沒有調和，而是保持各自色彩。這種色彩我們稱之為花色。相對應地，表達此類顏色的詞彙稱之為花色顏色詞。花色顏色詞在英文中有固定的表達模式，可用公式顏色詞+and 顏色詞」表達。不難發現此類表達多出現在文學作品之中，以描述具體事物。如：

Two green-and-white butterflies flutteried.

這裡 green-and-white 指「綠白花色」。

同樣在漢譯英時可參考這種表達。如：

到了寓處門口，只見四個戴紅黑帽子的，手裡拿著鞭子，站在門口，嚇了一跳，不敢進去。（吳敬梓：《儒林外史》）

But when he reached the house and saw four attendants, in red-and-black caps in the doorway holding whips, he was too frightened to go in.

綜上所述，基本顏色詞表達形式靈活多變，表達內涵豐富多採，既可單獨使用表示某一種具體色彩，又可作為一種上義詞，概括替代色彩系裡的其他顏色詞，還可以疊加使用表示花色。可見基本顏色詞表達作用實在不可小覷。

（二）實物顏色詞

英語實物顏色詞起先只是某種實物的名稱，但因為這種實物本身具有一種突出的顏色，后來這實物的名稱就產生新義，不但代表該實物，而且也代表一種顏色，即該實物本身所具有的那種顏色。以最常用的實物顏色詞 gold, silver, violet, orange 為例, gold 本身是黃金的名稱, 因為黃金有黃色, gold 兼指黃色, 和 yellow（黃色）同義; silver 本是白銀的名稱, 因為白銀有白色, silver 就因此而成了顏色詞, 兼指白色, 和 white（白色）同義; violet 本是紫羅蘭的名稱, 因該花是紫色, 故成了一詞雙義。同樣的詞彙還有 orange（等同於 golden yellow 金黃色）, canary（通 bright yellow 鮮黃色）, chocolate（dark brown 深褐色）, mulberry（dark purple 深紫色）, sable（black 黑色）, vermilion（bright red 朱砂色）, indigo（blue 藍色）, umber（yellowish-brown 黃褐色）等。實物顏色種類繁多, 下面就一般常用詞彙進行分類總結:

1. 來自植物名稱的實物顏色詞

Apple（蘋果—淡綠色）

Apricot（石竹—金黃色）

Cherry（殷桃—鮮紅色）

Chestnut（栗子—褐色）

Cinnamon（肉桂—赤褐色）

Citron（香櫞樹—淡黃色）

Flax（亞麻—淡黃色）

Grass（青草—綠色）

Hazel（榛子—淡褐色）

Lemon（檸檬—淡黃色）

Lilac（紫丁香—淡紫色）

Lily（水仙—純白色）

Mahogany（桃花心木—赤褐色）

Maize（玉米—淡黃色）

2. 來自動物名稱的實物顏色詞

Butterfly（蝴蝶—花色）

Canary（金絲雀—鮮黃色）

Dove（鴿子—淺黃色）

Fawn（小鹿—淡黃褐色）

Lobster（大海蝦—鮮紅色）

3. 來自珠寶名稱的實物顏色詞

Agate（瑪瑙—彩色）

Alabaster（雪花石膏—白色）

Amber（琥珀—淺黃色）

Amethyst（紫晶—鮮紫色）

Beryl（綠柱石—綠色）

Citrine（黃水晶—黃綠色）

Coral（珊瑚—紅色）

4. 來自金屬、礦物名稱的實物顏色

Brass（黃銅—黃色）

Bronze（青銅—黃褐色）

Copper（銅—淡紅色）

Iron（鐵—青灰色）

Lead（鉛—青灰色）

5. 來自實物名稱的實物顏色詞

Blood（血—鮮紅色）

Butter（黃油—淡黃色）

Mulberry（桑葚—深紫色）

Nut（胡桃—褐色）

Olive（橄欖—淡綠色）

Orange（橙子—橙色）

Pea（豌豆—鮮淺綠色）．

Peach（桃子—紅黃色）

Peony（牡丹—深紅色）

Poppy（罌粟—深紅色）

Primrose（櫻草—淡黃色）

Rose（玫瑰花—淡紅色）

Saffron（番紅花—鮮黃色）

Straw（稻草—淡黃色）

Tulip（鬱金香—彩色）

Violet（紫羅蘭—紫色）

Mackerel（馬鮫魚—花色）

Peacock（孔雀—深藍色）

Raven（烏鴉—黑色）

Sable（黑貂—黑色）

Salmon（薩門魚—橙紅色）

Ebony（黑檀—黑色）

Emerald（祖母石—鮮綠色）

Ivory（象牙—淡黃色）

Jacinth（紅鋯石—金黃色）

Jade（翡翠—綠色）

Jasper（碧玉—深綠色）

Turquoise（綠松石—天藍色）

Pitch（瀝青—黑色）

Rust（鐵鏽—黃褐色）

Slate（板石—青灰色）

Soot（煤炱—黑色）

Vermilion（朱砂—朱紅色）

Chocolate（巧克力—深褐色）

Claret（葡萄酒—紫紅色）

Cocoa（可可—深褐色）

Coffee（咖啡—深褐色）

Cream（奶油—淡黃色）

6. 來自用品名稱的實物顏色詞

Ash（灰—灰色）

Brick（紅磚—紅色）

Buff（軟牛皮—淺黃色）

Charcoal（炭—黑色）

7. 來自自然現象等名稱的實物顏色詞

Fire（火—鮮紅色）

Flame（火焰—鮮紅色）

Frost（霜—白色）

Midnight（子夜—黑色）

Night（夜—黑色）

Rainbow（虹—彩色）

Flesh（肉—淡紅色）

Liver（肝—紫紅色）

Wine（葡萄酒—紫紅色）

Damask（緞子—粉紅色）

Fleece（羊毛—白色），

Indigo（藍靛—藍色）

Ink（黑墨—黑色）

Sea（海—綠色，藍色）

Sky（天空—天藍色）

Snow（雪—純白色）

Sunrise（日出—紅色）

Sunset（日落—紅色）

這裡所列的英語實物顏色詞並不是應有盡有。由此可見，實物顏色詞種類之多。客觀世界彩色繽紛，同一個色系具有無數種的顏色，濃淡明暗，色調色差，

要凸顯這些細微的特徵，單單依靠數量有限的顏色形容詞是遠遠不夠的。因而，就出現了實物的顏色詞，以滿足人們日常描述的需要。鑒於實物顏色詞來源於實物彩色，因此人們大可通過自己的生活體驗，即平時對實物的接觸，直接體會某種實物顏色詞所表達的色彩。

請看下面例子：

The sky was pure opal now, and the roofs of the houses glistened like silver against it. I get hungry for her presence, and when I think of the wonderful soul that is hidden away in that little ivory body, I am filled with awe.

The sunset had smitten into scarlet gold the upper windows of the houses opposite.

He was conscious, and the thought brought a gleam of pleasure into his brown agate eyes that it was through certain words of his…

His eyes deepened into amethyst, and across them came a mist of tears.

He went towards the little pearl-colored octagonal stand…

The floor was covered with ochre, colored sawdust, trampled here and there into mud…

在這些例子中的 opal（蛋白石—乳白色），silver（銀—銀白色），ivory（象牙—米色），gold（金—金黃色），pearl（珍珠—灰白色），ochre（赭石—黃褐色）都是來自珍寶的名稱的實物顏色詞。

就用法而言，同基本顏色詞一樣，實物顏色詞可在句中充當多種詞性。形容詞、定語、名詞，可謂身兼數性。

總而言之，實物顏色詞使用範圍較廣，表達具體形象，親切真實，因而在文學作品中大量出現。鑒於篇幅有限，在此不一一展開。

二、英漢顏色詞文化內涵比較

英國文化人類學家愛德華·泰勒在《原始文化》一書中曾指出：文化是一種複雜體。它包括知識、信仰、藝術、道德、法律、風俗以及其在社會上習得的能力與習慣。每種語言中都有許多借以表達自己特定文化概念的詞語，它們的所指只有在某一特定文化中才是最清楚的，一旦超越出自己的文化背景，進入一個與之有差別，甚至差別較大的文化背景中，就可能出現翻譯問題（李運興，2000）。就英漢兩種語言而言，它們擁有不同的文化背景，屬於不同的語言體系，因而難免折射了不同的文化心理和審美情趣。

作為語言文化的一個部分，英漢顏色詞反應了不同民族、不同時代人們的文化心理、審美情趣和時代風尚，記錄了貴與賤、尊與卑、上與下的歷史等級制度，代表了正邪、好壞、是非、善惡、陰陽、冷熱、剛柔、婚喪、禍福、方位和季節之類的觀念，折射出迥然不同的聯想意義，這就給翻譯帶來了巨大的挑戰：或難於尋找到對應的詞彙，或苦於文化的缺失。總而言之，顏色詞的翻譯困難

重重。

因此，有必要學習和掌握英漢顏色詞在其文化中的具體內涵和常見用法，比照分析顏色詞的結構特點、語義演變、語法功能和修辭作用，尋找兩者之間的相同之處和不同之處，摸索一定的通用性規律，以輔助理解，從而做到準確達意。

（一）中西顏色觀念的差別和變化

中國古代學者認為：水生木，色青，代表東方；木生火，色赤，代表南方；火生土，色黃，代表中央；土生金，色白，代表西方；金生水，色黑，代表北方。古代神話中所說的「五帝」也是跟顏色聯繫在一起的：東方青帝靈威仰，南方赤帝赤熛怒，中央皇帝含樞紐，西方白帝白招據，北方黑帝汁光紀。中國古代所說的正色（青、赤、黃、白、黑）和間色（綠、紅、碧、紫、騮黃）基本上包括了現代光學對顏色的分類。

在價值取向上，中國自古以紅色和黃色為貴，以白色和黑色為賤。這種情感源自中國人對日神和權貴的崇拜和向往。上古時代，中國民間便流傳「誇父追日」「嫦娥奔月」的神話傳說。盛行「讀書做官」的傳統觀念。作為神和權的代表色的紅黃兩色，自然受到中國人民的喜愛。而相反，白色和黑色常常與不好的現象相連，如「白色恐怖」「黑市」等，均是貶義的表達。

不同於中國，深受基督文化影響的西方文化將白色奉為神色。在西方價值觀中，宣揚對美的追求和對純潔的喜愛。因而，白色作為純潔之色，大量用於喜慶、宗教禮儀等傳統的儀式和節日之上。而中國人民鍾愛的紅黃顏色，則多含貶義韻味。

除了價值觀上的作用之外，中西文化對實物色彩的描述還受到思維方式的影響。眾所周知，中國文化強調集體主義，注重整體效應應多於個體部分。相反，西方文化中，人被看成是每一個個體，是獨一無二的。事物之間亦是可以分離的，部分可以獨立於整體而存在。兩種迥異的思維方式誕生了對事物色彩描述的不同方式。這一點可以從 greenhouse 和 black tea 的漢語翻譯得到印證。greenhouse 是 green（綠色的）加 house（房子）構成。漢語譯為「溫室」，西方人強調這種房子的內在功能，即在寒冷的天氣條件下，保持植物的生命力，使其處於綠色狀態；而我們中國人則突出其給人的整體感覺，即進入其中感覺比其他房子「溫暖」。再如，英語說「black tea」（黑茶），漢語說「紅茶」，為什麼同樣一種茶被描述成了不同的顏色？一般人認為中國人通過茶水來判斷茶的顏色，而英美民族通過茶葉本身來判斷茶的顏色。事實上，中國人並不僅僅是出於茶水的顏色偏紅就決定叫這種茶為「紅茶」。在中國文化裡，紅和綠是一個顏色對，常常成對出現。紅茶（black tea）和綠茶（green tea）在中國文化裡達到了完美的對稱。瞭解到這一點就無怪乎中國人稱這種茶為紅茶了。除此之外，黑色在中國文化裡常常帶有非常消極的暗示，很難想像中國人會用黑色來給茶這種他們最喜愛的飲品命名。英美人稱這種茶為「black tea」並不僅僅是因為他們沒有中國

人的種種文化上的不安，而是他們更傾向於客觀地描述事物。從根本上講，中國文化注重神似，思維特徵具有整體性、意向性、模糊性。西方文化講究科學精確，一絲不苟。他們以自然為認知對象，對客體，尤其是客觀世界進行研究，因此具有客觀性、分析性和精確性。

(二) 基本顏色文化內涵比較

英漢顏色詞，其構詞方式、語法功能和搭配關係有相同和相異之處，它們最大的差異還在於其文化引申意義。漢語的「黃色電影」相當於英語的「blue film」；漢語的「紅眼病」譯成英語卻成了「green with envy」。有些帶顏色的固定詞組或短語有其獨特的文化含義。如「黃袍加身」「紅得發紫」「戴綠帽子」「又紅又專」等，都可找到其出典處或語用背景。京劇《智取威虎山》中座山雕與楊子榮的對白中有這樣兩句：「臉紅什麼……」「……怎麼又黃了？」雖說這是土匪黑話，但是我們都能明白其中「紅」與「黃」的雙關含義，而外國留學生卻覺得很難理解。對英漢有關顏色詞的不同文化觀念進行研究，有助於我們瞭解外國留學生在學習漢語過程中，因文化差異引起的習得心理障礙，進而幫助他們學好漢語和中文文化。同樣，英語中的「blue stocking」「pink slip」「greenbacks」「red neck」「white slave」「Greyhound」「brown stone」，也都是一些誤導英語初學者望文生義的陷阱。以下分類比較基本顏色詞的文化內涵：

1. 黑色

在我國古代，黑色是一種尊貴和莊重的顏色，是夏代和秦代所崇尚的正色。緇衣（黑色帛做的衣服）是卿士聽朝的正服。「戈綈」「皂衣」和「玄衣」是上至國君，下至大臣朝賀的禮服和祭服。在中國，黑色陶瓷、黑色漆器和水墨畫發展較早，在人們日常生活中佔有特殊地位。在漢族傳統文化中，「黑」有時與「白」相對而言，如：黑白分明，顛倒黑白，黑白電視；有時「黑」又與「紅」對舉，例如「黑心」（陰險狠毒之心）就是「紅心」（忠誠之心）的反義詞。漢語中的「黑」，其引申含義主要是指「昏暗」（黑咕隆咚、黑燈瞎火）、「秘密」（黑幕、黑話）、「非法」（貨、黑市）、「邪惡」（黑幫、黑店）（但是在中國戲劇中的一些黑臉人物（包公和李逵）是剛直不阿或憨厚的形象）和悲哀之色，參加葬禮的人在袖子上戴黑紗以示對死者去世的憂傷。黑色在英國表示深謀遠慮、智慧和堅定，如：Jack knew black from white.（傑克精明老練）在美術作品中表示邪惡、謊言和謬誤；在教堂裝飾中表示「耶穌受難日」；在喪葬中示悲哀、絕望和死亡。在英格蘭民族傳統文化中，「black」有時與「white」相對而言，如call black white（顛倒黑白），put down in black and white（見諸文字），swear black is white（強詞奪理）。「black」有時又與「blue」對舉，如 beat sb. black and blue（把某人打得遍體鱗傷）。英語中「black」的引申含義，主要指「陰鬱」（be in a black mood，情緒低落）、憤怒（look black 怒目而視）、「不好」（black sheep 害群之馬）和「非法」（black market 非法市場）。英語中的「blackguards」

或「black」是指受僱傭穿黑衣的殯葬人員,也指「流氓」或者「惡棍」。

由此可見,中西文化在對待黑色這個顏色上,觀點基本一致,均將其看成是哀傷和邪惡之色。如:

敗家子,害群之馬　black sheep

凶日　black day

世態險惡　things look black

暗淡前途　a black future

a black lie 不可饒恕的謊言

black Friday 黑色星期五

black mist 黑霧(指財政界的貪污腐化,營私舞弊)

black hand 黑手黨(黑社會組織)

不同之處,在中文中黑色有正義的文化內涵,英文則有用 black 表示「盈利」、自然的黑膚色、文學流派。如:

be in the black　(公司等)有盈利

a black mayor 黑人市長

black humor 黑色幽默

另外,在漢語中有一些含有「黑色」的詞語,意思或變,或表示修飾,與英文中的 black 毫無關係。如:

(1) 揭穿黑幕。

Tell the inside story of a plot.

(2) 廣場上黑壓壓地擠滿了人。

The square was thronged with a dense crowd.

同樣,英語中也有一些含有 black 的詞語與顏色毫無關係或關係甚少。如:

(3) They put down the speech in black and white.

他們把演講稿印出來。

(4) It would be a black day for this country if everyone else takes the same hopeless attitude as you do.

如果人人都像你那樣不求上進,這個國家就完了。

(5) It was「better than the black tea which we had brought」.

那茶「好於我們帶來的紅茶」。

2. 紅色

戰國時代「五德」的創始人鄒衍認為:南朱雀,屬火,色赤。因此,在中國紅色是火與血的顏色。中國人除了用它表示物體的顏色外,還把它看作喜慶、吉祥、勝利、好運、愉快、歡樂或受歡迎的象徵。漢語中的「紅白喜事」是指婚事和喪事。在傳統婚禮中新娘穿紅色衣服,頂紅蓋頭,春節時貼紅色對聯,同時中國人往往把紅色與成功和勝利聯繫在一起,如「開門紅」(指工作一開始就

取得了好成績）；「走紅運」（指走好運），「大紅人」（指受器重的人）；「事業紅火」（指事業興旺）。紅色也象徵著革命和進步，中國歷史上多次出現過反抗暴政的組織，以紅巾包頭或以紅旗為號，如「紅巾軍」以及穿紅衣提紅燈的「紅燈照」。新中國成立后五星紅旗成了中國的國旗。在文學作品中，「紅」也用於指年輕女性，如「紅妝」（女子盛裝），「紅顏」（少女）。戲劇中的一些紅臉人物（如關羽）被看作是忠心耿耿的英雄。

英國人認為，紅色表示為信仰和博愛獻身，在某些聖餐儀式上穿紅色表示聖愛；在紋章藝術中紅色表示高興；血紅色是堅毅不拔的象徵。在教堂裝飾中紅色用於聖神降臨節或用於懷念殉教先烈。同時，英語中 red 有「戰爭、流血、恐怖」的意思，常常用於憤怒和犯罪。在英語習語中，into (the) red 意為「出現赤字」「發生虧損」；see red 指「氣得發瘋」「大發雷霆」；paint it red 意為「把某事物描繪成駭人聽聞的樣子」「把某事物弄得引人注目」。

red-handed 正在犯罪的，現行犯的

red rag 激起憤怒強烈感情之物

make sb. to see red 使某人發怒，生氣

red flag 紅燈

a red battle 血戰

red ruin 戰禍

英語中 red 也可理解為喜慶、充滿活力、熱烈等，如：

red-1etter （指一天）月份牌上印紅字的（如聖徒之節日或其他節日）

in the red 健康

red-blooded 精力旺盛的

a red-carpet reception 熱烈歡迎

紅色還可以表示欠債。例如：

in the red 負有債務

get out of the red 不再虧空，獲利

下面是「紅色」漢英互譯實例。

漢譯英：

例 1 可是，張局長那邊，你也得稍稍點綴，防他看得眼紅，也要來敲詐。

譯文：But you'd better give a small token to Zhang too. Otherwise, he may become annoyed and try to squeeze you.

例 2 一朝春盡紅顏老，花落人亡兩不知。

譯文：The day that spring takes wing and beauty fades, who will care for the fallen blossom or dead maid?

英譯漢：

例 1 He was the first European head of state to visit their country, and they rolled out the red calpet for him.

譯文：他是第一個訪問該國的歐洲首腦，他們用隆重的禮儀來歡迎他。

例 2 He is a man of much red blood.

譯文：他是個生氣勃勃的人。

例 3 The red tape in government offices should be done away with.

譯文：應廢除政府機關中的官僚習氣。

3. 黃色

黃色在中國歷史上被視為神聖、正統的顏色，其主要原因是華夏祖先生活在黃土高原，華夏文化發源於黃河流域。《詩經集傳》說「黃，中央土之正色」。隋唐以後各朝代的皇帝都穿黃色龍袍。鉞原是周天子的專用武器，后世為帝王之儀仗。東漢道教推崇黃老之術，所以道袍都是黃色的。歷代皇帝所下的聖旨均寫在黃色的布上。歷史上黃紙還用於書寫官方文告、編造簿冊，刊印御準歷書、畫驅鬼避邪的符咒或用於祭祀。在漢民族傳統文化中，「黃」主要指「吉利」「好」，如：黃道吉日、黃花晚節，但有時「黃」也指「失敗」「落空」，如：那筆買賣黃了、黃粱美夢。

在英國，黃色代表忠誠、智慧、堅貞和光榮。在美國，黃色有期待、懷念和思慕遠方親人歸來的意思。有一篇文章《Go Home》講述了一個犯人的妻子為歡迎丈夫回家，在樹上掛滿了黃絲巾；當被伊朗扣留的美國人質回國時，美國人舉著黃色的彩紙、黃綢，佩戴著黃色紀念章出來歡迎。不過，黃色在西方文化中也有反面的象徵。西方繪畫中出賣耶穌的猶大總是全身或半身著黃衣，這表示 betray（叛逆）。在英語中，如說 somebody is yellow，意思是這個人是 coward（膽怯）。「yellow journalism」這一短語指不擇手段地誇張、渲染以招攬或影響讀者的黃色新聞編輯作風，如突出社會醜聞，把普通新聞寫得聳人聽聞，有時甚至歪曲事實以引起轟動等。許多美國人家裡都有一本厚厚的 Yellow Pages（電話查號簿，又稱黃頁），這是按不同的商店、企業、事業、機關分類的電話簿。這是一本很有用的書，全書用黃紙印刷，與漢語中的「黃色書」（filthy books）意思完全不同。

4. 藍色

漢語中的「藍」原指可制藍色染料的草本植物蓼藍。《詩經》中已有關於民間採藍染青的描述，可見在上古時代藍色已被廣泛使用。古漢語作品中的「青」「碧」和「蒼」都包含著藍色的意思，所以有「青出於藍」之說。古代低級官員（唐代八品、明代五至七品）和儒生都穿藍衣。明代流行品藍和寶藍色。清代的官服一律為石青或藍色，清三品官員戴明藍頂，六品以下受賜可戴藍翎。從藍色服飾的穿著範圍，我們可以清楚地知道藍色在古代人心中的地位。漢語中的「藍本」指主要原始資料或著作所根據的底本。「藍圖」既可指用感光后變成藍色的感光紙制成的圖紙，又可指建設計劃。

在英國，藍色表示高雅和忠誠，如：the blue blood（貴族出身）；True blue will never stain.（忠實可靠的人決不會做壞事）。在藝術中，天使的藍衣服表示忠誠和信任，聖母的藍衣服表示端莊。在葬禮中，藍色對神來說象徵著永恆，對死者則象徵著不朽。淡藍色也用於表示和平。藍色在英國還被認為是當選者和領導者的標誌，象徵著對美好事業或前景的追求，為許多人所喜愛。因此，英國歷史上的輝格黨，現在的保守黨，劍橋和牛津大學的運動隊和啦啦隊，都以深藍或淺藍色為標誌色。在美國南北戰爭時期，藍色也是聯邦主義者的標誌色。在英語成語中，藍色卻是憂傷的象徵，如 be（fall）in the blues 無精打採，cry the blues 情緒低落，feel blue 悶悶不樂，sing the blues 垂頭喪氣，look blue 神色沮喪，out of the blue 出乎意外，tum blue with fear 嚇得臉發青，be blue in the face 弄得臉上突然變色。

藍色還常用來表示社會地位高、有權勢或出身於貴族或王族。He's a real blue blood.（他是真正的貴族。）在美國英語中 blue book（藍皮書）是刊載知名人士，尤其是政府高級官員的名字的書。blue-eyed boys 指「受到管理當局寵愛和特別照顧的職工」。在經濟方面，詞彙 blue 表示許多不同意思。如 blue book（藍皮書），blue-sky market（露天市場），blue-collar-workers（從事體力勞動的工人），blue chip（熱門證券），blue button 喻指有權進入股票交易的經紀人；blue return 指「藍色所得稅申報表」，專供誠實的納稅人申報用；blue-chip rate 指英國的優惠的信貸利率；blue laws（藍法）指禁止在星期日從事商業交易的美國法律；blue-sky law（藍天法）指美國各州為管理股票所制定的股票發行控制法；blue sky bargaining（漫天討價）指談判或其他交易中提出根本不切實際的或不合理的要求，使協議無法達成。

5. 白色

在我國，白色與死亡、喪事相聯繫，表示不幸、不吉利和悲傷之意。人們在葬禮上穿白色孝服，前往吊唁的人胸戴白色，表示哀悼。另外「白色」在中國也表示聖潔、潔淨、坦誠、清楚和白晝，如白璧無瑕、真相大白、清清白白、白天等。1906 年以孫中山為首的同盟會決定以紅、藍、白三色橫條為未來共和國的國旗，其中的白條，就是取其聖潔和博愛之意。在傳統戲劇舞臺上，有的白臉人物（如曹操）是奸詐陰鷙的形象。在中國傳統文化中，白衣是平民之服，素服是漢民族的孝服。而在近代，白色又帶上了與紅色相對的政治色彩，象徵著「反革命」，反動勢力佔據的地方稱為「白區」，其軍隊稱為「白軍」或「白匪」，反動勢力對革命的瘋狂鎮壓稱為「白色恐怖」。

在英國，白色象徵著純潔、真實和清白，如 Particulary contemptible was the Jim Crow attitude of the southern white churches, which evidently looked forward to a「lily white」heaven.（特別可鄙的是南方白人教堂也採取隔離黑人的態度，這些白人教堂顯然希望進入一個「純白」的天堂）。在藝術中，白色表示忠誠。在教

堂裝飾中，濯足節和紀念上帝和萬聖的節日都用白色。在喪禮中白色表示希望。西方的婚紗也是白色的，取其純潔、美好之意。英語中的「white」也有引申含義，如 a white day（吉日），a white hope（足以為某一團體帶來榮譽的人），a white elephant（無實用價值的東西），white alert（解除警報），days marked with a white stone（幸福的日子），a white lie（善意的謊言），a white night（不眠之夜），a white war（不流血的戰爭）等。如：

make one's name white again 洗清污名，雪耻

white man 高尚的人，有教養的人

white-handed 正直的，廉潔的

white lie 惡意的謊言（尤指客氣時所說的）

white sheep 壞人中的善人

white knight 白色騎士（政治上改革或事業上的得勝者）

white-lipped 嘴唇發白的，（尤指）嚇得嘴唇發白的

white-livered 怯懦的，膽小的

white coffee 加牛奶的咖啡

white elephant 昂貴而無用之物

white war 不流血的戰爭

white room 極為清潔的房間（如手術室）

white moments of life 人生得意之時，人生交運之時

to stand in a white sheet 當眾懺悔

同樣，在漢譯時，應當注意有「白」字的漢語詞語，其中「白」字與顏色無關。如：

白費事 all in vain

白開水 plain boiled water

白肉 plain boiled pork

白菜 Chinese cabbage

白痴 idiot

白字 wrongly written or mispronounced character

白手起家 build up from nothing; start from scratch

面書生 pale-faced scholar

漢譯英：

例1 你要是存心折磨我，那全是白費功夫。

譯文：If you are trying to devail me, it's no use.

例2 能再一次看見你並聽到你說這樣的話。這監獄也就不算白蹲了。

譯文：It's worth being in jail to see you again and to hear you say things like that.

英譯漢：

例 1 What a white livered little whore.

譯文：好一個懦弱卑怯的小娼婦。

例 2 A simple country girl might be white as a lily, but she wouldn't have Joy's ability or character.

譯文：那傻子似的鄉下姑娘也許非常清白，可是絕不會有小福子的本事與心路。

英漢顏色詞翻譯技巧

著名翻譯理論家黃忠廉（2000）先生曾在《翻譯的本質》一書中強調，翻譯無非是尋找「似」的過程。翻譯的重點和難度在於「似的把握」。什麼是「似」？黃教授解釋說：「『似』乃意接近，形相似，體相像。」也就是說要想達到翻譯的「似」，僅僅意思上的相對應是不夠的，好的翻譯還需要譯本與原文之間文體風格相近，語言特徵類似。近乎嚴復提出的「信、達、雅」三原則。那麼怎樣去把握翻譯中的「似」，以產生高質量的翻譯呢？重點在於譯者對文本正確的解讀和表達，即譯者的自我把握。自我把握貫穿於譯者翻譯活動的全過程，小到某個詞義的聚合選擇，大到篇章的宏觀把握，均傾註了譯者的自我控制意識，最能反應問題的就是譯者對譯文的修改過程。在翻譯過程中，成功的譯文並非一次敲定，在思維中、在語言上總要經歷反覆推敲，才能定奪。

自我把握的途徑首先是求意似，然后求形似，最后力求意似與形似的有機結合，到達風格的相似。簡言之，即「得意不忘形」。

（三）英漢顏色詞翻譯之得「意」

著名翻譯理論家貝克曾說過：「作為譯者，我們起碼要知道文段的基本意義（conventional meaning），否則根本不可能把源語言中的隱含意義弄清楚（calculability of implicature in the target text is to be blocked）。同時我們還要悉心掌握源語言中的指稱關係（identify the references to participants and entities），爾后才能使譯文更具有內聚力（draw inferences and maintain the coherence of a text）。」由此，可見得「意」是翻譯的第一步，亦是至關重要的一步。得「意」首先是理解文本意思。不僅要理解文本詞彙所表達的字面意義，也要深入理解原文的深層意義。其次是表達，用自然貼切的語義對等再現原文內容，並在此基礎上盡量做到形式上的對應，即「不忘形」。

一般情況下，理解文本意義對譯者不構成巨大挑戰。譯者大可以根據字面意義，直譯顏色詞。當然也不排除一些具有文化負載的顏色詞的存在。在譯這類顏色詞之前，譯者應聯繫語篇環境和文本語言所在的文化背景，盡可能呈現背景知識，推敲隱含意義，最終達到得「意」的效果。

（四）英漢顏色詞翻譯之達「意」

要說得「意」是基礎的話，那麼，達「意」就是目的。就英漢顏色詞的翻

譯而言，一般可採用如下四種翻譯方法。

1. 直譯法

移植原作的形式，再現原作的內容。直譯法就是竭力再現原文的內容和風格，同時保存原作的形式，如詞性、語序、句型等。一般來說，直譯法有助於保持原作的風格，促進文化之間的交流。例如：

White House 白宮

green book 綠皮書（義大利官方文件）

give a green light to 為……開綠燈

blacklist 黑名單

white Christmas 銀裝素裹的聖誕節

pink collar 粉領

blue print 藍圖

天下烏鴉一般黑　Crows are black all over the world.

晴天霹靂　a bolt from the blue

紅衛兵　the Red Guard

白刀子進，紅刀子出　bury a white blade in and put it out red

英譯漢：

例 1 He is a tall, burly fellow with long hair and more white than black to his eyes.

譯文：他是一個高大身材，長頭髮，眼球魚多墨少的人。

例 2 Through a crack in the wall, the sky was a fish-belly grey.

譯文：魚肚白從牆壁上的裂縫鑽進來了。

例 3 The grey-black clouds had suddenly departed and an expanse of colored clouds had blazed up at the western edge of the sky.

譯文：灰黑的雲突然遁去，西天邊燒起一片雲彩。

漢譯英：

例 1 先說黑票，且不談付出超過定額的錢，力有所不及，心有所不甘。

譯文：But I'll have to pay more than the regular price for a「black」ticket, which I can ill afford and which I disdain to do.

例 2 我看見他戴著黑布小帽，穿著黑布大馬褂，深青布棉袍，蹣跚走到鐵道邊，慢慢探身下去，尚不大難。

譯文：1 watched him hobble towards the railway track in his black skullcap, black cloth mandarin jacket and dark blue cotton-padded cloth long gown.

例 3 我只覺得處處都是整齊，清潔，光亮，雪白；心裡總有說不出的讚嘆同羨慕。

譯文：It aroused in me an inexpressible feeling of admiration to see everything on board so spick-and-span, and so glossy and spotlessly white.

2. 直譯加註

當譯文形式和原文形式對等卻不能產生與原文相同的隱喻義時，可採用豐富譯法。補出原文字面無而內涵有的隱喻義，以適應譯入語讀者的信息接受。如：

紅心　a red heart—loyal to the people's profits and courses

紅包　a red envelope containing some money as gift，tip or bonus

滿面紅光　one's pink face glowing with health

White Book 白皮書——一國政府或議會正式發表的重要文件或報告

Black Book 黑皮書——批評現行政府政策、法律、做法的權威性文件

有些裝白臉，有些裝紅臉　some wear the white make-up of the stage villain, others the red make-up of the stage hero

green consumerism 綠色消費觀——指保護環境的消費觀念

紅白喜事　wedding and funeral

3. 改換顏色詞

不同的民族，由於歷史文化、生活地域、風俗習慣、宗教信仰等的不同，使得對同一事物的認識上也存在著差異。有些事物在一種語言文化裡具有豐富的內涵和外延，且能引起美好的聯想，而在另一種語言文化裡卻平淡無奇，毫無文化意義。翻譯這種文化的個性和差異時需要進行變通處理，即把源語中帶有文化色彩的詞語（物象）轉換成譯語中帶有同等文化色彩的詞語（物象）。例如：

black tea 紅茶（而不譯為黑茶）

black and blue 青一塊紫一塊（而不是青一塊黑一塊）

His hair is touched with grey 他的頭髮略帶蒼白（而不是灰色）

黃道吉日　white day

紅人　white-haired boy

嫉妒得眼紅　rum green with envy

黃色笑話　blue joke

4. 意譯（因原文顏色詞有象徵意義或引申等）

（1）原文中無顏色詞，譯文中增加顏色詞

He didn't try, in vain.（他沒有白干。）

Her eyes became moist.（她眼圈紅了。）

Empty hands allure no hawks.（沒有紅豆子，引不來白鴿子。）

秋風秋雨愁煞人。（The sad yellow autumn wind and sad yellow autumn scene saddened My heart.）

（2）省略顏色詞，保留其隱喻意義

blackout 突然斷電

brownout（指市政府實行的區域性）拉閘限電

white meat 雞肉，魚肉

red meat 牛羊肉

brown meat 加了醬油的肉

Dink elephant 吸毒后產生的幻覺

pink slip 解雇通知書

漢譯英：

例1 近朱者赤，近墨者黑。

譯文：He who keeps company with the wolf will learn to howl.

例2 紅顏易催。

譯文：The fairest flowers soonest fade.

例3 天涯何處無芳草。

譯文：Green girls can be always taken in.

例4 碧雲天，黃葉地

譯文：Grey are the clouds in the sky and faded are the leaves on the ground.

英譯漢：

例1 The red cock will crow in his house.

譯文：他家的房子將要著火了。

例2 You look blue today. What's wrong with you?

譯文：你今天看起來悶悶不樂，出了什麼事？

例3 He is green with jealousy.

譯文：他醋意大發。

(五) 英漢顏色詞翻譯之得「意」不忘「形」

Ode to the West Wind（Percy Bysshe Shelley, 1792—1822）

西風頌（雪萊，1792—1822）

O wild West wind, thou breath of Autumn's being,

Thou, from whose unseen presence the leaves dead

Are driven, like ghosts from an enchanter fleeing,

呵，狂野的西風，你把秋氣猛吹，

不露臉便將落葉一掃而空，

猶如法師趕走了群鬼，

Yellow, and black, and pale, and hectic red,

Pestilence-stricken multitudes：O thou

Who chariotest to their dark wintry bed

趕走那黃綠紅黑紫的一群，

那些染上了瘟疫的魔怪——

呵，你讓種子長翅騰空，

The winged seeds, where they lie cold and low,

Each like a corpse within its grave, until
Thine azure sister of the Spring shall blow
又落在冰冷的土壤裡深埋，
像屍體躺在墳墓，但一朝
你那青色的東風妹妹回來，
Her clarion o'er the dreaming earth, and fill
(Driving sweet buds like flocks to feed in air)
With living hues and odours plain and hill：
為沉睡的大地吹響銀號，
驅使羊群般的蓓蕾把大氣猛喝，
就吹出遍野嫩色，處處香飄。
Wild Spirit, which art moving everywhere；
Destroyer and preserver; hear, oh hear!
狂野的精靈！你吹遍大地山河，
破壞者，保護者，聽吧——聽我的歌！

這首詩中 yellow、black、pale、red 等渾濁、病態的顏色使詩裡的秋葉更顯得腐朽可憎；azure 是明朗、皎潔的顏色，使代表革命號角的春風顯得更親切可愛。詩人採用顏色詞，前後形成鮮明的對照，進一步渲染了他對新舊力量的愛憎分明的態度，表達了他對現實的鞭撻和對未來的憧憬。大家可以看到這些顏色詞用得多麼有分量，不但使詩中畫面色彩豐富，饒有變化，並帶有強烈的傾向性。

另外，和擬聲詞一樣，顏色詞的使用也必須有利、有節，如果毫無節制地濫用，濃妝豔服，也會過猶不及，反而降低文字的表達力。顏色詞的描寫也不是非要靠一大串花紅柳綠的顏色詞不可。相反地，有的文章中雖看不到一個顏色詞，但由於使用語言的具體性和體驗性，同樣產生「色」的效果，使讀者如身臨其境，實有其事。

英國作家狄更斯（Charles Dickens）的著名小說《艱難時世》（*Hard Times*）第二卷、第十一章內有一小段描寫火車站的文字，如下：

The seizure of the station with a fit of trembling, gradually deepening to a complaint of the heait, announced the train. Fire and steam and smoke.

接著車站一陣震動，漸漸地震動使人心驚肉跳，表示列車要到了，火光和熱氣，煤蒸和紅燈。

在描述中只用了一個顏色詞 red，其餘的名詞 fire、steam、smoke 等雖無顏色詞加以渲染，但排列在一起，具有強烈的物質性。除了「紅燈」外，使讀者彷彿目睹紅色的「火光」、灰白的「熱氣」、墨黑的「蒸煤」等一片五光十色、令人眼花繚亂的景象。

實戰演練

一、將下列句子翻譯成中文。

1. Every bean has its black.
2. Her grandchildren wished her a green old age.
3. Everyone of the family is in the pink.
4. Her conduct was believed to be the pink of perfection.
5. Nightingale didn't care for regulations and red tape which often made it difficult to get business done quickly war time.

二、將下列句子翻譯成英文。

1. 他的頭髮黑裡泛白。
2. 我們必須赤膽忠心為人民。
3. 烈士們的鮮血沒有白流。
4. 不許他給我們集體臉上抹黑。
5. 金閨花柳質，一載赴黃粱。
6. 先說黑票，且不談付出超過定額的錢，力有所不及，心有所不甘。
7. 我看見他戴著黑布小帽，穿著黑布大馬褂，深青布棉袍，蹣跚走到鐵道邊，慢慢探身下去，尚不大難。

第五節 英漢外來詞比較與翻譯

世界各民族之間的各種形態接觸，一個民族語言中的某些形式傳至另一個民族的語言，於是就產生了外來詞。吸收和使用外來詞成為語言詞彙變化的重要因素。葉斯帕森說，「沒有任何一種語言是絕對純潔的，我們也找不出一個沒有吸收外來詞的民族」（轉高瑛，2001）。薩丕爾也曾指出，由於交際的需要，說一種語言的人們必然直接或間接和那些鄰近的或文化優越的語言使用者發生接觸。然而各種語言對外來詞語吸收、消化的能力，存在著很大差異。

一、英漢外來詞來源比較與翻譯

（一）漢字吸收外來詞的主要方式

漢字既有表意功能，又有表音功能。因此，外來詞要進入漢語的詞彙系統，必須接受漢語的語音、語法和構詞規則等各方面的改造，以符合漢語的發音習慣、語法和詞彙規則。因為現代漢字是「表意和表音文字」。外來詞有音譯詞、

意譯詞、音意兼譯詞和直接借用四種主要形式。

通過音譯借用吸收，語音和語義全部借自外族詞。例如，「羅曼蒂克」，這四個字內部並無一定的語義關係，它只是音譯了英語（romantic）。音譯是用發音近似的漢字將英語翻譯過來，這種被音譯了的漢字不再有其自身的原意，只是保留其語音和書寫形式。

再如：歇斯底裡（hysteric）、幽默（humor）、布丁（pudding）、康乃馨（carnation）、馬賽克（mosaic）、撲克（poker）、馬拉松（Marathon）等。

通過意譯改造融合，意譯詞是運用本族語言的構詞材料和規則構成的新詞，把外語中的某個意義移植進來。例如，傳真（fax）、安樂死（euthanasia）、工會（trade union）、籃球（basketball）等。

通過音意兼譯，用漢字記錄外來詞的讀音的同時也用漢字的意義表示其意義。如：奔馳（Benz）、香波（shampoo）、蹦極（bungee）。也可採用半部分音譯，半部分意譯，如：呼拉圈（hula-hoop）、繃帶（bandage）、白金漢宮（Buckingham Palace）、水上芭蕾（water ballet）、奶昔（milk shake）等。

直譯。這種詞往往有兩個以上的構成部分，直譯的時候就按照這些構成部分進行意譯，然后拼湊成詞。如將「honey」直譯為「蜜」，將「moon」直譯為「月」，結構形式也是直接照搬，同外語原詞同構，如原詞「honeymoon」，譯詞也作「蜜月」。如：馬力（horse power）、籃球（basketball）、白領階層（white collar）、自我實現（self-realization）等。

（二）英語吸收外來詞的主要方式

英語之所以是世界上詞彙最豐富的語種，正是因為其靈活性和多樣性。它不僅善於接受和吸收外來語詞，而且還善於接受和吸收外民族語言的習慣和文化概念。古英語（公元1100年）只有35,000個單詞，到公元1700年，英語詞彙已增至125,000個詞。

1. 英語與基督教

英語語言史從公元449年盎格魯人、撒克遜人及朱特人入侵不列顛島開始。在此後的700年被稱為古英語時期（449—1100）。這個時期基督教的傳入和斯堪的納維亞入侵對英語詞庫產生巨大影響。英語向拉丁語借用了大量有關宗教的詞語，有些至今仍在沿用，如 abbot, altar, disciple, martyr, nun, priest 等。

2. 英語與法語

中古英語（1100—1500）受1066年諾曼人徵服英國這一歷史事件影響最深。法語成為英國的官方語言，這種情況延續了300年，一直到14世紀中葉以后，英語才恢復了它應有的地位。但法語詞彙大量湧入英語，其對英語影響的廣度和深度表現在法語借詞涉及各個領域、各種活動。例如，govern, government, conquest, confess, divine, beef, gown, beauty, prose, medicine, gentleman。

3. 英語與拉丁語

從 1500 年至今被稱為現代英語時期。早期現代英語時期也是文藝復興時期，希臘和羅馬文化復甦。英語借用了大量拉丁詞彙，主要涉及科學和抽象概念，如 chemist, theory, precise, cup, angel, monk, dish 等。同時英語直接或間接從希臘語借用了文學、技術、科學用語，如 drama, comedy, physics 等。

（三）漢語外來語的數量和來源

漢語在發展過程中，曾出現三次吸收外來語的高潮。第一次高潮出現在佛經翻譯時期，大量佛教詞彙進入漢語，其中很多已經成為中國人的日常用語，如「世界」「慈悲」等。外來語第二次大量進入漢語始於 19 世紀末開始的「西學東漸」，大量涉及科學技術、軍事、政治、歷史、文學、音樂、哲學、經濟、醫學等領域的新詞進入漢語，如「民主」「咖啡」「浪漫」等，其影響涉及社會生活的方方面面。20 世紀 80 年代以後，全球化浪潮催生了漢語引進外來語的第三次高潮。隨著中國和世界各國之間交往日益頻繁，現代漢語中新的外來語也層出不窮，成為漢語新詞彙最高產、最具活力的來源之一。

漢語雖然也吸收了大量外來語，近年來吸收的速度還在不斷加快，但是和英語比起來，數量相差懸殊。王芳姿（2001）和黎昌抱（2001）指出，漢語大約有 37 萬個詞，而《漢語外來詞辭典》收錄了古今漢語外來詞 10,000 餘個，其中包括某些外來詞的異體或略體，外來詞在漢語詞彙中所占比例很小。高瑛也認為漢語外來語的數量約在 10,000 個左右（2001，60）。漢語外來語的來源也非常廣泛。學者認為，漢語外來語主要來自中亞（西域）文化、佛教文化、近現代的西方文化（包括經由日語吸收的西方外來語）和中國的少數民族語言（如蒙語、滿語），其中源自西方語言的外來語數量最多，涉及範圍也最廣。

（四）英語外來語的數量和來源

英語從其他語言中吸收了大量詞彙，是最開放的語言之一。黎昌抱指出，現代英語詞彙總量已經達到 100 萬，其中 80% 為外來語，不愧為「世界性詞彙」（2001，92）。熊文華認為：「英語中有許多外語借詞，從歷史上考證其數量可能占英語詞彙總數的 56%~70%（有的學者認為占 80%），所吸收的語源多達數十種。」（1997：171）高瑛指出：「英語在較短的 1500 年裡吸收了 50 萬個外來詞。」（2001：60）誇克等也指出：「英語詞彙是一種混合詞彙，它以日耳曼語的詞彙為基本核心，並從外國語言（主要是法語、拉丁語和希臘語）中吸收了數量更多的詞彙。」（1998：2205）總之，英語中外來語數量龐大，詞彙中有大部分是外來語。

英語中的外來語，按照來源大致可以分為兩類：一類是來自印歐語系內部和其他拼音文字語言的外來語，如 camouflage（偽裝）來自法語、equilibrium（平衡）來自拉丁語、alfresco（在戶外的）來自義大利語、blitzkrieg（閃電戰）來自德語；另一類是來自漢語、日語等非拼音文字語言的外來語，如來自日語的

genro（元老）、漢語的 feng shui（風水）等。其中來自拼音文字語言，尤其是印歐語系語言的外來語占很大比重，而來自漢語、日語等語言的外來語數量則少得多。Skeat（斯基特）所著的「英語詞源」中根據詞源對英語詞彙所做的分類表明：英語外來語中 33% 來自德語，56% 來自希臘語和拉丁語，2% 來自蓋爾語，6% 來自東方語言、非洲及美國印第安語，3% 來自其他語言（王芳姿，2001：110）。可見，超過 90% 的英語外來語來自印歐語系內部，而來自漢語的外來語僅為 1,000 個左右。

（五）英漢語引進外來語的方式和動因

語言學家薩丕爾指出：「研究一種語言在面對外國詞時起怎樣的反應——拒絕它們，翻譯它們，或是隨便接受它們——很能幫助我們瞭解這種語言內在的形式趨勢。」（1985：177）不同語言如何吸收外來語這一異質成分，非常突出地反應了該語言的內部機制，成為瞭解其本質的一個窗口。下面我們分引進和同化兩部分對英漢外來語引進過程進行探討。

1. 英語引進外來語的方式——借貸

外來語在英語中稱做「借詞」（loanword）。薩丕爾說：「一種語言對另一種語言最簡單的影響就是詞的『借貸』。只要有文化借貸，就可能把有關的詞也借過來。」（1985：174）Matthews（馬修斯）對借詞的定義是：「從其他語言借入某一語言的詞，有時直接按照借入語的語音規則發音，但經常是在借入之後逐步向借入語的發音規則轉變，或者部分轉變。」

英語借詞絕大多數來自印歐語系語言。西方諸語言之間，雖然語音各異，但都使用拼音文字。即便使用不同的字母系統，如拉丁字母、希臘字母和斯拉夫字母，相互之間的轉換也很容易。英語在吸收外來語時，最簡捷的途徑是從其他語言中直接借入拼寫形式，再以本族語的語音規則改造其讀音。印歐語系來源的外來語在進入英語時，往往是整詞借用，即「除在語音上略有變動，形式和意義上全盤借入」（黎昌抱，2001：92）。借詞這一術語，很好地體現了西方語言之間詞彙互借「保留語形、改變語音」的特點。

2. 漢語引進外來語的方式——轉寫

潘文國（2008）認為，漢語吸收外來語的實質是用漢字對異質語言成分進行轉寫，並將漢語中的外來語分為寫形外來語、寫音外來語和寫義外來語。其中寫音外來語是用和借出語讀音相近的漢字轉寫其語音，如用「沙發」轉寫 sofa，用「坦克」轉寫 tank。寫音法主要用來吸收西方語言文化中的新概念，也是漢語吸收外來語的主要方式。和英語借詞「保留語形、改變語音」不同，轉寫是「模仿語音、改變語形」。這一差異可解釋為漢語和印歐語分屬不同的語系，採用不同的文字系統。西方各語言在語形（文字）上有比較大的通約性，而漢字和拼音文字之間根本就談不上語形互通，因此漢語只能利用漢字模仿西方詞彙的發音。

漢語是表義語言（徐通鏘，1997），在利用寫音法吸收外來語時，往往會添上表義的成分，如「啤酒」（beer）、「爵士樂」（jazz）等。這樣「音義兼譯」型的寫音外來語比較利於國人接受。另外，漢字是形、音、義三位一體的語言單位（徐通鏘，2001：33；潘文國，2002：109-111），在用漢字轉寫外來語語音的過程中，附著在漢字上的語義因素往往在語音背后起著作用。再加上漢字總量有數萬個，漢語音節總數（含四聲）只有 1,300 余個，形成了漢語中普遍的同音、近音現象，使得漢語社團用漢字轉寫外來語語音時，對字的選擇有比較大的余地。即使是純寫音外來語或外來語的純表音部分，漢語也會盡量使語義成分滲透其中。漢語在用漢字轉寫外來語語音時，有兩個傾向：一是傾向於選用能起到提示該外來語意義的漢字，如「蹦極」（bungee）、「康乃馨」（carnation）、「芒果」（mango）、「俱樂部」（club）等。二是傾向於選用一些寓意美好的漢字，以符合國人喜歡吉祥、美好字眼的審美情趣。這一傾向在轉寫人名、地名、商品名時尤為突出，如「美利堅」（America）、「太妃」（toffee）、「奔馳」（Benz）。有時甚至以偏離語音為代價，如「的確良」（Dacron）、「百事可樂」（Pepsi—cola）等。國人對帶有不祥字眼的外來語往往有排斥心理：如「馬殺雞」（massage）一詞雖然出現很早，但始終沒有被廣泛接受，人們更傾向於使用「按摩」這一翻譯。

二、英漢外來詞來源不同的原因

(一) 英漢所處的地理環境和歷史背景不同

1. 地理環境不同

英國四面環海，容易受到外族的入侵，英民族也常經由海域入侵其他國家，這使得大量的外來詞湧入或被帶回英國。

中國是個內陸國家，長期處於一種封閉自守、自給自足的環境裡，導致漢語與其他民族語言的接觸非常有限。雖然也有少數民族的入侵，但由於漢民族占據絕對的優勢，所以，漢語的外來詞發展非常緩慢。

2. 歷史背景不同

西方文化來源於希臘神話和基督教，許多希臘語和拉丁語被直接或間接地傳入英國。公元 1066 年，法國諾曼底徵服英國后，大量法語詞湧入英語。18 世紀英國工業革命后，英國在全球各地建立了許多殖民地，與世界各國的貿易迅猛發展。在這一時期，英語吸收了大批來自北美、拉丁美洲、非洲以及其他地區語言中的大量詞彙。

中國文化來源於儒家、道教和佛教，均是中國本土文化，因此，外來詞的介入較少。直到東漢，翻譯歷史開始后，才逐漸傳入外來詞。隨著改革開放，中國加入 WTO 后，漢外文化交流逐漸繁榮，外來詞的引入也越來越多。

(二) 英漢民族的心理素質不同

多次外族入侵和徵服形成了英語民族的多樣性特徵，它對新鮮事物十分敏

感，大膽地吸收其他各民族優秀的思想與文化，進而形成了「開放型」文化心理。正是由於這種文化心理，英語對外來詞語大膽吸收。漢民族有著悠久的歷史，形成了一套自己的文化模式，因此，漢民族有著獨特的自豪感和滿足感。進而產生了一種排他的心理效應，這種文化心理極大地阻礙了外來詞的借入。

（三）英漢語言類型不同

英語是一種表音文字，屬於世界上最大的印歐語系，該語系包括世界上大部分的語言。且這種文字僅 26 個字母，書寫符號比較少，因此有極大的靈活性和可塑性，很容易相互影響，相互借用。漢語是一種表意文字，屬於漢藏語系，是唯一在使用的一種形聲文字。漢字一字一音，一字至少一意，既可代表語素，又可代表音節，因此符號數量大且繁雜，其靈活性和可塑性遠不及表音文字。因此，漢語無法像英語一樣向同類語言借詞。

（四）英漢外來詞的同化現象

由於借用時間的長短、使用頻率的高低、傳入的形式（如：口頭語、書面語）等原因，外來詞被同化的程度也不一樣。有些詞在音節構造、詞形等方面已經完全符合借方語言規範，人們已把它們當作本語言固有的詞了，甚至有些詞已進入了該語言基本詞彙，可以用來構成新的複合詞或派生詞，如：幽默（humor）、邏輯（logic）、玻璃（glass）、葡萄（grape）等；迷你（mini）一詞可與其他詞組成複合詞，如迷你裙（mini-skirt）等，但其意思均為「短或小」。我們把這些詞叫作完全同化的詞。但有些詞在音節構造、詞形等方面仍有明顯的外語特徵，如：蒙太奇（montage）、阿司匹林（Aspirin）、鴉片（opium）、木乃伊（mummy）、尼古丁（nicotine）、康拜因（combine）等。這類詞我們稱之為未完全同化的詞。

三、英漢外來詞的類型及翻譯

外來詞是漢語詞彙系統的重要組成部分，有著源遠流長的歷史。漢語對異己成分的接納程度和改造程度在不同的歷史時期有相當大的差異。明朝前的漢民族較閉關自守，一般對外來文化和外來詞語採取鄙視和排斥態度。明清兩代，西方文化對我國社會生活各方面的影響開始不斷增強，漢語吸收外來語的能力也隨之增強。「五四」以後，音譯詞大量出現，漢語有了更強的吸收功能。

改革開放以後，隨著中外文化交流不斷擴大和加深，中外詞語的對流達到前所未有的頻繁程度。隨著外來詞語廣泛的使用，與漢語不斷融合，甚至達到漢化的極致而與漢語固有詞彙水乳交融。今天漢語中的很多外來詞彙如互聯網、軟件、熱點、代溝、快餐、沙龍、爵士樂，已經被完全漢化了，以至於我們當中很多人都不知道它們原來是外來詞語。

（一）英語外來詞的內容

隨著改革開放步伐的加快加深，互聯網的飛速發展，新事物、新概念、新方

法、新技術源源不斷地從西方湧入中國，而表現這些新事物、新概念、新方法的外來詞也隨之而來。外來詞的借用掀起了一個新的高潮，極大地開闊了中國人的眼界，所涉及的內容有以下方面：

1. 日常生活：sandwich 三明治、milkshake 奶昔、salmon 三文魚、brandy 白蘭地、whiskey 威士忌、lemon 檸檬、salad 沙拉、supermarket 超市。

2. 文娛體育：the Beetles 披頭士樂隊、jazz 爵士樂、waltz 華爾茲、guitar 吉他、poker 撲克、golf 高爾夫、Disney Land 迪斯尼樂園、cartoon 卡通。

3. 科學技術：silicon valley 硅谷、IC 集成電路、laser 鐳射；激光、gene 基因、clone 克隆、DNA 脫氧核糖核酸。

4. 文化習俗：Hippies 嬉皮士、Yuppies 雅皮士、DINK 丁克、modern 摩登、white collar 白領、fans 粉絲、generation gap 代溝、culture gap 文化差距。

5. 網路媒體：Internet 因特網、hardware 硬件、software 軟件、data bank 數據庫、global village 地球村、IT 信息技術、CAI 計算機輔助教學、CD 光碟、VCD 小影碟。

(二) 英語外來詞的類型

語言總是在不斷發展創新，也會隨時新陳代謝。外來詞是一種特殊的文化表現，是兩種語言文化的融合，而且將長時間地和其他語言共存於同一社會，同時在主流語言中留下屬於自己的痕跡，這是語言的發展規律。英語外來詞按其借用方式，可分為五種類型。

1. 純借詞：把外族語的詞的音和義完整地借用過來。純借詞有時也叫純音譯詞。如，chocolate 巧克力、humor 幽默、coffee 咖啡、sonar 聲納。

2. 半音半意詞：將原詞一分為二，一半音譯，一半意譯。如 Internet 因特網、Cambridge 劍橋、Uncle Sam 山姆大叔。

3. 音加義詞：先音譯其詞，再附加一個表示該詞所指類屬、特徵的漢語詞素。如，champagne 香檳酒、jeep 吉普車、ballet 芭蕾舞、ping-pong 乒乓球、sardine 沙丁魚。

4. 仿譯詞：用本族語的構詞材料逐一翻譯外來詞的詞素，不僅引入外來詞的意義，而且仿照它的構詞關係。如，honeymoon 蜜月、soft landing 軟著陸、horse-power 馬力、Cape of Good Hope 好望角。

5. 中外文夾雜詞：隨著改革開放的深入和對外交流的日益擴大，新的外來詞一時難以準確翻譯，出於方便快捷的使用需要，使用最簡單的方法——原文移植，於是就出現了一些英漢夾雜詞。例如，卡拉 OK，卡拉是日語「カ、島（空）」的音譯，OK 是日語借英語 orchestra（管弦樂隊）一詞的兩個首音。漢語又從日語音譯引進，卻保持了原文中的英文部分，成為「東西合璧」的創造。

從以上英語和漢語吸收外來詞的主要方式，能基本瞭解英漢外來詞的翻譯。外來事物反應的文化與心理因素都是翻譯外來詞要考慮的因素。

「迷你裙」譯為英語「miniskirt」，「迷你」為音譯，裙為意譯。翻譯為「迷你裙」確實絕妙。既有生活情趣，更是含沙射影，穿超短裙，是為了「迷你」。若意譯為「超短裙」，則違反了心理因素原則，完全丟失了「迷你裙」的韻味。譯為「迷你裙」將文化因素與心理因素結合得恰如其分。

美國一種叫 Revlon 的化妝品，被譯為「露華濃」。「露華濃」源於唐朝詩人李白的名詩《清平調·其一》：「雲想衣裳花想容，春風拂檻露華濃。若非群玉山頭見，會向瑤臺月下逢。」這首詩是描寫楊貴妃的花容月貌。Relvon 作為一種化妝品，如此翻譯可謂歸化的音意兼顧，堪稱兩全其美，完美無缺地體現了文化的意境，誘發人的聯想。

綜上所述，英漢外來詞在數量、範圍、同化速度、產生的歷史條件等方面形成鮮明的對照。外來詞的產生並非僅僅是單純的語言現象，同時也是一種社會和文化現象。隨著世界全球化進程的加快，國際交流日益增多，外來詞將成為更加重要的語言組成部分，對外來詞的研究也更為緊迫。

下面從漢語自身所具有的特點，以及漢民族在語言使用中所表現出的文化心理這兩個方面闡述外來詞語翻譯的漢化。

(三) 漢語外來詞的翻譯

「望文生義」的「文」即文字，在此指漢字。漢字本身是一種表意體系的文字，漢民族的人們習慣於從字形揣測其中蘊含的意義。漢字的點線所構建的方塊字，始終保留對具體事物形象的模擬。從「結繩記事」到使用文字，是經過「觀夫天地萬象之端，人物器皿之狀，鳥獸草木之文，日月星辰之章，菸雲雨露之態」而逐漸創造的。也就是說文字是先通過人們對萬事萬物的仔細觀察，然后依萬物之類象形所創造的。漢字的形象性，使漢字視而可識，察而見意，望而生義。

1. 音譯加字

音譯是借用外來詞的一種形式，一般的做法是用漢字大致記錄原詞的聲音形式，是翻譯英語專有名詞，如人名、地名等的最主要的一種方法，有時也用於翻譯一般事物的英語非專有名詞，即用發音近似的漢字將外來詞翻譯過來。許多耳熟能詳的外來語就是經過音譯進入漢語的，例如：模特（model）、基因（gene）、休克（shock）。直接模擬外族詞語的語音形式是引進吸收外來語最簡捷的方式。但有相當一些外來詞的漢語音譯無法見字明義，故難測其真正含義。因此，有必要在其只表音不表意的音譯部分上附加一些能指明其類別與屬性的成分，從而成為一個意思完整的新漢語語素，以符合漢語凡事求類的習慣。例如：愛滋病（AIDS）、耐克鞋（Nike）、桑拿浴（sauna）、高爾夫球（golf）、卡丁車（kart）、比薩餅（pizza）、踢踏舞（tittup）、多米諾骨牌（domino）、拉力賽（rally）、蹦極跳（bungee）等。

使用音譯法要注意以下幾點：

（1）為了使音譯名詞不至於過長，某些不明顯的音可不譯出來：Elizabeth 伊麗莎白（不必譯成「伊麗莎白絲」）。

（2）為了使音譯名詞不至於形成一個錯誤概念，應避免使用與上下文容易聯成意義或具有明顯褒貶意味的字：Bumble 本伯（譯為「笨伯」就不妥）、Mozambique 莫桑比克（譯為「莫三別給」就不嚴肅）。

（3）避免使用生僻字：Coca-Cola 可口可樂（舊譯「蝌蝌啃蠟」，后改為蔣彝先生翻譯的「可口可樂」）。

（4）外國人名不必中國化：Tolstoy 托爾斯泰（舊譯「陶師道」，過於中國化）。

（5）有些名著，尤其像影片譯名，宜用易為廣大群眾所接受的：*Hamlet*《哈姆雷特》為文學界所接受，電影譯名仍用林紓先生的《王子復仇記》，更為中國觀眾所接受；*Gone with the Wind*《飄》、*Ivanhoe*《艾凡赫》、*Oliver Twist*《奧列佛·退斯特》等三部名著的電影譯名《亂世佳人》《撒克遜英雄傳》《霧都孤兒》則是中國觀眾所熟知的。

2. 音意兼譯詞

無論是中國譯論者，還是西方譯論者，大都認為好的翻譯應最大程度地忠實於原文，如嚴復的「信」，尤金·奈達的「動態對等」。錢鐘書先生也提出「不因語文習慣的差異而露出生硬牽強的痕跡，又能完全保存原作的風味」這麼一個「化境」。本著對「化境」這一翻譯最高境界的不倦追求，漢語中一些既表音又達意的音意兼譯詞應運而生。在音譯外來詞的時候，中國人創造了一種獨到的方式，既考慮語音的同音原則，又選用某些同原詞意義相關或者能表達某些意義的漢字去示義，使之兼得音譯與意譯的長處，便於人們理解和想像。Goodyear（硫化橡膠發明人的姓氏）譯為「固特異」充分表達了該商品（輪胎）的優異之處，堅固耐用。「汰漬」（Tide）既與原文商標名稱諧音，又意味著污漬、汗漬不留痕跡，巧妙暗示了該產品（洗衣粉）的效用。「奔騰」（Pentium）這個世界知名的微芯片處理器的中文仿音譯名取其風馳電掣、速度迅捷之意，足以傳神。Centrum 是一種源自美國的藥品，專門用於保存食品中的維生素，仿音譯為「善存」，取中文「善保存」之意。「金威」Kingway（啤酒）、「百威」Budweiser（啤酒）取「威」字來表現男子威武豪邁的氣概。「酷」（cool）很確切地詮釋了「瀟灑中帶點冷漠」的形象。「黑」在漢語中有「非法的、壞的」等義，以它來翻譯「黑客」（hacker，入侵別人的網路系統並大肆搗亂而感快樂的人）既諧音又達意。

諸如此類，在原名稱的發音基礎上靈活傳譯，既顧及到諧音，又能對所譯事物的性能和特點予以意義補充的音意兼譯詞語還有：捷達 Jetta（汽車）、康泰克 Contact（感冒藥）、固特立 Goodrich（輪胎）、佳能 Canon（複印機）、敵殺死 Decis（農藥）、托福 TOEFL（出國考試）、席夢思 Simmons（床具）、速滅殺丁

Sumicidin（農藥）等。此外，還有個別針對字母縮略語的音意兼譯詞，如 www，譯成「萬維網」。表意是漢字的本質特徵，中國人又是最不願「忘本」的，所以在音譯外來新詞新語時，人們往往兼顧意義，盡量選擇那些既能傳聲又「有情有義」的漢字。這樣的音意兼譯詞既生動形象、意蘊豐富、別有風味，又能體現原文特點，與原文功能對應。

3. 仿譯

這種方法是將原詞組成部分按語義逐字翻譯成漢字，再將其組合起來，如熱狗（hot dog）、軟飲料（soft drink）、雞尾酒會（cocktail party）、代溝（generation gap）、干細胞（stem cell）、熱點（hot spot）、洗錢（laundered money）、域名（domain name）、千年蟲（Millenium Bug）、軟著陸（soft landing）、背景音樂（background music）。外來詞的仿譯更能發揮漢語言簡意賅的特點，尤其在多音節詞、複合詞、短語的處理上，仿譯表現出刪繁就簡、熔鑄精華的優勢。

4. 意譯

漢語在吸收拼音文字外來詞時，意譯往往佔有很大比例，即按照外來詞的形態結構和構詞原理直譯過來。這是因為漢語屬漢藏語系，是一種方塊字形的表意文字。當今世界上表意文字僅漢語一家。以字母字形為主的表音文字是很難與表意文字相融合的，不得已只好用意譯的辦法將其漢化。漢語吸收外來詞的傳統方式是漢化意譯，即用漢語裡固有的詞彙改變外來詞彙，使之民族化。這樣的譯名文字流暢通達、詞義明顯，因此國人可以很快地識別和熟悉，一目了然，從而更易於接受。反思（reflection）、吉祥物（mascot）、掠影（glimpse）、電腦（computer）、隱私權（privacy）、兼職（part‐time）、隨身聽（walkman）、皇冠（crown）、花花公子（playboy）、甲骨文（oracle）、變形金剛（transformer）等新詞語都是近幾年從外語中意譯過來的。有些漢語外來詞在初引入時，並沒有經過音譯階段，而是直接意譯，如圖文資訊（ceefax）、傳真（fax）、急救（first aid）、機器人（robot）等，它們所代表的概念也就能較直接地被國人所接受。中國的文化是主體意識較強的文化，所以總是力求把外來詞彙納入自己文字的意義系統中。或許，這就是中國對外來詞多意譯的原因。

5. 半音半意

這是一種「湊合」的辦法，這種方法主要用於複合外來詞，可分為兩類：一類是前半部分音譯，后半部分意譯；另一類是前半部分意譯，后半部分音譯。例如：Wall Street 華爾街、miniskirt 迷你裙、bungee jumping 蹦極跳、ice‐cream 冰淇淋、John Bull 約翰牛、hula hoop 呼啦圈、water ballet 水上芭蕾。

6. 音譯加字法

這是音譯附加漢語語素，即音譯或意譯后再加上一個字，用來說明類別。例如：bowling 保齡球、rifle 來福槍、jacket 夾克衫、rally 拉力賽、champagne 香檳酒。

7. 英文字母附加漢字

一切從簡是現代人的一種普遍心理，有些外來詞引入漢語后就刪繁就簡，盡量避免用冗長的語言來翻譯，只需在縮略語后附加漢字說明類別。例如：CT 檢查，BP 機，IC 卡，AA 制。

8. 英文字母縮寫

現代生活節奏加快，要求人們長話短說。大量英語縮略語正好適應這種需要。例如：CD，VCD，DVD，MTV，UFO，VIP，WT0，NBA。

四、文化心理與外來詞的「漢化」

(一) 審美情趣

文字是文化的載體，同時自身也是文化。它的創造和發生是其創造者（民族）心態文化的沉澱物，反應其創造者（民族）的宇宙觀、人生觀、思維方式、行為方法、價值取向。在中國，不論人名、地名、街名、山水名、庭院名、商品名、商標名，如非自然形成而需特定的話，中國人總喜歡煞費苦心，把所能想像得出的「美」的意思，傾註在那小小的名稱之上，使其成為一種價值或願望的寄托形式。在洋為我用，創造性地借鑑、吸收外來詞時，漢民族著力體現漢語語音及漢字表意的屬性，賦予其濃鬱的漢語語音和語義色彩，使之不僅與漢語固有詞彙形成有機和諧的整體，且形象鮮明，極富表現力和藝術感染力。改革開放，國門大開，世界名牌產品紛至沓來。

我們只要稍稍留意一下便能發現，那些「漢化」了的洋貨商標也依然是一些蘊含「美」的字眼，很有東方情趣。Ricoh（一種進口表）的譯名「麗確」，不僅在發音上與原文非常接近，而且中文意思是「既準確又美麗」，符合譯語受眾的審美心理。「可口可樂」「高樂高」「施樂」「百樂門」「樂口福」「百事可樂」等譯名中的「樂」足以體現中國人的審美情趣。「保齡球」是英語 bowling 的音譯加意譯，其實它只不過是一種手擲球在地上滾動擊中目標的球戲，並沒有什麼「保齡」的意思，但音譯的漢字造得巧妙恰當，使人們聯想到這種球可以強健體魄、永葆青春。「秀」（show）多用來表示「完美展示」之義，它使人聯想到「燈火輝煌的舞臺、美妙動聽的音樂、佳人輕歌曼舞」等優美的情境。「迷你」（mini）給人一種「張揚美」的感覺，暗示當代人大膽展示美、追求美的心態。有些洗滌用品的譯名，一看便給人「清潔」的感覺，如寶潔（Procter &Gamble）、高露潔（Golgate）、潔諾（Signal）、佳潔士（Crest）。香港在翻譯某些商標名時，特別喜歡使用帶有「百」字和「萬」字開頭的商標名，如百樂門（Paramount）、百事吉（Bisquit）、萬事達（Master）、萬能達（Minolta）、萬事發（Mild Seven）、萬里靈（Money Link）、萬寶路（Marlboro）。作為治療「陽痿」的特效藥「偉哥」（Viagra）的譯文既通俗又含蓄。它蘊含了中華民族對性表述的含蓄、循規蹈矩的文化習慣和審美心理。中國人向來是以平和、中庸為美，將

香水 poison（英文原義為「毒藥」）按諧音譯為「百愛神」，悅耳動聽，寓意美好，能引起國人美好的心理感覺。Carrefour 作為一種便民連鎖店，譯為「家樂福」，可謂是「萬家快樂幸福」。「惠康」Welcome（超市）迎合了人們喜愛物美價廉商品的心理。外國女士名字在譯音轉寫時，常用莎、娜、娃、佳、絲、婭、麗等給人以俏麗感的字眼。就連女性用品的譯名也非常注意迎合女性審美情趣，突出其柔性美，通常帶有東方人喜好的「芳」「玉」「蘭」「婷」「絲」等字眼，如雅芳（Avon）、潘婷（Pantene）、丹碧絲（Tampax）、玉蘭油（OLAY）。

（二）尚簡心理

中華民族在語言使用上一貫主張「言貴於省文」「文約而事豐」。在中華民族尚簡傳統的影響下，漢語外來新詞新語必然走簡化之路。同時，當今社會知識爆炸、信息倍增。在中國市場經濟日益發展的形勢下，人們不再慢條斯理地生活，一切都要講究效益。信息傳遞的第一個要求是準確無誤，第二個要求是省事省力，合起來可以稱為效率原則。對於語言來說，最理想的效率是在保證準確的前提下，用最經濟的手段達到交際的目的。以克隆（clone）為例，自從英國科學家用克隆生物工程技術複製出「多利羊」之後，「克隆」一詞便很快在神州大地上風靡起來。所謂 clone，是指「生物通過體細胞進行的無性繁殖形成的基因完全相同的后代個體組成的種群」。「無性系」「無性系繁殖」是該釋義的關鍵所在。但由於「無性系」「無性系繁殖」不如「克隆」來得經濟、簡潔，所以國內媒體更傾向於「克隆」這一音譯詞，以適應當代生活快節奏、高效率的需要。Coca-Cola 譯為「可口可樂」，替代了「流行的非酒類充碳酸氣的飲料」，「百事可樂」（Pepsi-Cola）亦同。「脫口秀」（talk show）則要比「廣播電視的主持人和嘉賓的談話節目」來得新鮮便捷。洗髮香波「海飛絲」則比「海倫仙度絲」（Head&Shoulders）簡短而且易懂易記。Bausch&Lomb（公司創始人「布什和羅布」）的中文譯名沒有局限在原來的語音上，而是另闢蹊徑，譯為「博士倫」。類似簡潔的譯語還有「強生」（Johnson&Johnson，嬰兒洗護用品）、「惠普」（Hewlett-Packard Co.，電腦公司）等。這些實例表明人們追求省事省力、最大限度地實現語言經濟原則。「打的」（take a taxi）音節的數量明顯少於「乘坐出租車」，符合漢語語言的經濟性原則。「的」用起來非常方便，其音節簡練等特點迎合了漢民族求簡的心理，這是它得以廣泛流行的重要原因之一。當外來新詞新語一旦漢化後進入漢民族共同語，就取得了「公民權」，其中有的進入了基本的詞語，便可以「為人父母、生兒育女」了。「的士」（taxi）縮為「的」之後，成為雙音詞「打的、面的、摩的、飛的、轎的、板的、馬的、驢的、水的、的哥、的姐」的構詞語素。類似的例子還有「酒吧」（bar）之為語素的「吧」，「啤酒」（beer）之為語素的「啤」，「巴士」（bus）之為語素的「巴」，等等。「熱」（hot）「秀」（show）、「酷」（cool）等新詞語在形式上都極為省簡，完全以漢語的面目兼容了英語的本義甚至還多出一重含義。

外來詞在漢語中自古就有之，在世界各民族語言中也都存在。外來詞語是一種重要的社會語言現象，它是文化交流與語言接觸的結果。任何一種活著的語言，在與外民族的文化交流中，都可能向該民族的語言借用一些自己本來沒有而社會生活的發展要求它非有不可的詞彙。漢文化具有極大的消融能力，善於將所吸收的外來文化加以消化改造，變成漢文化的組成部分。外來語成分一旦進入漢語漢字系統，就必然會受到漢語系統的調節；而漢語漢字系統的吸納功能也因為異己成分的輸入得到不斷的改善。此外，漢民族文化特別注重系統性和完整性。所以每當需要採用外來詞語時，自成體系的漢語總是力圖從系統性和完整性出發，將其加工，使其漢化。

五、漢語音譯詞的發展趨勢

　　純音譯詞為照顧原詞的發音，很難從字面上觀察到其表達的意思，因此很多詞后來又採取意譯的形式。例如：「ultimatum」開始譯為「哀的美敦」，后來譯為「最后通牒」；「laser」開始譯為「鐳射（萊塞）」后來譯為「激光」；「Cemem」開始譯為「西（水）門汀」后來譯為「水泥」；「Mr.」開始譯為「密斯脫」后來譯為「先生」等。

　　反之，純意譯詞是根據英語的詞意翻譯，雖然從漢字的字面上可以看懂其表達的意思，卻失去了原詞的音韻美，同時也失去了地域聯想意義。例如：「democracy」開始音譯為「德謨克拉西」，后來意譯為「民主」；「violin」開始音譯為「梵啞林」，后來意譯為「小提琴」；「science」開始音譯為「賽因斯」，后來意譯為「科學」；「grammar」開始音譯為「葛朗瑪」，后來意譯為「語法」；「telephone」開始音譯為「德律風」，后來意譯為「電話」等。

　　而音意譯詞因為結合了前兩者的優點，越來越受到大眾的青睞。例如，「Benz」是馳名世界的德國名車，以前曾音譯作「苯茨」，有音無義，讓人缺乏聯想。后改譯為「奔馳」，音意俱有，汽車奔馳之狀躍然生動。「Coca-cola」譯成「可口可樂」確實是個絕佳的譯名，既保持了原詞響亮的音節，又富有活潑的節奏動感，在音意上達到了和諧統一，還符合中國人喜好討口彩的傳統文化。同樣的詞若純音譯成「口可口拉」，讓人有一種丈二和尚摸不著頭腦的感覺，不知所雲，聲色韻味蕩然無存。「Sprite」譯成「雪碧」，傳遞了象雪水一樣碧透的飲料給人帶來的涼爽感和愉悅感。「hacker」譯成「黑客」，「黑」暗示著暗處、隱蔽、不光明正大，這正好對描寫那些精通電腦並利用網路蓄意破壞搗亂的不速之客一語雙關，同時也保留了原詞的音色；「Polaroid」譯成「拍立得」，暗示顧客這是一拍攝立刻就可以得到照片的一種相機，而且還部分保留了原詞的語音。「hip-hop」指城市青年中流行的街頭文化，特點是喜愛說唱音樂，跳霹靂舞，沿街塗鴉。譯成「嘻哈族」，綜合考慮了原詞的發音和意義。「Pentium」譯成「奔騰」，發音節奏明快，易讀易記，傳遞了飛快的運行速度。「Revlon」譯成「露華濃」，該詞取自唐朝詩人李白描寫楊貴

妃花容月貌的名句：「雲想衣裳花想容，春風拂檻露華濃。」該詞可謂是形象鮮明，寓意優雅，內涵豐富。「Nike」譯成「耐克」，可讓消費者感受到其鞋堅固耐穿的優良品質。「Amway」譯成「安利」，傳達了安居樂業，萬事順利的吉慶之意。「fans」譯成「粉絲」正好呼應了剪不斷理還亂的狂熱迷。「blog」譯成博客，反應了互聯網信息的廣博。「safeguard」譯成「舒膚佳」，貼切而且自然。「Beatles」譯成「披頭士」形象生動。此外還有 Stone——四通、Youngel——雅戈爾、TOEFL——托福、Porsche——保時捷、Giant——捷安特、Extra——益達、Colgate——高露潔、Slek——舒蕾、bungee——蹦極等。

　　全球化時代，直接使用原詞的形式也呈遞增的趨勢。大量簡潔、活潑、異域風味十足的全洋詞彙被引入到漢語。例如：WTO（世界貿易組織）、DV（數碼攝像機）、CD（激光唱片／光盤）、DVD（數碼影音光碟）、NBA（美國職業籃球賽）、MTV（音樂電視）、PK（比賽中單對單對決，單挑）、PC（個人電腦）、SARS（非典）、CPU（計算機中央處理器）、MBA（工商管理碩士）、ATM（自動取款機）、VIP（貴賓）、IQ（智商）、GSM（全球移動通信系統）、CDMA（基於擴頻技術的一種嶄新而成熟的無線通信技術）、CEO（首席執行官）、CBD（中央商務區）、UFO（不明飛行物）、BBS（電子公告牌系統）、GRE（美國研究生入學考試）、DJ（電臺流行音樂節目主持人）、OTC（非處方藥）、CT（計算機體層成像）、APEC（亞太經貿合作組織）等。有時原詞后也附加漢語語素可謂是中西合璧。例如：SIM卡、T恤衫、AA制、USB接口、IT產業（信息技術產業）等。這種翻譯的趨勢是因為人們越來越不滿足舊有的模式，喜歡更具有新鮮感和吸引力的字眼，追求標新立異。同時使用原詞可以大大縮短外來語信息進入漢語的過程，避免譯名混亂，達到術語的自然統一，便於與國際接軌。

　　例如，「mall」是對 shopping mall 的簡稱，現有「摩爾／銷品茂／購物廣場／步行街」等不同的譯法，但都沒有完全反應出它以主題購物為特色，集購物、餐飲、娛樂、休閒為一體的大型消費中心的特點。因此若直接借用原詞，反而省事。

　　借用英文原詞或縮寫形式體現了語言使用者追求時尚的語言心理，也符合語言使用中的經濟省力原則——讀音省事，書寫簡便，達到言簡意賅的效果。如「DOS」比「磁盤操作系」，「DNA」比「脫氧核糖核酸」，「Windows 98」比「微軟公司生產的視窗操作系統」更容易被人們接受。

實戰演練

一、將下列短語翻譯成英文。

1. 交誼舞
2. 移動電話

3. 人口爆炸
4. 數字通訊
5. 信息高速公路
6. 穿梭外交
7. 洗腦
8. 洗錢
9. 安樂死
10. 傳銷

二、英譯漢，注意粗體部分的翻譯。

1. The stream went gurgling on.

2. He splashed（his way）through the shallow water.

3. The cow swished her tail.

4. The mouse squeaked in the comer.

5. A chair scraped on the floor.

6. They banged their mugs on the polished tables and asked for more of the nut—brown ale.

7. And he whispered to her,「I have one thing to say, one thing only; I'll never say it another time, to anyone, and I ask you to remember it: In a universe of ambiguity, this kind of certainty comes only once, and never again, no matter how many lifetimes you live.」

8. The street and the market-place absolutely babbled, from side to side, with applauses of the minister.

第六節　英漢語言指稱意義的比較與翻譯

冠詞是英語獨有的詞類，數量短語和助詞則是漢語裡獨有的。而且，即便都使用冠詞，和語法相比，英語缺少法語冠詞那樣的性和數的範疇。語言間缺少某些詞類和語法範疇是正常的，並不影響語言的使用。但就翻譯而言，譯者需要瞭解這些語言差異，才能跨越差異，做到有的放矢，提高語言轉換的質量。

一、英語冠詞

冠詞是虛詞，起限定作用，用於名詞或名詞短語之前。英語冠詞分三種：定冠詞、不定冠詞和零冠詞。the 是定冠詞，可用在單數名詞、不可數名詞和復數名詞前，所限定的事物是說話者已經提到的，或者是獨一無二的；a/an 是不定冠詞，用於單數名詞之前。它所限定的事物或者是說話者初次提到的，或者是沒

有明確指明的，或者是某類事物。英語冠詞的翻譯應該注意以下幾個問題：

（一）不定冠詞 a/an 在下列情況下不譯

1. 用於無定指的可數名詞前，指「某類」人或事物。

Can man be free if woman is a slave?

婦女做奴隸，男人能自由嗎？

2. 數量義很弱

The settlement of the dispute is a matter of time.

最后解決爭端只是時間問題。

3. 習語裡的 a 通常是類指，沒有具體的數的概念。

（1）to look for a needle in a haystack

草垛裡尋針；海底撈針

（2）The fabric is as light as a feather.

這種織品很輕，輕如羽毛。

（3）The business is as dead as a doornail.

生意完了，死定了。

4. 可數名詞有時表達抽象意義，翻譯時宜選用合適的詞把這種抽象意義表達出來。

（1）You keep an eye on that man. 你要注意那個人。

（2）He has a heart of gold. 他有金子般的心。/他寬厚仁慈。

（3）Maybe we have not reached a point of no return yet, but we are moving towards this point.

我們可能還沒到有去無回的地步，但在朝那個方向發展。

5. 一些行為名詞轉譯成動詞

（1）For him, to resign now would be an admission of failure.

對他來說，現在辭職就是承認失敗。

（2）Marijuana cultivation is a violation of federal and state law.

種植大麻違反聯邦法和州法。

（3）I could see a conflict of interest brewing here.

看得出，利益衝突正在顯現。

（二）不定冠詞 a/an 表達具體的數的概念，需要譯出來

1. 根據與 a/an 組合的名詞的意義，可以使用漢語數量詞對譯

（1）She'll be here in an hour or so.

再有個把小時，她就會到這兒。

（2）In a word, we cannot accurately predict who is dangerous.

一句話，我們不能確定誰是危險人物。

2. 譯成副詞性的「日」或分指性的代詞「每」

（1）Take this medicine three times a day.

這藥日服三次。

（2）Many women and older adults may need only about 1,500 to 1,600 calories a day.

許多婦女和年長者每天只需要1,500到1,600大卡的熱量。

（3）She'd arranged for him to come here three mornings a week.

她安排他每週來三個上午。

（4）We're producing nearly 3 million barrels a day at over $120 a barrel.

我們現在日產原油近300萬桶，每桶120多美元。

（三）定冠詞the在下列情況下不譯

1. 表示某個或某些特定的人或物，省略不譯時不會造成誤解

A cat sees us as the dogs… A cat sees himself as the human.

貓把我們當狗看，而把自己當人看。

2. 一些表示工具意義的名詞與定冠詞連用，表達某一抽象概念

（1）The pen is mightier than the sword.

揚文勝過耀武。

（2）The eye is bigger than the belly.

眼大肚子小，貪多嚼不爛。

3. 一些表示人體部位的名詞與定冠詞連用，能表達某種特定的抽象概念

What the heart thinks the tongue speaks.

言為心聲。

（四）定冠詞the在下列情況下需要譯出來

1. the與某個具體事物一起使用時，用於定指，譯成漢語時可以使用指示代詞「這」「那」「這些」「那些」等。

What do you think of the contents of the book?

你覺得這本書內容怎麼樣？

2. 如果談及的事物就在現場，也可以不用指示代詞

（1）What do you think of the music?

你感覺音樂怎麼樣？

（2）He survived the landslide.

他在泥石流中幸存了下來。

（五）可數具體名詞前用零冠詞，指抽象的活動，翻譯時需注意

a1. to go to school

a2. to go to the school

b1. to make bed

b2. to make a bed

c1. to go there by bus
c2. to go there by the bus
去上學
去學校
鋪床
做一張床
乘公共汽車去
坐這輛公共汽車去

（六）零冠詞和定冠詞在一些固定短語中表達的意思不同於常義，宜注意識別和區分。

如：

a1. Why on earth wouldn't you?
你到底為什麼不願意？
a2. The shirt lay stretched flat on the earth.
襯衫就攤放在地面上。

b1. His once-hot investment fund is in the red, his published stock picks are lagging behind the market and some longtime readers are starting to complain that they are getting poor advice.

他的一度受到熱捧的投資基金出現了赤字，他發布的股票精選已經跟市場脫節，那些長期追隨的讀者開始抱怨他的投資建議越來越不靠譜。

b2. An Academy Award—winner for the music in the movie *The Woman in Red*, he is one of the biggest Grammy winners of all time, having received more than a dozen coveted honors over the years.

他憑藉電影《紅衣女郎》中的插曲獲得學院獎，有史以來獲得格萊美獎項最多的人中也有他，這些年來他一共獲得了十多項令人稱羨的大獎。

（七）表示不可分離的兩個事物時，冠詞不需要重複使用在兩個名詞上。

如：

（1）the bride and groom
新郎新娘二人

（2）a watch and chain
一塊帶鏈的手錶

（3）as a wife and mother
既做妻子又當媽媽

（4）A father and son were accused of tricking Eastern European immigrants.
父子倆被控欺騙東歐移民。

（5）Then, on impulse, I had thrown on a coat and tie and had got into my car.

我頭腦一熱，趕緊穿西服，打領帶，上了車。

英語冠詞在漢語裡找不到完全對應的表達形式。英譯漢時，處理冠詞的原則是：如果不用也不妨礙意思的表達，就不必用冠詞；漢譯英時，則要區分定指、不定指和類指，當然還要注意一些必用定冠詞的情形，如 the Internet, the U. S., the U. N.。

二、數詞和數量短語

（一）數詞

數詞可分為兩類：基數詞和序數詞。基數詞又包括整數、分數、小數、倍數等。漢語和英語都有數詞，但在計數方式上有差異，漢語有「個、十、百、千、萬、十萬、百萬、千萬、億」這些計數單位，而英語則用「十、百、千、百萬、十億」。熟練的譯者對於兩者間的轉換會非常熟悉和敏感。

1. 英語中，ten hundred 表示約略數字，相當於 thousand，million 一般不加「s」，如果加「s」就是「（好）幾⋯⋯」的意思。如：

（1）Hundreds of Asians cross border checkpoints every day.

每天有幾百名亞洲人要過邊防檢查站。

（2）You know that there are not tens, not hundreds, but thousands of underage youngsters working in our farms.

你是知道的，不是幾十、幾百而是幾千童工在我們農場工作。

2. 在漢語裡，分數用「幾又幾分之幾」表示，百分數用「百分之幾」表示；英語中的分數，分子（numerator）用基數詞，分母（denominator）用序數詞，並且有複數形式。如：one and a quarter; one and a half; six and a third; two and three—fourths。百分之五 five percent，千分之十 ten in a thousand/ten per thousand

3. 英漢互譯時，要區分「增加/減少了⋯⋯」和「增加/減少到⋯⋯」

（1）Net sales rose more than 7 percent to ＄97.6 billion.

淨銷售利潤增加7%，達到976億美元。

（2）Production is now double what it was.

產量比過去增加了一倍。

（3）The loss of metal has been reduced to less than 20 percent.

金屬損耗已降低到20%以下。

（4）Wal-Mart expects U. S. same-store sales to rise between 1 percent and 3 percent in the fourth quarter, and it forecasts earnings per share of ＄1.03 to ＄1.07 from continuing operations.

沃爾瑪預期，它在全美開設時間一年以上的門市第四季度銷售額上升1%到3%，從連續經營的部門中每股可獲利1.03至1.07美元。

4. 英語中的概數（approximate number）有比較清楚的表達方式，漢譯時沒

有多少困難。但漢語概數的表示法很多，如：十來分鐘（a good ten minutes; ten minutes or so），百把人（some one hundred people），四十多個比賽項目（forty odd events）。還有些表示不確定數的表達形式，如：三彎九轉（many twists and turns），七十二行（all sorts of occupation）；這些表達式具有慣用語特徵，翻譯成英語時主要使用意譯法。

5. 漢語數詞有重疊現象，疊用時詞性可能會發生變化，如「一一」「萬萬」；英語數詞不能重疊，英譯時要以意譯為主。如：

（1）我和他們一一告別。

I said goodbye to everyone.

（2）咱們這種人，萬萬不可以貪小利而忘大義。

People like us must never seek petty advantages at the expense of justice and righteousness.

（3）回到家裡，林先生支開了女兒，就一五一十對林大娘說了。

When Mr. Lin got home, he sent his daughter out of the room and reported to his wife in detail.

6. 英語裡還有許多短語使用數詞或含有數詞，翻譯時也應特別注意，如 second to none（首屈一指），ten to one（十有八九），three in one（三位一體）。

（二）數量短語

漢語的量詞位於數詞和名詞之間，表示事物的單位。漢語量詞分為兩類：物量詞和動量詞。物量詞計量人或事物，動量詞計量動作或行為。物量詞又分為三個次類：表度量衡的單位（如「尺」「里」）、一般量詞（如「個」「張」）、以事物特徵和狀態來衡量的量詞（如「頭」「條」；又如「一眼井」「七峰駱駝」）。動量詞次分為兩類：專用動量詞（如「次」「陣」）和借用動量詞（如「刀」「筆」）。

漢語的數詞、量詞關係密切，經常在一起連用，簡稱數量短語。英語中沒有量詞，數詞可以直接和可數名詞連用，但是不可以直接和不可數名詞連用，這時要借助特殊量詞（又稱 partitive，表示計數單位）。這種特殊量詞往往是借用了普通名詞，有一定的意義，並且在其與名詞之間要加一個介詞 of，如 a piece of paper。

1. 漢語數量詞的語法特點

（1）數詞和量詞一般要配合使用，組成數量短語，如「一瓶」。

（2）有些量詞能被指示代詞限定，如「這杯水」。

（3）有些量詞可以重疊，表示「每一」的意思。數量短語也可以重疊，有「ABB 式」和「ABAB 式」。

（4）數詞和物量詞組成的數量詞（如「一本」「三盒」）可以充當定語和主語；數詞和動量詞組成的數量詞（如「千百次」「一陣」）可以充當狀語和補語；重疊數量詞（如「一個個」）可以充當定語、狀語和主語。

2. 漢語數量詞的英譯

（1）漢語中「數詞+量詞+名詞」可以直接翻譯成英語的「數詞+可數名詞」形式，不需要表達量詞這個範疇，如：一本書（a book），五輛汽車（five cars）。

（2）漢語中「數詞+量詞+名詞」中的名詞譯為英語的不可數名詞時，可以使用英語中意義相似的「特殊量詞+of+不可數名詞」形式，如一陣風（a blast of wind），一滴水（a drop of water）。

（3）漢語中「數詞+容器/度量單位量詞+名詞」可以譯成英語的「數詞+表容器/度量單位的特殊量詞+名詞」。如：一杯水（a glass of water），一串葡萄（a bunch of grapes）。

（4）漢語中表示不定量概念的量詞，如「（一）點」「（一）些」常常可以譯成英語的（a）little，（a）few，some。但在否定句中，會有其他的翻譯方法，如：

a. 我只懂一點西班牙語。

I know a bit of Spanish.

b. 我們一點證據也沒有。

We have not a shred of evidence.

c. 肚子裡沒點墨水的做不了這個。

Those who have little knowledge couldn't manage it.

（5）漢語中的動量短語在英譯時可以譯成「動詞+a+相應的名詞」形式或者其他短語形式。如：

放一槍 to fire a shot

費了一番功夫 to put in a lot of effort

踹一腳 to give somebody a kick

瞪一眼 to give somebody a stare

請吃一頓 to treat somebody to dinner

（6）漢語中的重疊數量詞可以譯成不同的形式：ABAB 式（如「一個一個」）可以譯成類似 one by one 的句式；ABB（如「一個個」）和 AA 式（如「個個」）可以譯成類似 each and everyone 或 all。

（7）漢語使用量詞時有時有很強的修辭效果，英譯時如果譯成意義相似的特殊量詞，就要根據所修飾的名詞選取合適的表達方式，如：一陣寒流（a spell of cold weather），一行白鷺（a file of egrets）。

3. 漢語常用的數字表述

一往無前 plunging

三心二意 be of two hearts；hesitant

三秋 the ninth lunar month；three years

第三季度 third quarter

五臟六腑 one's entrails

亂七八糟 at sixes and sevens

九死一生 near escape

千載難逢 very rare

4. 常見數量短語的翻譯

一心一意 straight-minded

三五成群 in twos and threes

三鐘 hottest days in the year

四面楚歌 disheartening situation

七上八下 be agitated

數九寒天 bitter cold winter days

十全十美 perfect

遺臭萬年 to go down in history as a symbol of infamy

兩片麵包 two slices of bread

七箱食品 seven boxes of food

兩盤泡菜 two dishes of pickles

三個療程 three courses of treatment

改革的兩個步驟 two stages of reform

18 個統計表 18 tables of statistics

100 張明信片 100 tables of postcards

三桌客人 three tables of diners

a piece of evidence 一條證據

a beam/shaft/ray of light 一道光

A flash of lightning 一道閃電

a spit 一口唾沫

to heave a sigh 嘆一口氣

to blow out a cloud of smoke 吐一口氣

a handful of rice 一把米

a cake 一張餅

a paper napkin 一張餐巾紙

實戰演練

一、將下列短語譯成漢語。

1. two teaspoons of the salt

2. two sets of variables/data

3. two pairs of pants

4. 100 jars of jam

5. two pots of coffee

6. four tins of paint/fish

二、將下列短語譯成英語。

1. 一炷香
2. 一面旗
3. 一盆水
4. 一堵牆
5. 一陣春風
6. 一陣惱怒
7. 一陣雨
8. 一場雨
9. 一場虛驚
10. 一股風
11. 一股濃香
12. 一股政治勢力
13. 一根油條

三、漢語助詞

助詞附著在詞、短語或句子上面，表示附加意義。如「的」「得」「著」「了」「過」「們」「嗎」「呢」。

助詞大致可分為以下五類：結構助詞、動態助詞、復數助詞、語氣助詞、比況助詞。結構助詞能標明詞語之間的結構關係，常用的有「的」「得」；動態助詞用來表達事件的體貌，常用的有「著」「了」「過」；復數助詞用於表示事物的多數，常用的有「們」；語氣助詞附著在句子末尾表達語氣，如「嗎」「呢」「吧」「啊」；比況助詞附著在名詞性或謂詞性詞語后面，構成比況短語，表示比喻，如「似的」「一般」「一樣」。還有其他一些助詞，如「所」「來著」「給」「等」。這裡重點介紹結構助詞、動態助詞和語氣助詞。

（一）結構助詞「的」

1.「的」字短語代替名詞。因為有些名詞前文已經提到，使用「的」字短語可以避免重複名詞。如：

（1）兩個小孩，大的八歲，小的三歲。

There are two kids: the elder is eight years old and the younger three.

（2）我的筆忘帶了，能借你的用用嗎？

I forgot my pen. Can I borrow yours?

2. 用在句子末尾，加強肯定、已然的語氣。如：

（1）我問過老王的。

I have asked Mr. Wang.

（2）「亞洲人權觀察」組織的指責是站不住腳的。

The accusation of the Human Rights Watch Asia, therefore, has no ground to stand on.

3. 用在某些短語后，表示原因、條件、情況等，可以對譯為英語中表原因、條件、情況等的短語、分詞或從句。如：

（1）大白天的，還怕找不到路？

Aren't you afraid of getting lost in the daytime?

（2）沒親沒故的，我怎麼辦成？

With nobody backing me, how could I manage it alone?

（二）動態助詞「著」

1. 表示動作正在進行。這種情況下可以譯成英語中的進行體。如：

雪正下著呢。

It is snowing now.

2. 表示狀態的持續。有些可以譯成英語中的存現句。如：

（1）鐵門兩旁站著四五個當差，其中有武裝的巡捕。

Several servants and an armed policeman were standing by the entrance.

（2）床上躺著一個女人，臉向內，只穿了一身白綢的睡衣。

On the bed lay a woman in a white silk night-dress, her face to the other side of the room.

3.「動1+著+動2」構成連動式，可以表示兩個動作同時進行；也可以表示動1和動2之間的關係。譯成英語時，動1是主動詞，動2一般表達動作發生的目的、方式或手段。如：

（1）他聽著收音機就睡著了。

He fell asleep listening to the radio.

（2）你應該坐著打字。

You should type sitting down.

（3）我看著書睡著了。

I fell asleep over my book.

但也要考慮英語對應詞的具體用法，如下面的的譯文使用 risk one's life to do 這樣的短語，就需要把本來表達從屬信息的動1設為助動詞。如：

（4）他冒著生命危險來救我們。

He risked his life to come to our rescue.

（三）動態助詞「了」

1. 一般表示動作完成，可以譯成英語中表完成意義的結構（包括動詞的各種屈折變化形式）。如：

我買了三張票。

I bought three tickets.

2. 表示事態出現了變化或將要發生變化，可以譯英語中的進行時、將來時或者直接使用表狀態變化的詞（begin，stop 等）。如：

（1）你又調皮了。

You are being naughty.

（2）他重操舊業了。

He returned to his old job.

（3）這樣自我安慰，他又不擔憂了。

Consoling himself in this manner, he stopped worrying.

3. 句內有時量短語時，只表示動作從開始到目前為止經過的時間，不涉及動作是否完成。如：

這本書我都看了一年了，還沒看完。

I read this book for a year, but haven't finished.

4. 口語裡，同類並列成分之后帶「了」（或者「啦」），表示列舉，語氣也比較和緩，英譯時只要列舉出來即可。如：

他買了好多水果，桃子、梨子、香蕉等。

He bought a lot of fruits, such as peaches, pears, bananas, and so on.

（四）動態助詞「過」

表示動作完成，可以譯成英語中表完成意義的句式。

（1）我去過北京。

I have been to Beijing.

（2）年輕的時候他當過庫兵，設過賭場，買賣過人口，放過閻王帳。

In his youth he had been a military depot guard, run gambling dens, dealt in the slave traffic and lent out money at the devil's own rates.

（五）語氣助詞

漢語有語氣助詞，如「吧」「嗎」「啊」「呢」「罷了」等；英語中沒有語氣助詞，只有表示語氣的感嘆詞。漢語的語氣助詞不能用於句首，主要用於句尾，有時用於句子中間。漢語語氣助詞在譯成英語時，可以選擇英語裡含有語氣的句式。如：

（1）瞧，那座樓多高啊！

Look, how high the building is!
（2）瞧，多可愛啊！
Look, isn't that cute!

而把英語句子譯成漢語時，可以讓漢語的語氣助詞派上用場，再現英語原文中的語氣。如：

（3）Let's talk it over some other time.
咱們改天再好好商量商量吧。
（4）She was a nice child. What a nice girl she was.
她是好孩子。多好的一個姑娘啊。

實戰演練

一、將下列句子譯成英語。

1. 街上的人都顯出點驚急的樣子，步行的，坐車的，都急於回家祭神，可是地上濕滑，又不敢放開步走。
2. 他手裡拿著一本書進來了。
3. 自開門戶有自開門戶的麻煩，柴米油鹽啦，水電啦，全要自己管。
4. 雖然鬧過病，犯過見不起人的症候，有什麼關係呢？
5. 他幾乎覺得沒臉再進人和廠，而給大家當笑話說：「瞧瞧，駱駝祥子敢情也是三天半就吹呀，哼！」
6. 我們當然願意看到捐棄前嫌，可誰又能知道結果會是怎樣呢？

二、將下列句子譯成漢語。

1. Peddlers'cries（or「street cries」）and news boys' calls—chanted or sung—I were once heard regularly on many American streets from fresh fruit and vegetable men, rag and bone collectors, fish mongers, refreshment dispensers, and other wandering hawkers.

2. And if one could learn how, men of olden times thought, what a wonderful way to become rich!

3. In the gene-damaged mice, there was no leptin at all, causing them to eat and eat without satiation.

4. Delegations from the United Nations, every possible kind of egghead, politicians, the Pope—all sorts of people tuned to them, welcomed them, warmed them, sent messages of world-shaking importance—and those lousy bastards!

三、英譯漢，注意英漢語中冠詞的用法。

1. Caution is the better part of valour.

2. Basically, we'll use them at a time and place of our choosing.

3. He has advice about how to weather the credit crunch.

4. His legs felt cast in lead—cold and numb and immovable.

5. They're dropping out of formation. We're in the lead now.

6. The woman complained of abuse at the hand of her husband.

7. If dogs could talk, perhaps we'd find it just as hard to get along with them as we people do.

8. They are sleeping in the workshops; they are working literally 24 hours a day.

9. I have a right to demand an explanation of your words.

10. They are considering the release of the jailed leader.

11. Imports have increased by 14 percent a year or more since the Free Trade Agreement took effect in 1994.

第三章 句子結構

第一節 概述

　　無論是在口語交際、交流還是書面交際、交流的過程中,「詞和詞組只能表示一個簡單或複雜的概念,句子才可以表達一個完整的意思。正是有了句子,人類的思維活動的結果、認識活動的成果才能被記載下來、鞏固下來,使人類社會中的思想交流成為可能」(胡裕樹,1995)。如果說詞是最小的可以獨立運用的意義單位,那麼句子是語言的基本運用單位。所以,一般情況下,我們進行篇章翻譯時,無論是英譯漢,還是漢譯英,基本上都是以句子為翻譯單位的。尤其是將英文譯成漢語時,即使是一個很長的句子,一般也要將整個句子通盤考慮,搞清整個句子的邏輯關係,才能將其翻譯成既能忠實傳達原文信息、風格、邏輯關係又能保持通順的中文。如果是漢譯英,有時句子較長,我們可以根據意群進行切分,然後將切分開的句子逐句譯為英文。所以,將英漢兩種語言的句式結構進行對比,瞭解兩種語言在句式結構上的異同之處,對翻譯來說是非常重要的一環。呂叔湘先生曾經說過:「英語的語句組織比漢語要嚴格些;對於它的結構做一番分析,也是學習過程中應有之事。」(呂叔湘,2005182)呂叔湘先生這裡論述的是關於中國學生學習英語的過程中要注意英漢語句組織的不同,那麼在翻譯中對英漢兩種語言的句式結構進行對比並由此總結出一些翻譯技巧,對取得較好的翻譯效果有著舉足輕重的作用。

　　胡裕樹主編的《現代漢語》(重訂本)中有這樣一段話:「語法學家對主語有三種不同的理解:一是認為主語對謂語動詞而言。例如在英語語法中,subject 是對 predicate verb 說的,謂語動詞的形態必須跟著主語變化,主語和謂語之間有一致關係。二是認為主語指陳述的對象。主語是被陳述的,謂語則對主語加以陳述。在這裡,主語和謂語都是指『完全』的,即主語以外的部分都是謂語,謂語以外的部分是主語,不管它們是詞還是詞組。三是認為主語指話題(topic)。話題是個廣泛的概念,凡是句子敘述的起點,幾乎都可以看作話題。」(1995)實際上,從這一段論述可以看出,並不是所有語言的句子和同一種語言中所有的句子都可以用一種論點來進行解釋。不同的語言,其結構不盡相同,有時,同一種語言也存在不同的句式結構。譬如,漢語中「中國成功地發射了很多人造衛星」和「人造衛星,中國已成功發射了很多顆」,前一句可用前面論述的第一種情況進行解釋,即「中國」發出「發射」這一動作;而後一句就不能用同一情況進行解釋,而應該用第三種情況進行解釋,即「人造衛星」是一個「話題」,

而「中國已成功地發射了多顆」可以看作是對這一話題的「評述」。而對於漢語句子「太陽從東方升起」，筆者認為，既可以用第一種觀點來分析，又可以用第二種觀點來分析，還可以用第三種觀點來分析。而英文的句子中嚴格說來，必須有動詞，即使沒有實際意義，也會使用 be 動詞，如 He is kind，這裡的 is 只起到連接作用，沒有實際意義。聯繫胡裕樹等的觀點，可以說，英文句子的基本結構就是 Subject—Verb（S+V）結構，而中文句子就不盡如此。

第二節　英漢語句式的開放性與封閉性

看下面的譯文，看譯文和原文有什麼不同：

「在那之前」表示過去；「現在」「正」標記現在；「明天」「馬上」「幾天以後」等標記將來，如：

（1）他寫了兩篇論文。

He has completed two essays.

（2）他要寫論文。

He will write an essay.

（3）他每天寫論文。

He writes essays every day.

漢語也用語法手段表達時間，如時態助詞或語氣助詞、動詞重疊形式以及特定的句式（如祈使句）等。如：漢語中使用「過」「來著」「的」等虛詞表示過去時間，使用「呢」「在……著」「正（在）……呢」等形式來表示現在時間。

詞彙手段與語法手段可以相互配合來表達句子的時態和體態意義，但二者常具有相互選擇和制約的關係。比如，能說「他是昨天買的書」，但不能說「他是后天買的書」。

漢語中存在著大量的無時間標記的句子，這說明其時間因素也可以是隱含的，句子中不出現顯性的詞彙標記或語法標記。如：

（1）我喜歡看電視。

I like watching TV.

（2）我給你寄了一封信，你收到沒有？

I sent a letter for you. Have you received it?

一、英漢時體的翻譯

（一）對譯

（1）The reason why I'm calling you now is that I'd like to see you urgently.

我現在打電話給你是因為我想立刻見你。

（2）He was talking in his sleep and moving uneasily on the bed.

他一邊說夢話，一邊在床上不安地輾轉反側。

(二) 轉譯

進行體有時指將來

(1) a recent study by economists.

經濟學家所做的最新研究。

(2) to increase surveillance quickly in a crisis.

危機到來時及時強化監管。

(3) to be deeply involved in a major covert operation that funnelled weapons and technology to Iraq.

深深捲入了一場重大的秘密行動，即向伊拉克投送武器和技術。

(4) Bacteria in plaque play a key role in cavity formation by producing acids that leach the minerals.

瘟疫爆發時，細菌在膜腔形成過程中起關鍵作用，它產生的酸性物質能分離礦物質。

英語和漢語在句法上很相近，主幹成分都是「主—謂—賓」，但又有很大的差異。英語裡的許多組句成分好似帶著鉤子的拖車，需要時可以在后面加上幾節。漢語小句好似密閉的容器，及物動詞和介詞的賓語、「得」字結構裡的表結果成分以及定中結構裡的中心詞都是結構的閉合點，都不允許「拖掛」其他成分。英語有豐富的語言手段，比如介詞、分詞、副詞、不定式、定語從句、狀語從句等，它們可以附著在被限定成分（名詞或動詞）的后面。漢語小句與之不同，只要表終結的成分出現了，小句就會閉合，不能再附加別的東西。所以我們說，英語的結構開放，漢語的結構封閉。這些差異給翻譯帶來不少麻煩，需要對此進行比較以加深瞭解。

二、英語句式的開放性

英語小句句末開放，謂語或者賓語之后的成分有很強的修飾功能。而且，英語主謂之間遵循「貼近」原則，兩者之間的距離不會過長。所以，要將某些成分（狀語或者修飾語）后置，就需要使用連詞、介詞、關係詞將其連接起來。這樣，即使修飾成分長，使用后置修飾也不會加大謂語和賓語之間的距離。如：

(1) The girl standing at the street corner is a singer.

站在街角的那個女孩是一名歌手。（現在分詞短語）

(2) He is reading a book written by Lu Xun in the reading room.

他正在書房裡讀魯迅的著作。（過去分詞短語、介詞短語）

(3) Beijing is a good city for anyone who is interested in culture.

對於喜歡文化藝術的人來說，北京是座很吸引人的城市。（介詞短語、定語從句）

（4）The government has promised to take measures to help the unemployed.
政府已承諾採取措施幫助失業者。（不定式短語）

（5）It would be unwise to buy the house before having it appraised.
買房子不事先估價是不明智的。（it 為形式主語，真正主語為動詞不定式短語）

（6）It should sell very well if our product is properly marketed.。
如果我們的產品適當加以推銷，銷路應該很好。（狀語從句）

三、漢語句式的封閉性

與英語相比，漢語句子絕少使用后置修飾或者限制，封閉性較強。

（一）動賓結構

在漢語裡，只要賓語出現，小句的這個容器就自動封閉，不能再添加別的成分。

（1）廣交會上有很多供出口的中國商品。
There are a lot of Chinese commodities available for export at the Canton Fair.

（2）一個宏偉的重建計劃也許能為許多需要工作的人提供就業機會。
A great rebuilding project would give jobs to many people who need them.

（1）、（2）中賓語「中國商品」「就業機會」出現后，后面無法再添加其他成分。

（二）數量短語

漢語中的「數量詞+修飾成分+名詞」組合是封閉性的，修飾成分只能出現在被修飾詞的前面，不能出現在后面。如：

一個（……的）人　a man...
一個吸菸的人　a man who is smoking
一個站在拐角吸菸的人　a man who is smoking at a corner
一個能在欽敦江破釜沉舟並率部過江的人
a man who will throw his hat over the Chindwin and then lead his troops after it

（三）介詞短語

漢語中的「介詞+名詞」組合也是一個封閉結構，所有的填充成分必須出現在方位詞之前。

1. 在……下

（1）在黨的領導下，中國人民正全力建設社會主義。
Led by the Party/Under the leadership of the Party, the Chinese people are going all out to build socialism.

（2）這幾年，在社會各界的支持下，全國就業工作取得顯著成績。
With the support of people from all walks of life, remarkable results have been a-

chieved in employment in the whole country over the past few years.

2. 在……中

（1）忽然一個新的主意在他思想中起了泡沫。

Suddenly a new idea struck him.

（2）龍，在苗族人心目中是吉祥如意的象徵。

In the eyes of the Miao, the dragon is a symbol of good luck.

四、英漢句式的互譯

漢譯英時，要根據英語句式的開放特點，先確定「主、謂、賓」主幹成分，然后運用英語本身豐富的語言手段，將修飾成分綴加其后，使句式平衡。

（1）他們拒絕參加會議，這使主席很為難。

Their refusal to attend the conference embarrassed the chairman.

（2）有些時候他神思不定地坐在那裡，一言不發，任何人都不理。

Sometimes he would sit silently and abstractedly, taking no notice of anyone.

（3）建立政府保障的農村義務教育體制、覆蓋城鄉的公共財政制度。

We will set up a system of government-funded rural compulsory education and a system of public finance that covers both urban and rural areas.

（4）由於距離遠，又缺乏交通工具，農村社會與外界隔絕，而這種隔絕，又由於通訊工具不足而變得更加嚴重。

The isolation of the rural world, because of distance and the lack of transport facilities, is compounded by the paucity of the information media.

（5）為了鼓勵外商投資技術密集型和知識密集型的工業項目，根據《中華人民共和國關於經濟特區減徵、免徵企業所得稅的暫行規定》，結合上海的實際情況，特定本辦法。

In accordance with「Interim Provisions of the State Council of the PRC on Reduction in and Exemption from Enterprise Income Tax for Special Economic Zones」these regulations are, in the light of the practical circumstances in Shanghai, formulated in order to encourage knowledge enterprise to invest in technology-intensive and knowledge-intensive projects.

英譯漢時，要考慮到漢語句式結構的容量有限，容納不了太多、太長的修飾成分，需要將過多、過長的修飾成分分流，譯為小句，以適應漢語句式偏短的特點。

（6）In the doorway lay at least twelve umbrellas of all sizes and colors.

（6a）門口放著一堆雨傘，少說也有12把，五顏六色，大小不一。

（6b）門口放著至少有12把五顏六色、大小不一的雨傘。

（7）Can you answer a question which I want to ask and which is puzzling me?

（7a）我有一個問題弄不懂，想請教你，你能回答嗎？

（7b）你能回答一個使我弄不懂而又想問你的問題嗎？

以上兩個例句中，譯文（a）句式簡短，符合漢語的行文習慣；譯文（b）拖沓冗長，讀來別扭。下面例句中處理由 where 和 which 引導的從句時可以考慮使用折分法對句式進行調整，以免使用過長的修飾語。

（8）The U.S. almost certainly will have departed from Thailand where the government has declared U.S. forces unwelcome and from China's Taiwan which the U.S. should evacuate under the terms of the Shanghai Communique of 1972.

那時美國幾乎肯定要離開泰國和臺灣了，因為泰國政府已宣布美國軍隊不受歡迎；而根據《1972年上海公報》的條款，美國應該撤離臺灣。

（9）I must say that his statement was laudable for its frankness and quite plausible on the basis of premises which, I'm afraid, are invalid in the context of the United Nations Charter.

需要指出，他言詞坦率，值得稱讚，也頗有幾分道理。然而，按照《聯合國憲章》的精神，這些言論所依據的前提恐怕是站不住腳的。此句分為描寫性定語和限制性定語。從句法位置上看，英語裡的定語可以放在被修飾詞的前面（稱前置），也可以放在后面（稱后置）；但漢語裡的定語通常放在前面，放在後面的情況絕少。如：

They discussed the plan animatedly in the classroom yesterday afternoon.

昨天下午他們在教室裡熱烈討論了這個方案。

五、小結

狀語可以說是英漢語中非常複雜的句子成分，實現方式多，位置靈活，但漢語裡狀語位置相對比較固定。翻譯時需要考慮目標語的表達習慣，也要考慮上下文等因素，以使譯文流暢、自然。

第三節　英漢語的否定與肯定

一、否定概念的表達手段

在表達否定概念方面，英語和漢語在表達方式和句法形式上有很大差異。就表達形式而言，漢語主要使用詞彙手段，英語則詞彙手段和句法手段並用。從否定結構的形式上看，英語要比漢語豐富、複雜。而且，英語裡還有一種否定焦點轉移現象，形式上否定詞否定句中某一成分，實際否定的卻是另一成分。另外，在敘述同一事物或表達同一思想時，英語可能習慣從肯定的角度說（即正說），而漢語習慣從否定的角度說（即反說）。這些差異給英漢語之間的轉換帶來了一

些問題，也值得我們探討。對事物作出否定陳述或判斷的句子為否定句。漢語裡的否定概念主要通過詞彙手段來表達，否定句中一般帶有否定標記。最常使用的否定詞語是副詞「不」，此外還有「無、否、非、沒、莫、勿、未、絕不、毫無、沒有、否則、未嘗、並非」，等等。如：

無風不起浪。

請勿吸菸。

你這樣說毫無道理。

英語中表達否定概念主要採用兩種手段。一種是像漢語那樣採用詞彙手段。但英語中表示否定概念的詞彙比漢語豐富。如：

副詞：not, none, never, no, nor, neither, hardly, narrowly, seldom, neither... nor, nowhere 等

名詞：lack, absence, failure, want 等

代詞：nothing, nobody

形容詞或形容詞短語：absent, last, far from, short of 等

動詞或動詞短語：neglect, overlook, fail, deny, run short, prevent... from, get rid of 等

介詞或介詞短語：above, beyond, without, except, in vain 等

連詞：before, unless, or 等

詞綴：un-, in-, non-, dis-, a-, -less 等

另一種是採用句法手段，比如運用一些固定結構或固定句型，如 more... than, would rather... than, too... to... 等。

二、正說與反說

在敘述同一事物或表達同一思想時，可以反說，也可以正說。反說是指使用 not, no, never、「不」「無」「否」「勿」或帶有 non-, an-, -less 等詞綴的詞。正說是指句子中不含表達否定意義的詞彙。原則上講，英漢互譯時，反說最好譯成反說，正說最好譯成正說。但英漢的表達習慣不同，有時會採用相反的策略。翻譯否定句時，有時需要進行正反轉換，即將正說處理成反說，或者將反說處理成正說。

(一) 正說轉為反說

英語有許多從正面表達否定概念的詞彙、短語和固定結構，但實際表達的是否定概念。翻譯此類句子時，可以根據漢語的表達習慣轉換成從反面表達。反之亦然。如：

1. 名詞或名詞短語

His failure to carry out his promise has disappointed every one of us.

他未能履行諾言，我們大家都很失望。

2. 動詞或動詞短語

The first bombs missed the target.

第一批炸彈未擊中目標。

3. 形容詞或形容詞短語

This equation is far from being complicated.

這個方程式一點也不複雜。

4. 副詞或副詞短語

We could hardly understand what he meant.

我們幾乎搞不懂他的意思。

5. 介詞或介詞短語

We tried in vain to measure the voltage.

我們原想測量電壓，但沒有測成。

6. 固定結構

（1）Science advances in a manner that is more evolutionary than revolutionary.

科學進步的方式是改良性的，而不是革命性的。

（2）The news is too good to be true.

哪有這等好事，不像是真的。

（二）反說轉為正說

與此相反，在敘述或表達同一思想時，有時英語習慣從反面說，漢語習慣從正面說。遇到這種情況，我們一般將反說譯成正說，即將英語否定句譯成漢語的肯定句。同樣，漢語句子英譯時，我們也可以將正說轉為反說。

（1）My overcoat would not wear out.

我的大衣十分耐穿。

（2）He carelessly glanced through the note and got away.

他馬馬虎虎地看了看那張便條就走了。

（3）The result of the poll won't be known until midnight.

投票結果要到半夜才能知道。

（4）He couldn't wait to see her.

他渴望見到她。

（5）There is no man but has his faults.

人皆有過。

（6）Wasn't it a wonderful match?（修辭性否定問句）

（6a）比賽真是太精彩了！

（6b）難道比賽不精彩嗎？

如果 too 前面有 only, all, just, simply 等詞，后面是 eager, anxious, happy, pleased, willing, ready 等詞時，too... to... 句型表示肯定概念。

（7）I'll be only too pleased to furnish you with any information you need.

我十分樂意提供你需要的信息。

正反說轉換時，主要應參照英漢語典型的表達方式，同時考慮表達的效果，應既能確切表達原文思想內容，又能讓譯文自然順暢。

三、英語常用否定句的譯法

英語中的否定結構形式多樣，有全部否定、部分否定、幾乎否定（半否定）、雙重否定等。翻譯時要注意它們之間的區別，否則很容易把意思弄錯。

（一）全部否定

英語中表示全部否定時常用否定詞 no, not, never, nobody, nothing, none, nor, neither 等，翻譯時應注意兩種語言在形式和意義上的相互對應，如：

（1）No pains, no gains.

不勞無獲。

（2）I don't like dancing. Neither does she.

我不喜歡跳舞，她也是。（漢語的「是」有回指功能，能替代前面的行為「不喜歡跳舞」）

另外，英語中的否定詞 no 和 never 比 not 的否定語氣更強烈，在譯文中也要把這層語氣用意義恰當地表達出來。試比較：

（3a）He is not a gentleman. 他不是高貴之人。

（3b）He is no gentleman.　　他決非高貴之人。

（4a）It's not a problem.　　這不是問題。

（4b）It's no problem.　　沒關係。

（二）部分否定

一般情況下，英語單詞 not 表示全部否定，但當與 all, both, everyone, everything, altogether, always, completely, absolutely 等搭配使用時，表示部分否定。譯成漢語時，我們常用「不全是、不都是、並非都、未必都」等來表達。如：

（1）Not all plumes are created equal.

地幔羽的形成並不都是相同的。

（2）She is not entirely mistaken.

她並沒有完全弄錯。

（3）Even where Congress has not completely foreclosed state regulation, a state statute is void to the extent that it actually conflicts with a valid federal statute.

即使在某領域國會並未完全排除州立法，一個州法令如果與某一有效的聯邦法令產生實際的衝突，就是無效的。

翻譯時要注意區分全部否定和部分否定，稍一疏忽，就會出現譯文上的錯誤。試比較：

(4a) None of the answers are right.

所有的答案都不正確。（全部否定）

(4b) All the answers are not right.

不是所有的答案都正確。（部分否定）

此外，英語中 but, except 與 all, everything 等詞連用時也可表示部分否定，通常譯成「除了⋯⋯以外；不包括⋯⋯在內」。但是，如果 but, except 與表示否定意義的詞語連用，則要譯成漢語的肯定形式「只⋯⋯」「就⋯⋯」「總是⋯⋯」「都⋯⋯」。如：

(5) You can take anything from me but the books.

除了這些書以外，我的任何東西你都可以拿走。

(6) There is no rule but has exceptions.

凡規則都有例外。

(三)「幾乎」否定

「幾乎」否定表示整個句子的意思接近於否定。常用的詞有 little, few, barely, hardly, rarely, scarcely, seldom 等，一般譯成「很少⋯⋯，幾乎不⋯⋯，幾乎沒有⋯⋯，簡直不⋯⋯」等，如：

(1) This problem has been little studied.

這個問題幾乎沒人研究過。

(2) Scarcely anybody believes that.

幾乎沒人相信這件事。

(四) 雙重否定

雙重否定是指同一個句子裡出現兩個否定詞，常見的句型有「without..., no... but..., cannot but+V」等。漢語裡的否定之否定，語氣往往比肯定形式更強一些，而英語的雙重否定既能表示否定之否定，又可以表示肯定，有時還能兩者兼顧。因此，遇到英語的雙重否定形式時，要根據上下文和表達效果的需要，用適當的漢語形式表達出來。如：

1. 譯成雙重否定

There can be no peace without justice.

沒有正義，何來安寧。

2. 譯成肯定

(1) Technology never advances without social consequences.

科技進步總會給社會帶來重大影響。

(2) The freelance writer never travels without band-aids and aspirin.

這位自由作家出行時總要帶上創可貼和阿司匹林。

3. 譯成肯定或雙重否定均可

Don't count chickens before they are hatched.

雞孵出來再數。／雞沒孵出先別數。（before 有未然的意思，語義上屬雙重否定）

四、否定焦點轉移

否定焦點指在否定範圍之內受否定詞否定意義影響的那一部分。英語中的否定焦點時常發生轉移，形式上緊跟在否定詞後面的成分常常不是否定的焦點，焦點可能轉移到句中的其他成分上。英語中的否定焦點轉移現象多而複雜。漢語裡雖然也有否定焦點轉移的現象，但否定焦點通常緊跟在否定標記詞「不、沒有、並非」等的后面，比較明確。因此，英漢翻譯時，要準確把握原文中的否定焦點，然后把否定的焦點突出出來：語義上否定哪一成分，就在該成分前面加上否定標記「不、沒有、並非」等。

（一）否定主語轉譯成否定謂語

No energy can be created, and none destroyed.

能量既不能創造，也不能毀滅。

（二）否定賓語轉譯成否定謂語

We know of no effective way to store solar energy.

我們沒聽說過儲存太陽能有什麼有效方法。

（三）否定謂語轉譯成否定主語（通常指英語中含有部分否定的句子）

Every man cannot be a writer.

不是所有人都能成為作家。

（四）否定謂語轉譯成否定狀語

I didn't do it for myself.

我這樣做可不是為了自己。

（五）否定謂語轉譯成否定賓語從句的謂語

一些動詞如 think, believe, suppose, anticipate, guess, imagine, reckon, fancy 表達意念或判斷等情態意義，這些詞后面的賓語從句若有否定意義，否定成分往往轉移到表達情態的動詞上。所以，在譯成漢語時，可以將否定成分轉回到與賓語從句對應的表達裡。

（1）I don't suppose they will object to my suggestion.

我想他們不會反對我的建議。

（2）I don't anticipate that he would come to the meeting.

估計他不會來開會。

同樣，在翻譯漢語的否定句時，我們可以根據以上翻譯方法逆向反譯成英語便可。

五、小結

綜上所述，英語的否定形式多樣，靈活多變，不能「望文生義」，宜「得義

忘言」。英漢翻譯時，要特別注意部分否定與全部否定的區分、否定焦點轉移和英漢語正反表達形式不吻合的現象。

第四節　英語的緊湊與漢語的疏散

英語注重句子結構的完整，注重結構形式的規範。許多英語句子結構複雜，但是不松散，其主要原因是英語有不少聚集句子內各成分的手段。相比之下，漢語的結構多呈松散狀態，短句多，相互間在形態上連接不是很緊密。下面作具體的分析與比較。

一、英語結構的緊湊

與漢語相比，英語句子結構是很緊湊的（compact）。在正式文體中，這個特點就更為明顯。所謂「緊湊」，就是通過各種不同的語法手段將盡可能多的信息濃縮在一個句子之內。例如：

（1）The isolation of the rural world because of the distance and the lack of transport facilities is compounded by the paucity of the information media.

因為距離遠，又缺乏交通工具，農村社會與外界是隔絕的。這種隔絕狀態，由於通訊工具不足，就變得更加嚴重了。

這是個典型的書面英語句子，看起來很長，實際是個簡單句。全句 24 個詞中共有 9 個名詞（包括抽象名詞和具體名詞），而動詞卻只有 1 個。拿原文與漢語譯文進行比較，我們會發現，英語的名詞詞組被譯成了漢語的句子。由此可以看出，名詞化（nominalization）現象是英語句子結構緊湊的原因之一。

在英語句子中，名詞化現象更多的是以名詞詞組的形式出現的，名詞詞組內部體現出幾種不同的語法關係。

（2）We fully understand their decision to bring this question before the Council.

我們完全理解他們為什麼把這個問題提交安理會。

例（2）中的「their decision」這個名詞詞組表達了一種邏輯上的主謂關係，相當於「they decide」。再見幾例：

（3）A study of that letter leaves us in no doubt as to the motives behind it.（動賓關係）

研究一下那封信，我們毫不懷疑該信是別有用心的。

（4）It is usual to note that there are great advantages to international specialization in the production process.

人們普遍認識到，在國際範圍內，將生產過程專門化，形成分工，是有很多優越性的。

（5）The profound explanation of the findings was characteristics of Professor Adams.

這麼深入細緻地解釋這些發現，這正是亞當斯教授的特點。

以上各例中，畫線的名詞詞組都是濃縮的動賓結構，無論是理解還是翻譯都可以將名詞轉化成動詞。有時名詞詞組還可以充當其他的句子成分，請看下例：

（6）Three months of dependence upon one's closest relations or great friends will help one discover the other aspect of the human nature.

你若寄人籬下三個月，即使是親朋好友，你也會在他們身上看出人性的另一面。

整個詞組相當於一個表條件的狀語從句，其中的「three months」起著時間狀語作用，相當於「for three months」。一些名詞詞組之所以能夠體現出一定的邏輯句法關係，是因為詞組內有行為名詞，即源於行為動詞的名詞。例如在「The realization of the plan will greatly enhance the welfare of the people.」（當這個計劃實現時，人們的福利水平將會大大地提高。）這句話中，「realization」就是一個行為名詞，它源於動詞「realize」，名詞詞組「the realization of the plan」就相當於一個從句：「when the plan is realized」。

由此看來，名詞詞組的使用是使英語句子結構緊湊的主要原因。此外，介詞短語的大量使用也能使句子結構緊湊。例如：

（7）Apart from the cost, the hat doesn't suit me.
撇開價格不說，這頂帽子對我不合適。

（8）Professor Procter did not travel by air for fear of having a heart attack.
帕克特教授怕心臟病發作，沒有坐飛機去旅行。

（9）She jumped up for joy at the news of her husband's release.
聽到丈夫獲得釋放的消息，她高興地跳了起來。

（10）We went boating on the West Lake in Hangzhou between trains.
我們趁在杭州換乘火車的間隙去西湖划船。

以上各例的介詞短語都充當了不同類型從句的功能，而且短語用法靈活，用詞簡練，當然有助於句子結構的緊湊安排。

所以，在英語寫作練習中嘗試使用一些名詞或名詞詞組以及介詞短語，不但能夠使行文簡潔、緊湊，還能夠使表達更具有英語特點。試比較以下兩個段落，看一下哪個段落語言質量更高一些。

（11）A. Few people doubt that an earthquake like the one that hit Tangshan would ruin all that modern city. Many scientists in the foreign countries are really surprised to see that the city still exists. They don't know that Chinese researchers are different from those of other countries. The Chinese have leapt boldly into operational prediction while some of the foreign researchers even shut themselves off from danger. The Chinese scientists have been working hard in this branch of science, thus making it possible to predict the earthquake.

B. There is little doubt that an earthquake like the one that happened in Tangshan would turn the modern city into ruins. Its survival is a real surprise to many scientists abroad. Unlike researchers in other lands, the Chinese researchers have boldly thrown themselves into operational predictions from real risky quake instead of shutting themselves off from real risks. Their efforts have made earthquake prediction a real possibility.

以上兩個段落所表達的意義是相同的。但是第一個段落動詞用的多了一些，這在某種程度上影響了行文的語言質量。第二段使用了名詞、名詞詞組以及一些介詞短語，這樣就使行文更加緊湊，而且讀起來更有英語的語言特點。其原因是它充分利用了名詞和介詞的表意優勢。

除了名詞詞組和介詞短語外，英語句子結構和緊湊度還依賴於以下幾種手段。這幾種手段都是用短語形式來代替從句的。

（一）同位語結構

（1）Mr. Howe, my favorite professor, has received a Distinguished Teacher Award.

豪先生是我最喜歡的教授，他獲得了優秀教師獎。

句子中「my favorite professor」這個同位語替代了一個定語從句「who is my favorite professor」。

（2）An excellent, all-around student, she is a promising candidate for that scholarship.

作為一名優秀的、全面發展的學生，她很有希望獲得那項獎學金。

（二）動詞不定式短語

（1）He has a large family to support.

他要掙錢，供養一個大家庭。

（2）I rejoice when I heard of your success.

聽到你成功的消息，我很高興。

（三）分詞短語

（1）The people who are sitting there in the sun are tourists.

坐在那曬太陽的人們是遊客。

當然，如果分詞短語和介詞短語同時出現，句子就會更加簡短、緊湊。

（2）Hardly pressed by his father, John told the truth inspite of his wife's warning.

約翰被他父親逼急了，也就顧不上妻子的叮囑，說出了真情。

由於這兩個手段的同時運用，英語一個句子表達了漢語三個短句的內容，結構可謂緊湊。

二、漢語結構的疏放和流散

漢語的句式是非常獨特的，結構的疏放與流散是其主要特點之一。形式流散有以下幾個原因。首先，句子形式靈活，不要求核心成分的齊整，有些句子就是詞組，其中的一些成分隱去了。其結果是句子的界限模糊化、隱含化。例如：

(1) 阿Q沒有家，（他）住在本莊的土谷祠裡，（他）也沒有固定的職業，只給人家做短工，（人家叫他）割麥（他）便割麥，（人家叫他）舂米（他）便舂米，（人家叫他）撐船（他）便撐船。

Ah Q had no family but lived in the Tutelary God's Temple at Weichuang. He had no regular work either, simply doing odd jobs for others; if they asked him to cut wheat he would cut it; if they asked him to grind rice or put a boat he would also do for them.

漢語的原文詞句分散（括號中的詞語不在原文中），長長短短，靈活組合，不講求句子形式的齊整，詞組與句子之間的關係常常是隱含的。

漢語句子結構的疏放和流散還因為漢語的主語具有很強的承接力，也就是說，漢語句子可以在主語出現一次之後，接連承接數個謂語結構。有些學者將這種結構稱為「公因話題句」。公因是從教學中的術語「公因式」借來，簡化而成的。在一個復句中有幾個語義結構，每個結構所表達的意義都與這個話題有關，這就是公因話題句。話題在這個句子中起著統率作用，是一個「綱」，它使句子中看似流散的語塊串在一起，構成一個完整連貫的結構。例如：

(2) 柯靈，生於1909年，浙江省紹興人，中國現代作家，1926年發表第一篇作品，敘事詩《織布的婦人》，1930年任《兒童時代》編輯，1949年以前一直在上海從事報紙編輯工作，並積極投入電影、話劇運動，解放后，曾任《文匯報》副總編輯，現任上海電影局顧問。

Ke Ling is a modern Chinese writer who was born in Shaoxing, Zhejiang Province in 1909. His first writing, a narrative poem,「The Woman Weaver」appeared in 1926. He was one of the editors of「Children Times」from 1930 onwards. Before 1949 he was all along engaged in editorial work in newspaper offices and took an active part in activities of film and modern drama in Shanghai. After liberation he filled the post of deputy editor in chief of「Wenhuibao」for a period. He is at present adviser of Shanghai Film Bureau.

原文是一段作者介紹。由於整段文字都是一個人的信息，在第一句點出了主語之後，余下的語句將主語省略了。主語這種承接的功能是漢語句子結構產生流散效果的重要因素，再舉一例：

(3) 八達嶺這一段是1957年修復的，是長城的典型建築，平均高7.8米，底部寬6.6米，頂部寬5.8米。

The section at Badaling was restored in 1957, and it is typical in the structure of

The Great Wall. It is 7.8 metres high on an average, 6.56 metres wide at the bottom, and 5.8 metres wide on the top.

原文中句子短小，句短與漢語主語的承接力也有關係，這樣能保證主語發揮它的承接功能，不至於流於「失控」。而短小的句子也就造成了流散的結果。

漢語還有一個非常顯著的特徵，即喜歡使用四字詞組，其中許多是成語。這種結構排偶對仗，言簡意賅，有很強的節奏感。四字詞語的大量使用也使漢語在結構上形成疏放、流散的特點。例如：

（4）災難深重的中華民族，一百年來，其優秀人物奮鬥犧牲，前僕後繼，摸索救國救民的真理，是可歌可泣的。

For a hundred years, the finest sons and daughters of the disaster-ridden Chinese nation fought and sacrificed their lives, one stepping into the breach as another fell, inquest of truth that would save the country and the people. This moves people to songs and tears.

四字詞組散點式地出現在句子中，形散而神聚，與英語譯文那種形式規範性很強、連接形式嚴謹的結構反差懸殊。再見一例：

（5）金杯牌氣床墊工藝先進，結構新穎，造型美觀，款式繁多，舒適大方，攜帶方便。

The「Golden Cup」brand air-filled bed cushions are made in advanced technology. With novel structure, beautiful shape and various pattern, they are comfortable and convenient to carry.

原文是平鋪直敘，結構並列平行，關係鬆散；而英語的譯文不但緊湊而且體現出意義的層次性。

三、句子結構調整變換的策略與方法

如前所分析，英語中名詞化現象的普遍存在使句子結構緊湊，在進行漢譯時要對名詞或名詞詞組進行「完型分析」，力圖弄清結構內部的關係。因為許多名詞詞組就是一個句子結構的濃縮，內含著動賓關係或主謂關係等。由於這種關係通常是隱含的，所以在漢語表達中要用一個句子體現出來，使其顯性化，這種技能叫做「變詞為句」。現分析幾例：

（1）His weariness and increasing heat determined him to sit down in the first convenient shade.

他疲憊不堪，而且天氣也越來越熱，於是，他下決心，一碰到舒適的陰涼處就坐下來休息。

此例中的「his weariness」和「increasing heat」這兩個名詞詞組分別隱含著兩個主謂結構，相當於「He is wearied」和「The heat is increasing」。將其譯為兩個句子既忠實於原義，又體現出漢語行文的特點。

（2）Eight years ago they (a black woman and a white man) were married. They have survived their family's shock and disapproval and the stares and unwelcome comments of strangers.

一位白人男子和黑膚色的女子八年前結婚了。對此，雙方的家庭都十分震驚，而且不讚成這椿婚事，陌生人總以異樣的目光打量他倆，還說了些很不悅耳的話，所有這一切他倆都挺過來了。

此例中的兩個名詞詞組「their family's shock and disapproval」和「the stares and unwelcome comments of strangers」分別包含著兩個主謂結構，也完全可以進行「變詞為句」的操作。

英語句子注意「從屬」，在結構上就形成了「疊架」，這也是緊湊的原因。變緊湊為疏放還可以將「疊架」結構拆開，在漢語中讓一句話說明一件事。例如：

（3）I sincerely hope that your congratulations will be matched by your collective endeavour to seek a just an practical solution to the problem which has bedeviled the United Nations for so many years.

（譯文一）我們誠懇地希望在你們的祝賀之後將與之相應的為尋求一個解決多年困擾著聯合國的問題的公正而實際的辦法的共同努力。

（譯文二）我們誠懇地希望，你們在表示祝賀之後能作出相應的共同努力，以便尋求一個公正的、實際可行的辦法，來解決這個多年來一直困擾著聯合國的問題。原句是主從複合句，由主句和賓語從句組成，賓語中有不定式短語和介詞短語，介詞短語中又有一個定語從句，這樣就使結構重疊聚集。翻譯時將原文想成幾個短小的結構，逐層譯出，使其流散，但是層次鮮明。兩個譯文中，可以看出（譯文一）句子囉嗦，冗長且不合乎漢語的習慣。（譯文二），句子短小清楚，這就是「化整為零」的翻譯方法所取得的效果。再見一例：

（4）A man may ususlly be known by the books he reads as well as by the company he keeps; for there is companionship of books as well as of men; and ones should always live in the best company, whether it be of books of men.

要瞭解一個人，可以看他交什麼樣的朋友，可以看他看什麼樣的書，因為有的人跟人交朋友，有的人跟書交朋友，但不管跟人交朋友還是跟書交朋友，都應該交好朋友。

原文中的第一句是：「A man may usually be known by the books he reads as well as by the company he keeps」。如果拘泥於原文的結構形式，就會譯成：「看一個人讀些什麼書就可知道他的為人，就像看一個人同什麼人交往就可知道他的為人一樣。」這樣的譯文，「英語形合」的痕跡還太重，而參考譯文將原文一分為二，具有漢語「流水句」的色彩，是較好的譯法。隨后的句子「for there is a companionship of books as well as of men" 儘管短，但是結構密集，漢譯時也應將其拆開，

用兩個小句來表達：「因為有的人跟人交朋友，有的人跟書交朋友。」由此可以看出，英語的短句有時也需要化整為零。例如：

（5）Some philosophers have concluded indeed. That high road terminates in a dead end.

（譯文一）有些哲學家確實已經得出大路的終點是死胡同的結論。

（譯文二）有些哲學家確實已經得出結論，大路的終點是死胡同。

譯文一一氣呵成，沒有擺脫原文的句式，而譯文二對原文稍作切分，語句就顯得舒緩、平易多了，同時也遵從了漢語的表達習慣。下面的例子採取的是相同的翻譯對策。

（6）Men often discover their affinity to each other by the love they have each for a book—just as two persons sometimes discover a friend by the admiration which both for a third.

崇拜同一個人，兩個人會結為至交，珍愛同一本書，兩個人會成為知己。

原文用的是「疊床架屋」的組句方式，譯文是疏朗的短句鋪排相接，各自反應了英漢語言的結構特點。漢譯英時，需要變流散為聚集，所應用的基本策略就是緊縮，即將漢語的小句濃縮為英語的短語。例如：

（7）他們拒絕參加會議，這使主席很為難。

Their refusal to attend the conference embarrassed the chairman.

（8）辦公室實現了電腦化，這給管理工作帶來了很大方便。

Computerization of the office has greatly facilitated management.

從以上兩例可以看出，由於用了變句為詞的策略，英語譯文結構就緊湊多了，詞或詞組還可以用來替代句子，而且通常使用抽象名詞。例如：

（9）只要稍稍恭維他幾句，他就會得意忘形。

A little complement would make him carried away.

（10）農民缺乏訓練，許多農場生產率低，這就使許多農民處於貧困境地。

Inadequate training for farmers and low productivity of many farms place the majority of country dwellers in an impoverished position.

如果原文是主從複合句，通常是將從句部分濃縮為名詞詞組。例如：

（11）因為膨脹力的緣故，橋樑必須分段建造。

The force of expansion makes it necessary to build a bridge in section.

（12）交通圖非常複雜，卡車司機感到迷惑不解。

The complexity of the traffic map puzzled the truck driver.

除了譯成名詞詞組之外，小句的意義也可由介詞短語來表達。例如：

（13）聽到她丈夫獲釋的消息，她高興地跳了起來。

She jumped up for joy at the news of her husband's release.

（14）由於住房緊張，他婚后只得與父母同住。

He has to live with their parents after marriage due to the house shortage.

緊縮的方法還可以將漢語的話題—說明這種句式壓縮成英語的主—系—表句式或主—謂—賓句式，這樣在形態上就取得了合二為一的效果，從而能夠變松散為緊湊。例如：

(15) 事態怎麼發展，我們也只能等著瞧。

We will simply have to wait in order to see how the situation develops.

(16) 遊中國，當然是必遊長城。

A must for all tourists to China is a visit to the Great Wall.

以上幾例中，漢語原文無法用主謂兩分的模式來分析，語法學家通常將之稱為「話題句」。話題句由兩部分組成：話題＋說明或描述。這是典型的漢語句式之一，將漢語話題句譯為英語的主—謂—賓或主—系—表結構時，就是用典型的英語句式來表達原文的意義。

(17) 教育質量的好壞，很難量化。

It is difficult to quantify the value of a good education.

(18) 你真幸運，能有一個和睦的家庭。

You are lucky enough to have a united family.

這種句式上的轉換不僅使結構緊湊，而且符合英語語言表達的習慣，即先表態，作判斷，然後再提及事實與原因。

第五節　英語的平行與漢語的對偶

英語的平行結構與漢語的對偶、排比都是用詞、短語、句子的平衡排疊來表達銜接，加強語氣，同時能夠獲得視覺上的均衡美和音韻上的節奏美。

一、英語的平行結構

英語中的平行結構就是要求把意義同等重要，或相匹配的概念用相同的語法形式來表達。平行結構可以出現在各個語言單位層面。

(一) 詞彙的平行排列

(1) March winds and April showers bring forth May flowers.

三月的風，四月的雨，帶來五月的鮮花。

(2) She was both their friend and teacher.

她既是他們的朋友，又是他們的教師。

(二) 詞組和短語的平行排列

(3) A man is judged not only by what he says but also by what he does.

我們評價一個人不僅要看他的言辭，而且要看他的行為。

(4) Early to bed and early to rise, makes a man healthy, wealthy and wise.

早睡早起使人富有、健康又智慧。

（5）It is the same old story of not being grateful for what we have until we lose it, of not being conscious of health until we are ill.

還是那句老話，不失不知貴，不病不知保健康。

（三）從句的平行排列

（6）If a policy is not hurting, it isn't working.

如果一項政策不觸犯一些人，就不能說有效。

（7）He is totally consistent in what he says and how he does it.

他真正做到了言行一致。

（8）Without guilt he enjoys his own accomplishments, without envy he enjoys the accomplishments of others.

他賞悅自己的成績，而不感到內疚，他為別人的成績而感到高興，而不忌妒。

（四）句子的平行排列

（9）We shall fight him by land, we shall fight him by sea, we shall fight him in the air.

我們將在陸地上打擊他，在海上打擊他，在空中打擊他。

（10）The danger of the past was that men became slaves. The danger of the future is that men may become robots.

在過去，人有淪為奴隸的危險。將來，人有變成機器人的危險。

平行結構在英語中應用非常廣泛，是組詞造句應該遵循的一個重要原則。在很多情況下，語法並沒有錯誤，但結構對稱上有毛病的句子（faulty parallelism）也是不能為英美人所接受的，所以，平行結構是高於語法的大規則。英語中無論是流傳久遠、膾炙人口的格言警句、名人名言，還是街頭路邊的告示路牌都可見到平行結構。那麼這種結構的主要作用是什麼呢？首要的功能是使表意清晰（clarity）。例如：

（11）Is life so dear or peace so sweet as to be purchased at the price of chains and slavery? Forbid it, Almighty God. I know not what course others may take, but as for me, give me liberty or give me death!

難道生命就這麼可貴，和平就這麼甜美，竟值得以鐐銬和被奴役作為代價？全能的上帝啊，制止他們這樣做吧！我不知道別人要走哪條路，至於我，不自由，毋寧死！

本例中最後的平行結構「give me liberty or give me death」清晰準確地表達出作者要強調的重點，聽眾或者讀者也能夠強烈地感受到由於兩個整齊的平行結構放在一起所產生的特殊表達效果。平行結構的第二個主要功能是能夠使語句意義連貫。例如：

(12) Stanford University, famous as one of northern California, is several institutions of higher learning, is sometimes called 「the Harvard of the west」. Its reputation is based on its location, its intelligent students, its distinguished faculty, its growth opportunities offered to students, its overseas programs, its substantial endowment, and its recent extensive growth.

此例重複使用了七個平行的以「its」開頭的名詞詞組，陳述「Stanford University」之所以聞名遐邇的原因。相同結構的使用使陳述脈絡分明，連接自然。除了以上所述的兩個功能之外，英語的平行結構還有一些其他特點。再分析幾例：

(13) To have and to hold from this day forward, for better or for worse, for richer or for poorer, in sickness and in health, to love and to cherish, till death do we part.

從今天起，願長相廝守，無論順境逆境，富貴或貧窮，身體健康或身患疾病，都相愛相惜，至死不渝。

在此例中，平行結構的使用不僅使語段意義清晰，連接緊密，而且還有用詞簡潔，結構均衡對稱的效果。

(14) Take nothing but pictures. 只把照片帶走。
　　　Leave nothing but footprints. 只把腳印留下。

上例是公園中的一則告示，因為使用了平行結構，就使簡單的公共場所的告示也有了平衡對稱之美，有了節奏感，從而增加了文採。但是，英語的平行結構與漢語的對偶是有差別的。首先，平行的兩個或者多個結構的長短不一定要求一致，字數不一定相等。下面是讀者所熟知的查爾斯·狄更斯（Charles Dickens）在其作品《雙城記》中的一段論述：

(15) It was the best of times, it was the worst of times, it was the age of wisdom, it was the age of foolishness; it was the epoch of belief, it was the epoch of incredulity; it was the season of light, it was the season of Darkness; it was the spring of hope, it was the winter of despair, we had everything before us, we had nothing before us; we were all going direct to Heaven, we were all going direct to the other way.

這是最美好的時光，這也是最惡劣的時光；這是智慧的年代，這也是愚蠢的年代；這是有信仰的時期，這也是抱有懷疑的時期；這是光明的季節，這也是黑暗的季節；這是富有希望的春天，這也是充滿絕望的冬天；我們面前萬物皆有，我們面前也一無所有；我們都徑直走向天堂，我們也都徑直走向地獄。

例中最后一個平行結構，字數是不一樣的，結構內的兩個成分長短不齊是允許的。再看一例：

(16) It was built by men and women like our seven star voyagers, who answered a call beyond duty, who gave more than was expected or required, and who gave it

little thought of worldly reward.

美國就是由千千萬萬像這七位宇航員這樣的人建立起來的。他們承擔起職責之外的工作，他們付出的遠遠超出了人們對他們的要求，但是他們很少想過要獲得世俗意義上的回報。例中三個由「who」引導的從句是平行的，它們所表達的意義和重要性相近，語言形式相同，但是句子的長短並不整齊，這是符合英語平行結構的要求的。同時，像建構任何英語句子一樣，平行結構有時也使用省略的方法，以避免已經出現的詞語的重複使用，現引用英國大哲學家培根的兩個例子。

（17）Studies serve for delight, for ornament, and for ability. Their chief use for delight, is in privateness and retiring; for ornament, is in discourse; and for ability, is in the judgment and disposition of business.

讀書可以怡情養性，可以撫拾文採，可以增長才干。其怡情也，最見於獨處幽居之時；其博採也，最見於高談闊論之中；其長才也，最見於處世判事之際。

（18）Reading makes a full man; conference a ready man; and writing an exact man.

閱讀使人充實，交談使人機敏，寫作使人精確。

以上兩例中都有省略。這就更不能做到字字相對，詞詞相映，所以英語的平行只能保證意義相對應，形式有時可以整齊劃一，有時就很難做到，結構有長有短也是很正常的。最後還需指出的是，平行結構也可以用在段落層面，用來銜接段落，實現連貫。例如：

（19）We must maintain the integrity of the White House, and that integrity must be real, transparent. There can be no whitewash at the White House. We must reform our political process—ridding it not only of the violations of the law, but also of the ugly mob violence…

我們必須保持白宮的廉正，而那種廉正必須是真實的、透明的。白宮不應該有任何粉飾行為。我們必須改革政治程序——不僅要清除違法行為，而且要清除醜惡的群氓暴力……

例中兩個平行結構 We must maintain...」和「We must reform...」將兩個段落自然地連接起來，順暢而又條理清晰。通過以上的分析，可以看出使用平行結構是英語的一大特點。這種結構，形式種類繁多，長短不一，雖不要求字數的相等，卻要求構成成分的語法成分一致。在英美人看來，語言單位的各個層面，該平行的必須平行了，否則就被視為錯誤，而這種錯誤至少與語法錯誤一樣嚴重。由於平行結構會出現在句子和篇章內所有並列的語法結構中，有些學者甚至認為英語的話語只是由兩種類型的結構組成的，即平行結構和非平行結構（parallelism 和 non-parallelism）。

二、漢語的對偶

什麼是對偶？按一般辭書的定義是：結構相同、對稱、字數相等的短語或句子成對地排列起來，以表達相似、相反或相關的內容。實際上在漢語中，對偶的形式不僅在短語和句子中出現，在構詞中，由詞素對偶構成的詞也是大量存在的。現舉例說明：

詞：長短、大小、甘苦、供求、異同、尺寸

短語：天涯海角、求同存異、厚古薄今、一箭雙雕、風平浪靜、指桑罵槐、光明正大

句子：少壯不努力，老大徒傷悲。良藥苦口利於病，忠言逆耳利於行。當局者迷，旁觀者清。野火燒不盡，春風吹又生。

漢語對偶的大量使用，既是漢民族思維模式的體現，也與漢語音韻和文字的特點有關。漢語的語言習慣是在表達意義之外，還講求音節上的平穩，而音節的平穩與短語、句子的字數結構的勻稱性直接相關。所以對偶不僅僅是一種修辭格，它更是漢語組詞造句要遵循的一個大規律，在各種場合和各種文體中都大量使用。潘文國先生曾從《新民晚報》中摘取了幾個例子，來說明對偶已成為漢民族喜聞樂見的語言形式。例如：

(1) 畫面優美，音樂動人
昨夜悶熱難眠，今晨雷雨降溫
場面眼花繚亂，內涵豐富深刻
百年風流，造夢工廠五彩斑斕
快樂世界，電影歌曲優美動聽

這些例子再一次說明對偶絕對是漢語的一個特色。中國人認為在說話、寫作時不使用這種結構就不能充分地表達出情感和力量。

漢語中還有一種對偶類的結構，即排比。排比與對偶的共同之處是詞語、句子的並行排列，與對偶的不同之處是，排比可以有三個以上的並行排列的詞語或句子，在這一點上，它與英語的平行結構相似。排比就是將結構相同或相似、語氣一致、意義相關的詞組或句子排列成串地使用，以表達或強調語義，同時使節律和諧。例如：

(2) 趕超，關鍵是時間，時間就是生命，時間就是速度，時間就是力量。

(3) 他們的品質是那樣的純潔和高尚，他們的意志是那樣的堅韌和剛強，他們的氣質是那樣的純樸和謙遜，他們的胸懷是那樣的美麗和寬廣。

對偶與排比的句式在漢語中佔有相當的比例。如果說英語中有兩大主要結構，平行結構和非平行結構，那麼在漢語中與之相對應的兩大主要結構就是駢偶與散行。如果說平行結構是英語形合的重要手段之一，那麼駢偶則是漢語形合的重要手段之一。

三、翻譯對策

首先，在漢譯英時譯者要有平行結構的意識，表達時，該平行的成分一定要放在平行結構中。現分析幾例：

（1）在酶解液中進行消化期間，可以觀察到一些原生質體自然融合，融合的原生質體積大，胞質濃，形狀各異。

During the digestion of the material in the enzyme solution, some spontaneous fusion could be observed and the fused protoplasts were generally large in size, dense in cytoplasm, and different in shape.

譯文中描述融合的原生質狀態的三個並列的表語用了平行結構，符合英語的表達習慣。

（2）因此，我建議建立更多的自然保護區，盡可能多地保護森林生存環境，保護和提高我國的生物多樣性。

Therefore, we suggest that more protected areas should be established to protect more forest habitats, to conserve and enhance the biodiversity in China.

譯文中的三個不定式短語均作目的狀語，這三個成分意義同等重要，理所當然地應用相同的結構來表達。

（3）當一個地區的物種的數量或一個物種的個體數量減少時，就意味著生物多樣性程度已經降低。

When the number of species in an area, or the number of individuals in particular species greatly decrease, it means that the degree of genetic diversity has begun to decrease.

連接詞 or 將兩個平行結構連接起來。在英譯漢時，要善於利用對偶、排比這兩種重要結構來表達原文的意義。

首先漢英語言中有一些成語在內容、形式和語義色彩上都相符合，儘管有一部分意義相同的成語所用的比喻有差別，甚至很不相同，但所引用的意義是基本相同的，這時就可以直譯為主。例如：

to kill two birds with one stone 一箭雙雕

to get to business 言歸正傳

to beat swords into ploughshares 化劍為犁/偃武修文

Seeing is believing. 耳聽為虛，眼見為實。

The onlooker sees most of the game. 當局者迷，旁觀者清。

此外，英譯時適當選用四字詞組，能取得簡潔生動的效果。例如：

（4）Scientific exploration, the search for knowledge has given man the practical results of being able to shield himself from the calamities of nature and the calamities imposed by other man.

科學的探索、知識的追求，使人類獲得了避免天災人禍的實力。

（5）You may have read stories in which the hero gets into his spaceship and「blasts off」into outer reaches of space without a worry about fuel.

你可能讀過這樣一些故事吧。它們描寫一個英雄坐上飛船，「風馳電掣」，直衝九霄雲外，無須為燃料擔心發愁。

（6）It is beyond doubt that China has made brilliant achievements in aviation and space industry in the last forty years.

毋庸置疑，中國的航天工業在過去的40年中已取得了輝煌的成就。

有時使用對偶或四字結構的排比，讀起來鏗鏘有力，富有節奏。

（7）London is a junction of many road and also of many influences.

倫敦是公路的交匯之處，也是權貴人物的雲集之地。

有時，英譯漢時需要用排比結構把原文中省略的部分譯出來。例如：

（8）New machines of techniques are not merely a product, but a source, of flesh creative idea.

新的機器和新的技術不僅僅是新的創造性思想的結果，而且還是新的創造性思想的源泉。

實戰演練

將下列句子譯成英語。

1. 你可以從因特網上獲得這一信息。
2. 他突然想到了一個新主意。
3. 他仍然沒有弄懂我的意思。
4. 改革開放以來，中國發生了巨大的變化。
5. 我堅信，英國依然應該是歐共體中的一個積極的和充滿活力的成員，這是符合我國人民利益的。
6. 在中國，有工作的婦女生孩子有產假，還帶工資。
7. 一下子取消，可能還有一些問題。
8. 中國的內政，不許任何國家干涉。
9. 這個句子怎樣分析，書上講得很清楚。
10. 李大夫給我看病，我還沒謝過他呢。
11. 正是他35年前送給我的那些書使我成了教師。
12. 黃昏時，我碰巧在回家的路上遇到她。
13. 他說他將於第二周到達。
14. 我在電話裡已經和他交談過，但實際上我從來沒有見過他。

15. 整日呆在家裡做作業，一點趣兒都沒有。

第六節　英漢語語態的比較與翻譯

與漢語相比，英語句式中被動語態的使用要廣泛得多。英語中絕大多數及物動詞和相當於及物動詞的短語都有被動式。凡是不必說明行為的實行者，不願說出的實行者，無從說出的實行者或是出於便於上下文連貫銜接等原因，一般都使用被動語態。漢語中被動語態使用較少也有多種原因。漢語屬主題顯著語言，頻繁使用主題—述題結構，將句中賓語部分提前作為說話的主題來交待，常在動詞上暗示被動語氣，更多使用詞彙手段表示被動含義。此外，它還可能和中國人的主體思維習慣有關，中國人主張「天人合一」，強調「悟性」，重視「事在人為」和個人感受。因此，在語言的使用上，多採用主動語態、人稱表達法、無主句、主語省略句及無形式標記的被動句。英語中，使用被動語態一般有下列五種情況：

一、不知道或沒有必要說明行為的實行者

例1. The audience are requested to keep silent.
請聽眾保持肅靜。
例2. She was offered a job in a middle school.
人家給她一個中學裡的職位。
例3. English is being taught in most schools in China.
中國大多數學校裡教英語。

二、動作的對象是談話的中心話題

例4. Clinton is expected to give his testimony by videotape.
克林頓將會以錄像帶的形式提供證詞。
例5. The scientific research plan has already been drawn up.
科研計劃已經擬出來了。
例6. The girl was criticized yesterday.
這女孩昨天挨了一頓批評。

三、無從說出動作的實行者是誰

例7. She was seen to go out of the room.
人家看見她走出了那個房間。
例8. You're wanted on the phone.
你的電話。

例 9. The rubbish is being disposed of.
正在處理這些垃圾。

四、為了加強上下文的連貫、銜接

例 10. John actually loved Mary and was loved in return.
約翰真的愛瑪麗，而瑪麗也愛約翰。

例 11. He appeared on the stage and was warmly applauded by the audience.
他出現在臺上，觀眾熱烈鼓掌歡迎。

例 12. Language is shaped by, and shapes, human thought.
人的思想形成語言，而語言又影響了人的思想。

五、出於禮貌，使措詞得當，語氣委婉

例 13. Visitors are requested to show their tickets.
來賓請出示入場券。

例 14. You are cordially invited to join in the celebrations of the May Day Festival On Sunday, May 1st, at 10：00 a.m., at Zhongshan Park.
五月一日（星期日）上午 10 點在中山公園舉行「五一勞動節」慶祝活動。敬請光臨。

例 15. Passengers are requested to fill in the customs declaration form here.
請旅客在此填寫報關表。

漢語被動語態和英語被動語態的表達方式有很大的不同，漢語主要是借助於詞彙手段來表達被動語態。這種手段又分為兩種：一種是有形式標記的被動式；另一種是沒有形式標記的被動式。

（1）句子中有一些表示被動意義的助詞，如：讓，叫，給，被，受，挨，遭，由，加以，予以，為……所，被……所，是……的，等等。翻譯時，有以上助詞的句子一般都可以譯成英語的被動句。試此較下列句子的翻譯：

例 16. 工作已由他完成了。
The work has been done by him.

例 17. 中國代表團到處都受到熱烈歡迎。
The Chinese delegates were warmly welcomed everywhere.

例 18. 他的建議被否決了。
His suggestion is rejected.

例 19. 杯子給打得粉碎。
The cup has been broken into pieces.

例 20. 我們挨了半天擠，什麼熱鬧也沒看到。
We were pushed and elbowed in the crowd and did not even have a glimpse of

the fun.

例21. 我被雨淋了。

I was caught in the rain.

例22. 他買到了想買的地毯，但是讓人騙了。

He did get the carpet he wanted, but he was taken for a ride.

例23. 我的作文叫狗給吃了。

My composition was eaten by a dog.

例24. 他們去年遭災了。

They were hit by a natural calamity last year.

例25. 這個問題必須予以處理。

This matter must be dealt with.

例26. 該計劃將由一個特別委員會加以審查。

The plan will be examined by a special committee.

例27. 這些汽車是上海製造的。

These cars were made in Shanghai.

例28. 他們都深深為中國的四化所鼓舞。

They have been profoundly stirred by the four modernizations of China.

例29. 他的一位朋友被恐怖分子所殺害。

One of his friends was killed by the terrorists.

（2）除了使用詞彙手段表示被動式外，漢語在很多情況下不用被動的語言結構。這種看似主動的句式，雖然不帶任何明顯的被動標記，但在主謂關係上卻具有被動含義。這一語言現象在漢語中使用頻繁，大量存在，英譯時，常需用被動語態來處理。例如：

例30. 那裡講什麼語言？

What language is spoken there?

例31. 這個任務必須按時完成。

This task must be fulfilled in time.

例32. 那種說法證明是不對的。

It was proved wrong to say things like that.

例33. 每一分鐘都要很好地利用。

Every minute should be made good use of.

漢語中還有特有的一種習慣句型，稱為無主句。這類句型雖然沒有形式上的主語，但是在不同的語言環境裡，都能表示完整而明確的語義，使用極為廣泛。在翻譯中，經常用來表達觀點、態度、要求、告誡、號召等的英語被動句。例如：

例34. 應該教育兒童講老實話。

Children should be taught to speak the truth.

例35. 為什麼總把這些麻煩事推給我呢?

Why should all the unpleasant jobs be pushed onto me?

例36. 這裡要修更多的公路。

More highways will be built here.

例37. 一致通過了決議。

The resolution has been unanimously adopted.

例38. 發現了錯誤，一定要改正。

Wrongs must be righted when they are discovered.

按照漢語的語言習慣，表達思想時，往往要說出行為動作的執行者，因為任何事或物都受人的行為支配。因此說話時，經常採用人稱表達法，若無法說出確定的人稱，則採用泛稱句，如：「人們」「人家」「有人」「別人」「大家」等。而英語卻恰恰相反，盡量少用或不用帶有主動思維色彩的泛稱主語，而多用非人稱被動式（impersonal passive）的「it」作形式主語。有關這類習慣用語及其常見譯法，列舉如下：

據說，（有）人說　It is said that

眾所周知，大家知道　It is well known that

人們相信　It is believed that

有人主張　It is asserted that

人們發現　It is found that

人們認為　It is regarded that

人們期望（希望）　It is expected (hoped) that

誰都知道，不用說明　It is understood that

大家（有人，人們）認為　It is considered (thought) that

人們有時會問　It is sometimes asked that

有人指出　It is pointed out that

據悉　It is learned that

假設，假定　It is assumed that

據推測　It is supposed that

據估計（預計，計算，預測）　It is estimated (predicted, calculated, projected) that

據報導（告）　It is reported that

必須（應該）承認　It must (should) be admitted that

必須著重指出　It must be stressed that

可以預料　It can be foreseen that

可以肯定　It may be confirmed that

無可否認　It cannot be denied that
已經證明　It has been proved that
已經舉例說明　It has been illustrated that
由此可見　It will be seen from this that
最好　It is preferred that

綜上所述，英語句式中常用被動式，漢語常用主動式，英漢互譯時，語態的變換是大家應當熟練掌握的一種常見的方法和技巧。

實戰演練

一、把下面的英語譯成漢語，注意語態的轉換。

1. The child are well taken care of in the school.

2. You are supposed to pay after the books are delivered.

3. He is respected by everybody in China.

4. The ceremony was abbreviated by rain.

5. My holiday afternoons were spent in ramble about the surrounding country.

6. Our office building is surrounded by pine trees.

7. The problem of population control has to be recognized and approached in a world environmental context.

8. Once the environment is damaged to the extent that there is no more water to drink, eventually, there will be no more food to eat.

9. Only men were allowed to eat at the restaurant I'm referring to; women weren't even allowed to enter the door.

10. It is only after the reform that these changes that have happened to the deasants could have been achieved.

二、把下面的漢語句子譯成英語。

1. 團結進一步加強了。
2. 很多發展中國家急需農業機械。
3. 杰克昨晚在男子單打比賽中與約翰相遇，結果輸了。
4. 很難說他們已經發現這一現象了。
5. 通常6點半開燈。
6. 他們拿錢就是干這個的。
7. 他準備給我一份工作，這使我大吃一驚。
8. 撥款是幫助農民的，但是錢始終沒發放到他們手裡。

9. 如果把經費都用到優秀的科研人員身上，就可能有所作為。
10. 應該說，情況基本上是好的。

第七節　英漢語語序的比較與翻譯

　　語序能反應出語言使用者的民族文化習慣和思維模式的特點。漢民族主張「天人合一」「物我交融」，注重個人感受，平衡和諧，主體思維色彩濃厚，其基本思維方式是：主體—行為標誌—行為—行為客體。反應在語言表達模式上，呈現為：主語+狀語（時間，地點，方式）+謂語+賓語（一般定語必須前置）。而以英語為母語的民族則主張「人物分立」，重視形式論證，邏輯分析，崇尚個體思維，習慣的思維方式是：主語—行為—行為客體—行為標誌。其語言表達的主要順序是：主語+謂語+賓語+狀語（方式，地點，時間）（一般定語必須后置）。潘文國同志認為：「對英語和漢語來說，兩種語言的本質特點就是，不管現代英語如何向分析型發展，它基本上還是一種形態型的語言，不管現代漢語與古代漢語相比增加了多少形式性的成分，它基本上還是一種語義性的語言。作為形態型的補充是剛性，有許多強制性的規定；作為語義型的補充是柔性，要受語言節奏規律的支配。」因此，可以這樣說，作為分析型語言，漢語語序總體上比較固定；英語是綜合型為主，向分析型過渡的語言，語序既相對固定，又有靈活的變化。英漢語言基本語序上的主要差異集中在定語和狀語的位置。

　　漢語裡定語的位置一般是放在名詞之前，即使幾個定語連用或使用很長的詞組作定語，也都要放在前面。英語則完全不同，單詞作定語時，通常放在名詞之前（特殊情況下才置於名詞之后）；短語和從句作定語時總是放在名詞之后（少數情況下，也有把詞組放在名詞之前的趨勢）。

　　（1）英漢單詞作定語時，可都放在被修飾的詞之前，翻譯時詞序不變：

wide streets　寬敞的街道

ajust cause　正義的事業

opening speech　開幕詞

the ruling class　統治階級

an epoch-making event　劃時代的事件

imported goods　進口商品

teacher education　教師教育

armed forces　武裝部隊

developing country　發展中國家

the changed world　變化了的世界

　　（2）一些英語后置的單詞定語譯成漢語時，一般前置。這類單詞定語常見的有：

①其所修飾的部分是由 some，any，every，no 等構成的複合代詞時，定語須后置。例如：

例 1. He told me something important.

他告訴了我一件重要的事情。

例 2. Is there anything interesting in today's paper?

今天報上有什麼有意思的消息嗎？

例 3. There is nothing wrong with this computer.

這臺電腦沒有什麼毛病。

例 4. The firemen did everything necessary to put out the forest fire.

為了撲滅森林大火，消防隊員們盡了一切必要的努力。

例 5. You'll find a Pinky's Cafe Restaurant somewhere near you.

你會發現平基咖啡餐館是離你近的地方。

②某些以 -ible 或 -able 結尾的形容詞作定語，與 every，the only 或形容詞最高級連用來修飾一個名詞時，也常須后置。例如：

例 6. The doctors have tried every way possible.

大夫們已經試過各種可能的辦法了。

例 7. There are a lot of Chinese commodities available for export at the Guangzhou Trade Fair.

廣交會上有很多供出口的中國商品。

例 8. These are confidential documents not accessible to the public.

這些是公眾無法接觸到的機密文件。

例 9. They had the greatest difficulty imaginable getting there in time.

為了能及時趕到那兒，他們克服了極大的困難。

例 10. It is the only wild berry edible here in this area.

它是這個地區惟一能食用的野莓。

③定語從句和某些分詞作定語時，也須后置。例如：

例 11. Here are the New Year cards I've just received.

這些是我剛收到的新年賀卡。

例 12. Some of the suggestions they made are worth studying.

他們提出的一些建議值得研究。

例 13. We have helped Russia privatize its economy and build a civil society marked by free elections and an active press.

我們幫助俄羅斯使其經濟私有化，並建設一個以自由選舉和積極的新聞媒體為標誌的公民社會。

例 14. Most of the people studying here are middle school teachers.

在這裡學習的多數是中學教師。

例 15. The performance given by Class Five won the highest praise of all.

五班同學表演的節目最獲好評。

例 16. Please circulate the paper among the people concerned.

請把文件在有關人員中傳發。

④起表語作用的形容詞，用作定語時必須后置。例如：

例 17. Every body present at the conference weleomed the decision.

出席大會的人都歡迎那個決議。

例 18. He is the only person alive in the family after the Tangshan earthquake.

唐山地震后，他是家中惟一活下來的人。

例 19 He will be remembered for that one book alone.

僅僅那一本書就可以使他留名於世了。

例 20. There are many young people adrift in the big cities in that country.

那個國家的大城市裡有很多四處遊蕩的年輕人。

⑤某些外來語和固定詞組中，形容詞作定語，常放在所修飾詞的后面。例如：

consul general　總領事

secretary general（of the U.N.）　（聯合國）秘書長

director-general　總干事

president-elect　當選總統

heir apparent　有確定繼承權的人

heir presumptive　假定繼承人

court martial　軍事法庭

matters political　政治上的問題

position unique　獨一無二的地位

things foreign　外國事物

⑥某些成對的形容詞作定語時需后置，翻譯時應按照漢語習慣靈活處理。例如：

例 21. All nations, large or small, rich or poor, should be equal.

國家不論大小貧富，都應一律平等。

例 22. Teachers, old and new, must respect each other and learn from each other.

新老教師應互相尊重，互相學習。

例 23. The reason for the change is lack of money, pure and simple.

更改的原因純粹是因為缺少經費。

（3）英語中兩個或兩個以上的單詞定語放在所修飾的名詞之前，其順序也各不相同，常需要做出調整。漢語中的習慣是把最能說明事物本質的放在最前面，而把表示規模大小、力量強弱的放在后面。英語則恰恰相反，越能說明事物

本質的定語越要靠近它所修飾的名詞。同時，還可以根據定語和其所修飾的名詞之間的關係安排前後位置，定語和中心詞關係越密切，位置越接近。如關係遠近難以判斷，則按詞的長短排列，短的在前，長的在後。試比較以下各例：

例24. 一張紅木小圓桌

a small round red wooden table

例25. 勤勞勇敢的中國人民

brave hard-working Chinese people

例26. 一位中國現代優秀作家

an outstanding contemporary Chinese writer

例27. 一個溫和，可愛的熟人

a gentle, lovable and familiar person

例28. 寧靜的綠色田野

the peaceful green countryside

例29. 發達的公共交通系統

an excellent public transportation system

例30. 繁榮昌盛的社會主義現代化強國

a modern, prosperous, powerful socialist country.

例31. 具有決定意義的，偉大的歷史性勝利

a decisive, great, historic victory

例32. 廣泛的國際教育交流

wide-ranging international educational exchanges

（4）英漢兩種語言的狀語位置有較大差異。出於強調的程度，句子平衡和上下文關聯等方面的考慮，狀語位置都不固定。漢語裡，狀語通常是放在主語之後，謂語之前。為了強調，也可以放在主語之前或句尾。英語的狀語位置則十分複雜，一般來說，單詞構成的狀語常根據需要放在句首，謂語動詞之前，助動詞和謂語動詞之間，或者放在句末。較長的狀語則往往不是放在句首，就是放在句末，放在句中的情況較少。請看例句：

例33. He was never late.

他從不遲到。

例34. He never got up late.

他從不晚起。

例35. He can never speak English without making serious mistakes.

說英語他總是出大錯。

例36. He has never been abroad.

他從未出過國。

例37. 1 will never agree to their demands.

我絕不同意他們的要求。

例 38. You seem never to think of yourself.
你好像從不考慮自己。

例 39. Never in all my life have I heard such nonsense!
我這輩子從沒聽過這種廢話!

例 40. The flight was cancelled due to the heavy fog.
班機因大霧停航。

例 41. They went out in spite of the rain.
儘管下著雨,他們還是出去了。

例 42. Given bad weather, I will stay at home.
假使天氣不好,我就呆在家裡。

從以上例句不難看出,英語 never 一詞及各種狀語從句的位置非常靈活,根據不同情況可以有所變化。相比之下,漢語中狀語的位置就較為固定。如果出現一系列包含時間、地點和方式的狀語時,漢語的習慣順序是:時間,地點,方式;英語的語序是:方式,地點,時間。此外,如果一個句子裡出現兩個以上的時間狀語或地點狀語,漢語一般是按照從大到小的順序排列。而英語則恰恰相反,習慣的順序是從小到大。例如:

例 43 Ba Jin was born in 1904 into a big landlord family in Sichuan Province in China.
巴金 1940 年出生於中國四川省的一個封建大地主家庭。

例 44. The news briefing was held in Room 301 at about nine o'clock yesterday morning.
新聞發布會是昨天上午大約九點在 301 會議室召開的。

例 45. The conference delegates discussed Premier Zhu's report animatedly in the meeting room yesterday morning.
會議代表昨天上午在會議室熱烈地討論了朱總理的報告。

例 46 Many elderly men like to fish or play Chinese chess in the fresh morning air in Beihai Park every day.
很多老人都喜歡每天上午在北海公園清新的空氣中釣魚,下象棋。

在漢語裡,如果一個句子有兩個較長的狀語,通常是一起放在句中。英語則要考慮句子的平衡關係,常常是把兩個狀語分別放在句首和句尾,或分別放在句首和主語之後。例如:

例 47. Suddenly the President, looking out over the vast landscape, said, with an underlying excitement in his voice, the words I gave earlier...
總統眺望著遼闊的景色,突然用很興奮的語調說了我在前文已經提到過的話……

例48. 中國遠洋運輸公司成立於1961年4月，至今已有28年的歷史。28年來，在國家的大力支持下，經過不懈的努力，公司業務和船舶數量迅速發展和增長。

Established in April 1961, the China Ocean Shipping Corporation has, in the past 28 years through arduous efforts, with the support from the state, expanded its shipping business and increased its number of ships.

例47 英語句子中的狀語分別安排在句首、主語之後和謂語動詞的後面。例48句子狀語較多，中文把它們放在了一起。英譯文中分別將其排列在句首和句中，以盡量避免出現句式上頭重腳輕的不平衡現象。

（5）英漢兩種語言的結構有很大不同。除了定語和狀語之外，其他短語和詞語的位置，也常需要按照譯文的習慣進行調整和變換。漢語中影響詞語順序的邏輯習慣表現在這樣幾個方面：

①強調時序上的先后順序。例如：

古今 先后 始終 早晚 子孫 父子（男女）老少 進山 收支 教學 學習 生死 興亡 本末 取捨 開關 起伏 起跑 推翻 解脫 降低 減少 縮小

②強調從整體到局部，從大到小的空間關係。例如：

大小 中小 上下 高低 長短 寬窄 深淺 厚薄 明暗 遠近 房屋 鄉裡 東南西北

③強調心理上的輕重關係。例如：

天地 日月 帝王 父母 男女 左右（古人崇左）龍鳳 國家 中外 內外 好壞 強弱 是非 新舊 君親師 我你他 大中小 粗細 胖瘦 君臣 師生 死傷 鋼鐵

與漢語比較，英語心理習慣的語序有不少相同或相似的地方，但由於兩種語言的社會文化背景和語言形態有較大的差異，使用上也確有不少迥異之處。例如：

冷熱　hot and cold
左右　right and left
水陸　land and water
強弱　weak and strong
沉浮　ups and downs
新舊　old and new
悲歡　joy and sorrow
貧富　rich and poor
好壞　bad or good
遲早　sooner or later
田徑　track and field
視聽　audio-visual
我你他　you, he and I

捉迷藏　hide-and-seek
又快又多　thick and fast
新郎新娘　bride and bridegroom
血肉相連　as close as flesh and blood
水火不容　as incompatible as fire and water
無論晴雨　rain or shine
手疾眼快　quick of eye and deft of hand
大中小學　elementary, secondary and tertiary school
饑寒交迫　suffer from cold and hunger
男女老少　men and women, young and old
救死扶傷　heal the wounded, rescue the dying
鋼鐵工業　the iron and steel industry
文學藝術　art and literature
團結統一　unity and solidarity
中小企業　small and medium-sized enterprises
衣食住行　food, clothing, shelter and transportation
東南西北　north, south, east and west
前前后后（來回）　back and forth
從童年到成年（整個一生）　man and boy
知識分子和青年學生　students and intellectuals

實戰演練

一、把下面的英語譯成漢語，注意定語、狀語及相關詞語位置的調整。

1. A secure and strong China is America's interest, and a powerful, confident, and globally engaged U.S. is in China's interest.

2. And so, in visitng your country, it is my sincere hope, that we can develop further on the basis of mutual respect and mutual benefit. The links and the friendship that already happily exist between our two countries.

3. The opportunities available to our citizens are incomparable.

4. That is why deepening our economic, cultural, and political relations is so strategically important—not only for your security, but for the peace of the world community.

5. As we advance our cultural relationship, universities will again be a crucial meeting ground between Chinese and Americans, just as they were in an earlier era.

6. It is where people have been allowed to create, compete, and build, where they have been permitted to think for themselves, make economic decisions, and benefit from their own risks, that societies have become the most prosperous, progressive, dynamic, and free.

7.「I saw dawning...」Grant wrote,「the beginning of a change. When it does come, China will rapidly become a powerful and rich nation... The population is industrious, frugal, intelligent and quick to learn.

8. In the United States, as I mentioned earlier, we have always believed free markets that ignite dynamic development for everyone.

9. Let us build together a safe, secure and stable world where our children can learn, play and work for the betterment of all mankind.

10. But while the historian had to live「with a sense of the in evitability of tragedy」, the statesman had to act on the assumption that problems could and must be solved—and that was his approach.

二、把下面的漢語句子譯成英語。

1. 這是給我留的座位嗎?
2. 因為有了雙休日,僅北京就有近40%的人在購物上花更多的錢。
3. 今天下午,我又同你,副總理先生,進行了十分富有成果的會談。
4. 團體預訂九折優惠是你們廣告中突出宣傳的內容。
5. 總之,我們要千方百計力爭國民經濟持續地、均衡地、高速地發展。
6. 每戶都有一小塊自留地種自己家吃的蔬菜。
7. 各有關部門的領導同志出席了剪彩儀式。
8. 那些有工作能力的下崗工人在城市裡或在周邊地區實現了再就業。
9. 他是能想得出來的最合適的人選。
10. 這是現在能找到的最早的版本。

第四章 長句、並列句和複合句

第一節 長句翻譯

一、長句概述

所謂長句，就是由多重關係和多個主謂結構組成的句子。英語的長句中有多個主謂結構或有多個修飾成分（包括定語和狀語），漢語的長句則指多重複句，即分句中包含著分句。關於長句的譯法，不少翻譯教材都提到過。張培基等在《英漢翻譯教程》中提到英語長句的翻譯時，指出：「翻譯長句時，首先要弄清楚原文的句法結構，找出整個句子的中心內容及其各層意思，然后分析幾層意思之間的相互邏輯關係（因果、時間順序等），再按照漢語特點和表達方式，正確地譯出原文的意思，不拘泥於原文的形式。」（張培基等，1983）張培基等進而將英語長句的翻譯方法歸為四種，即順序法、逆序法、分譯法和綜合法。（張培基等，同上）呂瑞昌等在《漢英翻譯教程》中提到漢語長句的處理，認為翻譯時長句的處理主要是如何斷句和如何區分主從的問題。（呂瑞昌等，1983）以上可以說是較早談到長句處理問題的教材，以后的很多翻譯書在提及長句時也不外乎以上的方法。

實際上，英漢兩種語言長句使用的頻率不同，英語的書面語長句的頻率會高於漢語。正如王令坤（1998）指出：「英語書面語長句較多；漢語一般短句較多。英語句子結構較緊，多用主從結構，英語可有各種后置修飾語（介詞短語、不定式短語、動名詞短語、分詞短語以及從句），這些成分都是造成英語長句的原因；漢語句子結構較松，多用並列結構。」當然，漢語有些句子並列結構很多，而且有些並列結構實際上暗含一定的邏輯關係，如因果、條件、讓步等。

筆者認為，對於英語長句的翻譯，一定要分析整個句子的主幹，然后再分析其他成分，理清各部分之間的邏輯關係，然后用通順的中文將這一邏輯關係和原句的意思表達出來，至於中文的排列就是上文所說張培基等提出的四種方法。所以，英文長句的上述四種翻譯方法實際上均基於對原文的分析和對漢語譯文的通順組合，筆者將這種分析和重組稱為「層層剝筍」的方法。而對於漢語的長句，如果是多重複句，只需要對原文的意群進行劃分，在適當的地方斷句，再把斷開的各部分譯成英文句子，所以一個漢語多重複句可能要譯成幾個英文句子。當然，也有些漢語長句，前后連貫特別明確，很難斷開，則只能譯成一個英語句子。此時，一定要分析哪部分可以做英文句子的主幹，然后再把其他修飾成分按

照英文的句式順序放在適當的位置。下面分別具體探討英語長句和漢語長句的翻譯。

二、英語長句的分析及翻譯

有人將英語句子結構比作「葡萄」，把漢語句子結構比作「竹節」。（王令坤，1998：58）翻譯英語長句實際上就是把英語的葡萄式的結構變成漢語的竹節式的結構。也就是說，英語長句的翻譯如前文所述，應該首先閱讀原句，找到原句的邏輯關係，找出句子的主幹，然后再理清其他成分，將每一部分轉換為漢語，這樣「層層剝笋」。最後，根據漢語的表達習慣將轉換的各部分進行重組，就可以得到通順的譯文，而且原文的意思和邏輯保持不變。下面通過例句進行分析和翻譯：

例1：

A conflict between the generations—between youth and age—seems the most stupid of all conflicts, for it is one between oneself as one is and oneself as one will be, or between oneself as one was and oneself as one is.

這個句子可以這樣分析和轉換：

（1）句子的主幹 A conflict between youth and age seems the most stupid of all conflicts：兩代人（即年輕人和老年人）之間的衝突似乎是所有衝突中最愚蠢的。

（2）與前句並列的結構 it is one between oneself as one is and oneself as one will be or between oneself as one was and oneself as one is：這是現在的自己和將來的自己或過去的自己和現在的自己之間的衝突。

以上兩個結構由介詞 for 連接，屬於並列句，for 表示原因。我們知道，由 for 表示原因時，一般說明原因並不十分強烈，而且主要是解釋一種原因，所以在將上述兩個結構調整為漢語的表達時，不必將原因提到前面。那麼，得到較通順的譯文就是：

例1譯文：

兩代人（即年輕人和老年人）之間的衝突似乎是所有衝突中最愚蠢的，因為這是現在的自己和將來的自己或過去的自己和現在的自己之間的衝突。

例2：

Anyone considering taking part in the transformation of those forms of older art which seem to us in many ways unsatisfactory, so that they should be more in turn with the changing times, and anyone who does not quail at the prospect of seeking out new forms of expression for new materials and new building function, will find spiritual kinship, observing Borromini's buildings.

這個句子可以做如下分析和轉換：

（1）句子主幹 Anyone... and anyone... will find spiritual kinship... 人和……人

能發現風格上的親緣關係

（2）句子主幹的狀語 observing Borromini's buildings：觀察一下博羅米尼的建築。

（3）第一個 anyone 的定語 considering taking part in the transformation of those forms of older art which seem to us in many ways unsatisfactory, so that they should be more in turn with the changing times（這個定語中，定語從句 which seem to us in many ways unsatisfactory 用來修飾 forms of older art，目的狀語 so that they should be more in turn with the changing times 根據意思可以推出是 transformation 的目的）：考慮變革在很多方面不盡人意的舊藝術形式以使其更好地跟上變化的時代。

（4）第二個 anyone 的定語 who does not quail at the prospect of seeking out new forms of expression for new materials and new building function：勇於為新材料和新建築功能探索新表現形式。

由於第一個 anyone 的定語太長，如果按照譯文的轉換將其放在中文「任何人」前面做定語，勢必有些冗長，不太符合漢語的習慣。所以我們不妨將定語變成主謂結構，將 anyone 翻譯成主語，定語結構變成謂語部分。第二個 anyone 後面的定語雖然不是很長，但為了和前面的結構保持平衡，不妨也改成主謂結構。漢語參考譯文如下：

例 2 譯文 1：

有的人考慮變革在很多方面不盡人意的舊藝術形式以使其更好地跟上變化的時代，有的人勇於為新材料和新建築功能探索新表現形式，這兩種人只要觀察一下博羅米尼的建築，就會發現風格上存在親緣關係。

當然，由於第一部分的定語較長，我們可以將其中的一部分提到前面，后面依然用定語結構，這樣也比較平衡。參考譯文如下：

例 2 譯文 2：

有些舊藝術形式似乎在許多方面不盡人意，考慮變革這些形式以使其更好地跟上變化的時代的人以及勇於為新材料和新建築功能探索新表現形式的人，只要觀察一下博羅米尼的建築，就會發現風格上存在親緣關係。

但是，我們將第一種譯文和第二種譯文做一下比較，就不難發現，還是第一種譯文更為通順。

例 3：

What should doctors say, for example, to a 46-year-old man coming in for a routine physical check up just before going on vacation with his family who, though he feels in perfect health, is found to have a form of cancer that will cause him to die within six months.

對例 3 可以做如下分析和轉換：

（1）句子的主幹 What should doctors say to a 46-year-old man：醫生該對一名

46歲的男子怎麼說呢？

（2）46-year-old man 后面跟的第一個定語 coming in for a routine physical check up just before going on vacation with his family：在和家人度假前來進行常規體檢。

（3）46-year-old man 后面跟的第二個定語是一個定語從句 who, though he feels in perfect heath, is found to have a form of cancer that will cause him to die within six months（這個定語從句中又帶有讓步狀語從句 though he feels in perfect health, cancer 后面又跟了定語從句 that will cause him to die within six months）：儘管他感覺良好，醫生卻發現他患了一種癌症，生命只剩下六個月的時間。

根據以上分析，譯者就可以設想如果漢語中要包含以上信息，同時還要邏輯清楚、譯文通順，那麼就應該進行以下重組：

例3譯文：

譬如，一名46歲的男子，在一家人外出度假前來進行常規體檢，雖然他感覺身體狀況良好，醫生卻發現他患了某種癌症，生命只剩下6個月的時間。這時，醫生該怎麼對他說呢？

細心的讀者會發現，漢譯文的總體順序正好與原文的順序相反，把主幹放在了句子的最后。而且，前面添加了一個過渡詞「這時」，使句子顯得非常連貫。當然，「這時」也可以換成「此種情況下」。

例4：

I speak, I'm sure, for the faculty of the liberal arts college and for the faculties of the specialized schools as well, when I say that a university has no real existence and no real purpose except as it succeeds in putting you in touch, both as specialists and as humans, with those human minds your human mind needs to include.

例4的分析與轉換如下：

（1）句子的主幹 I speak for the faculty of the liberal arts college and for the faculties of the specialized schools as well：我道出了文科學院全體教師以及專業學院全體教師的心聲。

（2）句子的主幹中有一個插入語 I'm sure：我堅信。

（3）主幹后是一個時間狀語從句 when I say that a university has no real existence and no real purpose except as it succeeds in putting you in touch, both as specialists and as humans, with those human minds your human mind needs to include（這個狀語從句中帶了一個賓語從句 a university has no real existence and no real purpose except as it succeeds in putting you in touch, both as specialists and as humans, with those human minds your human mind needs to include，賓語從句中要帶有 except 從句）：當我說大學就不會真正存在，也沒有真正的目的，它成功地使作為專修某一專業的你們和作為人類的你們接觸到你們的思想需要納入的這些人類思想。

根據以上的分析，再根據漢語將條件和時間狀語放在前面的表達習慣，就可以保留原文的意思，將以上轉換來的漢語重新組合，得到下面的譯文：

例4譯文：

如果大學沒有成功地使作為專修某一專業的你們和作為人類的你們接觸到你們的思想需要納入的這些人類思想，那麼大學就不算真正的大學，也沒有真正的目的。這樣說的時候，我堅信自己道出了文科學院全體教師以及專業學院全體教師的心聲。

不難發現，漢語譯文將「除它成功地使作為專修某一專業的你們和作為人類的你們接觸到你們的思想需要納入的這些人類思想外」稍加變通，成為「如果大學沒有成功地使作為專修某一專業的你們和作為人類的你們接觸到你們的思想需要納入的這些人類思想」「大學就不會真正存在」變成了「大學就不算真正的大學」，而且將「當我說」的位置和說法做了調整，但這樣才可以保證漢語句子通順、邏輯清楚，原文的信息基本沒有缺失。

英語合同裡就有很多長句，這也是很多人感覺合同難譯的主要原因。實際上，我們按照上面的分析、轉換和重組的方法，完全可以把合同中長句譯得非常漂亮，即能準確地傳達原文的信息，又能讓譯文看上去像用漢語起草的合同，從而收到良好的翻譯效果。不妨來看下面的例子：

例5：

In the event that any Party fails to make any contribution to the registered capital of the Joint Venture company as required by Article 7, interest shall accrue and be payable to the Joint Venture Company by such Party on the value of each late contribution from its scheduled payment date until the date when such contribution is actually made, at a rate equal to 2 percentage points over the highest annual rate of interest announced by the Bank of China for loans in Renminbi or US Dollars for the same period.

例5可以作如下分析和轉換：

（1）句子的主幹 interest shall accrue and be payable to the Joint Venture Company by such Party：該方應向合營企業支付利息。

（2）句子主幹中謂語 accrue and be payable 後跟的狀語 on the value of each late contribution from its scheduled payment date until the date when such contribution is actually made, at a rate equal to 2 percentage points over the highest annual rate of interest announced by the Bank of China for loans in Renminbi or US Dollars for the same period：就每次遲交的金額，從應付日到付款日，以中國銀行公布的同期人民幣或美元貸款的最高年利率加2%。

（3）整句話的條件狀語 In the event that any Party fails to make any contribution to the registered capital of the Joint Venture company as required by Article 7：如任何一方未能按照第7條規定繳納合營企業的註冊資本。按照漢語將條件放在句首的

習慣，上面第（3）項在重組中放在最前，然后再將第（1）和第（2）按照邏輯關係在漢語中進行重組，添加一些相互連接的手段得到的譯文便是：

例5譯文：

若一方未能按照第7條規定繳納合營企業的註冊資本，該方應就每次遲繳金額向合營企業支付自應出資之日起至實際出資之日止的利息，其利率按同期中國銀行公布的人民幣或美元貸款的最高利率加2個百分點計算。

例6：

If under the contract the buyer is to specify the form, measurement or other features of the goods and he fails to make such specification either on the date agreed upon or within a reasonable time after receipt of a request from the seller, the seller may, without prejudice to any other rights the buyer may have, make the specification himself in accordance with the requirements of the buyer that may be known him.

例6可以作如下分析和轉換：

（1）句子的主幹 the seller may... make the specification himself in accordance with the requirements of the buyer that may be known to him：

賣方可根據已知的買方要求自行規定

（2）句子主幹中所帶的狀語 without prejudice to any other rights the buyer may have：不損害買方的其他權利。

（3）整個句子的條件狀語 If under the contract the buyer is to specify the form measurement or other features of the goods and he fails to make such specification either on the date agreed upon or within a reasonable time after receipt of a request from the seller（這個狀語從句含有並列結構 the buyer is to specify the form, measurement or other features of the goods 和 he fails to make such specification either on the date agreed upon or within a reasonable time after receipt of a request from the seller）：如果按照合同規定，買方應決定貨物的形狀、尺寸或其他特徵，而買方在雙方約定的時間內或在收到賣方要求後的合理期限內未能作出上述規定。

根據漢語的表達習慣，將條件狀語放在句首，即將上面的（3）放在句首，而（2）又是（1）裡面帶的條件，所以將整個句子重組如下：

例6譯文：

若按本合同之規定應由買方決定貨物的形狀、尺寸或其他特徵，但買方在雙方約定的時間內或在收到賣方要求之後的合理期限內未能作出上述規定，則賣方可根據已知的買方要求自行規定，此情況不得損害買方享有的其他任何權利。

因此，從上面的六個英文例子的翻譯我們可以看出，翻譯英語長句時，首先要對整個句子進行語法分析，在分析的同時將每一部分轉換為漢語，這樣信息就比較清楚，然後根據漢語的表達習慣進行重組，保持原文的信息和邏輯關係不變。但由於中英文結構不同，所以句子的結構順序往往要發生這樣或那樣的變

化。當然，這些步驟完成后，一定要對照原文查看信息是否出現遺漏，畢竟長句所含信息較多，而且英語的長句邏輯較為複雜。然后再通讀譯文，看是否還有不通順之處，是否符合相應文體的特點等，同時該添加過渡詞的時候要添加過渡詞。

三、漢語長句的分析及翻譯

對於漢語長句的翻譯，一般說來，如果前後邏輯關係比較簡單，可以譯成一個英文句子。如果漢語句子屬於多重複句，一般要將句子按照意群和邏輯關係斷句，然后再分別譯成英文。當然，這樣說顯得有些籠統，我們不妨來看一些例子，對這些例子進行具體分析，就可以找出其中的規律。

例7：

他這時已是將近六旬的人，一表人才，高個兒，眉清目秀，頭髮又多又黑，略帶花白，恰好襯出他那堂堂的儀表。

例7看似複雜，有很多並列結構，但是，仔細一看，便知道「一表人才」「高個兒」實際上都是形容詞，「頭髮又多又黑，略帶花白」描述的都是頭髮，經過這一分析便知道整個句子實際上都是在描述「他」的外貌，前後聯繫比較密切，所以不應該斷句。不妨將句子中的各個部分先轉換如下：

（1）他這時已是將近六旬的人（句子的主幹）：He was then in his late fifties
（2）一表人才：handsome
（3）高個兒：tall
（4）眉清目秀：good features
（5）頭髮又多又黑，略帶花白：thick dark hair only sufficiently graying
（6）恰好襯出他那堂堂的儀表：add to the distinction of his appearance

接著，基於上文的轉換，我們可以根據英語的文法進行重組，可以將上面（2）、（3）、（4）先合併，加上單詞 man，這樣合併的部分就可以作 man 的定語，而組成的整個短語就是 a tall, handsome man with good features。那麼第（5）部分既然也是名詞短語，就可以和 good features 並列，成為：a tall, handsome man with good features and thick dark hair only sufficiently graying。這一部分就可以作整個主語 he 的同位語，成為：He was then in his late fifties, a tall, handsome man with good features and thick dark hair only sufficiently graying。而第（6）部分實際上表示「略帶花白」的結果，所以加上 to，便可以表示結果，放在后面。整個譯文如下：

例7譯文：

He was then in his late fifties, a tall, handsome man with good features and thick dark hair only sufficiently graying to add to the distinction of his appearance.

例8：

歷史業已證明，人類對資源的認識、開發和利用，以及製造生產工具利用資源的能力，是社會生產力發展水平的重要標誌，也在一定的程度上決定了一定的社會基本結構和發展形態。

例8的句子結構很簡單，可以做如下分析和轉換：

（1）句子的主幹：歷史業已證明 History has proved that...

（2）「證明」的賓語：人類對資源的認識、開發和利用，以及製造生產工具利用資源的能力，是社會生產力發展水平的重要標誌，也在一定的程度上決定了一定的社會基本結構和發展形態（這顯然是「證明」后面的賓語從句，賓語從句中的主語部分是「人類對資源的認識、開發和利用，以及製造生產工具利用資源的能力」，謂語部分則是「是……標誌」和「決定了……」）。

Man's understanding of natural resources and his tapping and utilizing of them, as well as his capability of making tools of production to make use of these resources, are very important signs of the development level of social productive forces, and to some extent, determine the basic structure and development pattern of a given society.

這樣分析和轉換之后，便可以將它們連在一起，成為一句話，但是要注意，上述賓語從句的兩個謂語部分不夠平衡，一個是be動詞，一個是實義動詞，所以，我們將第一部分的be動詞也變成實義動詞，即將are... signs of 改為symbolize即可，這樣例8的參考譯文如下：

例8譯文：

History has proved that man's understanding of natural resources and his tapping and utilizing of them as well as his capability of making tools of production to make use of these resources symbolize the development level of social productive forces, and to some extent, determine the basic structure and development pattern of a given society.

例9：

發端於資本主義社會的市場經濟被引入到中國以來，不僅從根本上改變了政府和公民的行為方式、理念等，而且這種變化還深入到社會結構的內部，在國家和社會關係模式上由以往非市場條件下的「大政府小社會」，逐漸向公民自治與政府宏觀調控相結合轉變，「小政府大社會」是體制改革的目標。

這個句子可以分成兩層，分別轉換成英文如下：

（1）發端於資本主義社會的市場經濟被引入到中國以來，不僅從根本上改變了政府和公民的行為方式、理念等，而且這種變化還深入到社會結構的內部：Since it was introduced into China, the market economy which originated from the capitalist society has not only totally changed the behavior and idea of the government and the citizens of China, but also produced great influence on the deep social structure. 這一部分就可以按照原文的順序進行轉換，由於狀語從句Since it was introduced into

China 比較短，所以放在前面，可以避免「頭重腳輕」（heavy-headed）。

（2）在國家和社會關係模式上由以往非市場條件下的「大政府小社會」，逐漸向公民自治與政府宏觀調控相結合轉變，「小政府大社會」是體制改革的目標：The state-society relationship has been transformed from the pattern of「big government and small society」in the non-market economic system into the pattern of「small government and big society」（as the goal of the system reform），in which the citizen autonomy is integrated with the governmental macro-control. 在這一部分中，后面的兩部分順序做了調整，將「小政府大社會」提到前面，后面用定語從句將「逐漸向公民自治與政府宏觀調控相結合轉變」變成「小政府大社會」的主要屬性和內容，與原文的意思沒有出入，而且顯得簡潔明瞭。

根據以上的拆句和轉換，可以得到以下譯文：

例9譯文：

Since it was introduced into China, the market economy which originated from the capitalist society has not only totally changed the behavior and idea of the government and the citizens of China, but also produced great influence on the deep social stmcture. The state-society relationship has been transformed from the pattern of「big government and small society」in the non-market economic system into the pattern of「small government and big society」（as the goal of the system reform），in which the citizens autonomy is integrated with the governmental macro-control.

例10：

華大媽在枕頭底下掏了半天，掏出一包洋錢，交給老栓；老栓接了，抖抖地裝入衣袋，又在外面按了兩下，便點上燈籠，吹熄燈盞，走向屋子去了。

例10原句是由兩個人的動作組成，即華大媽和華老栓的動作。所以，整體上看，這個句子可以拆分為兩層，即「華大媽在枕頭底下掏了半天，掏出一包洋錢，交給老栓」和「老栓接了，抖抖地裝入衣袋，又在外面按了兩下，便點上燈籠，吹熄燈盞，走向屋子去了」。但是后面一部分太長，而且前三個動作是華老栓對錢的動作，而后面三個則是把錢放好以后的動作，所以不妨將這一部分再拆成兩部分，即「老栓接了，抖抖的裝入衣袋，又在外面按了「兩下」和「便點上燈籠，吹熄燈盞，走向屋子去了」。這樣，整個句子就需分別譯為三個英文句子，分別轉換如下：

（1）華大媽在枕頭底下掏了半天，掏出一包洋錢：After some rumbling under the pillow, Laoshuan's wife produced a packet of silver coins and handed it over to Laoshuan.

（2）老栓接了，抖抖地裝入衣袋，又在外面按了兩下：Laoshuan took it, put it in his pocket with his trembling hand and then patted his pocket twice.

（3）便點上燈籠，吹熄燈盞，走向屋子去了：Then he lit the paper lantern,

blew out the oil lamp and walked into the inner room.

根據以上分析和轉換，將以上的英文進行組合，尤其是根據前後文將名詞和代詞進行調整，便可以得到以下較為通順的譯文：

例10譯文：

After some rumbling under the pillow, his wife produced a packet of silver coins and handed it over. Laoshuan took it, put it in his pocket with his trembling hand and then patted his pocket twice. Then he lit the paper lantern, blew out the oil lamp and walked into the inner room.

例11：

同時，中國自己也冷靜地分析形勢，經濟情況確實十分好，可以說是有史以來沒有過的好，但同時也有不少問題，還有八千萬人在貧困線以下，所以還有很多工作要做，這也說明這次洽談會的重要。

我們可以對例11這個多重複句進行如下切分並將各部分轉換為英語：

（1）同時，中國自己也冷靜地分析形勢：At the same time, China is also aware of its situation.（這句話是總說，「冷靜地分析形勢」不是 analyze its situation calmly，而是「明白自己的形勢」，這一形勢就是指下面要提到的情況。）

（2）經濟情況確實十分好，可以說是有史以來沒有過的好，但同時也有不少問題，還有八千萬人在貧困線以下：Its economy is developing fast, faster than ever before, but there are many problems. For example, a population of 80 million still lives below the poverty line.（這裡，「還有八千萬人在貧困線以下」是「不少問題」的一個，所以，用 for example 引出，由於 for example 是介詞短語，不能當連詞用，因此單獨成句。）

（3）所以還有很多工作要做，這也說明這次洽談會的重要：Therefore, China has much work to do and this indicates the importance of the Talks.

根據以上分析和轉換，就可以得到例11的譯文：

例11譯文：

At the same time, China is also aware of its situation. Its economy is developing fast, faster than ever before, but there are many problems. For example, a population of 80 million still lives below the poverty line. Therefore, China has much work to do and this indicates the importance of the Talks.

例12：

在合作期間，如遇地震、臺風、水災、火災、戰爭或其他不能預見的不可抗力事故，並且，其發生和后果不能防止和避免，從而直接影響合同的履行或者不能按約定的條件履行，遭遇上述不可抗力事故的一方，應立即將事故情況電報通知對方，並應在15天內提供事故的詳細情況及由相關公正部門開具的有效證明文件，證明合同不能履行，或者部分不能履行，或者需要延期履行的理由。

例 12 是出自漢語合同文本的一個長句，基本上可以看作是一個條件復句，即前面假設一種情況，后面提出解決的方案，只不過每一部分細節的東西很多，所以在英文中要注意狀語的調整。我們可以將整個句子進行如下切分和轉換：

（1）在合作期間，如遇地震、臺風、水災、火災、戰爭或其他不能預見的不可抗力事故，並且，其發生和后果不能防止和避免，從而直接影響合同的履行或者不能按約定的條件履行：Should either of the parties to the contract be prevented from executing the contract or executing it in accordance with the agreed conditions by force majeure, such as earthquakes, typhoon, flood, fire, war or other unforeseen events, and their occurrence and consequences are unpreventable and unavoidable.

（2）遭遇上述不可抗力事故的一方，應立即將事故情況電報通知對方，並應在 15 天內提供事故的詳細情況及由相關公正部門開具的有效證明文件，證明合同不能履行，或者部分不能履行，或者需要延期履行的理由：the prevented party shall notify the other party by telegram without delay, and within 15 days thereafter provide detailed information of the events and a valid document for evidence issued by the relevant public notary organization explaining the reason for its inability to execute or delay in the execution of all or part of the contract.

這樣，將上面兩部分進行組合得到的例 12 譯文如下：

例 12 譯文：

Should either of the parties to the contract be prevented from executing the contract or executing it in accordance with the agreed conditions by force majeure, such as earthquakes, typhoon, flood, fire, war or other unforeseen events, and their occurrence and consequences are unpreventable and unavoidable, The prevented party shall notify. The other party by telegram without delay, and within 15 days thereafter provide detailed information of the events and a valid document for evidence issued by the relevant public notary organization explaining the reason for its inability to execute or delay in the execution of all or part of the contract.

基於上述六個漢語長句的例子我們可以看出，如果漢語的長句只是一些短語並列，或分析起來前后兩分句只有一層邏輯關係，則一般不做斷句處理。如果漢語長句中是多重複句，則在翻譯中做斷句處理。

通過以上對英語長句和漢語長句的分析和翻譯，我們不難發現，只要對英語原文的邏輯關係把握正確，然後利用「層層剝筍」的方法，將每一部分轉換成目的語，然後再進行重組，便可以獲得完整而準確的譯文。而漢語如上一段所說，根據實際情況融合或斷句即可。所以，譯者不必懼怕長句。當然，要把握原文的邏輯關係，還要看譯者的中英文基本功，所以語言基本功訓練不可忽視。

實戰演練

一、把下面的英語句子譯成漢語，請注意長句的分析及翻譯。

1. David Ogilvy, founder of firm Ogilvy&Mather, made this point clear to his newly appointed office heads by sending each a Russian nesting doll with five progressively smaller figures inside.

2. While field visits are complex, time-consuming and relatively costly, they make it much easier to identify inequities in levels of financing and performance across a country and to showcase good local practice.

3. When Smith was drunk, he used to beat his wife and daughter; and the next morning, with a headache, he would rail at the world for its neglect of his genius, and abuse, with a good deal of cleverness, and sometimes with perfect reason, the fools, his brother painters.

4. Artists tended to think of themselves as a chosen elite, and where they concerned themselves with politics, they often identified themselves with the right wing rather than the left.

5. European architecture in the years immediately before World War I is in some ways more notable for abortive projects and visionary designs than for actual buildings, most startling so in the unrealized projects of Antonio Sant' Elia (1881—1916), who was killed in the war.

6. How the bugs got to such a height is not known, but there are three possibilities: they were carried up on winds, they sneaked into the samples on Earth or they have flown through space and are aliens making their way down to our planet.

7. The hardcover book——that symbol of the permanence of thought, the handing down of wisdom from one age to the next—may be a new addition to our list of endangered species.

8. If she had lost the blue-eyed, flower-like charm, the cool slim purity of face and form, the apple-blossom coloring which had so swiftly and oddly affected a burst twenty-six years ago, she was still at forty-three a comely and faithful companion, whose cheeks were faintly mottled, and whose gray-blue eyes had acquired a certain fullness.

9. Furthermore, the profile of the flourishing economy Cyprus enjoys—in the year 2000, Cyprus was included among the 16 countries with the highest per capita income and among the 22 countries with the highest human development in the world—has in-

creased the standard of living for both men and women in Cyprus.

10. Neither the submission of this document to you or the receipt of any document from you nor any correspondence or other communication, whether written or oral, between the parties in connection with this matter, is intended or shall be deemed to constitute an offer or acceptance of any kind or to create any obligations whatsoever by or between the parties.

二、把下面的漢語句子譯成英語，請注意長句的分析及翻譯。

1. 例如，中國最大的汽車配件生產商萬象集團起家時只是通用汽車的合作夥伴，向通用汽車供應地方生產的汽車配件，這樣就可以使通用汽車符合政府的要求，即在中國市場出售的汽車必須融入一定的地方內容。

2. 中國現已被全世界公認為全球經濟發展最快的國家，並在不久的將來成為世界經濟大國，所以這麼多國家和地區來參加這個重要的洽談會，而且成交情況一年比一年好，這絕非偶然。

3. 隨著70年代末中國的改革開放，中澳貿易由農產品、礦產品等初級產品，擴大到多種產品；特別是進入21世紀以來，中國與世界經濟逐步融為一體，對外貿易不斷擴大，與澳大利亞的貿易額已由2001年中國入世時的90.0億美元，增長到2003年的135.6億美元，增長超過50%。

4. 數千年前，這裡原是一個淺水灣；后來，長江三角洲漸漸擴大，與海灣中的堤壩相連，形成了一個內陸湖，原來的小島便成了山峰。

5. 過去，我們一般的企業很少注重經濟效益，廣泛存在著勞動無定員、生產無定額、質量無檢查、成本無核算的現象，在人力、物力、財力上造成很多浪費。

第二節　並列句翻譯

按照句子結構的複雜程度，英語將單個小句構成的句子稱作簡單句（simple sentence）。由兩個或兩個以上的小句組成的句子則需要根據小句間的語義關係分類，可以分成並列句（compound sentence）、複合句（complex sentence），甚至更複雜的並列複合句（compound-complex sentence）。漢語只劃分單句和復句。依照邢福義（1991：358）的分類標準，作為漢語篇章中頻繁出現的句式，復句根據其內部小句間的語義關係可分為因果、並列和轉折類復句。需要指出，漢語的復句與英語的複合句不能簡單對應。

一、並列句

（一）英語並列句

英語中，如果句子包含兩個或更多沒有主次關係的主謂結構，就是並列句。

並列句裡的分句通常用並列連詞，如 and，or，but，for，however，nor，yet 等來連接。但有時也可不用連詞，而用逗號或分號分開。從結構和語義兩個角度看，英語並列句中分句之間的關係大致有兩個基本類型，即平行並列（parallel coordination）和順序並列（serial coordination）。

1. 平行並列句

這種並列句通常表示同時發生的動作或同時存在的情況，前後分句在結構和語義上都很對稱，可以彼此互換位置而不影響整句的意義，也不影響結構的平衡。用於平行並列句的連詞主要是 and，有時也用逗號或分號。

(1) He works by night and sleeps by day.

他晚上工作，白天睡覺。

(2) They all have blue eyes, and they are all male.

他們都長著藍眼睛，都是男性。

2. 順序並列句

這類並列句中的分句前後次序比較固定，一般不可以互換位置。用於順序並列句的連詞有 and，so，for，or 等，有時也可用逗號、分號。順序並列結構通常用來表示下列六種含義：

・表示先後或連續發生

(1) From Florence the river Amo ran down to Pisa, and (then) it reached the sea.

阿爾諾河從佛羅倫薩流經比薩入海。

・表示補充說明

(2) Oakley loves rap music, and he often uses lyrics in conversation.

奧克雷喜歡說唱音樂，言談中常常冒出幾句歌詞。

・表示意見或看法

(3) Let's just try and smooth things over, and it will blow over.

咱們只管把事情擺平，風頭總會過去的。

・表示因果關係

(4) Silicon does not occur in the free state in nature and very few people have seen the pure substance.

自然界沒有遊離狀態的硅，所以很少有人見過純硅。

(5) It must be snowing, for it is so bright outside.

一定在下雪，外面這麼亮。

(6) He broke the rules of the school; he had to leave.

他犯了校規，因此不得不離校。

・表示轉折或對比

(7) We do not live to eat, but eat to live.

人活著不是為了吃，吃是為了能活著。

（8）In some cases pollution may only have been diluted but people are not aware of the dilution.

有時污染不過被稀釋了，只是大家沒有意識到這一點。

・表示條件

（9）Work hard and you will pass your examinations.

肯用功你考試就能過關。

(二) 漢語並列句

漢語的並列句表達平列、對照、解註等語義關係，又稱平列關係並列句、對照關係並列句和解註關係並列句。

1. 平列關係

這類並列句平列兩種或幾種情況，其分句間常用諸如「既……又……」、「既……也……」「又……又……」「也……也……」「一邊……一邊……」「一面……一面……」「一方面……另一方面……」等成對的關聯詞語，也可以單用「也」或「又」，有時分句間不用關係詞語。

（1）能量既不能被創造，也不能被消滅。

Energy can be neither created nor destroyed.

（2）你不能又要馬兒跑得好，又要馬兒不吃草。

You can't expect the horse to ran fast when you don't let it graze.

（3）我讚成邊改革，邊治理環境、整頓秩序。

I think that while we are carrying out the reform we have to improve the economic environment and rectify the economic order.

2. 對照關係

這類並列句把甲乙兩事加以對照，其分句間常用「不是……而是……」表示肯定、否定兩個方面的對照，也可以不用關係詞語，而使用反義詞構成對照關係。

（1）這個上帝不是別人，而是全中國人民大眾。

Our God is none other than the masses of the Chinese people.

（2）不是我不買你的面子，實在是這事兒不好辦。

I'd be happy to defer your wishes, but there's really nothing I can do about it.

（3）虛心使人進步，驕傲使人落后。

Modesty helps one to go forward, whereas conceit makes one lag behind.

3. 解註關係

這類並列句表明事物之間的解註關係，分句間有時用「這就是說」「換句話說」等表關聯的插入成分，有時則不用任何關係詞語。

（1）「三個臭皮匠，合成一個諸葛亮」，這就是說，群眾有偉大的創造力。

The old saying,「Three cobblers with their wits combined would equal Zhuge Liang the master mind」simply means the masses have great creative power.

（2）那邊是南國風光，山是青的，水是綠的，小溪流更是清可見底。

Over there we have typical southern scenery with blue mountains, green waters and limpid brooks.

以上對比可以看出，英語並列句往往要使用並列連詞；而在所有的並列連詞中，and 的結構功能和表意功能最強，英譯漢時譯者需要推敲前後分句間的邏輯關係才能使譯文達意。漢語並列句雖然也使用一些關聯詞語，但關聯詞也可略去不用，這就要求譯者對結構和意義有充分的把握。漢譯英過程中尤其要注意適時使用連詞，有的則可以借助於英語的介詞、不定式或從屬連詞將並列句譯成英語的簡單句或複合句。

第三節　複合句翻譯

一、複合句概述

與並列句相比，複合句更適合表達複雜的心理活動或邏輯關係。在英語裡，如果一個句子包含有兩個或更多的主謂結構，其中一個為主句，其他為從屬句，這樣的句子就是複合句。從句要麼用從屬連詞（如 although, because）引導，要麼用關係代詞引導。按照句法功能，從句可分為名詞性從句（包括主語從句、賓語從句、表語從句和同位語從句）、形容詞性從句（包括定語從句）以及副詞性從句（包括狀語從句）。這些從句要依靠連詞 that、連接代詞、連接副詞或關係代詞等與主句相連。英語使用這種主從結構較多，因為它習慣把小句按信息狀態分級：主要信息，至少是作者認為的主要信息，要由主句來表達；而背景細節等次要信息則由從句來描述。同時，從句的擴展和延伸比較自由，即從句可以包含更次一級的從句，而下級的從句又可以包含再下一級的從句，這樣就形成一個層次複雜、主次交錯的立體結構。

在漢語裡，主從複合有時沒有明確的形式特徵。即使表達較複雜的邏輯關係時，漢語也可以按動作發生的時間順序和事理邏輯來鋪排，循序遞進。

總的說來，在構建複雜的語義關係時英語使用的語言手段豐富，從句成分在表層出現的位置比較靈活；漢語相對來說手段不夠豐富，主要依賴語序。因此，英譯漢時，應仔細分析句子結構，理清主次關係，依照漢語的時序原則和邏輯順序變立體為線性，變英語的主從結構為漢語的簡單句或並列結構。

（1）The question is whether we can finish our work by tomorrow evening.
問題在於我們能不能在明晚之前完成工作。

（2）There are many wonderful stories to tell about the places I visited and the people I met.

我訪問了一些地方，也遇到了一些人。要談起來，奇妙的事兒可多著哩。

（3）It is very much like communication with an accurate robot who has a very small vocabulary and who takes everything literally.

這很像和一絲不苟的機器人講話，機器人只懂很少的詞彙，而且你怎麼說，它就怎麼做。

另外，值得注意的是，在漢語語法體系裡，只有仿照英語狀語從句建立起來的復句系統與英語有對應關係，其他諸如主語從句、賓語從句等幾類，均可視為單句，是主謂短語作句子成分。漢譯英時，可運用相應的從屬連詞進行轉換，同時又可以借助抽象名詞、介詞或介詞短語等手段，將漢語的小句濃縮為英語的短語，以「化零為整」。

（4）只要稍稍恭維他幾句，他就會得意忘形。

A little complement would make him carried away.

（5）由於住房緊張，他婚后只得與父母同住。

He has to live with his parents after marriage due to the house shortage.

二、複合句中的語序

英漢語複合句中主句和從句間的時間順序和邏輯順序不完全相同，它們在句中的位置也就不完全一樣。對比英漢語的語序實際上就是比較英漢語複合句中小句排列的順序。

1. 時間順序

英語重形合，常使用連詞或關係代詞/關係副詞將分句連接起來，主從順序因此比較靈活，不必按時間順序安排主從關係。而漢語則主要依循事件的自然進程鋪展，即先發生的事情先說，原因或條件先說。

（1）表前時，英語語序以「主—從」為主。

a. I didn't start my meal until Adam arrived.

亞當來后我才吃飯。

b. Many centuries had passed before man learned to make fire.

過了好幾個世紀，人類才學會取火。

（2）表同時，英語語序「主—從」「從—主」皆可。

c. He arrived while I was sunbathing.

我正曬日光浴的當兒，他來了。

d. There was prolonged applause when he began to speak.

他開始講話時響起了經久不息的掌聲。

（3）表后時，英語語序「主—從」「從—主」皆可。

e. They had not read any books since they left school.

自打離校后，他們沒念過什麽書。

f. After I visit Shanghai, I'll travel up the Yangtze River.
訪問上海之后，我將溯長江而上。

另外，英語複合句有時含有兩個以上的時間從句，各個時間從句的次序也比較靈活，而漢語則一般按照事情發生的先后鋪排。

g. He had flown in just the day before from Georgia where he had spent his vacation basking in the Caucasian sun after the completion of the construction job he had been engaged in in the South.
他本來在南方從事一項建築工程；任務完成之后，他就去格魯吉亞度假了，享受高加索的陽光，昨天才坐飛機回來。

2. 邏輯順序

（1）表達因果關係時，連詞可以使複合句裡的主從順序靈活安置，「因—果」「果—因」皆可。有研究說，英美人偏好先說結果，后講原因；而漢語通常使用先因后果的語序。

a. Since you don't want to go, we won't force you to.
既然你不願意去，我們也不勉強你。

b. The United Nation's Food and Agriculture Organization food price index, considered the best measure of global food inflation, saw its first decline in 15 months in April, as wheat, dairy, sugar and soya bean prices fell.
由於小麥、牛奶、糖以及大豆價格下降，聯合國糧農組織（FAO）的糧食價格指數在4月份出現了15個月來的首次下跌。該指數被認為是衡量全球食品通貨膨脹的最佳指標。

（2）在表示條件（假設）與結果關係的英語復句裡，條件（假設）與結果的順序也不固定，「主—從」和「從—主」兩種結構皆可，而漢語多數情況則是條件（假設）在前，結果在后。

c. Demerol can cause cardiac arrest if too large a dose is given.
杜伶汀劑量過大會導致心臟停博。

d. 若要不貪杯，醒眼看醉鬼。
If you really mean to quit drinking, look at a drunkard when you are sober.

（3）在表示目的與行動關係的英語複合句中，以「行動—目的」順序為主，在漢語裡也多是如此。

e. 中國政府將採取更加有力的措施，進一步健全耕地保護制度。（行動—目的）
Chinese government will adopt still more effective measures to improve the land preservation system.

有時，為了強調目的，也可把目的放在行動之前。

f. 完成黨在新世紀、新階段的這個奮鬥目標，發展要有新思路，改革要有新突破，開放要有新局面，各項工作要有新舉措。（目的—行動）

In order to attain the Party's objectives for the new stage in the new century, it is imperative to come up with new ideas for development, make new breakthroughs in reform, break new ground in opening up and take new moves in all fields of endeavor.

（4）在表達「陳述—事態」關係的英語複合句裡，先表達個人感受、態度、觀點和結論，后陳述理由和事實；漢語往往先敘事，后表態。

g. I regard it as an honor that I am chosen to attend the meeting.

選我參加會議，我感到很光榮。

h. It is right and necessary that people with different political and social systems should live side by side.

儘管政治和社會制度不同，各國人民應該和諧相處，這是正確、必要的。

（5）在表達前述與轉折關係的英語複合句裡，「主—從」和「從—主」兩種結構皆可，但漢語復句往往是先前述，后轉折。

i. Everybody worked with great enthusiasm although the weather was extremely cold.

雖然天氣極冷，大家工作還是非常投入。

j. Although Jane was very shy at the beginning, she became the top dog in her office within the first year.

珍妮開始還很靦腆，但一年后她就坐上了辦公室的頭把交椅。

可以看出，英語複合句的語序較為靈活，可以依照時序組句，同時又比較偏好突顯語序（salient order）。所謂突顯語序，是指不依靠時序組句，而是把陳述重要信息的部分習慣性地放在句首，即開門見山，先點出結果、行為、結論、觀點、態度等，再追敘一些與此有關的原因、理由、目的、例證等。漢語句子建構則往往取法自然，即常常按照自然語序（natural order），先敘述原因、條件、環境、歷史、背景、事實等，再點出主要或重要的結果、結論、觀點、態度、行為等，與現實的時間和事理邏輯順序同構，猶如對現實生活經歷的臨摹。鑒於二者在語序上有差異，調整語序以適應各自的表達習慣十分必要。但也要注意，現代漢語裡也允許有類似於英語的主從排列方式：

k. 這只船容易顛覆，因為它造型不合理。

This boat is apt to overturn because it is unreasonably shaped.

l. 他沒有生火，儘管天氣很冷。

He didn't light the fire although it was cold.

然而，這類句子有三個特點：一是受到英語的影響，帶有翻譯腔；二是從句后置，其語用功能是強調或突出主句表達的內容，從句往往有補充解釋的意味；三是在口語裡使用頻率較高。

第五章 語篇

第一節 英漢語篇的構成

一、語言的共性和個性

人類語言首先是活生生的自然現象。馬克思說的語言是「感性的自然界」（馬克思，恩格斯，1995），正好指明了語言的感性現實性的本質。自然語言作為人們現實交際、表情達意和言事（constative）施為（performative）的工具，無疑既具有因人而異的個性，又具有社會互通的共性，否則人際交流是不可能的。但按其本性，自然語言突出的特點是豐富多彩的個性，例如同樣表達「我很忙」的意思，可以說：

我忙得不可開交。

我時間緊得很。

恨不得有三頭六臂！

你又來了，想累死我不成？

這樣的多樣性反應出言說者的不同或同一言說者所處語境的不同。無論如何，都是他人所能聽懂和理解的，因為人類的思維和語言畢竟是共通的，經驗和環境是共享的。首先是說漢語的人可以毫無困難地予以接受，由於他們具有同樣的語言、共同的生活世界和同質的思想文化。其次，儘管洪堡特的「語言世界觀」論不無道理，但又正如他說的「語言能力的普遍所有」、所有語言的語法「深刻的類似性」（潘文國，1997：39），再加人之作為同類、同處一個客觀世界及理性、邏輯、心理等的普遍性，異質語言文化間的溝通一般也是沒有問題的。在肯定這一點的基礎上，又必須強調，共性絕不能抹殺個性，對異質語言文化的理解和接受總有限度，恰似親屬摯友間也難免言語誤會一樣。典型的例子如：

例1：Why is the end of a dog's tail like the heart of a tree? Because it is farther from the bark.

為什麼狗尾巴像樹心？因為它遠離吠叫（樹皮）。

例2：楊柳青青江水平，聞郎船上踏歌聲；東邊日出西邊雨，道是無情卻有情。

The willows are green, the river quiet.

From afar comes your singing;

The sun shines in the east.

The rain comes on in the west.

Is it sunny or rainy.　　（劉宓慶譯）

這兩個例子既在可譯性上有限度，即使可以採取加註法實現完全的翻譯，也仍舊留下了可接受性的局限。

因此，語言的個性與共性是共存和並重的。探求同中之異、異中之同，乃是我們英漢語篇對比遵循的方針。

二、英漢篇章特點

人文風俗上的不同造成了中西方各自的思維習慣。其反應在英漢兩種語言上，表現為篇章佈局、層次安排、遣詞造句以及脈絡貫通上明顯的差異。受中國傳統的「天人合一」的哲學思想影響，漢語中人和自然被看成是一個有機整體，在思想意識、思維模式以及語言觀方面都傾向於求整體、求綜合。在語言運用中，漢語更多以人作為主語，一般不強調主、客體的區分，而往往是主客體相互融合，呈隱含式語態。因此漢語語篇屬於「螺旋式」。這種模式的特點是，對主題往往不是直截了當地表達，而是採用曲折、隱喻、含蓄、間接的方式來闡述。而習慣於抽象思維，重視分析和邏輯的西方人則持直接且精確的語言觀。從語篇看，由於西方思維形式的「個人主義」作風，所以特別強調個人意見的表達，往往在語篇的開頭就表明觀點，結語點題，態度明確。因此語篇往往是先抽象，后具體；先綜合，后分析；組織和發展呈「直線型」，先開門見山地點出主題，再圍繞中心句進行擴展。

第二節　語篇發展模式分析與語篇調整

語篇的發展模式實際上就是指語篇中的佈局謀篇，即語篇中的信息分佈。語篇發展模式差異可以從以下幾個方面來考察：

（1）語篇信息推進模式；（2）語篇中心話題。

1. The people were there, and the land——the first dazed and bleeding and hungry, and when winter came, shivering in their rags in the hovels which the bombings had made of their homes; the second a vast wasteland of rubble.

2. We have seen that economics is, on the one side, a Science of Wealth; and, on the other, that part of the Social Science of man's action in society, which deals with his Efforts to satisfy his Wants, in so far as the efforts and wants are capable of being measured in terms of wealth, or its general representative money. We shall be occupied during the greater part ot this volume with these wants and efforts; and with the causes by which the prices that measure the wants are brought into equilibrium with those that measure the efforts. For this purpose we shall have to study in Book Ⅱ wealth in

relation to the diversity of man's wants.

一、語篇信息推進模式的差異

語篇的發展模式受到人類的思維模式的影響，由於不同民族的思維習慣是有一定差異的，因而語篇的發展模式也有著一定的差異。西方的一些語言學家就把世界各民族的思維模式按其文化源流大致分成四大類型：東方型，閃族型，斯拉夫型，英美型。

漢語民族的思維模式是東方型，因而其語篇發展模式是一種螺旋型結構，即語篇的推進具有一定的反覆性。如作者在談到幾個問題時，談完後面的問題後，可能又回過頭來涉及前面已經討論過，但自己認為有必要強調或沒有分析清楚的問題；而英語民族的思維模式是英美型結構，其語篇發展模式也就是直線型的，即語篇的推進是按照一條直線進行展開。

英漢語之間的差異得到了大多數中外學者的認同。例如，胡曙中在《英漢修辭比較研究》中指出：「英語段落往往先陳述段落中心意思，而后分點說明。分點說明的目的是對主題句的展開，並為在以後的段落中增加其他意思做好準備」；「段落中的意思以有序的順序清晰地相互聯繫。在展開中心意思的過程中，段落中的每一個句子應該順其自然地從每一個前面的句子中產生出來」；「這樣的段落應該具有一種運動的感覺……一種在原先所說東西的基礎上向深入和高峰的方向發展的感覺。」（胡曙中：161—162）。胡曙中還引用了下面的一段來說明英語的直線型語篇結構：

例 1. Far more striking than any changes in the kinds of work done by women in the U.S.A. labor force is the shift of wives and mothers from household activities to the world of paid employment. Emphasis on the new work of women, however, should not be allowed to obscure an equally important fact. Today, as always, most of the time and effort of American wives is devoted to their responsibilities within the home and the family circle. This is true even of those who are in the labor force.

Since 1890 the demands of paid work has decreased from sixty to forty hours; paid holidays and vacations have become universal; and most of the hard, physical labor that work once required has been eliminated. Because of these developments, many women can work outside the home and still have time and energy left for home and family. Moreover, most working mothers do not assume the burdens of full schedule of paid work. Among employed mothers of preschool children, four out of five worked only part time or less than half the year in 1956. Among those whose children were in school, three out of five followed the same routine work schedule. And even among working wives who had no children at home, only a little more than half were year-round, full-time members of the labor force.

這段文章的每個句子所表達的意義都直接同前面一句的中心意思有關。如，第一句說明婦女從家務勞動轉向工作是美國勞動力中所發生的最明顯的變化，第二句則是對這一意思的重要補充，而第三句則是第二句的遞進，接下的一句又是對第三句的具說明，如此層層展開，構成一篇很好的英語論述文。而且與這種語篇發展模式相適應的是使用很多的銜接成分，這些銜接成分起著句子之間的過渡作用，它們能清楚地表明各句子之間的關係。

　　而在現代漢語中，一方面由於受到西方語言和文化的影響，存在著很多類似於英語的歸納性的語篇結構；但另一方面，傳統的螺旋型結構語篇模式仍然大量存在。例如：

　　例2.①《京華菸雲》在實際上的貢獻，是介紹中國社會於西洋人。②幾十本關係中國的書，不如一本道地中國書來得有效。③關於中國的書猶如從門外伸頭探入中國社會，而描寫中國的書卻猶如請你進去，登堂入室，隨你東西散步，領賞景致，叫你同中國人一起過日子，一起歡快，憤怒。④此書介紹中國社會，可算是非常成功，宣傳力量很大。⑤此種宣傳是間接的。⑥書中所包含的實事，是無人敢否認的。（林如斯：「關於《京華菸雲》」）

　　這是一個典型的漢語螺旋型信息推進的語篇模式。第一句作為開頭，陳述《京華菸雲》的貢獻之所在，第二句和第三句看似與第一句在形式上聯繫不大，實際是作為第四句和第五句的前提出現，而第六句則又回來在更高一級上談《京華菸雲》的貢獻。整個的段落形成一個螺旋上升的結構。

二、英漢語段落結構差異

　　英語的分段要比漢語嚴格，一般說來，英語的每個段落都是圍繞著一個中心主題（topic）來寫的。一些英語寫作教材更是嚴格要求：「為了達到思想和情感的一致性，段落不能含有任何冗余的東西。作者必須把那些雖然真實卻與主題無關的多余內容刪除掉。這些內容破壞一致性，分散讀者的注意力。」（Hall，p. 188）（In purslaing unity of thought and of feeling, the paragraph must contain nothing redundant. The writer must omit the odd fact which happens to be true, but which is irrelevant to the topic. The odd fact: violates unity, and distracts the reader.）

　　相對而言，漢語的分段並不嚴格，段落的長度也比英語要短一些。漢語作為一種「語義型」語言，無論句子還是段落，很大程度上都表現為一種以意合法為主要手段的意念流（stream of notion）。句子與句子之間沒有明顯的標記，而分段也有很大的隨意性。例如：

　　例3.「黃河之水天上來，奔流到海不復回」，這是唐朝大詩人李白對源遠流長、雄威奇險的黃河景象的生動寫照。黃河是中國的第二大河，全長五千多公里，發源於青藏高原的巴顏喀拉山，流經青海、四川、甘肅等九個省區，到山東省注入渤海。黃河流經黃土高原的時候，夾帶著大量的泥沙，水色渾黃，成為世

界上含沙量最大的沙河。「黃河」. 就是由此而得名的。

例3 這一段話為一個自然段, 但以 ‖ 為界寬全可以分成兩個自然段, 前一段是詩人對黃河的描寫, 后一段是對黃河的介紹。

三、語篇差異與翻譯

英語和漢語在語篇信息推進和段落結構上的差異使得翻譯中語篇的調整成為必要的條件, 但這一點卻往往容易被忽視。總體來說, 英語的語篇規範 (尤其是說明文、論述文這樣的一些非文學語篇) 比漢語嚴格, 因此在英譯漢時, 可以保留原來的語篇模式, 也可以根據具體情況做出調整; 而在漢譯英時, 則往往不得不做出語篇調整 (尤其是在非文學類的語篇中), 以提高譯文的語篇質量。

語篇結構調整主要可以從以下幾個方面入手: ①把漢語的螺旋型結構調整成英語的直線型結構。英語的直線型結構往往使主題句出現在段首, 而漢語則受傳統的「起、承、轉、合」的影響, 主題往往會出現在不同的地方, 有時還不只一次地出現, 有時是隱含的。因此在非文學類的漢譯英的翻譯中, 確定主題句是譯者必須要考慮的。②英語的段落只圍繞一個中心話題, 而段落內的每句話都緊密地圍繞這一中心話題展開。因此漢譯英時, 注意處理好一些與中心話題有一定距離的句子, 同時段落中各句之間注意銜接過渡。

(一) 主題句

安排好英語語篇的主題句, 可以考慮將漢語語篇中的表示主旨的句子提到段前, 以符合英語民族開門見山的思維習慣。安排好主題句的常用做法有, ①改寫漢語段落首句, 使其擔當英語段落的主題句; ②將漢語段落中的主要信息提前; ③根據漢語段落的意義給英語譯文的段落增加主題句。例如: 改寫漢語段落首句在一些如說明和論述的正式文體中, 英語語篇的主題句應該顯得比較正式。為了獲得這種效果, 也可以考慮將漢語語篇的前幾句合在一起使得主題句拉長, 以負載更多的信息。例如:

例 4. 回顧過去, 我們感到無比自豪和驕傲。改革開放二十年, 我們不僅為社會創造了巨大的物質財富, 而且也創造了巨大的精神財富。二十年間, 企業累計創利稅 17.89 億元, 是改革開放前三十年總和的近二十倍; 為國家上繳利稅 12.29 億元, 相當於 45 年國家投資總額的 4 倍, 連續 5 年被評為國家 500 家經濟效益最佳企業……

Looking back upon our past, we feel proud of great contributions we made to the society not only on material wealth but also in spiritual civilization in the last twenty years of reformation and opening. In the past twenty years, our enterprise has created an accumulated profit and tax of 1, 789 million yuan, nearly 20 times that of the 30 years before 1979, and we have delivered to the state a total profit and tax 1, 229 million yuan, 4 times as much as the total investment of the state in the last 45 years. Also in the twenty years, our enterprise has own in succession the honor of one of the top 500 profitable enterprises in China...

例5. 原文的第一句話可以譯成「Looking back upon our past, we feel so proud」，但從效果上來看，不如譯成譯文中的長句，因為長句顯得更正式一些，更適合如報告這樣的正式場合。

（1）在漢譯英的過程中，要使主題句顯得正式，也可以考慮使用名詞等方法來翻譯。如：

例6. ……如今，中山大學有約八千的學生，包括本科生、研究生、留學生、外語培訓中心的學員，以及夜大學的學生和各種培訓班的學生。三千七百名教職工中有一千六百人在執教，教授和副教授有三百二十多名，講師有八百五十多名，助教和教師有四百二十多名。

Today the university has an enrollment of some 8,000 students, including undergraduates, postgraduates, overseas students trainees at the English Language Centre, as well as students of the Evening College and various training program. Of the staff of some 3,700 people, about 1,600 are in teaching positions, with over 320 professors and associate professors, more than 850 lecturers and over 420 instructors and assistants.

在本例的翻譯中，譯者將首句譯成「the university has an enrollment of some 8,000 students...」，enrollment 的運用比直接譯成「There are more than 8,000 students in this university」在風格上顯得更正式一些。

（2）將漢語段落中的主要信息提前在說明文中，英語主題句更多的是在段落的開頭，因此漢譯英時，可以考慮將主題句提前：

例7. 在四川，有一處美妙的去處。它背依岷山主峰雪寶頂，樹木蒼翠，花香襲人，鳥聲婉轉，流水潺潺，名勝古跡薈萃。它就是松潘縣的黃龍。

One of Sichuan's finest spots is Huanglong (Yellow Dragon), which lies in Songpan county just beneath Xuebao, the main peak of the Minshan Mountain. Its lush green forests, filled with fragrant flowers, bubbling streams and songbirds, are rich in historical interest as well as natural beauty.

根據陳宏薇的分析（陳宏薇，P. 229），本例的漢語原文反應了中國人的思維模式，其語篇結構是先描述，後點明這一美妙去處的所在。而英語語篇則習慣開門見山，點明地點，再描述。同時，譯文增加了 rich in historical interest as well as natural beauty 把原文的「美妙」一詞的內容具體化。

（3）根據漢語段落的意義給英語譯文的段落增加主題句

很多的漢語段落中，並沒有哪一個句子能統領全局，起著類似英語的主題句的作用。因此，漢譯英中，就需要根據段落的意義為英文段落增加主題句。例如：

例8. 臺灣高陽寫的通俗小說《胡雪巖全傳》近幾年來在內地一版再版。有消息說，早幾年，以胡雪巖生平事跡為線索的電視連續劇《八月桂花香》，沒有表現出胡雪巖靈活經商的精髓，已落後於商品經濟時代潮流了，於是新近有兩部眾多商家熱心投資的電視連續劇正在同時開機拍攝。對此，一位某公司的總經理指出：「胡雪巖大行其道，是中國商界的悲哀。」評價一個人，先要瞭解他是個什麼人，瞭解他的歷史。胡雪巖，祖籍安徽績溪，生於1823年，父早逝家貧。少年時讀書不多。

Mr. Hu Xueyan has no doubt become the focus of publishing and show business these years. The complete *Story of Hu Xueyan*, a best-seller by Gao Yang in Taiwan, has seen many reprints and impressions in China. A TV series based on his life was put on air years ago, which would soon be succeeded by another two series. The reason for the cast of the new series, it is said, is that the previous one, entitled *Fragrant Osmanthus in Mid-autumn*, failed to present the essence of Hu's business philosophy, and failed to catch up with the tide of commodity economy. So many companies are ardent in sponsoring the series that one general manager in China has pointed out that it is really a tragedy for the Chinese business circle to prettify Hu Xueyan.

It is tragedy because Hu Xueyan was only a shrewd but not so decent businessman. Born in Jixi, Anhui in 1823, Hu was brought up in a poor family, with little schooling...

（選自姚暨榮：「論篇章翻譯的實質」，載《中國翻譯》2000年第5期）

在第一段的翻譯中，譯者根據段落的內容概括出一個主題句，「Mr. Hu Xueyan has no doubt become the focus of publishing and show business these years」，使得譯文更符合英語寫作的規範，讀者也比較容易抓住中心，順著文章的脈絡，去把握文章段落的主題。第二段也是如此，因為下文中，介紹完胡雪巖的身世之後，接著講他如何營私舞弊、拍馬鑽營的套路，如何利用別人，甚至捐銀買官，一步一步發跡的故事。

漢語段落中的首句，有時可能並不是表達段落的主題，而起著一種導入主題的作用。形式上看，與中心話題關係不大，這種情況，可以考慮將它們刪除或譯成從屬結構（分詞結構，介詞結構，或從句），而根據段落意義增加英語譯文的主題句。例如：

例9. 中國各大城市因歷史不同，文化各異，放射其獨有的光彩。天津是近代崛起的城市，由於它地處首都北京的門戶，便成為西方列強侵入古老中國的必經之地。1860年第二次鴉片戰爭之後，天津就被迫開埠，成為通商口岸，並應允英、法、美三國在天津城南紫竹林一帶劃地為租界。1894年中日甲午戰爭和1900年八國聯軍入侵津京以後，德、日、俄、意、比、奧等國相繼在海河岸邊開闢租界。各國修建的建築都鮮明地具有其獨特的風格，今天看來，可以一目了

然區別開來。中西方文化便在這裡激烈地碰撞，最初是生硬地穿插，漸漸又走向相互結合……

　　Owing to different history and culture, each of the major cities of China has its unique splendour. As Tianjin, a city rose in the modern times, is a gateway to Beijing, the capital, it turned out to be a place where the western Dowers must pass when they encroached upon ancient China. After the Second Opium War in 1860, Tianjin was open to foreign countries as a trade port under the coercion. And foreign concessions were set up by Britain, France and the United States in the south of the city of Tianjin. In the wake of the Sino—Japanese War of 1894 and the invasion of Beijing and Tianjin by the allied forces of eight powers in 1900. Countries such as Germany, Japan, Russian, Italy, Belgium and Austria set up their concessions on both banks of the Haihe River. The buildings constructed by these countries are of distinctive styles which can be easily distinguished one from the other. Here the Chinese and western civilization collided with each other sharply in the beginning and gradually blended with one another…

　　例9中的第一句與該段的中心話題即「由於各國列強劃分租界地使得天津的建築風格多樣化」顯然較遠。而翻譯中，譯者顯然沒有注意到英語段落主題句的作用，使得整段英語譯文沒有中心點。為了使得譯文更符合英語語篇習慣，譯者可以有兩種選擇，將第一句刪去或是將第一句譯成從屬結構：如，將譯文的開頭改為：Tianjin, like the other major cities in China whose special history and culture help to form their own unique splendour, has developed its unique style of architecture in the course of history…

（二）段落調整

　　由於英語的段落一般圍繞一個中心主話題，而段落內的每句話都緊密地圍繞這一中心主話題展開，而漢語的段落劃分則自由得多，因此，翻譯中有時（特別是漢譯英時）需要調整段落。段落的調整包括：段落多余信息的刪減和段落的拆分和組合。

1. 段落多余信息的刪減

　　由於漢語的段落結構相對要松散一些，因此翻譯成英語時，可以根據需要做一定的刪節。而刪節部分的信息，如果有必要，可以在文章其他段落中補出來。例如：

　　例10. 小說的藝術可以說是達到了出神入化的境界。嚴謹、縝密的結構，生動準確的個性化語言，特別是鮮明的人物形象，都是非常傑出的。書中出現的人物，粗計多達四百多人。不僅主角賈寶玉、林黛玉和其他十多名主要人物成為人們熟知的藝術典型，而且許許多多次要人物，有的甚至是一筆帶過的，也都形象鮮明，栩栩如生。小說的藝術表現達到如此高超的水準，在世界文學名著中，也

是極為罕見的。

The novel is outstanding for its brilliantly balanced structure, a lyrical yet precise prose style and rich characterization. Although there are more than four hundred characters, the principal characters number fewer than twenty with Jia Baoyu and Lin Daiyu pre-eminent. Among the array of secondary characters, even those appearing only briefly are clearly drawn and realistic.

漢語原文的下劃線部分沒有翻譯，李運興教授認為（P. 211）：這是介紹《紅樓夢》短文中的一個句群，主旨在於闡述《紅樓夢》在人物描寫方面的特點，但第一句和最后一句，一個像是開篇綜述，一個像篇末總結，儼然形成了一個微型古文寫作的「起、承、轉、合」的慣用程式。而英語說明文則要求段落的一致性（unity），因此與主題無關的多余實事應該刪除，所以譯者把這兩句省略，以保證譯文段落的一致性。

2. 段落的拆分和組合

無論是漢譯英還是英譯漢，段落的拆分和組合有時都是必要的。這樣做的目的是為了使譯文更加符合譯入語的語篇規範。如本節例 3 的譯文：

From the heavens come the waters of the Yellow River, tumbling forth to the seas, never to turn back again. This is how Li Bai, the great Tang poet, describes in his vivid language the mighty and historic Yellow River, so grand and so grand and so awe-inspiring a sight. Over 5,000 kilometres long, it is the second largest river in China which takes its rise at the foot of the Mount Bayankela on the Qinghai-Tibet Plateau and traverses nine provinces or autonomous regions before emptying itself into the Bohai Sea, including Qinghai, Sichuan, Gansu. etc. While it flows past the lower highlands in Northwest China it washes away huge quantities of mud and sand, making itself the most sand-ridden river in the world and looking a turbid yellow. Hence its name.

（選自方夢之：《翻譯新論與實踐》）

在這例的翻譯中，譯者認為，英語語篇中引用的詩句一般分行寫出，而漢語語篇中，一般簡短的詩句夾在文中。所以，譯者按詩行分譯引用的李白的詩。再如：

例 11. 40 多年來，英國文化委員會與中國在許多方面進行合作。20 世紀 40 年代，北京、上海、南京、重慶均設有該會的機構和圖書館，許多中國著名的科學家、學者，過去均享受過其獎學金和研究員薪金。20 世紀 60 年代，又有中國學生赴英深造。從 1975 年起，應中國政府的要求，定期舉辦了一系列高等在職英語教師訓練班。1979 年 1 月，英國文化委員會在英國駐華使館內設立了代表處，負責實施英中文化教育協定的交流項目。在這方面該會與皇家學會、英國學術院、社會科學研究會、英中文化協會及英國其他許多部門聯繫密切。通過專家互訪、學習參觀、舉辦培訓班和討論會，利用獎學金、學術交流座談、會議等適

當方式進行廣泛合作……

The British Council has been cooperating with China in a number of ways over a period of forty years. In the 1940s there were offices and libraries in Beijing, Shanghai, Nanjing and Chongqing and many eminent Chinese scientists and academics are former British Council scholars or study fellows. In the 1960s the British Council arranged programmes of study for Chinese students in British and from 1975 has been running a regular series of high-level in service English language teaching courses in China. Since January 1979 a British Council representation has been working in the Culture Section of the British Embassy in Beijing to implement exchange programmes under the Anglo—Chinese Cuitural and Educational Agreement. In this, it works closely with the Royal Society, the British Academy, the Social Science Research C0uncil, the Great Britain—China Centre and many other British Dartners. Through specialists visits, study tours, courses and seminars, scholarship, symposia, colloquia, conferences and other appropriate means, cooperarive programmes have been developed in a wide range of disciplines.

（選自丁樹德等：《中英文廣告使用手冊》）

本例中的兩段都是談論英國文化委員會與中方合作的內容（第一段的第一句可以看做英語的主題句），第二段實際上是接著第一段介紹合作的具體內容。因此翻譯中，譯者將這兩段合在一起是有道理的。

實戰演練

一、把下列英語語篇翻譯成漢語，注意對語篇的段落結構做適當的調整。

1.「He doesn't expect us to bless or condemn these protocols at this point,」says Professor Eric T. Juengst, a bioethics at North Western University who serves on the federal advisory committee that is hearing Anderson put his case.「He's committed to having the public understand this field as it evolves, and to win public support.」

2. But if so. he has walked into one of lexicography's biggest booby traps, the belief that the obvious is easy to define, whereas the opposite is true. Anyone can give a fair description of the strange, the new or the unique. It's the commonplace; the habitual that challenges definition, for its very commonness compels us to define it in uncommon terms.

3. In the following pages I shall demonstrate that there is a psychological technique which makes it possible to interpret dreams, and that on the application of this technique every dream will reveal itself as a psychological structure, full of

significance, and one which may be assigned to a specific place in the psychic activeities of the waking state. Further, I shall endeavor to elucidate the processes which underlie the strangeness and obscurity of dreams and to deduce from these processes the nature of the psychic forces whose conflict or cooperation is responsible for our dreams. This done, my investigation will terminate, as it will have reached the point where the problem of the dream merges into more comprehensive problems, and to solve these we must have recourse to material of a different kind.

——*The Interpretation of Dreams* (3rd edition) by Sigmund Freud. Translated by A. A. Brill (1911)

4. It is an obvious truth, which has been taken notice of by many writers, that population must always be kept down to the level of the means of subsistence; but no writer that the author recollects has inquired particularly into the means by which this level is affected: and it is a view of these means which forms, to his mind, the strongest obstacle in the way to any very great future improvement of society. He hopes it will appear that, in the discussion of this interesting subject, he is actuated solely by a love of truth, and not by any prejudices against any particular set of men, or of opinions. He professes to have read some of the speculations on the future improvement of society in a temper very different from a wish to find them visionary, but he has not acquired that command over his understanding which would enable him to believe what he wishes, without evidence, or to refuse his assent to what might be unpleasing, when accompanied with evidence.

——*An Essay on the Principle of Population* by Thomas Malthus (1798)

二、把下列漢語語篇翻譯成英語，注意對語篇的段落結構做適當的調整：

Passage 1：

黃山位於安徽省南部，三座峻拔雄偉的主峰叫做天都、蓮花和光明頂。黃山綺麗雄俊、變幻莫測，集眾多中國名山勝景於一身。它具有泰山的雄偉、華山的險峻、衡山的菸雲、廬山的飛瀑、峨嵋的俊秀、雁蕩的巧石，其峰形似刀削、色同蒼玉，並且常年被菸雲繚繞，給人的感覺是奇、偉、幻、險。黃山的奇松、怪石、雲海、溫泉、歷來被稱為「天下四奇」。人們用最美麗的語言讚美黃山，說它是「天下第一奇山」「魔山」「人間仙境」。黃山不僅有天然秀色，而且有濃厚的中華文化內涵，散布在山間的古街、古橋、古牌坊、古村落等眾多的古老建築群，以它們獨特的風格和意韻向人們展示著黃山古老迷人的文化風采。山岩峭壁上200多處摩崖石刻，為黃山秀麗的風光增添了文化情趣。黃山與宗教有密切的關係，特別是道教，至今山上仍然有軒轅峰、容成峰等與道教神仙故事相關的峰名。佛教也傳入到黃山，最盛時山中有寺庵百座。世界文化遺產項目考察官員考

察黃山后說:「黃山的自然美和自然文化世上罕見。」1990 年,黃山被列入「世界文化與自然雙重遺產」目錄。

Passage 2:

世界上開鑿得最早、規模最大的人工運河,要算是中國的大運河了。它稱京杭運河,北起北京,南到杭州;經過河北、山東、江蘇、浙江四省;連接海河、黃河、淮河、長江和錢塘江五條大河。運河全長 1794 公里,是中國古代南北大動脈。早在春秋、戰國時代,吳王夫差為了進攻齊國,運送兵糧,在長江與淮河之間開鑿了一條運河,叫做「邗溝」……

Passage 3:

遠處走來幾個身背照相機的年輕人。其中那位穿黑呢大衣的姑娘真美,一雙亮晶晶杏核兒大眼睛,似湖?似星?誰也說不清,只惹得路人不時朝她張望。「在文史樓前拍張雪景吧!」一個渾厚的男中音提議。「不!這棵龍柏被風雪壓斜了,缺乏自然美。」姑娘那雙纖手朝不遠處一指。「喏,到生物系的小植物園去,那兒不僅有龍柏,還有雪松、偏柏呢。」她的聲音在清新的空氣中擴散,像清甜的冰糖漸漸融化。年輕人留下了一串無邪的笑聲。

第三節　語篇銜接手段的比較

語篇銜接手段大致分為語法銜接和詞彙銜接兩類。語法銜接手段包括照應(reference)、省略(ellipsis)、替代(substitution)和連接(conjunction)。詞彙手段則包括詞彙重述(reiteration)、同義詞(synonymy)、上義詞(super-ordinate)和搭配(collocation)等。通過分析我們發現,英漢兩種語言在詞彙銜接手段上差異不是很大,相同處多於相異處。但是在語法手段方面,多有差異。本節中我們將重點分析在照應、替代、省略、連接等具體銜接方式上兩種語言存在的差異。

一、照應

在語篇中,如果對於一個詞語的解釋不能從詞語本身獲得,而必須從該詞語所指的對象中尋求答案,就產生了照應關係。因此,照應是一種語義關係。例如:

(1) Readers look for the topics of sentences to tell them what a whole passage is about. If they feel that its sequence of topics focuses on a limited set of related topic, then they will feel they are moving through that passage from cumulatively coherent point of view.

此例中,代詞「they」的確切含義是由它的所指對象決定。如果對其作出語義解釋,就必須在語篇上下文中尋找和它構成照應的詞語。從上下文可以看出,

「they」和「readers」構成照應關係。

照應關係在漢語的語篇中也大量存在。例如：

（2）我和白求恩同志只見過一面，后來他給我來過許多信。可是因為忙，僅回過他一封信，還不知他收到沒有。

此例中的3個「他」指代上文中的「白求恩」，從而使整個上下文成為一個前後銜接的整體。

從照應的類型來看，英漢兩種語言並沒有太大的區別，但是，從照應手段在語篇中使用的頻率來看，英語使用人稱代詞的頻率要遠高於漢語，其主要原因是英語行文要求避免重複，而漢語則習慣於實稱。例如：

（3）Parents should not only love their children but also help and educate them.

父母不僅應當愛護自己的子女，還應當幫助自己的子女，教育自己的子女。

在照應這一手段中，英漢語篇最顯著的差別是英語有關係代詞，而且使用頻率很高；而漢語則沒有關係代詞，因此在許多情況下，漢語語篇中的人稱代詞在對應的英語表達中可以用關係代詞表示。例如：

（4）這張條子是安娜留的，她剛到這兒來過。

This note was left by Anna, who was here a moment ago.

漢語的回指照應是通過人稱代詞「她」來實現的，而在相應的英語表達中，引導定語從句的關係代詞「who」充當了漢語中人稱代詞的角色，並使英語句子成為主從複合句。從這一點來講，英語在表達上似乎比漢語要簡潔一些。

二、替代

替代指的是用代替形式（substitute）來取代上文中的某一成分。在語法和修辭上，替代被認為是為了避免重複而採用的一種重要的語言手段。在語篇中，替代形式的意義必須從所替代的成分那裡去查找，因而替代是一種重要的銜接語篇的手段。英語和漢語都使用替代這一銜接手段。例如：

（1）The Americans are reducing their defense expenditure this year. I wonder if the Russians will do too.

美國人今年在削減國防開支，我懷疑俄國人也會這樣做。

但是，與英語相比，漢語中替代手段使用的頻率要低，造成這種現象的一個重要原因在於漢語往往使用原詞復現的方式來達到語篇的銜接與連貫。例如：

（2）You don't want to lag behind. Neither does she.

你不願意落後，她也不願意落後。。

（3）Darcy took up a book; Miss Bingeg did the same.

達西拿起一本書來，彬格萊小姐也拿起一本書來。

（4）Efforts on the part of the developing nations is certainly required. So is a reordering of priorities to give agriculture the first call on national resources.

發展中國家作出努力當然是必須的。調整重點，讓國家的資源首先滿足農業的需要，這當然也是必需的。

英語可以用代詞「so，do，do the same」等替代形式來替代與上文重複的成分，形成銜接。但是漢語沒有類似的替代形式，通常需要用詞義重複來連接。

當然，英語與漢語最顯著的差異還是英語用代詞時，漢語經常重複名詞。例如：

（5）Translation from English into Chinese is not so easy as that from English into French.

英譯漢不如英譯法容易。

（6）Electrical charges of a similar kind repel each other and those that are dissimilar attract.

同性電荷相斥，異性電荷相吸。

三、省略

省略（ellipsis）指的是把語言結構中的某個成分省去，它是為了避免重複，使表達簡練、緊湊的一種修辭方式，同時也是一種重要的語篇銜接手段。比較而言，英語的省略現象比漢語要多一些。因為英語的省略多數伴隨著形態或形式上的標記，不容易引起歧義。例如：

（1）我們的改革，不光要使領導知道，還要使廣大群眾知道。

Our policy must be made known not only to the leadership, but also to the ordinary people.

（2）每個人都對他所屬的社會負有責任，通過社會對人類負有責任。

Everybody has a responsibility to the society of which he is a part and through this to mankind.

以上兩例中，英語都有「to」這一形式標記，說明省略的動詞成分，這樣能使前后銜接，結構緊湊。而漢語的習慣則要求重複這一成分。

在省略這個銜接手段中，英漢另外一個顯著的差別是：漢語經常省略主語，因為漢語具有主語控制力和承接力強的特點，在漢語語篇中，當主語一次出現后，在后續句中可以隱含。例如：

（3）柯靈，生於1909，浙江省紹興人，中國現代作家，1926年發表第一篇作品，敘事詩《織布的婦人》，1930年任《兒童時代》編輯，1949年以前一直在上海從事報紙編輯工作，並積極投入電影、話劇運動，解放后，曾任《文匯報》副總編輯，現任上海電影局顧問。

KeLing was born in Shaoxing, Zhejiang Province, in 1969. He is a modern Chinese writer. His first writing, a narrative poem *The Woman Weaver* appeared in 1926. He was one of the editors of *Children's Times* from 1930 onwards. Before 1949 he was all along engaged in editorial work in newspaper offices and took an active part in activities of film and modern drama in Shanghai. After liberation he filled the post of deputy editor in chief of *Wenhui Bao* for a period. He is at present adviser of Shanghai Film Bureau.

例中漢語原文第一句點出主語后，后面的句子主語一概省略，但是讀者在理解上不會有任何困難，因為被省略的主語都暗含在上下文之中；而在英語的譯文中，卻需要反覆使用人稱代詞「he」來指稱第一句中的「KeLing」，被省略的主語需要補全。下面分析一個英語的例子：

(4) Arthur Clarke was born in Minehead, England. Early interested in science, he constructed his first telescope at the age of thirteen. He was a radar specialist with the Royal Air Force during World War II. He originated the proposal for use of satellites in communication...

阿瑟·克拉克生於英格蘭的明海德鎮。自幼喜愛科學，十三歲時製作了自己的第一架望遠鏡，第二次世界大戰期間是皇家空軍的一位雷達專家，曾首先提議將衛星用於通信……

從此例可以看出，英語句子在結構上是比較工整的，每個句子都有主語。而在漢語的譯文中，只要意思明確，句子的主語可以省略。一個主語可以管一個小的段落，這在英語中是絕對不能接受的。

這種比較以及通過比較所揭示出的差異對學習者英語的表達具有很強的實際意義，在翻譯時要首先把省略的部分補齊，尤其是漢語中省略掉的主語，這樣英語的譯文才能夠結構完整，銜接緊密。現舉一例說明：

(5)（即便）多（或）少（有）一些困難怕什麼，（讓他們）封鎖吧，封鎖十年（或者）八年，（到那時）中國的一切問題都解決了。

漢語中括號內的詞語是隱含的，但是在譯成英語時，括號裡的詞語的意義是絕不能省略掉的。請看譯文：

What matters if there are some difficulties. Let them blockade us. Let them blocade us for eight or ten years. By that time, all of the China's problems would have been solved.

四、連接

連接關係是通過連接詞以及一些副詞或詞組實現的。語篇中的連接成分是具有明確含義的詞語。通過這類連接性詞語，人們可以瞭解句子之間的語義聯繫，甚至可以經前句從邏輯上預見后續句的語義。語言學家韓禮德將英語的連接詞語按其功能分為四種類型，即：「添加、遞進」（additive），「轉折」（adversative），「因果」（causal），「時序」（temporal）。這四種連接詞的類型可分別由「and, but, so, then」這四個簡單連詞來表達。它們以簡單的形態代表這四種關係。

所謂「添加、遞進」，是指寫完一句話之后，還有擴展余地，可以在此基礎上再添加某些補充信息。表示添加、遞進的連接詞語有 and，furthermore，in addition，what is more 等。如：

(1) My client says he does not know this witness. Further, he denies ever having seen her or spoken to her.

例中后面補充的語義實質上是對前面內容的擴展和肯定，並使兩個句子緊密地連接起來。

轉折是指后一句的意義與前一句的意義截然相反。前一句的陳述是肯定的，后一句卻是否定的；前一句是否定的，后一句則是肯定的。表示轉折關係的連接詞語有 but，on the other hand，however，conversely 等。如：

(2) All the figures were correct; may had been checked. Yet the total came out wrong.

(3) I am afraid I'll be home late tonight. However, I won't have to go in until late tomorrow.

因果連接是指以各種不同方式體現的原因與結果的關係。表示因果關係的連接詞語有 because，so，for this reason，consequently 等。例如：

(4) Chinese tea is becoming increasingly popular in restaurants and even in coffee shops. This is because of the growing belief that it has several health giving properties.

時序性連接詞語標示篇章的事件發生的時間關係，這類詞項有 fomerly，first，then，in the end，next 等。例如：

(5) Brick tea is a blend that has been compressed into a cake. It is taken mainly by the minority groups in China. First it is ground to a dust. Then it is usually cooked in milk.

例子中所用的連接詞語表達動作發生的先后順序。以上分析的四種英語連接關係在漢語中也存在。表示增補、添加意義的漢語的連接詞有：再說、再則、而且、此外、況且等，現舉一例：

(6) 凡以上所說，無非要使大家相信，這裡的鄉村生活的習慣與方式並不一定能適應將來城市的生活，況且我們還可以開展旅行，以資調劑呢！

漢語中表轉折關係的連接詞語常用的有可是、但是、然而、從另一方面米說等。例如：

(7) ……但隨后也就自笑，覺得偶爾的事，本沒有什麼深意義，而我偏要細細推敲……

漢語中表因果關係的詞語有：所以、於是、因此、由於、結果是、正因為如此、由於這一原因等。現舉一例：

(8) 我們應該看到，科學技術的結晶當然是物化了的文化，但求真的科學精神絕不是物質層面的文化，否則，一部西方哲學史的性質就將難以闡述清楚，

因為正是這種求真的思想追求構成了西方哲學的主要內容。

漢語中表示時序關係的連接詞語有：爾后、后來、接著、正在這時、原先、此前、此后、最后等。例如：

（9）當年，那無疑是很「奢侈」，很「揮霍」，很「腐化」的，僅僅一年后，他們的衣著都變了。

前面的實例以及對這些實例的剖析都表明，作為語篇中的銜接手段，英語的連接詞和漢語的連接詞之間存在著相同點。首先，它們的功能是相同的，語篇連接詞語本身均是意義明確的詞項，它們在語篇中銜接句子與句子，或者銜接段落與段落時，能夠明白無誤地表達句子之間或段落之間的語義聯繫和邏輯關係。此外，無論是英語還是漢語，在絕大多數情況下，連接詞語都出現在句首的位置，它們就像紐帶一樣，將前句與后句或前段文字與后段文字緊密地連接起來。

通過比較，我們也發現英漢兩種語言在使用連接這一銜接手段上也有差異。其中，最突出的差異是英語與漢語在語篇連接詞語的使用上也有顯性和隱性的差別。請見一例：

（10）……我不習慣與朋友合作，我覺得還是自己獨立地想點什麼就寫點什麼，寫好、寫壞、寫成、寫不成，都由自己擔著。一說合作，心理上的壓力就非常大。

此例從表層看，顯得松散，也沒有出現連接詞語，但是內在的含義還是連貫的，讀者也會很容易發現語句之間所表明的因果關係，這就是漢語語篇的隱性連接，僅靠語句的先后順序也能表達出語篇的邏輯關係。基於這種特點，有些研究者把漢語比作「塊語」（block language），而英語更多的是依靠顯性的連接。例如：

(11) A second aspect of technology transfer concentrates on US high technology exports. China has correctly complained in the past that the US was unnecessarily restrictive in limiting technology sales to China. Recently some liberalization has taken place and major increases in technology transfers have taken place as the result. However, some iterms continue to be subject to restrictions and unnecessary delay, in part because the US government subunits many items to COCOM for approval. There is significant room for improvement with the US bureaucracy and COCOM.

But there is also reason to believe that the flow of technology will continue to grow and that much of the major new technological innovation likely to occur in the US in coming years will be available to China. Also , 「as new technology is developed in the US and other industrialized countries, older technologies will become available at a lower price and export restrictions on them will ease.

技術轉讓第二方面集中在美國的高技術出口方面。過去中國曾抱怨說，美國不必要限制對中國出售技術，這種抱怨是情有可原的。由於近來限制有所放寬，

技術轉讓大大增加。但是，還有些項目繼續限制出口或受到不必要的延誤，其中部分原因是：美國政府要把許多項目提交巴黎統籌委員會批准。美國的官僚主義和巴黎統籌委員會的做法都大有改進的余地。

我們同樣也有理由相信技術交流會繼續發展；在今后幾年裡，美國可能出現的重大技術革新項目，有許多會轉讓給中國。隨著新技術在美國和其他工業化國家發展，老一些的技術將以較低的價格出售，對它們的限制也會放寬。

上面的英語原文共用了八個連接性的功能詞，依次為 an, however, because, but, and, also, as, and。在漢語譯文中，這八個詞有三個完全省略不譯（but, and, also）。四個以其他方式譯出：and 譯為前一小句中的「因為」，表明前后兩句的因果關係；because 轉譯為一個主謂結構「其中（部分）原因是」；as 譯為「隨著」；and 轉譯為「也」，插在后面的小句中。原原本本譯出的只有一個（however）。這個例子清楚地說明在語篇層面的連接方式上，漢語呈隱性，而英語是顯性的，或者說在語篇層面英語也重形合，要用連接詞作為手段把各句連起來，所以，有些研究者把英語比作鏈語（chain language）。英漢在語篇銜接的另外一個差異是：在漢語語篇中對偶與排比也作為一種常用的銜接手段來使用，這是漢語所獨有的；而英語的平行結構之間的連接，很多情況下則需要使用連接詞語。如在前面章節所論述的那樣，對偶與排比在漢語的構詞、詞組、句子和語篇等語言的各個層面都發揮著銜接作用。在構詞層面，漢語中由相互對立或相互平行的詞素構成的複合詞比比皆是，如旦夕、始終、甘苦、供求等。在詞組層面，四字格的成語最具代表性，如唇亡齒寒、天旋地轉、陽奉陰違、天造地設。在句子結構方面，漢語中成語性的平行對立的句子結構和四字格用得一樣廣泛：「耳聽為虛，眼見為實」；「當局者迷，旁觀者清」；「遠在天邊，近在眼前」。在語篇層面，對偶排比也是一種重要的銜接手段。例如：

（12）慘相，已使我目不忍視了；流言，尤使我耳不忍聞。

（13）浪費別人的時間等於謀財害命；浪費自己的時間等於慢性自殺。

至於在漢語格律詩中，可以說沒有對偶與排比就不成其為詩。例如：

（14）寺遠僧來少，橋危客過稀。

（15）自去自來梁上燕，相親相近水中鷗。

對偶與排比主要靠「互文見義」來發揮其銜接作用，使句與句之間意義連貫。漢語偏好對偶與排比，而且將其當作一種重要的銜接手段。這既有其語言特點上的原因，如漢語使用的是形、聲、義統一為一體的方塊字；更有其哲學上的論據，如中國傳統的辨證思維。在此就不贅述了。

第四節　科技文體的比較與翻譯

一、科技文體的概述

科技文章是科技研究人員研究成果的直接記錄，或闡述理論，或描述實驗。文章內容一般比較專業，語言文字正規、嚴謹。科技文章側重敘事和推理，所以具有很強的邏輯性，它要求思維的準確和嚴密，語言意義連貫，條理清楚，概念明確，判斷合理恰當，推理嚴謹。科技文章一般不使用帶有個人情感色彩的詞句，而是以冷靜客觀的風格陳述事實和揭示規律。此外，科技文章有時使用視覺表現手段（visual presentation），這也是其文體的一個重要特徵。常用的視覺表現手段是各種圖表，如曲線圖、設備圖、照片圖和一覽表等。圖表具有效果直觀、便於記憶和節省篇幅等優點。

如同語言的其他功能變體一樣，科技文體並沒有獨自的詞彙系統和語法系統。除了專業術語和準專業術語之外，科技文章也使用大量的普通詞彙，其中包括一般的實義詞和用來組織句子結構的語法功能詞（如介詞、冠詞、連接詞等），只是由於科技文體具有特殊的交際功能和交際範圍，人們才逐漸認識到識別和研究這種語言變體的重要性。現代英語科技文體在文體風格及語言要素方面與現代漢語科技文體有許多相同之處，具有以下幾個主要特徵。

（一）文體正式

作為嚴肅的書面文體，科技文章用詞準確，語氣正式，語言規範，避免口語化的用詞，不用或少用 I、we、our 和 you 等第一、二人稱的代詞，行文嚴謹簡練。

例如：

The burning of coal is very wasteful of energy. This can be realized when we remember that one pound of coal burned in the furnace of a power station will raise enough steam to drive a generator that will produce enough current to light a one—bar electric fire for three hours. On the other hand, if all the energy in the atoms of a pound of coal could be released, there should be enough energy to drive all the machinery in all the factories in Britain for a month.

In simple words, all this means that one pound of any element or compound of elements, if completely conveed into energy by breaking up the atoms, would release the same amount of heat as the burning of 1,500,000 tons of coal. Scientists have calculated that if a bucket of sand from the beach could be completely converted into energy and if the energy obtained was used to drive electric generators, enough current would be produced to supply the whole of Europe for five years. In other words, a bucket of sand contains enough energy to generate a thousand million pounds'worth of electricity.

燃煤是一種能源浪費。我們知道，一個電站的燃爐中燃燒 1 磅煤產生的蒸汽，可驅動 1 臺發電機產生可供一支電爐絲工作 3 小時的電流。另一方面，1 磅煤的原子中全部能量釋放出來，可產生足以使英國所有工廠的所有機器工作 1 個月的能量。

簡而言之，所有這些均意味著，如果 1 磅任何元素或元素的化合物的原子分裂且完全轉化為能量，將釋放出相當於 150 萬噸煤燃燒所釋放的能量。據科學家計算，如果海灘上的一桶沙子能夠完全轉化為能量，並且獲得這種能量用於發電產生的電能足以供應整個歐洲使用 5 年。換句話說，一桶沙子含有價值 1 億英鎊的電能。

（二）高度的專業性

眾所周知，科技文章（科普文章除外）均有一個專業範圍。一般來說，其讀者均是「本專業」的科技人員，至少說文章是為「本專業」的讀者而寫的。因此科技文章還有一個特徵，就是專業術語使用較多。專業術語是構成科技理論的語言基礎，其語義具有嚴謹性和單一性，採用專業術語寫作能使文章更加準確而簡潔。

It is possible to prove that as the number of tosses of a coin is increased indefinitely, or「to infinity」, so the binomial distribution becomes identical with the normal distribution. For each kind of random event there is an underlying distribution. The normal or Gaussian distribution is very important because it arises very often in practice and also because it is very important in theory. Many distributions like binomial tend to become more and more like the normal as the numbers of events or the size of the sample increases.

Another well known statistical distribution is the poisson distribution. If we are dealing with the frequency of occurrence of events which occur at random in time and space, we should expect the poisson distribution to play some part in the calculation.

可以證明，當擲幣次數無限增加或「趨於無窮大」時，二項分佈將趨於正態分佈。對於每一個隨機事件來說，它們都有一個基礎分佈。正態分佈或稱「高斯分佈」非常重要，因為它經常發生在實踐當中，並且在理論上也十分重要。許多分佈，如二項分佈，隨事件數或樣本大小增加而愈來愈趨於正態分佈。

另外一種統計分佈是泊松分佈。如果我們研究在時間和空間隨機發生的事件的發生頻率，我們將認識到泊松分佈在計算中會有重要作用。

很顯然，上面這段文章無論是原文還是漢語的譯文，專業術語都十分密集。事實上，在前面所舉的所有科技文章的例子中，均可看到較多的術語。以上是英語科技文章的例子，漢語科技文章也具有同樣的特徵。這裡只舉一例，不再加以論述。

線性電路對週期性激勵的穩態回應的頻域分析法的理論基礎，是線性電路的疊加定理。因為從傅里葉級數的觀點看，週期性激勵是由一系列諧波分量組成的，所以當其作用於某二線性電路時，就等於各諧波分量同時作用於這個電路。如果激勵源是理想電壓源，那麼，由它分解出來的一系列理想諧波電壓源是串聯疊加的。令週期性激勵的各次諧波分別作用於電路，並用正弦交流電路的計算方法分別計算相應的各個回應，再把所得結果疊加起來，就是電路對週期性激勵的穩回應。

(三) 陳述客觀、準確

科技文章是反應客觀事物的，文章中不能摻雜作者個人的主觀意識，對客觀事物的陳述必須客觀、準確。請讀下例。

Theory of Heat Treatment to Metals

Aptly tiled, this text concentrates on the physical metallurgy of heat treatment, whereas most physically metallurgy texts are not directed specifically at heat treatment phenomena, even in part, this complete text is devoted solely to the topic. The industrialist will be disappointed that many aspects of heat treatment, such as atmosphere production and control, and properties of quenching, are missing. Indeed, gas carburizing is dismissed in less than 2 pages, but principles of annealing, hardening and tempering, and age-hardening are adequately covered. In view of the low price, this text may well be worth acquiring by those closely concerned with industrial heat treatment practice who lack an adequate physical metallurgy textbook. The omissions and, to a lesser extent, the obvious problems involved in translating from Russian should be borne in mind.

金屬熱處理理論

這本教科書書名貼切，集中介紹了熱處理物理冶金學。大多數物理冶金學教材未專門闡述熱處理現象，甚至連部分闡述也沒有，而這本完整的教科書卻專門論述了這一課題。企業家們會感到失望的是，熱處理中的許多方面，例如大氣壓的產生和控制，以及淬火劑的性能等均未列入。氣體滲碳也的確僅占兩頁不到的篇幅，但是，對退火、淬火和回火以及時效硬化等方面的原理都作了充分的討論。由於本書價格低廉，很值得那些與工業熱處理技術密切相關而又缺少合適的物理冶金學教科書的人員購買。缺漏的內容以及次要一些的俄文翻譯過程中出現的明顯問題敬請見諒。

這是一則簡短的科技教科書的書評。書評雖短，內容卻很充實，具有科學性。原文與譯文都做到了客觀地陳述和反應事物，尤其是譯文對原文中出現的有關冶金學方面的詞彙，按專業要求準確地譯成漢語術語，如：將「physically metallurgy of heat treatment」譯成「熱處理物理冶金學」，將「annealing, hardening and tempering and age-hardening」譯成「退火、淬火和回火、時效硬化」，這些

都是漢語中標準的冶金專業詞彙。

一種特定的語言文體往往服務於一種特定領域的經驗或行為，而這種語言可以說有自身的語法與詞彙特徵。毫無疑問，科技文章也有其語法與詞彙的特徵。

二、科技文體的翻譯策略

科技文獻的翻譯較多涉及的是英譯外的實踐。在翻譯過程中有一些常用的策略和技巧，現介紹如下。

（一）科技詞彙的翻譯

鑒於科技詞彙所固有的特點，在翻譯過程中我們主要採取直譯和意譯兩種方法。

（二）直譯

所謂「直譯」，就是直接譯出詞的指示意義。科技翻譯中大量使用的是這種方法，因為科技文獻涉及的內容很少有文學作品反應出的那種文化上的差異。直譯的具體方法有移植（transplant）、音譯（transliteration）、象、形譯（pictographic translation）等。

1. 移植

移植就是按辭典所給出的意義將詞的各個詞素的意義依次翻譯出來，這種方法多用於派生詞和複合詞。例如：

microfilm 微縮膠片

supercomputer 超級電腦

antiballistic missile 反彈道導彈

database 數據庫

key-click filter 電鍵聲濾除器

microwave 微波

移植可能遇到的最大問題是，同一個詞或詞素，辭典可能給出了幾個對等的詞或字。要想使譯文通順，就要根據題材（即所涉及的專業）和詞語的搭配來確定這個詞的詞義，選擇最符合所譯專業的術語規範來表示。例如英語中的后綴 -er, -or，一般意義是「做……的人」；但是，在不同的題材或專業中，它就可以譯成：「……器、……機、……盤、……裝置、……源」等。請讀下例。

contractor 壓縮機（機械）

programmer 程序設計裝置（計算機）

projector 輻射源（光學）、放映機（機械）

capacito 電容器（電）

distributor 配電盤（電）、燃料分配器（機械）

2. 音譯

音譯是翻譯專有名詞，如人名、地名等採用的一種方法。除此之外，有些用

來表示新材料、新產品、新概念、新理論的詞，或是一些用來表示藥名、商標名稱、機械設備名稱的詞，以及一些縮略名詞，也可以借助音譯。這主要是因為英語在漢語中沒有貼切的詞與之對應，使用意譯又比較費事，而且不利於查對原文；其次是因為它們大多只有一個意思，並且與專有名詞有著千絲萬縷的聯繫。請讀下例：

    Penicillin　盤尼西林（青霉素）
    Vaseline　凡士林（石油凍）
    Cherokee　切諾基（吉普車）
    Watt　瓦特（功率）
    Farad　法拉（電容）
    Bit　比特（二進制信息單位）
    radar（radio detection and ranging）　雷達
    sonar（sound navigation and ranging）　聲吶

一般說來，音譯按照譯音表譯出即可。但是，有些詞若僅僅是音譯，意思很不清楚。此時則有必要加上一些詞來表明所指物用途或屬性。請讀下例：

    Rifle　來復槍
    Tank　坦克
    Card　卡片
    AIDS　愛滋病

3. 象、形譯

象譯，在科技文獻中，常用字母或詞描述某種事物的外形，翻譯時也可採用同樣的方法，用具體形象來表達原義，也就是說根據所指物體的形狀進行翻譯。請看下例：

    T-beam　T字梁
    I-steel　工字鋼
    Cross wire　十字線
    A-flame　A形架
    U-pipe　U形管
    V-belt　三角皮帶

形譯，在科技文獻中當遇到某些代表某種特定概念的字母，以及涉及型號、牌號、商標、元素名稱時可以不必譯出，而直接照抄即可。簡而言之，根據詞的形狀進行翻譯。例如：

    S-band　S波段
    P-network　P型網路
    L-electron　L層電子
    Q-meter　Q表

X-ray　X射線

注意：使用象、形翻譯時，要注意譯文習慣的比喻形象。

（三）意譯

所謂「意譯」，則是譯出詞的隱含意義。隨著科學技術的不斷進步，新概念、新工藝層出不窮。科技工作者為了使自己的觀點或技術容易為一般人所接受，將很多的生活詞彙、神話傳說引入了科技詞彙。由於英漢兩種文化上的差異，有時候需要意譯。使用的具體方法有：推演（deduction）、引申（extension）和解釋（explanation）等。

1. 推演

推演是指不能簡單地照搬辭典，或者將詞拆散為詞素后逐個譯出。它要求譯者根據辭典所給的意義和原文具體的語境推斷出某個詞的詞義。譯文要包含的不僅僅只是原文單詞的指示意義，還必須包含它的隱含意義。例如：「space shuttle」按字面意思是「太空穿梭機」，其實此處的「space」指的是「航天」，而"shuttle」則是指往返於太空與地球之間、形似飛機的交通工具，因此譯成「航天飛機」。這種譯法就是通過原文的指示意義和隱含意義推演而來的。

2. 引申

引申指的是在一個詞所具有的基本詞義的基礎上，進一步加以引申，選擇比較恰當的漢語詞來表達。如「brain」的基本詞義是「大腦」，抽象意義是「智力」，因此「brain trust」就可以引申為「智囊團」，「brain drain」就可引申為「人才流失」。再如「heavy」的基本詞義是「重」，「heavy crop」可引申為「大豐收」，「heavy current」可引申為「強電流」，「heavy traffic」可引申為「交通擁擠」。必須強調指出，引申詞義不能超出基本詞義所允許的範圍。

3. 解釋

解釋是一種輔助性的翻譯手段，主要用來解決上述方法不能解決的問題。如「blood heat」，不管是用移植還是推演，或是其他什麼方法，都難以譯好。碰到這種情況，可以借助解釋的方法，將其譯成「（人體）血液正常溫度」。這一方法大多用於個別初次出現而意義又比較抽象，含義比較深刻的名詞或專業術語。但是，這些詞找到了更為恰當的譯法后，應該立即使用新譯法。

總之，詞的翻譯方法很多，如：從修辭的角度進行概括的替代法（substitution）、從語法角度進行說明的轉換法（conversion），從形式上進行分析的增詞法（amplification）、減詞法（omission）等。這些方法，前面有的已經介紹過了，在此不再作進一步的論述。

（四）句子的翻譯

句子的翻譯與詞的翻譯一樣，也分為直譯與意譯。雖然科技翻譯比較注重直譯，但意譯仍是重要手段。意譯要求擺脫原文表層結構的束縛，根據句子的深層結構，用譯文恰當的表層結構再現原文的思想。下面根據科技英語的句法特徵，

介紹一些具體辦法的運用。

（五）名詞結構的譯法

1. 將名詞詞組擴展成句子

（1）The slightly porous nature of the surface of theoxide film allows it to be colored with either organic orinorganic dyes.

氧化膜表面具有輕微的滲透性，因而可以用有機或無機染料著色。

（2）This position was completely reversed by Haber's development of the utilization of nitrogen from the air.

由於哈普發明了利用空氣中的氮氣的方法，這種局面就完全改觀了。

2. 將名詞詞組轉換成動賓結構

（1）Two-eyed present-day man has no need of such microscopic delicacy in his vision.

普通的現代人看物體時不需要這種顯微鏡般的精密程度。

（2）The testing of machines by this method entails some loss of power.

用這種方法測試機器會損失一些功率。

3. 將作定語的名詞詞組轉換成狀語

A great deal of success in cheapening the process has been achieved in the last few years.

過去幾年裡，在降低此過程成本方面已經取得了巨大的成功。

4. 將定語從句轉換成並列句子、狀語從句等

（1）This is an electrical method which is most promising when the water is brackish.

這是一種電學方法，它最有希望用於略含鹽分的水。（並列句子）

（2）Nowadays it is understood that a diet which contains nothing harmful may result in serious disease if certain important elements are missing.

現在，人們懂得，如果食物中缺少了某些重要成分，即使其中不含有任何有害物質，也會引起嚴重疾病（狀語從句）

複合名詞詞組的譯法很多，但萬變不離其宗，即離不開語義關係和語言習慣。例如「the flow water」直譯是「水的流動」，意譯可以是「水流」「流水」或「流動的水」，這都符合語義要求和漢語習慣。

（3）The flow of electricity along a wire may be compared to the flow of water along a pipe, and consequently it is known as current.

我們可以把沿電線流動的電比作沿水管流動的水，為此，我們稱電的流動為「電流」。

（六）被動語態的譯法

英語的被動語態在譯成漢語時有 3 種可以借鑑的表層結構：正規被動句、當

然被動句、無主句。

1. 正規被動句

正規被動句通常是由介詞「被、叫、讓、受、為」等引起的被動結構。

In the 16 months since the first graft, the ersatz skin has not been rejected by any of the patients.

第一次植皮后的 16 個月內，人造皮膚在每一個病人身上都沒有受到排斥。

2. 當然被動句

漢語動詞的語態在很大程度上取決於句子的深層結構，而不在於表層結構。表層結構的主謂關係，可以表達深層結構中的動作——受事關係。換言之，將英語的被動句譯成漢語的主動句。請讀下例：

（1） A new device was put in the chimney and so no harmful dirty smoke spread out.

一種新的裝置裝入了煙囪，從而有害的污菸便不再冒出來。

（2） Every moment of everyday, energy is being transformed from one form into another.

每時每刻能量都在由一種形式變為另一種形式。

（3） Such methods are called optimization techniques or algorithms.

這些方法通常稱為「最優化技術」，或「最優化算法」。

（4） A magnifying lens, which is also known as a convex lens, is thicker in the middle than at edges.

放大鏡，又叫「凸透鏡」，它的中央比邊緣厚。

（5） A convex lens can be used to concentrate the sun's ray and thus burn a hole in a piece of paper.

凸透鏡可以用來聚集太陽光，將一張紙片燒穿一個洞。

3. 無主句

漢語的無主句與英語相比是一種獨特的句型。英語的許多被動句不需要或無法講出動作的發出者，因此可譯成漢語的無主句，而把原句中的主語譯成賓語。

（1） Account should be taken of the low melting point of this substance.

應該考慮到這種物質的熔點低。

（2） Among other things, the levels of the metals in food, human tissues and body fluids must be monitored.

此外還必須監測在食物、人體組織和體液中金屬的含量。

（3） what kind of device is needed to make the control system simple?

需要什麼裝置使控制系統簡化呢？

（4） Thin layers of other impermeable materials are found in nature, too.

在自然界中也發現有其他非滲透性薄層物質。

（5）If some sugar is added to water and stirred, the sugar disappears; in other words, it dissolves, because sugar is soluble in water.

如果把糖加入水中攪動，糖就消失了。換句話說，糖溶解了，因為糖能溶解於水。

（6）A gap is left at a joint of a railway line to allow the rail to expand when it gets hot.

在鐵軌的接頭處留下空隙，使鐵軌受熱時可以膨脹。

（七）非謂語結構的譯法

英語非謂語動詞詞組有現在分詞、過去分詞和不定式三種形式，通常與主句保持著時間、條件、因果、方式等語義方面的聯繫。翻譯成漢語時，可採用以下幾種方法。

1. 譯成連動式分句

就是在一個主語下使用兩個或兩個以上的動詞（其中之一就是分句結構中的分詞），中間用逗號隔開。例如：

（1）The solar wind grossly distorts the earth's magnetic field, dragging it out to a long tail.

太陽風使地球磁場的形狀發生很大的變化，將它向外牽扯出一條長尾。

（2）Rising and falling gas ceils in the convection zone buffet the magnetic lines of force there causing them to twist and untwist.

對流區中不停地上升和下降的氣流會衝擊那裡的磁力線，使之發生絞纏和退絞纏。

2. 譯成複合式分句

將兩個主語分置於兩句中，形成有邏輯聯繫的並列或從屬句式。例如：

（1）Long regarded by elementary panicle physicists as a costly nuisance, synchrotron radiation is now recognized as a valuable research tool.

同步加速器輻射長期被基本粒子物理學家看做是一種費錢的廢物，現在人們卻認識到，它是寶貴的研究工具。

（2）About a day after a sector boundary, the total spin of all the storms in the north hemisphere declines by about 10 percent, making the storms less severe, and then returns to normal.

在地球通過一個區界大約一天以后，北半球的所有旋風的總旋轉速度下降了約10%；同時旋風強度減弱，隨后又恢復正常。

3. 譯成包孕句式

包孕式就是包含著另一個謂語成分的句子（常見的是一個動賓結構），形成「句中之句」。請看下例：

（1）Be conscious in your observation that there are traps around which, given the slightest opportunity, will take you in.

觀測時必須注意使你失誤的陷阱處處皆是，稍一不慎即可能落入陷阱。

（2） Using a computer, we composed a series of synthetic songs by shuffling the natural syllables into different patterns.

我們用一臺計算機把音節組織成種種不同的結構模式從而合成了一系列曲子。

4. 譯成外位句

如果句子太長或成分和層次較多，可將句子拆開，用一個代指成分（一般為代詞「這」「這樣」「那」「它」等）以代替先行部分。這時，代指詞的先行部分就稱為「外位語」。請看下例：

Theorists believe that the waves are generated near the bottom of a coronal hole and ride outward, exert added pressure on the high speed stream.

理論工作者認為，這種波在日冕洞的底部附近產生出來，然后向外運動，這樣就給高速射流增加了一個附加壓強。

5. 譯成定語

Bred in the areas around the equator, this protozoan proves very inactive out of the tropical zone.

這種在赤道周圍繁殖的原生物，在熱帶地區以外的地方是不活躍的。

（八） 長句的譯法

翻譯長句常用的處理方法有：分譯法、順序法、逆順法。

1. 分譯法

英語一個長句子包含多層意思，而漢語習慣一個小句表達一層意思。為了使行文簡潔，將英文的長句譯成漢語的幾個獨立句子。

Manufacturing processes may be classified as unit production with small quantities being made and production with large numbers of identical parts being produced.

生產過程可分為單件生產與大量生產兩類。單件生產就是生產少量的零件，大量生產就是生產大量的相同零件。

2. 順譯法

英語原句結構的順序與漢語相同，層次分明，譯成漢語時可按順序推進，一氣呵成。

The development of rockets has made possible the achievement of speeds of several thousand miles per hour and what is more important it has brought within reach of these rockets heights far beyond those which can be reached by airplanes, and where there is little or no air resistance and so it is much easier both to obtain and to maintain such speed.

火箭技術的發展已使速度可達每小時幾千英里。而更為重要的是，這種進展

已使火箭所能達到的高度大大超過了飛機所能達到的高度，在這樣的高度上幾乎沒有或根本沒有空氣阻力，因而很容易達到並保持火箭的那種速度。

3. 逆向譯法

有些英語長句的表達次序與漢語表達習慣不同，甚至完全相反，這時就必須從原文后面譯起，逆著原文的順序翻譯。

The construction of such a satellite is now believed to be quite realizable, its realization being supported with all the achievements of contemporary science, which have brought into being not only materials capable of withstanding severe stresses involved and high temperatures developed, but new technological processes as well.

現代科學的一切成就不僅提供了能夠承受高溫、高壓的材料，而且也提供了新的工藝過程。依靠現代科學的這些成就，我們相信完全可以製造出這樣的人造衛星。

原文由三部分構成：主句、作原因狀語的分詞獨立結構和修飾獨立結構的定語從句。根據漢語詞序，狀語特別是原因狀語在先，定語前置，故從「which...」入手，再譯出「its realization...」最后才譯出「the construction... realizable」。

譯文一：When the goal of building a moderately prosperous society in all respects attained by 2020, China, a large developing socialist country with an ancient civilization, will have basically accomplished industrialization, with its overall strength significantly increased and its domestic market ranking as one of the largest the world. It will be a country whose people are better off and enjoy marked improved quality of life and a good environment. Its citizens will have more extensive democratic rights, show higher ethical standards and look forward to greater culture acllievements. China will have better institutions in all areas and Chinese society will have greater vitality coupled with stability and unity. The country will be still more open and friendly to the outside world and make greater contributions to human civilization.

原文較為複雜，基本構式為「狀語＋主語＋動賓結構」，並列式主語中的一部分被譯成同位成分，同時前一定語位置上也進行了調整，如此處理可謂充分發揮了英語形合優勢及其行文上的多樣化。接下來，五個並列動賓結構因內容相對完整，故而被分別譯為獨立句式，其中前置限定成分也作了靈活處理，或譯為狀語性后置介詞短語，或譯成后置定語從句，或根據需要轉化成為動賓結構。就整個句子來看，如不斷句似也無什麼大礙，借助英語強大的銜接能力，自然也可將所有內容置入一個完整的句子結構。

譯文二：When we attain the goal of building a moderately prosperous society in a respects by 2020, the time-honored and civilized developing socialist China will become a country whose industrialization will have been basically accomplished its overall strength significantly enhanced and its domestic market ranking among the largest in the world, whose people will be better off and enjoy markedly improved quality of life and a good environment, whose citizens will have more extensive democratic rights, show higher ethical standards and look forward to greater culture achievements, whose institutions will be improved in all areas with greater vital stability and unity, and whose opening up policy will be further carried out with more cohesiveness in an effort to make even greater contributions to human civilization.

譯文二中並列與從屬結構反覆出現，可謂將英語形合優勢發揮到了極致，但如此一來，則必然一定程度地影響了行文的流暢性。由此可見，漢語論說文體英譯過程中，適當斷句往往是一種必要的手段，其優點可見於簡化句子結構、增強可讀性、突出信息焦點等若干萬面。

第五節　文學文體的比較與翻譯

文學文體包括詩歌、小說、散文、戲劇等多種體式，主要用於抒發情懷或寄托情感，轉換時往往需要保留原有修飾成分。比如在下例中，vigilance（警惕性）程度上有高低之別，因此可以或需要加以限定；forestall（防止、阻止）語氣雖較為強烈，考慮到相關內容涉及國家安全，因而有必要增加 absolutely 一詞進一步加強語氣。

(1) 完善國家安全戰略，健全國家安全體制，高度警惕和防範各種分裂、滲透、顛覆活動，切實維護國家安全。

We will improve the strategy and mechanism for national security and keep high vigilance against and resolutely forestall separatist, infiltrative and subversive activities in various forms to safeguard national security.

表達內容不同，同一修飾語往往需要採用不同處理手段，比如「全面貫徹落實黨的基本路線」「全面建設小康社會」兩例。前者「全面」一詞不應翻譯，否則即有可能產生負面聯想，后者則可以保留：建設小康社會試點工作業已取得圓滿成功，目前已可以全面推進。

此外，鑒於漢英兩種語言行文上的差異性，某些情況下，譯者甚至需要增加一定的限定成分，以避免不必要的誤解。例如：

(2) 軍隊革命化、現代化、正規化建設是統一的整體，必須全面加強、協調推進。

To make the armed forces more revolutionary, modernized and standardized is an integrated endeavor, and balanced progress must be made in all the three aspects.

如不增加 more 一詞，即有可能為不懷好意之徒留下曲解的余地：我國以往的軍隊建設缺乏革命化、現代化和正規化。

(3) 要完善深入瞭解民情、充分反應民意、廣泛集中民智、切實珍惜民力

的決策機制，推進決策科學化、民主化。

We will improve the decision-making mechanism by which decision-makers will go deep among the people and get to know how they are faring, reflect their will, pool their wisdom and value their resources, putting decision-making on a more scientific and democratic basis.

同樣，如不增加比較詞語，譯文后一部分也容易被人曲解：政府原有決策既不夠科學，也不夠民主。

一、長句的翻譯

句式較為冗長是漢語論述文體的典型特徵之一。其原因大致有二：一是漢語主語或話題往往具有強大的承接能力，常可帶動一系列複雜的動賓堆疊結構；二是複雜定語的運用，同科技文體和法律語言一樣，因表達內容需要，漢語論述文體中也不乏較為冗長的前置定語。就翻譯而言，由於某些承前省略主語的動賓結構具有相對獨立的意義，轉換時常常需要適當斷句，至於定語轉換，則也需要依照英語形合規則作適當調整。限於篇幅，這裡僅舉一例：

到2020年全面建設小康社會目標實現之時，我們這個歷史悠久的文明古國和發展中社會主義大國，將成為工業化基本實現、綜合國力顯著增強、國內市場總體規模位居世界前列的國家，成為人民富裕程度普遍提高、生活質量明顯改善、生態環境良好的國家，成為人民享有更加充分民主權利、具有更高文明素質和精神追求的國家，成為各方面制度更加完善、社會更加充滿活力而又安定團結的國家，成為對外更加開放、更加具有親和力……

作者可與讀者充分共享個人的審美經驗或體驗，以喚起強烈的審美愉悅。儘管不同體式的作品各有其藝術表現規則，文學文體均需要借助語言技巧及詩學手段將豐富的意義內涵巧妙地融入某種獨特的形式。而正是在這一過程中，文學文本才獲得了有別於應用文體的特徵或特性。就轉換而言，文學翻譯也涉及形式與內容兩個方面的諸多問題。所謂形式，也即是行文方式，包括常規與非常規兩種現象，前者為一般表述手段，可依照語法規則進行合理的分析。有悖於相應的句法規則，即會導致邏輯或語義失誤。后者為變異表述手段，常具有明顯的標記性與修辭色彩，是形成語言表現風格的主要因素。而所謂內容，則是指由上述兩類表述形式所承載的思想信息，在這裡，「信息」一詞所指包括兩個方面，一是概念信息，也即言說的實質，通俗地講就是說了什麼，二是文體風格信息，也即獨特的語言形式所蘊涵的審美信息。通常情況下，形式越是獨特，越是能夠為讀者留下深刻印象。形式與內容之間密不可分：形式是概念信息的載體，獨特的形式本身也傳遞了某種審美信息。反過來，內容更離不開形式。所謂皮之不存，毛將焉附。概念也好，審美也罷，離開形式，任何信息都將無所依存。由此可見，文學翻譯過程中，譯者必須留意種種獨特的形式及其所承載的獨特意義。此外，因

不同語言表述上各具特色，語言差異也必然會對形與神關係的處理帶來意想不到的障礙。鑒於此，下文將從兩個方面就文學翻譯中的形式轉換與內容再現問題稍事分析。

二、語言系統差異

上述分析表明，比之其他文體，文學語言更注重形式上的獨特性，或者說更注重借助變異手段將日常語言詩學化，從而賦予其更為豐富的審美內涵與價值，這也是作家與作品風格得以成形的主要因素之一。然而另一方面，在文學作品中，具有標記特徵的非常規或變異現象並非總是表達的常態。也就是說，一般情況下，作家或詩人總需要運用正常或常規表述手段進行敘事與描述，故此獨特語言現象除外。文學文體翻譯同樣也涉及一般意義上的語言差異問題，涉及語言在語音、詞彙、句法、修辭、篇章等方面所表現出的成系統的且可進行定量與定性分析的區別特徵。就文學翻譯而言，譯者既應注意特殊語言形式的處理，同時更不能忽視常規表述現象的轉換。請看幾例：

(1) Behold her, single in the field,
Yon solitary Highland lass!
Reaping and singing by herself;
Stop here, Or gently pass!
堡查互！那邊的田野裡，
蘇格蘭姑娘她獨自一人，
一面收割揮鐮，
一面盡情歌唱。
這邊停停，又飄然遠去。

根據英語句法規則，原詩最后一行與首行兩相呼應，均應為祈使句式，因而可認定譯文出現了理解錯誤。最后一行應改為「你停停步！要不就悄悄走過」。誤譯的原因顯然是譯者將祈使結構誤解成了漢語中常見的無主句或主語省略句。

(2) 日出而作，
日入而息；
鑿井而飲，
耕田而食。
帝力與我何有哉！
Work at sunrise,
Rest at Sundown.
Dig wells for drinking.
Till fields for eating.
Di's power, though great;

What's it to me and us!

原詩前四行中,動作主體應為下文中的「我」,而譯者卻將其誤解為祈使結構,如此一來,陳述語氣卻變成了請求或命令,可謂與原詩形式及內容大相徑庭。

(3) Proud word you never spoke, but you will speak

Four not exempt from pride some future day.

Resting on one white hand a warm wet cheek,

Over my open volume you will say,

「This man loved me」—then rise and trip away.

在原詩中,Four (words) 所指為 This man loved me,兩者之間相互照應,意義與形式相互。而一旦用漢語表述,則會出現意想不到的衝突。除非譯者能夠將后一部分處理為相應字數,否則即需要對 Four 一詞進行適當調整:

你從未說出過驕傲的言語,但終將有一天,

你用白皙的手掌托起那溫暖的淚腮,

讀著我寫就的詩卷,你會說出:

「這男人愛過我」,語氣裡仍未脫去傲慢,

於是你站起身來,離開時步履蹣跚。

上述譯例表明,從基本句型到書寫系統,任何差異的形式均有可能成為文學翻譯中的障礙,而所有這些都要求譯者必須具備充分的語言對比意識。但另一方面,不少情況下,即使我們能對種種差異了然於心,形式上的不可通約性也同樣會造成難以逾越的鴻溝。請看譯例:

(4) 枯藤老樹昏鴉,小橋流水人家,古道西風瘦馬。夕陽西下,斷腸人在天涯。

譯文一:Withered vines, aged trees, twilight crows.

Beneath the little bridge by the cottage the river flows.

On the ancient road and lean horse the west wind blows.

The evening sun westward goes,

As a broken-heart man stands at heaven's close.

原詩大致由各種意象堆砌而成,詩行內部及各詩行之間未出現任何銜接形式(「在」為動詞)不妨說將漢語意合優勢發揮到了極致。而一旦譯成英語,則必須借助種種形式手段將所有邏輯及語義關係交代清楚。比如原詩無時間標記,譯詩則運用了一般現在時;原詩只有一個句子主幹(斷腸人在天涯),譯詩則出現了四個完整的主謂成分;原詩各意象之間無確定的空間關係,譯詩則借助 beneath, on 及 at 將所有空間關係表露無遺;原詩無連接手段,譯詩則運用了並列連詞及從屬連詞;原詩各意象均未表明數的概念,譯詩則出現了單數與復數現象……凡此等等,形式上的變通的確是在所難免,而一旦形式發生變化,則勢必

會影響乃至改變原有的韻味或意境：原詩將時空等邏輯語義關係隱匿起來，運用「留白」手法為讀者留下了足夠的審美空間，譯詩則化隱為顯，無疑為讀者的想像設定了一定的範圍。再看另一種譯文：

譯文二：Dry vine, old tree, crows at dusk,
Low bridge, stream runnning, cottages,
Ancient road, west wind, lean nag,
The sun westering,
And one with breaking heart at the sky's edge.

譯者試圖保留原詩中模糊的邏輯語義關係，用心可謂良苦。但不幸的是，vine, tree 等單數形式明顯違背了相應的表達規則：英語具體名詞應有單復數之分，用作單數時，通常要由冠詞等加以限定。

名詞的數既是語法問題，又與意義相關。就詩歌翻譯而言，數的概念有時還會影響到意境表達。關於這一點，上例已有所觸及，這裡還可以再舉一例：

（5）去年今日此門中，人面桃花相映紅。
人面不知何處去，桃花依舊笑春風。

譯文一：On this day last year what a party were we!
Pink cheeks and pink peach-blossoms smiled upon me;
But alas the pink cheeks are now far far away,
Though the peach-blossoms smile as they smiled on that day.

通常情況下，漢語名詞數的概念多是隱性的，本例中的「人面」一詞即是典型的例子。原詩創作背景如下：詩人進京趕考，未能及第，清明時節，獨遊長安城郊南莊。行至一戶農家門前，忽見姹紫嫣紅，桃花盛開。進得門來，一美麗少女款款相迎，兩人彼此相悅，分手時已然情意切切。又是清明時節，詩人故地重遊，舉目四顧，春色正濃，桃花盛開依然，唯不見少女俏麗容顏。悵然之際，題詩一首，以為寄託。分析表明，詩中「人面」當指一「人」之「面」，譯為 cheeks 似也無妨，然而所用 party 一詞，雖則可指兩人，卻也難免有「眾人」之嫌。如改譯如下，則顯然更符合原詩意境：

譯文二：In this house on this day last year, a pink face vied,
In beauty with the pink peach blossoms side by side.
I do not know today where the pink face has gone,
In vernal wind still smile pink peach blossoms full-blown.

上述現象除外，英漢文學翻譯還涉及其他方面的諸多問題，比如某些詞類的運用，就應當引起譯者的充分關注。以嘆詞為例，儘管英漢語均不乏類似表述手段，嘆詞的擬聲理據卻不盡相同。請看一例：

（6）劉姥姥道，「哎喲！可是說的了：『侯門似海。』我是個什麼東西兒！他家人又不認得我，去了也是白跑。」

譯文一：「Aiya!」said Grannie Liu.「『The threshold of a noble house is deeper than the sea.』And who am I? The servants there don't know me, it's no use my going.」

「哎喲」的翻譯運用了音譯或拼音形式，其優點在於保留了原文中的異國情調，但不一定能夠保證語義上的完全對應，因為漢語拼音之於譯文讀者畢竟缺少充分的聲音理據。鑒於此，為準確再現原文語氣，嘆詞翻譯當以歸化為上，或運用 oho 等英語中現有的表達手段，或採用目標語讀者喜聞樂見的形式加以變通：

譯文二：「Bless us and save us!」said Grannie Liu.「You know what they say:『A prince's door is like the deep sea.』What sort of creature do you take me for? The servants there don't know me; it would be a journey wasted.」

譯例表明，文學翻譯中，譯者所遭遇的諸多問題無不涉及語言系統方面的差異，而假如進一步考慮到其他方面的因素，情況則勢必會變得更為複雜。仍以《天淨沙·秋思》為例，其中「西風」一詞的轉換即涉及地緣文化方面的問題：表面看去，直譯似無任何挑剔的余地，但事實卻並非如此簡單，west wind 抑或會令英國讀者感到困惑，其原因是，英國的西風起於大西洋洋面，溫暖而濕潤，與漢語中的「東風」或「春風」大致相若，而在我國，西風則多見於秋冬季節，陰冷而干燥，常用於表現哀苦、悲涼等令人不悅的情緒。正所謂語言是文化的載體，文學翻譯過程中，文化上的規約性往往又會導致語言上的不可通約性，尤其在習慣表達、修辭格運用等方面，由此而引發的種種問題將會進一步成為翻譯中的障礙。

三、習慣表達與美學修辭差異

習慣搭配及修辭手段是語言中最為獨特、地道的表達形式，因此也更能夠深層次地反應不同民族的文化與審美傾向。然而經驗告訴我們，文學翻譯過程中，表現手段越是獨特，越容易成為轉換中的障礙，並進而導致翻譯中的敗筆。下面略舉幾例加以說明：

（1）When a woman dresses to kill, the victim is apt to be time.

女人精心打扮時，時間便會成為犧牲品。

原文中運用了一明一暗兩個習語：明的為 dress to kill（一般作 dressed to kill），暗的是 kill time，前者意為「打扮入時」或「打扮時髦」，后者表示「消磨時間」。單獨運用時，兩種形式處理起來都不算棘手，而一旦套在一起，便令人無處下手了，雙關語義所產生的幽默效果實不易移植到漢語中來。

（2）I went in, and found there a stoutish, middle-aged person, in a brown surtout and black tights and shoes. with no more hair upon his head (which was a large one and very shining) than there is upon an egg, and with a very extensive face, which he turned full upon me.

譯文一：我進去了，發現那裡有一個胖大的中年人，穿著褐色外套、黑緊褲、黑鞋子，頭（一個很光亮的大頭）上的頭髮並不比鴨蛋上的多，還有一張寬大的臉，他把那張臉完全轉向我。

譯文一出自董秋斯之筆。將腦袋比作雞蛋，英漢語均不乏相應說法，但問題的關鍵在於表述方式迥然不同。漢語可直接把光頭喻為光蛋或雞蛋，相比之下，with no more hair upon his head... than there is upon an egg 顯然更為獨特。在這裡，比較結構深層意義所指應為等比，而非差比，迂迴手法所蘊涵的幽默效果實在耐人尋味，但直接移植過來卻讓人啼笑皆非：謂之「頭髮並不比雞蛋上的多」，即等於承認雞蛋上本該長有頭髮這一令人啞然的前提。無奈之下，則只能採取變通手段，放棄原有的幽默效果：

譯文二：我走進屋去，看到一個矮胖的中年人，身著褐色外套，黑色緊褲，腳蹬一雙黑鞋，腦袋大而光亮，光得像一只大雞蛋，那人方面大臉，見我進去，便扭轉身來，正好迎面對著我。

（3）武行者心中要吃，哪裡聽他分說，一片聲喝道：「放屁！放屁！」

Now Wu the priest longed much in his heart to eat, and so how could he be willing to listen to this explanation? He bellowed forth,「pass your wind! pass your wind!」

在原文中，「放屁」為習慣用法，應劃入呼嘆語之列，然而譯者不知是未解真意，還是有意為之，硬生生將其譯作具有命令口氣的祈使句式。如此一來，即會令英語讀者墜入五里霧中：不爽也就罷了，武松何以堅決要求或命令他人「放屁！放屁！」譯文顯然出現了理解與表達問題，改作 What crap, Shit, Nonsense 等當為正解。

（4）武松吃了道：「這酒略有點意思。」

譯文一：Wu Sung drank it and said,「This wine has a little meaning to it.」

就本例而言，「意思」和「意義」所指相去甚遠，前者為習慣用法，有「趣味」之意，或與酒的「味道」有關，「略有點意思」即是說酒的味道還說得過去，因而譯文一應修改如下：

譯文二：Wu Song tried it.「Now this wine has something to it,」he said.

（5）三四個篩酒的酒保都手忙腳亂，搬東搬西。

But these serving men were so busy, their hands and feet were all in confusion, and they were moving things hither and thither, east and west.

「搬東搬西」為習慣搭配，意思是「搬東西」，譯作 moving things 即可，hither and thither 及 east and west 純屬畫蛇添足。

上述幾例譯文之所以出現失誤，原因就在於譯者忽略了習慣搭配問題。仍以「搬東搬西」為例，「……東……西」應是「東西」的擴展形式，從概念意義來看，其英語對應形式當為 east and west，但必須注意的是，概念意義除外，漢語方位詞語尚有諸多擴展的習語意義或習慣搭配意義，比如「東西南北」既可表

示方位，意為 north, south, east and west，也可用作習語，表示 the four corners of the world。類似的現象還有很多，事實上，由「東」「西」構成的不少形式都應該視為習慣搭配，翻譯時應根據情況靈活處理。例如：

（6）近幾年來，父親和我都是東奔西走，家中光景是一日不如一日。

譯文一：In recent years, both father and I have been living unsettled, and the circumstances of our family going from bad to worse.

譯文二：Over the last few years, father and I have been moving from place to place, while things have been going from bad to worse at home.

本例中，「東奔西走」意為四處漂泊或居無定所，其中方位意義已被淡化，故而翻譯時應採用歸化方法。類似的用法還可見於「東倒西歪」（dilapidated）、「東躲西藏」（hide oneself from place to place）、「東拼西湊」（scramble）、「東觀西望」（look around）、「東張西望」（look in all directions）、「東扯葫蘆西扯瓢」（talk aimlessly）等搭配形式。

此外，「東西」還可表示物品或事物，轉換時可譯作 thing，也可酌情譯為 what 等詞語：

（7）一心想得到的東西終於得到了，失去的卻很多很多，而失去的原來比得到的可能還要好。

One may eventually win what he has set his mind to. Only to find that he has lost quite a lot. Perhaps what he loses is even better than what he gains.

「東西」表示物品或事物顯然也屬於習慣用法，只是我們早已習以為常罷了。有趣的是，「東西」還可以用來指人，且多具貶降意義，如「小東西」（kid）、「老東西」（old fool, gld guy, chap）、「鬼東西」（artful devil, despised devil）、「狗東西」（son of a bitch）、「壞東西」（bastard, scoundrel, bad egg）、「混帳東西」（you blasted idiot）、「不是東西」（despicable creature）等，這也該是「東西」最為獨特的用法了。試比較幾個譯例：

（8）平兒說道：「『癩蛤蟆想吃天鵝肉』，沒人倫的混帳東西，起這樣念頭，叫他不得好死！」

譯文一：「A toad hankering for a taste of swan.」scoffed Pinger.「The beast hasn't a shred of common decency. He deserves a bad end for dreaming of such a thing.」

譯文二：「What a nasty, disgusting man!」said Patience.「A case of『the toad on the ground wanting to eat the goose in the sky'. He'll come to no good end, getting ideas like that!」

（9）「妙玉這個東西是最討人嫌的！他一日家捏酸，見了寶玉就眉開眼笑了。我若見了他，他從不拿正眼瞧我一瞧。」

譯文一：「That creature Miaoyu was disgusting, the airs she gave herself! She was all smiles to Baoyu, yet never cast so much as a glance at me.」

譯文二：「She was a sickening creature! Always giving herself airs and graces. She had only to set eyes on Baoyu to get a big smile all over her face. But she wonldn't so much as acknowledge my existence!」

(10)「下流沒臉的東西！那裡玩不得，誰叫你跑了去討這沒意思？」

譯文一：「Shameless little brat! Is there nowhere else for you to play? Why looking for trouble?」

譯文二：「Nasty little brat! Who asked you to go playing with that lot? You could have gone anywhere else to play. Asking for trouble!」

在英語中，thing 一詞也可以用來指人。依照所用限定成分的性質，該詞既可指好人，也可指壞人。比如 a poor little thing（可憐的小家伙），a sweet thing（可愛的小家伙），an old thing（老朋友；老家伙），you selfish thing（你這個自私鬼）等。鑒於此，上述各例中的相應部分也可分別譯作 disgusting thing，nasty thing，despicable thing 等。

文學翻譯過程中，除習慣搭配外，尚有美學修辭方面的問題。我們知道，英漢語修辭格運用基本上是一致的。但與此同時，因語言系統等方面的差異性，兩種語言也不乏各自獨特的修辭現象。就翻譯而言，共享的修辭手段通常可以直接轉換，但也不排除例外情況。比如 She is a real dragon 即需要譯為「她是個悍婦」等。至於辭格空缺現象，則大都需要借助譯入語表達優勢進行適當的變通。例如：

(11) Time was a swiftly flowing river that had no shore, no boundaries. Its seasons were not winter, spring, fall or summer, but birthdays and joys and troubles and pains.

歲月是一條無邊無涯的湍流。一年四季不是冬去春來，夏盡秋至，而是生日與歡躍同在，煩惱與痛苦共生。

原文運用了三種修辭手段，其中隱喻是兩種語言所共有的，且漢語也常將歲月喻為河流，故而可直接轉換。此外第一句及第二句后半分別出現了「散珠」與「聯珠」修辭手法，因漢語無對應形式，譯文權且運用了四字格與平行結構，試圖以整飭、頓挫的節奏再現原文所蘊涵的哲理美。

同樣，漢語中也不乏獨特的修辭現象。以疊詞手法為例，英語中即無對應形式。疊詞可用於擬聲、擬態與摹狀。英語中雖有「回聲詞」這種類似的表達形式，但卻很少將同一詞語疊在一起，更不會出現「滴滴嗒嗒」「鬱鬱蔥蔥」「裊裊婷婷」之類的成對疊詞現象。鑒於此，將漢語疊詞譯為英語，往往需要某種程度的變通與化解。請看一例：

(12) 一眼望去，疏疏的林，淡淡的月，襯著蔚藍的天，頗像荒江野渡光景；那邊呢，鬱叢叢的，又似乎藏著無邊的黑暗：令人幾乎不信那是繁華的秦淮

河了。

　　As one looked into the distance, the sparse trees and pale moon set off by the blue sky offered a view like that at a deserted ferry on a desolate river. Further yonder, the gloom seemed to hide a boundless darkness, which one could hardly believe was still part of the busy Qinhuai River.

　　原文中，疊詞反覆既產生了音韻修辭效果，也營造了含蓄朦朧的意境或韻味。而在譯文中，則只能以形容詞或具有描寫功能的名詞加以應對，其結果不僅喪失了疊詞所特有的韻律美，也一定程度地遮蔽了原有的朦朧審美效果。由此可見，語言系統差異何等根深蒂固，取道於變通及化解，所得者往往如釜底抽薪，差強人意。

　　總之，鑒於英漢習慣表達與修辭方式存在著差異，文學文體翻譯同樣需要充分的語言對比意識及靈活應變能力。只要能做到表達得體，且不悖於原意，歸化也好，異化也罷，譯者盡可以選擇不同的轉換手段。以 kill two birds with one stone 為例，譯為「一箭雙雕」無妨，譯作「一石二鳥」亦可，只是后者更能充分再現原語文化意義，同時也為漢語輸入了嶄新而生動的表達形式。然而另一方面，由於語言文化上的規約性，某些習慣搭配及修辭手段轉換時卻無法做到得心應手。此類現象可見於上述個別譯例，這裡不妨另舉一例：有人曾將 He paid through the nose for the picture 譯作「他購買這幅畫是通過鼻子付錢的」，譯文顯然有悖於漢語接受習慣，而採用歸化方法，將其改為「他購買這幅畫是出了天價的」，倒不妨視為可行的變通手段。當然，變通之后，失真難免，這也從一個方面體現了文學翻譯的實質：形神之間，齟齬常有，形神相合，古今難全。

實戰演練

一、翻譯下列句子或語段，注意不同文體的轉換。

1. Something as aerodynamic as the Civic VX even lowers wind noise. You should hear it yourself. A peek underneath the rear bumper will show you an underbody panel that further improves air flow. Those Honda engineers think of everything.

2. Designed for network use, the Canon LBP-1260 laser beam printer delivers profession quality texts and graphics at a speed of 12 pages per minute, and features versatile functions that can be upgraded and customized to you requirements.

3. But owing to the cdnstant presence of air currents, arranging both the dust and vapor in strata of varying extent and density and of high or low clouds which both absorb and reflect the light in varying degrees, we see produced all those wondrous combinations: tints and these gorgeous ever-changing colours which are a constant source of ad-

miration and delight to all who have the advantage of an uninterrupted view to the west and who are accustomed to watch for those not infrequent exhibitions of kaleidoscopic colour painting.

4. Many man – made substances are replacing certain natural materials because either the quantity of the natural products can not meet our ever – increasing requirement, or more often, because the physical property of the synthetic substance, which is the common name for man–made materials, has been chosen, and even emphasized, so that it would be of the greatest use in the fields in which it is to be applied.

5. In witness whereof the respective representatives have signed the present agreement and have affixed thereto their seals.

6. TMs Agreement may be immediately terminated by one of the Parties, without compensation from either side, in case of bankruptcy, winding up, or legal or factual direct or indirect, taking over by a third party of the other party.

7. To improve global economic conditions, a new round of multilateral trade talks and effort, to strengthen the capacity of international financial institutions to ease third-world debl and permit resumed growth were needed.

8. I must emphasize that it would be unrealistic to expect that dynamic market economief can be fully sheltered from periods of turbulence and adjustment. We must be clear thai tackling the challenges of globalization requires both macro and micro adjustment, and economic and political ability to adapt to constant change. Specifically, further steps are needed to provide more timely and accurate information to investors, to ensure that we remain an attractive investment destination.

9. There is also a need to accelerate the development of a more efficient local capital market to better channel domestic savings to productive investment. Moreover, we need to modernize our labor market institutions to foster flexibility and adaptability, thereby creating more and better jobs. At the same time, we need to ensure that the megl vunerable in society are protected during periods of economic turbulence. In conclusion, am confident that a vibrant Asia region will continue to make significant contributions in the course of globalization.

10. As the Preparatory Commission foresaw, the Secretary–General in certain circumstance, must speak for the Organization as a whole. It is with the deep sense of responsibility that appeal to the Members of United Nations, and more especially to those Powers which have special rights and obligations under the Charter, to ponder the dangers to which have called attention and to exert every effort to overcome them. There is much that the Secretarial can do, and, given the approval and cooperation of the Mem-

bers and the voting of the necessary credits, it will not fail. But upon the Members of the Organization lies the ultimate responsibility; upon them it ultimately depends whether the United Nations fulfils the hope that is placed in it.

11. The key issue is how to handle hard decisions to ensure they are taken as painlessly aspossible. This requires the use of a robust, consistent approach and an approfiriate level of detail——essential to ensure that risk is minimised or, at least, understood.

12. Observe a child and any one will do. You will see that not a day passes in which he does not find something or other to make him happy, though he may be in tears the next moment. Then look at a man and any one of us will do. You will notice that weeks and months can pass in which every day is greeted with nothing more than resignation, and endured with polite indifference.

13. Benjamin Franklin, to whom this University owes so much, realized too that while basic principles of natural science, of morality and of the science of society were eternal and immutable, the application of these principles necessarily changes with the patterns of living conditions from generation to generation. I am certain that he would insist, were he with us today, that it is the whole duty of the philosopher and the educator to apply the eternal ideals of truth and goodness and justice in terms of the present and not in terms of the past.

14. Since my future happiness was at issue, I resolved to act with a manly decision. In a word, upon the breaking up of the performance, I traced the lady to her residence, noted the address, and the next morning sent her a full and elaborate letter, in which I poured out my whole heart.

15. On the glaring expanse of the lake—levels of hard crust, flashes of green ice blown clear—the moonlight was overwhelming. It stormed on the snow, it turned the woods ashore into crystals of fire. The night was tropical and voluptuous. In that drugged magic there was no difference between heavy heat and insinuating cold.

16. What I began to do was to envy the doctor, walking in the cool shadow of the woods, with the birds about him and the pleasant smell of the pines, while I sat grilling, with my clothes stuck to the hot resin, and so much blood about me, and so many poor dead bodies lying all around, that I took a disgust of the place that was almost as strong as fear.

17. A rose was one of the few flowers, he said, that looked better picked than growing. A bowl of roses in a drawing-room had a depth of colour and scent they had not possessed in the open. There was something rather blousy about roses in full bloom, something shallow and raucous, like women with untidy hair. In the house they became

mysterious and subtle.

18. The flame of the sunset lifted from the mountain-tops and dusk came into the valley, and a half-darkness came in among the willows. A big carp rose to the surface of the pool, upload air. and then sank mysteriously into the dark water again, leaving widening rings on the water. Overhead the leaves whisked again and little puffs of willow cotton blew down and landed on the pool's surface.

19. One cannot see too many summer sunrises on the Mississippi. They are enchanting. First there is eloquence of silence; for a sleep hush broods everywhere. Next, there is the haunting sense of loneliness, isolation, remoteness from the worry and bustle of the World. The dawn creeps in stealthily; the solid walls of the black forest soften to gray, and the vast stretches of the river open up and reveal themselves; the water is glass-smooth, give off spectral little wreaths of white-mist, there is not the faintest breath of wind, nor stir on leaf; the tranquility is profound and infinitely satisfying.

20. Night has fallen over the country. Through the trees rises the red moon, and the stars scarces seen. In the vast shadow of night the coolness and the dews descend. I sit at the open window to enjoy them; and hear only the voice of the summer wind. Like black hulks the shadows of the great trees ride at anchor on the billowy sea of grass. I cannot see the red and blue mowers, but I know that they are there. Far away in the meadow gleams the silver Charles. The tramp of horses' hoofs sounds from the wooden bridge. Then all is still save the continuous wind of the summer night. Sometimes I know not if it be the wind c the sound of the neighboring sea. The village clock strikes; and I feel that I am not alone.

二、翻譯下列句子或語段，注意不同文體的轉換。

1. 該酒已有百年歷史，因具獨特風格而蜚聲華夏。本品以紅高梁為原料，採用傳統工藝精製而成，清香純正，醇甜綿柔，爽淨協調，余味悠長，實為宴朋贈友之上品。

2. 近年來，在四川北部南坪縣境內，閃現出一顆五光十色的風光「寶石」，這就是人們讚不絕口的「神話世界」九寨溝。它鑲嵌在松潘、南坪、平武三縣接壤的群山之中，面積約六百平方千米，距成都四百千米。九寨溝，由樹正群海溝、則查窪溝、日則溝三條主溝組成，平均海拔在兩千五百米左右。過去，溝中有九個藏族村寨，因此得名。

3. 太湖明珠無錫，位於江蘇省南部，地處美麗富饒的長江三角洲中心地帶。這裡氣候宜人，物產豐富，風景優美，是中國重點風景旅遊城市。與萬里長城齊名的古京杭大運河縱貫市區，泛舟河上，能領略水鄉的民俗風情。距市區七公里

的太湖梅梁景區是太湖風景之精華，碧波萬頃，漁帆點點，湖光山色令人陶醉。其中的黿頭渚巨石狀如黿頭，遠眺菸波浩渺的湖，被詩人郭沫若譽為「太湖佳絕處」。

4. 溫室效應是一種自然現象，它把地球的平均溫度保持在大約華氏60度左右。溫室效應是指地球能量逃逸出大氣層的一種不可或缺的現象。沒有溫室效應，地球上的溫度就會低得多，而且這顆行星上也不可能有生命存在。然而，地球大氣層中過多的溫室氣體增強溫室效應，這會導致全球平均氣溫升高和降水量變化。

5. 「特許產品」系指本協議所述所有裝置和產品以及全部改進和改造的產品或與之有關的制產品。

6. 任何一方當事人不履行合同規定的任何義務都構成違約，並由此產生對違約要求補償的如「請通知」「請註明」和「請寄至」，使語氣大大緩和，有利於和諧貿易關係的建立和任務的執行，從而促進國際貿易的開展。

四、商品說明書翻譯

作為一種實用文體，說明書有很強的目的性和功能性，它是為了使客戶或消費者瞭解該商品。說明書的翻譯，就是要實現原文的寫作目的，使目的語受眾在閱讀說明書后獲得與原語受眾相同的感受，宜採用「功能對等法」作為說明書的翻譯策略。例如：

AVON ROLL-ON ANTI-PERSPIRANT DEODORANT

All-day deodorant and wetness protection. Keeps underarms dry and odor-free. Glides on smoothly Dries quickly. Non-stinging. Non-sticky. Won't stain clothing.

中文譯文1：

雅芳走珠止汗除臭劑（山茶花香 Camellia）

此產品具有全天候的除臭和保濕功能，令腋窩保持乾淨，光滑，並且不粘，不沾衣服。

中文譯文2：

雅芳走珠止汗香體露（山茶花香 Camellia）

配方特別溫和，適合各類膚質，獨特的清香，令身體24小時保持干爽清新。

第一個中文譯文，可以看出，英文文本中像「deodorant」「underarms」「non-stinging」「non-sticky」和「won't stain clothing」這些詞都被翻譯成相對應的中文「除臭」「腋窩」「不刺激皮膚」「不粘」和「不沾衣服」。然而，在中文中，這些詞語都是貶義詞，這樣會使消費者感到不舒服。因此，譯者在翻譯過程中必須考慮文化障礙，否則會導致誤解甚至會引起嚴重的后果。第二個版本中，譯者運用了像「溫和」和「適合各類膚質」「清香」和「清新」「身體」這樣的詞語來分別表達英文中「non-stinging」「deodorant」「odor free」「the whole unit」的

意思。作者通過這種方式來消除翻譯過程中的文化障礙，同時也實現了翻譯的功能對等。

總之，商務文體的翻譯是為對外貿易活動服務的，在實際商務活動中，商務文本的形式很多，翻譯工作難度大、要求高。由於英漢文化之間差異性的存在，譯者在進行商務文體的翻譯時應採用靈活的翻譯策略，兼顧原文與譯文，在忠實的基礎上以服務商務活動為宗旨。

第六節　法律文體的比較與翻譯

法律文本與其他文本相比具有其特殊性。法律翻譯的主要目的是為了幫助解決問題，因此法律翻譯無疑是一種交際過程。在作者（或講話人）和讀者（或聽話人）之間，除了語言的因素以外，還有複雜的法律行為的表現，有諸多未知、未定的方面需要譯者臨時做出決定。譯者的決定直接影響到譯文使用者的決定，因此翻譯本身是決策過程。法律翻譯涉及到兩種語言，也有可能涉及到兩種法律體系、多種文化、不同的法律觀念。在這些複雜的條件下，很難尋求完全的統一或對應，需要譯者發揮創新能力，在允許的範圍內能動地解決問題，因此法律翻譯是譯者創新的主動思維過程。

作為法律體系框架內的一種交際活動，法律翻譯應當遵循一系列的基本原則。法律的最重要準則則是公正性，那麼法律翻譯也必須體現這一原則；而準確性是法律語言的生命，它也是法律翻譯必不可缺的一項原則；同時法律翻譯還要堅持規範性、精煉性和合適性等基本原則。正確把握這些原則，對做好法律文本的翻譯具有十分重要的意義。此外，嚴格遵循這些原則，還有利於正確處理翻譯法律文本時所遇到的問題，適時採用應對策略。

一、法律文體的特點與翻譯

法律英語有自己獨特的文體特點。法律英語的正式性主要體現在專業性詞彙和用語上。一方面，法律特有的詞彙僅出現在法律文件中；另一方面，這些詞語可能出現於其他語體，但法律文件中具有更確切的含義。本節將對法律英語中的用詞特點做一些簡要介紹，此外，法律英語的句法特徵與其他文體也有一定的區別。由於法律英語的特殊的文體特徵，在翻譯法律文件時，我們應該遵循一定的翻譯原則。法律英語的文體特徵要求我們在翻譯時必須做到準確、規範、同一、通順。

（一）法律英語的詞彙特點與翻譯

1. 專業術語

法律英語中的專業術語主要是指表達法律概念、具有特定法律含義的法律用語。法律術語為法律詞彙的重要組成部分，具有專門性和排他性的特點，是法律

語言法律性、專業性的重要表現。(陳建平，2007：10) 在法律英語中，為使表達精確，我們經常會使用大量的專業術語。英語法律術語大致分為兩種：一種是由一般意義的詞語轉變而來；如：remote cause（間接原因），remoteparties（間接關係方）；remotedamage（間接損害），secondary evidence（間接性證據）；infant（未成年人），wrongful act（違法行為）；remission［反致（國際私法）］，transmission［轉致（國際私法）］：specific performance（實際履行），dock（被告席），sumillon（傳票）等。另一種是法律專用術語，即只在法律這一特殊領域或法律職業中使用的詞語，如 plaintiff（原告），domicile（戶籍住所），recidivism（累犯），bigamy（重婚罪），appeal（上訴），bail（假釋），felony（重罪），eminent domain（支配權，徵用權），habeas corpus（人身保護權），force majeure（不可抗力），jurisdiction（管轄）等。這些專業性用詞讓非專業人士費解，也是法律誤譯的一個重要方面。比如：「賠償」用「indemnities」而不用「compensation」；「不動產轉讓」用「conveyance」而不用「transfer of real estate」；「房屋出租」用「tenancy」，而「財產出租」用「lease of property」；「停業」用「wind up a business」或「cease a business」而不用「end/stop a business」。「composition」在普通英語中為「作文」的意思，法律文件中就應理解為「當事人在破產中的和解」。

2. 具有獨特法律含義的常用詞

在法律英語中有不少由普通詞彙轉化而來的專業詞彙。這些詞在普通英語中具有某種含義，而在法律英語中則具有另一種獨特含義，具有鮮明的法律含義特色，明顯獨立於普通英語。例如，action 的一般含義為「行動」，在訴訟英語中則為「訴訟」，而在法學通用術語中則為「行為」。試比較以下列表中詞彙的用法：

常用詞語	普通含義	法律含義
avoid	避免，防止	使無效；廢止
bill	帳單	法案
demise	死亡	轉讓；遺贈
presents	禮物	本文件
conversation	會話，談話	criminal conversation 通奸
average	平均數，一般水平	general average 共同海損 particular average 單獨海損
decision	決定	判決，裁定
hold	握住，支持，舉行……	認定，裁定
action	行為，動作	作為

表(續)

常用詞語	普通含義	法律含義
omission	刪節，遺漏	不作為
applicable	可適用的，適當的	準據法（國際私法）
remission	寬恕，赦免	反致（國際私法）
transmission	傳送，傳動，發射，傳輸	轉致（國際私法）
specific	特定的，具體的，明確的	specific performance 實際履行
assignment	（分派的）任務；（布置的）作業	（財產，權利的）轉讓，義務的轉讓卻用 delegate，名詞形式 delegation
crown	王冠	王權
award	獎品	判決書
bar	棒	法院
privacy	隱私	侵犯版權
complaint	訴苦，抱怨	控告
consideration	考慮	原因；對價
brief	簡潔的	訴訟案件摘要
continuance	延續	訴訟延期
instrument	儀器	法律文件
motion	移動	動議案
party	政黨	當事人
plead	懇求	抗辯
prayer	禱告	訴訟
sentence	句子	法庭判決
service	服務	傳票送達

通過比較，我們不難發現，許多常見的詞被用於法律英語中時，它們的意義便發生巨大變化。因此，我們在翻譯實踐中要注重累積，從而能夠達到準確地傳達法律文件的精髓。

3. 正式書面語

馬丁·朱斯（Martin Joes）按照語言使用的正式程度提出了五種變體，它們是：①莊重文體（the frozen style）；②正式文體（the formal style）；③商議文體（the consultative style）；④隨便文體（the causal style）；⑤親密文體（the intimate style）。法律英語由於法律文件的權威性和規範性，成為英語文件中正式程度最

高的一種，即莊重文體。所以，在翻譯法律文件時，為了體現法律的嚴肅性和莊嚴性，法律英語的措辭仍以嚴謹莊重為主，而在語體上則選擇正式書面語，用詞正式規範。請比較以下列表中的用詞：

日常英語詞彙	法律英語詞彙
after	subsequent to
before	prior to
begin	commence
according to	in accordance with
if	where, provided that
show	demonstrate
end	terminate
change	modify/alter
think	deem/hold

　　從上表中我們可以發現日常英語詞彙與法律英語詞彙同義不同行。日常英語詞彙在構詞形態上比較簡單，主要在日常英語中廣為使用，但是由於其難以體現法律語言行文嚴謹的風格，無法適用於法律文體。此外在法律英語中，經常會看到使用複雜的介詞短語來代替簡單介詞的情況，目的是使文本顯得更正式、書面化。如用 in respect of, with reference to, with regard to 等代替 about, 用 in accordance with, according to, in the light of, by virtue of 等來代替 by/under。這些複雜介詞短語的使用，增強了法律文本的準確性，避免了含混不清、模棱兩可的情況。

　　4. 古英語和中古英語

　　古詞語在現代英語中已不再廣泛應用了，而且逐漸在消亡，但是在法律英語中古詞語的應用卻十分普遍。其中最為典型的形式就是 here, there 或 where 加上一個或幾個介詞，如 after, from, in, of 等構成的複合副詞。例如：

　　（1） hereafter; after this time; in the future 此后，今后
　　（2） hereby; by means of; by reason of this 據此
　　（3） herein; in this 在此
　　（4） here in after; later in this contract 在下文中
　　（5） here in before; in the preceding part of this contract 在上文中
　　（6） here of; of this 於此
　　（7） hereto; to this 到此
　　（8） heretofore; until now 直到此時

（9）hereunder；under this 在下

（10）hereupon；at this point；in consequence of this 因此

（11）herewith；with this 同此，因此

（12）thereafter；afterwards 其后

（13）thereby；by that means；in that connection 因此，從而

（14）therefrom；from that 從此

（15）therein；in that；in that particular 在那裡

（16）there in after；later in the same contract 以下

（17）there in before；in a preceding part of the same contract 在上文中

（18）thereon；on that 在其上

（19）thereof；of that；from that source 其中

（20）thereto；to that 另外，到哪裡

（21）there under；undert that 依據

（22）thereupon；then；as the result of that 因此

（23）therewith；with that or it 與此

（24）whereas；considering that；but 儘管

（25）whereby；by what；by which 為何

（26）wherein；in what；in which 在何處

（27）whereof；of what；of which 關於

（28）whereon；on what；on which 在……上

除此之外，在法律文本中出現頻率較高的古體詞彙還有 aforementioned（上述的），aforesaid（如前所述），thence（從那時起），thenceforth（其后，從那時起），whosoever（不管是誰）等。大量古體詞彙的頻繁使用，使得法律語言古樸精練，莊重嚴肅。古詞的頻繁使用也是法律英語詞彙最顯著的特點之一。一些古詞在現代英語中，尤其是在現代英語口語中已不再使用，但在法律文書或正式的司法場合仍在使用。古詞 ye 是 you 的復數「你們」，在普通英語中早已不再使用。但在法庭開庭時仍沿用 hear「靜聽」（宣讀、審判），或用古詞 oyez「靜聽」，實際上相當於現代英語中的 listen up。古詞 sayeth 相當於現代英語中的 say，這在普通英語中早已不用了，但在法庭上仍然使用。例如：

（1）In the contract, as hereinafter defined, the following words and expressions shall have the meanings hereby assigned to them, except where the context otherwise requires.

譯文：在下文所定義合同中，下列用詞及詞句，除上下文另有要求者外，應具有本條所指定的涵義。

評析：本條款中的 as hereinafter defined（如下文中所定義的）中的 hereinafter 應該理解為 in this text which follows。The meanings hereby assigned to them（根據本條所指定的涵義）中 hereby = by means of。Hereinafter 也可以說成 here in below，其反義詞為 hereinabove, herein-before。

（2）The Engineer's Representative shall have no authority to relieve the contractor of any of his duties or obligations under the contract nor, except as expressly provided here under or else where in the contract, to order any work involving delay or any extra payment by the Employer, nor to make any variation of or in the works.

譯文：工程師代表無權解除合同規定的承包人的任何職責和義務，除在下文中或在合同的其他地方有明確的規定者除外，他亦無權命令任何工程延期或增加需由僱主支付的任何額外費用，亦無權對工程或工程某部分作任何變更。

評析：本條款 except as expressly provided hereunder（除在下文中有明確規定者外），中的 hereunder 相當於 under this, under these conditions, under this text。Under 在此意為 according to 或 in accordance with，漢語可譯為「根據，依照」，但也可譯為 under 原意，即，「在……項下，在……中」。

（3）These are the points wherein the two parties to the contract disagree.

譯文：這些就是合同雙方意見不一致的地方。

評析：該條款中的 wherein 相當於 in which, in which respect。Where 指代前面的 points，一般應根據其上下文恰當譯出其在句中的意思。

5. 外來語

法律英語中使用外來語也頗為頻繁。古英語時期（公元 450—1100 年）和中古英語時期（公元 1100—1500 年），這兩個時期法律英語從拉丁語、法語和希臘語中借用的外來法律詞彙，有 70% 仍沿用至今。

（1）法語單詞

force-majeure	acts of God（不可抗力）
laissez faire capitalism	「自由放任」資本主義
amercement	罰款
ferlline coven	已婚婦女
femme sole grand	單身婦女
grand jury	大陪審團
petit jury	小陪審團
tort	侵權行為
venue	審判地
cestui que trust	信託資產收益受益人
estoppel	禁止反言，禁止翻供
lien	留置權，抵押品所產生的利息

表(續)

force-majeure	acts of God（不可抗力）
misdemeanour	行為不端
quasi—delict	準侵權行為
lirerae accusatoriae	公訴狀
voir dire	預先審查
sasle	查封，扣押

(2) 拉丁語

adlitem	訴訟期間
ultra vires	越權行為
vice versa	反之亦然
locus standi	出庭資格
res judicata	已決事項
corpus delicti	犯罪構成、犯罪要件
bona fides	真誠善意
adhoc	專案、特定
stare decicis	遵守先例
status quo	現狀
ex aequo etbona	公平且善良
contra bonos mores	違反善德
us civile	民法
corpus delicti	犯罪事實
ex parte	單方面的
mandamus	（上級法院向下級法院發布的）書面訓令，命令書
mens rea	犯罪意圖
nolle prosequi	原告撤回起訴
res judicata	既判案件
dejure	合法的
nolle prosequi	終止訴訟
in personam	對人訴訟

表(續)

adlitem	訴訟期間
in rem	對物訴訟
res nullius	無主物
jura personarum	人權，人身權利
mens rea	犯罪意圖
ratio decidendi	判決理由，判決依據

下面是一些拉丁語諺語：

Actori incumbit onus probandi.	舉證責任在於原告
Conventiovincit legem.	當事人之約定優於法律
Indubio parsmitior est sequenda.	有疑，則從寬
Volenfinon fit injuria.	同意排除侵權
Nulla poena sl'ne lege.	法無明文不為罪

　　法律語言要求表達精確，但是也具有模糊性。在法律條文中以及司法實踐中，法律語言運用模糊詞語的現象俯拾皆是。Pearce（Maley，1994）指出，在澳大利亞和英格蘭，約40%的法庭活動需要對特定的立法條款的意義做出裁決；在美國各級法院普遍用辭典作為一種審理案件的輔助工具，對法律文本進行文義解釋。法律語言的模糊性在於有限的法律規範不可能盡數對應所有的社會行為。因此為了調整現實生活中的相互關係，使法律盡可能地包容這些關係，法律文本就不可避免地要使用模糊性詞語，如 about, average, similar, adequate, reasonable 等。法律語言的模糊性，是指某些法律條文或法律表述在語義上不能準確界定，一般用於涉及法律事實的性質、範圍、程度、數量等情況。一定程度合理地運用模糊性詞語可提高語言表達的靈活性，增強法律法規的適用性。

　　在法律英語中經常出現的含義模糊的詞彙有：adequate, clean and neat condition, extreme cruelty, due care 等。法律英語模糊性一定程度源於一些表達抽象概念的法律英語的多義性特徵。例如：dominion 在民法中指「所有權」而在國際法中指「主權」；instrument 一般指「法律文件」，而在 negotiable instrument 中則是「票據」的意思；deseased 指「死者」，但用於繼承法規中，可以指「被繼承者」；custody 民法中指「監護權」，刑法中則表示「拘留」；lien 意為「優先權」，在普通法中則是「佔有留置權」；estoppel 在合同法中是「不可反悔」之意，而在刑事訴訟法中則為「禁止翻供」。

6. 近義詞和相關詞

在法律英語中，我們經常會遇到一些意義相關或相近的詞語。這類短語較常見的有：由兩個同義詞用 and 連接；或由兩個或兩個以上詞性相同、詞義相近／相對的詞用 or 連接構成。如 damage and injury（損害或損傷），rules and regulations（規章），last will and testament（遺囑），terms and conditions（條款），rights and interests（權益），null and void（無效），sign and issue（簽發），aid and abet（同謀）、heirs and devisees（繼承人和受遺贈人），minor or child or infant（未成年人），null and void（無效的），acknowledge and confess（承認），fit and proper（適當的），stipulation and provision（規定），any part or parts of it（其任何一部分或若幹部分），loss or damage（滅失或損壞），express or implied（明示的或暗示的），purchase or sell（購買或銷售），in contract or in tort（在合同中或侵權中）等。這種近義詞彙並列使用的目的是追求詞義的準確性和內容的完整性，體現出法律英語的複雜性和保守性，因此在使用和翻譯時是不可以隨意拆開或割裂的。

7. 命令詞和情態動詞

在法律英語中，情態動詞 shall，may，must，should，ought to 等使用非常頻繁，以對適用對象做出規定、許可、授權、禁止等，充分體現了法律的權威性和約束性。例如：

（1）The content of an advertisement must be true to facts, sound, clear and easy to understand and must not cheat users and consumers in any way.

譯文：廣告內容必須真實、健康、清晰、明白，不得以任何形式欺騙用戶和消費者。

（2）Vehicle and vessal license plates may not be sold, given as gifts, loaned or used beyond their expiry date.

譯文：車船使用牌照不得轉賣、贈送、借用或逾期使用。

（3）The Disposing Party shall provide the Non-Disposing Party with a duplicate of its executed transfer agreement with the transferee within fourteen (14) days after the agreement is executed.

譯文：轉讓方應在與受讓人簽署轉讓協議后14天內，向非轉讓方提供經其簽署的轉讓協議副本。

「execution」一詞有「執行」的意思。用於文書、合同、協定時，是「簽訂」的意思。

二、法律英語的句法特點與翻譯

1. 長句

為了體現法律語言的嚴謹性和規範性，避免引起歧義，準確無誤地表述各種

法律文件，法律英語的句子結構通常比較複雜，長句較多，包含多種從句和短語等修飾成分，如定語從句、狀語從句、分詞、動名詞、介詞短語和不定式等。例如：

(1) If two or more applicants apply for registration of identical or similar trademarks for the same kind of goods or similar goods, the trademark whose registration was first applied for shall be given preliminary examination and approval and shall be publicly announced; if the applicants are filed on the same day, the trademark which was first used shall be given preliminary examination and approval and shall be publicly announced, and the applications of the others shall be rejected and shall not be publicly announced.

譯文：兩個或者兩個以上的申請人，在同一種商品或者類似商品上，以相同或者近似的商標申請註冊的，初步審定並公告申請在先的商標；同一天申請的，初步審定並公告使用在先的商標，駁回其他人的申請，不予公告。

(2) Each Party hereby agrees to indemnify, hold harmless and defend the other party from and against any and all claims, suits, losses, damages and disbursements (including legal and management costs) arising out of any alleged or actual breach of failure to comply with the terms and condition hereof including but not limit to any infringement of the, other Party's intellectual property or other rights occurring as a result of the offending Party's fault, omission or activities in connection with the project.

譯文：各方謹此同意，如另一方被指控所謂違反或實際違反與項目有關的本協議的條款，包括但不限於其知識產權或其他權利受到侵犯，是違約方的過錯、不作為或活動引起的，那麼，該違約方須向另一方賠償因他引起的所有索賠、訴訟、損害和支出（包括律師費和管理費），使另一方免受損害，並為其進行抗辯。

以上兩個英文例句是法律英語中的常見的長句類型。這類句子結構很複雜，在遇到漢語長句時，我們通常不會將其簡化翻譯成若干個小短句。相反，我們會將其翻譯成英語中的長句，這樣才符合法律英語的特點。

2. 被動語態

法律英語中大量使用被動語態不僅僅是為了強調被動動作，突出動作的承受者，而且更是出於對有關事項做客觀描述、規定等方面的考慮。法律語言主要規定行為人的權利義務以及相關法律后果，具有法律上的強制性和約束力。法律文本的功能是傳達信息，核心就是客觀真實可信。因此，法律文字敘述應該客觀公正、措辭嚴謹莊重，而被動結構有利於表達法律語言的概括性特徵，其最大特點就是不帶個人的主觀性，因而法律英語常用被動句。

例如：

(1) This Contract shall be governed by and constructed in accordance with the laws of the People's Republic of China.

譯文：本合同受中華人民共和國法律管轄並依其解釋。（本例句譯成「受」的漢語被動句。）

（2）The domicile of a citizen shall be the place where his residence is registered; if his habitual residence is not the same as his domicile, his habitual residence shall be regarded as his domicile.

譯文：公民以他的戶籍所在地的居住地為住所，經常居住地與住所不一致，經常居住地視為住所。

（3）Unless otherwise specified in writing herein, all Confidential Information must be returned to the disclosing Party or destroyed on the expiration of the period of the receiving Party's using such Confidential Information.

譯文：除非本協議另有書面規定，所有機密信息在接收方使用期限屆滿時必須退還給披露方或者銷毀。

3. 陳述句

法律文本是用來確認法律關係、貫徹法律條令、規定人們的權利和義務以及陳述案件的事實的專用公文。其表述的內容必須準確、客觀和規範，不能有任何的引申、推理和表達感情。因此法律英語中以陳述句式為主，較少使用祈使句，幾乎不用疑問句和感嘆句。例如：

（1）The Purchaser further undertakes and agrees to procure and ensure that the independent auditors of the Purchaser and any agent, employee or independent contractor of the Purchaser abide by this Clause.

譯文：買方進一步承諾和同意確保買方的獨立審計師和任何代理人、雇員或獨立承包人遵守本條規定。

（2）The arbitration tribunal shall hold oral hearings when examining a case.

譯文：仲裁庭應當開庭審理案件。

（3）The Chairman performs the functions and duties vested by him by these Rules and the Vice-Chairman may perform the Chairman's functions and duties with Chairman's authorization.

譯文：主任履行本規則賦予的職責，副主任受主任的委託可以履行主任的職責。

4. 完整句

由於法律文本結構的完整性和表意的嚴密性，在法律英語句子的使用中，一般採用主語、謂語都具備的完全主謂句，即完整句，通常不使用省略句或單部句，以免造成句子缺省而出現誤解或歧義，甚至被人任意歪曲。只有使用完整句，才能有效地將法律文本所要表述的內容完整地體現出來，顯示法律英語語言的嚴謹性和規範性。例如：

（1）The relationship hereby established between Party A and Party B, during the effective period of this agreement, shall that of seller and buyer, and Party B shall, under no circumstances, be considered to be legal representative of Party A, and have no right or authority to create or assume any obligation or responsibility of any kind, expressed or implied, in the name of or on the behalf of the Party A.

譯文：甲方與乙方在合同有效期內建立起的關係，只是賣方與買方的關係，乙方絕不應被視作甲方的合法代表，而且沒有任何資格和權利，不論以明示或默示的方式，以甲方的名義或代表甲方承擔任何義務和責任。

（2）「Design」in the Patent Law means any new design of the shape, pattern, color, or their combination, of a product, which creates an aesthetic feeling and is fit for industrial application.

譯文：專利法所稱外觀設計，是指對產品的形狀、圖案、色彩或者結合所做出的富有美感並適用於工業上應用的新設計。

5. 時態單調

通常法律英語在時態的使用上多採用一般現在時，用以闡明事實、確立規範、規定權利和義務等，雖然有時也使用一般過去時、現在完成時和一般將來時，但使用範圍較小，通常情況下，出現「shall」這樣標誌的表示將來時的詞，表達的意思也不是將來的意思，而是「必須、應當做某事」。例如：

In any event the buyer shall lose the right to rely on a lack of conformity of the goods if he has not given notice thereof to the seller within a period of two years from the date on which the goods were handed over, unless the lack of conformity constituted a breach of guarantee covering a longer period.

譯文：如買方在交貨后兩年之內沒有通知賣方，無論如何，買方都將喪失在貨物不符合規格問題上的申訴權利，除非此種不符合規格構成了對長期擔保的違背。

評析：該英文例句中採用了一般現在時「shall+動詞原形」來表示一種規範。這裡的「shall」不是將來的意思，而表示應該。此句中用了「現在完成時」表示過去某時間開始到現在為止的狀態，使用「一般過去時」闡述過去的事實。這句屬於涉及的時態比較多的句子，在一般的法律英語句子中，多涉及到的是陳述句，採用一般現在時。

三、法律文體的翻譯標準

通過上述內容，我們瞭解到法律文體的特點，從而可以總結出翻譯法律文本應該滿足的基本標準。

1. 準確

準確是法律語言的靈魂和生命，也是法律翻譯的首要標準。法律文體通常規定或隱含相關當事人的權利及相應法律后果，因此，要求譯文詞義確切，表達清

晰，意思高度完整。如果譯文譯者沒有做到準確翻譯，那麼，譯文不僅無法有效傳遞原文信息，而且還容易被一方曲解而導致法律糾紛，或者被不法商販故意利用文字漏洞以逃避法律責任。法律翻譯的準確講究忠實原文，這不僅包括忠實原文的字面意思，而且更多地要求保持原文中上下文意思的連貫和呼應。要做到這一點，譯者就必須熟悉原作淵源的法律文化，同時還要通曉翻譯文字所面對的法律文化，即在正確理解法律文件原文含義的基礎上，譯者應盡量使用在本國法律中與原詞對等或接近對等的專門術語來解釋。對於無對等的翻譯，對原文意義做正確理解后可以將之譯為非法律專業用語的中性詞。總之，一定要在正確理解原文的基礎上給出最接近的譯文。

2. 規範

由於法律文件本身的權威性、嚴肅性，在翻譯法律文件時一定要注意使用規範的書面語，應避免使用俚語或者方言。法律詞彙主要由法律專業詞彙和普通詞彙兩部分組成。前者為法律英語的核心詞彙，主要用於法律專業領域，是法律語言特殊性的主要體現，其正式、規範程度無需多言。后者雖然是普通詞彙，但由於用在法律文本當中，也應該盡量選用比較正式的語言，其目的是為了更好地體現法律語言的嚴肅性和規範性。其次，法律文本翻譯在句式和篇章佈局方面也都應當注意規範性。在選擇句式上，應選擇陳述結構，避免使用疑問、感嘆、省略等結構。在篇章佈局部分，要採用規範的格式及表達模式。漢語法律語篇宏觀上分為總則、分則、附則三部分，那麼法律英語的立法文本則應該包括 general (preliminary) provisions, principal provisions, (final) miscellaneous provisions 等幾個部分。因此，法律文體翻譯時，首先應該遵循高度程式化的法律語篇特徵，在整個篇章機構上採用其約定俗成的格式，以更好地體現法律語言的規範性、嚴肅性和莊重性。

3. 同一

某些領域的翻譯，特別是文學翻譯，同一個概念、內涵或同一事物可用不同的詞語來表達，以免譯文詞語貧乏。但是對於法律翻譯，為了維護同一概念、內涵或事物在法律上始終如一，以免引起歧義，詞語一經選定就必須前后統一。在法律翻譯中只要認準並用準了某詞語，就千萬別怕反覆使用該詞語。如果怕重複用同一個詞表示同一個事物或概念有傷文採，那肯定會犧牲法律的準確性。（陳忠誠，2000：214）所以在進行法律文獻翻譯時，應該堅持在整篇文獻，甚至整個法律體系中使用同一術語表達同一法律概念，維護同一概念在法律上的始終同一，避免引起歧義，因為法律文本的最高翻譯原則是準確性和精確性。重複使用同一術語表達同一概念也是法律文獻寫作和法律翻譯的一種值得提倡的風格。

一致性是法律翻譯的「黃金法則」，即「除非你要更改你的意思，否則不要更改你的用語」(don't change your language unless you wish to change your meaning) 和「永遠不要更改你的用語，除非你要更改你的意思，以及一旦你打算更改你的

意思，就始終要相應地更改你的用語」（never change your language unless you wish to change your meaning and always change your language when you wish to change your meaning）。

4. 通順

通順是譯文清楚明白地傳達原文信息的必要條件。翻譯除了注意用詞規範外，還要做到通順。在法律語言的翻譯中，要做到通順的關鍵是選詞造句正確，即譯文中詞的選擇、組合、搭配要符合中文的習慣。在一個句子中，各個成分要正確表達，其順序要正確排列，各個成分之間的關係要正確顯示。在句子之間，也要注意前後關聯、相互照應。

法律翻譯標準可以概括為準確、規範、同一、通順。四者之間是相互依存、缺一不可的。準確是法律語言翻譯的最基本的要求，也是最重要的要求；規範、同一是法律語言的整體風格的體現，也是區別於其他語體翻譯標準的一個標準；通順則是清楚明白地傳達源發語法律語言信息的必要條件，也是譯文存在的基礎。因此，在翻譯法律語言時，必須力求將這四個標準完美地結合在一起，以期準確、清晰地傳達源發語法律文獻的信息。

實戰演練

一、何為詩詞翻譯的「三美」原則？請解釋此原則並據此翻譯下列詩歌。

1. In a Station of the Metro by Ezra Pound
The apparition of these faces in the crowd,
Petals on the wet, black bough.
2. 春曉
春眠不覺曉，
處處聞啼鳥。
夜來風雨聲，
花落知多少。

二、總結科技文本的特點並翻譯下列句子。

The basic allow able stresses for pressure parts shall be the values established by the applicable code. The basic allow able stresses for non-pressure, except as modified below, shall be 3%~33%strength, 3%~66% of the yield strength or that producing a creep rate of 1% in 10, 000 hours, whichever is lower.

a. Welds at taking non-pressure parts to the pressure shell, and supports for important internal equipment such as cyclones grids, etc. shall be designed to the allowable stresses for pressure parts.

b. Anchor bolting shall be designed to a basic allow able stress of 15,000 psig based on the net area of the thread. For erection conditions of loading the maximum allowable tensile stress shall be 18,000 psig without further increase.

三、請翻譯下列兩則新聞導語。

1. Rudolph Almaraz's patients came from Kentucky, Connecticut, South Carolina and many other states. seeking the best possible care for the breast cancer that threatened their lives. Now the hundreds of women he treated are calling The Johns Hospital each day to find out if the man who performed breast surgery on them might have given them AIDS.

2. 為中東和平做出最新努力的步伐放慢，以色列總理沙龍本周命令以軍不要先動武，但巴勒斯坦軍並未給予回應，暴力衝突無論如何將會繼續下去。

四、請翻譯下列幾則廣告語。

1. 領先數碼，超越永恆。（三星電子）
2. 條條大路通羅馬，款款百羚進萬家。
3. Elegance is an attitude. (Longines)
4. Good to the last drop!

五、翻譯下列法律文本，注意其語言表達的特殊性。

1. 合營企業的註冊資本一般以人民幣表示，也可以用合營各方約定的外幣表示。

2. The progress to the statute book of the necessary legal infrastructure for electronic commerce has in many countries been delayed by a difficult and politically sensitive debate created by the concerns of law enforcement authorities that the widespread use of strong encryption may facilitate crime and terrorism to a degree that will destabilize civilized governments, making me feel as if pricked on needles.

第七節 語篇翻譯講評

篇章一（英譯漢）

原文：

Reliability, security and customer proximity is included in the philosophy of Post-Bus Switzerland. The issue of quality is central to our package tours. The high standard of quality was awarded by the Swiss Tourist Industry with the highest quality seal. PostBus Tourism offers incomparable experiences on trips which stand out against normal group excursions. These trips include high quality guided round tours about attractive subjects such as wine and gastronomy, culture, architecture, water and mountains. Yon will travel to the destinations on board of one of the comfortable PostCars (3/4 * - bus, on-board toilet, air conditioning, spacious seats, luggage compartment). The overnight accommodation is in specially selected hotels which are available all over Switzerland. In addition to the comfortable PostCars all other means of transport, belonging to the reliable Swiss transport system, can be used. The bus tours can be combined with the famous panoramic routes (Glacier Express, Golden Pass Panoramic etc.) or a trip alongside one of our magnificent Swiss lakes or a cable car ride up to the most beautiful view points in Switzerland. The additional excursions are exceptional and can be adapted to the needs and requests of our customers. The trips do not end at the national border. PostBus Tourism will also accompany the holiday group abroad to the neighboring countries of Switzerland.

講評：

1. 選詞

（1）philosophy：不應該譯成「哲學」，就公司而言，應該是「理念」或「經營理念」或「服務理念」。這個詞為我們翻譯漢語的「理念」一詞提供了很好的借鑑。

（2）package tour：其英文意思是 a completely planned holiday at a fixed price arranged by a company, which includes travel, hotels, meals, etc. 譯為中文則為「包辦遊」或「包價遊」，其中后者更加貼切易懂，當然可以譯成很流行的一個詞「套餐遊」。

（3）experience：這裡應該譯成「體驗」，而不是「經驗」。

（4）normal group excursions：這裡的 normal 不是「正常」的意思，而是「一般」或「普通」的意思。

（5）exceptional：英文意思是 unusual, esp. of unusually high quality, ability, etc. 中文則是「特別的, 傑出的, 優異的」，所以這裡沒有「額外」之意，如果將 The additional excursions are exceptional 譯成「其他遊覽是額外的」，中文看起來沒有意義，模糊不清。

2. 詞性的轉化

Reliability, security and customer proximity is included in the philosophy of PostBus Switzerland：此句中，主語是三個抽象名詞，這三個抽象名詞都是由形容詞加后綴變來的，根據前面講過的詞性轉化，我們知道如果把它們轉化成形容詞則顯得更為貼切。所以譯文應該是：瑞士郵政巴士旅遊局的經營理念是可靠、安

全、客戶至上。這樣的譯文比「可靠性、安全性和顧客親和力是瑞士郵政巴士旅遊局哲學中的內容」要通順合理得多，因為「可靠性、安全性和顧客親和力」給人的感覺是「不知是否可靠、是否安全和是否親近顧客」。

3. 理解

（1）These trips include high quality guided round tours about attractive subjects such as wine and gastronomy, culture, architecture, water and mountains：本句中，high quality 顯然是修飾 tour 的，而不是修飾 guide。所以應該譯成「這些旅行包括有導遊陪同的高質量環遊，涉及各種引人入勝的主題，如美酒佳肴、文化建築、山水風光」。

（2）The overnight accommodation is in specially selected hotels which are available all over Switzerland：這裡有一個定語從句，如果直接譯成定語，就成為「夜晚住宿特別選擇了遍及全瑞士的賓館裡」，顯然意思不明確，所以應該把定語從句理解成補充說明的部分，譯成並列結構，即「夜間入住精挑細選的賓館，這些賓館分佈在瑞士各地」。

（3）The trips do not end at the national border. PostBus Tourism will also accompany the holiday group abroad to the neighboring countries of Switzerland：這兩句話如果譯成「這些旅程不會在邊境線停止，郵政巴士旅遊局會繼續陪同度假旅遊團前往瑞士鄰國」，給人的感覺是每次旅行都是如此，而且「前往瑞士鄰國」後面似乎缺點東西。根據上下文，我們知道，度假者可以選擇由郵政巴士旅遊局安排這樣的遊覽，所以最好譯成：「遊覽不限於瑞士境內，郵政巴士旅遊局願意陪同度假旅遊團前往瑞士的鄰國遊覽。」

4. 長句的處理

（1）These trips include high quality guided round tours about attractive subjects such as wine and gastronomy, culture, architecture, water and mountains：這一句雖然是一個簡單句，但修飾成分較多，如 high quality、guided、round、about attractive subjects 均用來修飾 tour，而且 subject 后面跟了例子，所以不宜譯成一句話，而要根據意思進行斷句，變通為多個結構並列，符合漢語句子的特點。譯文在上面第 3 部分的第一點已經提及，此不贅述。

（2）The bus tours can be combined with the famous panoramic routes (Glacier Express, Golden Pass Panoramic etc.) or a trip alongside one of our magnificent Swiss lakes or a cable car ride up to the most beautiful view points in Switzerland：句子中的 with 后加了三個賓語，即 panoramic routes, a trip 和 a cable car ride，但如果直譯，勢必使漢語句子顯得太冗長，所以應該做斷句處理，先總說，后分說，譯為：巴士遊還可以與以下線路相結合：選擇著名的全景觀線路（冰川快車、金色山口全景觀列車等）前往瑞士最美的觀景點。

5. 被動語態的處理

本段中共有 12 句話，其中有 5 個句子有被動語態，它們分別是：

（1）Reliability, security and customer proximity is included in the philosophy of PostBus Switzerland：瑞士郵政巴士旅遊局的經營理念是可靠、安全、客戶至上。

（2）The high standard of quality was awarded by the Swiss Tourist Industry with the highest quality seal：我們高水準的質量贏得了瑞士旅遊工業局授予的最高品質印章。

（3）In addition to the comfortable Post Cars all other means of transport, belonging to the reliable Swiss transport system, can be used：除舒適的郵政巴士外，您還可以選擇屬於安全的瑞士交通系統的其他交通方式。

（4）The bus tours can be combined with the famous panoramic routes (Glacier Express, Golden Pass Panoramic etc.) or a trip alongside one of our magnificent Swiss lakes or a cable car ride up to the most beautiful view points in Switzerland：巴士遊還可與以下線路相結合……

（5）The additional exclusions aye exceptional and can be adapted to the needs and requests of our customers. 其他遊覽也非比尋常，可根據客戶的需求量身定制。

但我們注意到，其漢譯文全部都是主動語態，這符合本書第五章所講的英漢語在語態上的差別。

6. 注意傳達原文的語氣

原文是一段企業宣傳材料，其用詞和句式相對比較簡單，這符合英文企業宣傳材料的特點，即用詞簡單，句式大多不很複雜，其「目的在於使語言簡單易懂，語氣平和，吸引潛在的合作夥伴和消費者」（彭萍，2008）。但我們知道，中文的企業宣傳材料要比英文的企業宣傳材料更具號召力，在用詞、修辭方面更加考究，以迎合中文讀者的審美訴求。因此，在將英文的企業宣傳材料翻譯成中文時，要在保證親近讀者的同時，「可以比原文更具美感，語氣可以更富有號召力」（同上）。

參考譯文：

瑞士郵政巴士旅遊局的經營理念是可靠、安全、客戶至上。保證質量是我們組織套餐遊的核心，我們高水準的質量贏得了瑞士旅遊工業局授予的最高品質印章。與普通團體旅遊相比，郵政巴士旅遊局會讓你在旅途中體驗無可比擬的舒適與快樂！這些旅行包括有導遊陪同的高質量環遊，涉及各種引人入勝的主題，如美酒佳肴、文化建築、山水風光。您將乘坐舒適的郵政巴士汽車（三星級/四星級巴士，車上配有衛生間、空調、寬敞的座椅和行李箱）前往目的地。夜間入住精挑細選的賓館，這些賓館分佈在瑞士各地。除舒適的郵政巴士外，您還可以選擇屬於安全的瑞士交通系統的其他交通方式。巴士遊還可以與以下線路相結合：選擇著名的全景觀線路（冰川快車、金色山口全景觀列車等），遊覽瑞士迷人的

湖泊之一，乘坐纜車前往瑞士最美的觀景點。其他遊覽也非比尋常，可根據客戶的需求量身定制。遊覽不限於瑞士境內，郵政巴士旅遊局願意陪同度假旅遊團前往瑞士鄰國遊覽。

篇章二（漢譯英）

原文：

蘇州，始稱吳，又名「吳門」「姑蘇」，位於長江三角洲，面積8848.4平方千米（其中古城為14.2平方千米），人口570余萬。境內河流湖泊密布，京杭大運河縱貫南北，是著名的江南水鄉。

蘇州是我國著名的風景旅遊城市，享有「人間天堂」之美譽。蘇州，是吳文化的重要發源地，蘇綉、繪畫、篆刻、昆曲、評彈、蘇劇以及飲食、服飾、語言等融匯成其豐富內涵。

蘇州素有「魚米之鄉」「絲綢之府」「工藝之都」之稱，是江南富庶豐裕之地。改革開放以來，發展更為迅速，已成為長江三角洲重要的經濟中心之一。外向型經濟成為蘇州經濟的重要支柱，目前世界500強企業中已有77家來蘇投資辦廠，5個國家級和10個省級開發區建設保持著良好的發展勢頭。

講評：

1. 地名的翻譯

漢語地名譯為英語時，除香港（Hong Kong）、拉薩（Lhasa）、烏魯木齊（Urumchi）、內蒙古（Inner Mongolia）這樣的地名外，其他一般使用漢語拼音，即音譯，如本篇中的「蘇州」即譯為Suzhou，「吳」譯為Wu，「吳門」和「姑蘇」亦分別譯為Wumen和Gusu。但是，像「京杭大運河」中的「京杭」實際上分別是北京和杭州的簡稱，所以不能音譯為Jinghang，而是要將其全稱分別音譯，中間用連字符號連接，即Beijing-Hangzhou。同樣道理，「京滬鐵路」要譯為the Beijing-Shanghai Railway，「京津塘高速公路」應譯為the Beijing-Tianjin-Tanggu Expressway。值得注意的是，中國有些地名是單字，如「薊縣」，其中「薊」是地名，「縣」對應的應該是英文單詞「county」一般翻譯時將其譯為Jixian county；再比如「太湖」，其中「太」實際上是其名稱，「湖」對應的英文單詞是lake，但一般將其翻譯為the Taihu Lake。當然，漢語有少數地名是意譯的，如「珠江」譯為了The Pearl River。很多景點的名字也都採取意譯方法，如「西湖」譯為了the West Lake。關於中國景點的翻譯，最好首先在網上搜索其現成的譯文。

2. 特殊名詞

（1）江南水鄉：要生動地傳達原文信息，又能保證英文讀者能夠正確地理解原義，可將這一名詞譯為Venice of China。另外，這裡的「江南」不要理解為「長江之南」（south to the Yangtze River），因為我們說「江南」的時候，一般指

的是長江下游，即長江三角洲一帶，所以「江南」可以譯做 the lower reaches of the Yangtze River 或 the Yangtze Delta。

（2）人間天堂：其中「天堂」譯為 paradise：（an ideal or idyllic place or state）會比譯為 heaven 要好，因為前者比后者要正式，所以整個短語可譯為 paradise on earth。

（3）本篇中的「吳文化」「蘇綉」「昆曲」「評彈」「蘇劇」均可以採用音義結合的翻譯策略，將其分別譯為 Wu Culture, Suzhou embroidery, Kun-qu Opera, Suzhou Ballad Singing, Suzhou Opera。

（4）本篇中的「魚米之鄉」「絲綢之府」「工藝之都」翻譯起來並不困難，可分別譯為 land of fish and rice, home of silk, capital of arts and crafts，但不要將「魚米之鄉」譯為有些辭典所給的英文 a land flowing with milk and honey，因為這個英文短語實際上有比喻意義，用來比喻富庶的地方，而本篇的「魚米之鄉」實際上是指盛產魚和米，與后面的「絲綢」「工藝」相對應。

（5）外向型經濟：export-oriented economy。因為一般說來，「外向型經濟」即是「以出口為導向的經濟」。

（6）開發區：有些人將「開發區」譯為 developing area，實際上這一英文表述會讓人誤解為「發展中地區」，「開發區」更好的譯法應該是 development zone。

3. 其他選詞

飲食、服飾、語言：這裡的「飲食」不應譯成 diet，因為 diet 指的是 the kinds of food that a person, animal, or community habitually eats 或 a special course of food to which a person restricts themselves, either to lose weight or for medical reasons，即「飲食習慣」或「規定的飲食」，而此處指當地的美食，所以最好譯為 gastronomy 或 cuisine。「服飾」也是指有地方特色的服飾，所以不宜譯成 clothes 或 clothing，而應譯成 costume，因為后者指 a set of clothes in a style typical of a particular country or historical period，即具有民族特色或歷史時期特色的服飾。這裡的「語言」應該屬於狹義的概念，所以對應的英文單詞不應是 language，而應該是 dialect。

4. 時態和表達

（1）蘇州素有「魚米之鄉」「絲綢之府」「工藝之都」之稱，是江南富庶豐裕之地：這句話可以將「蘇州是江南富庶豐裕之地」作為主幹，使用一般現在時，而「素有……之稱」譯成分詞短語，使句子平衡。即：Long known as「Land of Fish and Rice」「Home of Silk」and「Capital of Arts and Crafts」, Suzhou is a land of plenty in the Yangtze Delta.

（2）改革開放以來，發展更為迅速，已成為長江三角洲重要的經濟中心之一：這一句應該使用現在完成時，整句話的主語仍然是「蘇州」，但由於前一句剛剛用過 Suzhou，所以此處要用代詞 it，因為英語不太使用重複。譯文可以將

第五章　語篇

213

「發展更為迅速」變成短語，將「蘇州已成為……之一」作為句子的主幹。另外，「改革開放以來」不能譯為 since the reform and opening up，而應譯成 since the introduction of reform and opening-up 或者 since the adoption of the reform and opening-up policy。因此，整句話的譯文為：With accelerated development since the adoption of the reform and opening-up policy, it has become an economic center in the lower reaches of the Yangtze River.

（3）外向型經濟成為蘇州經濟的重要支柱，目前世界 500 強企業中已有 77 家來蘇投資辦廠，5 個國家級和 10 個省級開發區建設保持著良好的發展勢頭：根據語境，可以將整句話譯成兩個英文句子，即：Export-oriented economy has become the mainstay of Suzhou's economy. By far, 77 out of the world's top 500 companies have invested there to start their manufacturing and five national and oprovincial economic development zones maintain great momentum.

5. 長句和難句的處理

（1）蘇州，始稱吳，又名「吳門」「姑蘇」，位於長江三角洲，面積 8848.4 平方千米（其中古城為 14.2 平方千米），人口 570 餘萬：這一句話比較長，英文的宣傳材料一般使用簡單句，但可以使用短語，即使用較長的簡單句，這樣就可以將很多信息容納在一句當中，所以不妨將「蘇州位於長江三角洲」作為句子的主幹，「始稱吳，又名『吳門』『姑蘇』」可以譯成分詞短語，后半部分則譯成介詞短語，即 with...，這樣整句話成為英文的簡單句，但信息量大，句式平衡。整句話擬譯為：Suzhou, originally known as「Wu」and later as「Wumen」and「Gusu」, is situated in the Yangtze Delta with an area of 8848.4 square kilometers (including 14.2 square kilometers of the old Town), and a population of over 5.7 million.

（2）境內河流湖泊密布，京杭大運河縱貫南北，是著名的江南水鄉：這句話描述性很強，尤其是「河流湖泊密布」「縱貫南北」「江南水鄉」這樣的字眼，實際上，翻譯時仍然要理清邏輯關係，找到主次，再使用一些描述性較強的英語字眼，完全可以忠實通順地傳達原文信息。可以看出，本句話前後是因果關係，但這種關係又不是非常明顯，所以可以將原因譯為分詞短語，「密布」一詞可以選擇英語的 densely dotted，「縱觀南北」可以選用 Run through from north to south，「江南水鄉」前面已講，這樣整句話的英文就出來了：Densely dotted with lakes and waterways, including the Beijing-Hangzhou Grand Canal running through from north to south, it is well known as the「Venice of China」. 當然，這句話還可以這樣翻譯：Numerous lakes and waterways, including the Beijing-Hangzhou Grand Canal running through from north to south, have turned Suzhou into the「Venice of China」.

6. 注意漢語中的重複在英文中的處理

漢語傾向重複使用，而英語傾向使用替代，本篇原文多處重複「蘇州」一

詞，在英譯文中要注意使用代詞。

7. 省譯渲染的詞，如「重要的發源地」「重要的經濟中心」「重要支柱」中的「重要」二字沒有必要翻譯出來。

8. 注意本篇的宣傳語氣

由於漢語的宣傳材料往往使用描述性較強的詞或短語或各種修辭手法使文字讀起來非常具有美感和號召力，英文反而不太容易做到這一點，所以翻譯時無法完全做到忠實地傳達原文的語氣，但在保持信息不變的情況下，盡可能傳達語氣即可，如上文 5 中的第（2）部分所述。

參考譯文：

Suzhou. originally known as「Wu」and later as「Wumen」and「Gusu」, is situated in the Yangtze Delta with an area of 8,848.4 square kilometers (including 14.2 square kilometers of the Old Town), and a population of over 5.7 million. Densely dotted with lakes and waterways, including the Beijing-Hangzhou Grand Canal running through from north to south, it is well known as the「Venice of China」.

Suzhou, a renowned Chinese city of scenic and tourist attraction, is reputed as「paradise on earth」. It is the cradle of Wu Culture, reflected in Suzhou embroidery, painting, seal engraving, Kunqu Opera, Suzhou Ballad Singing, and Suzhou Opera as well as the local gastronomy, costume and dialect.

Long known as「Land of Fish and Rice」,「Home of Silk」, and「Capital of Arts and Crafs」, Suzhou is a land of plenty in the Yangtze Deha. With accelerated development since the adoption of the reform and opening-up policy, it has become an economic center in the lower reaches of the Yangtze River. Export-oriented economy has become the mainstay of Suzhou's economy. By far, 77 out of the world's top 500 companies have invested there to start their manufacturing and five national and 10 provincial economic development zones maintain great momentum.

篇章三（英譯漢）

原文：

Altough it was so brilliantly fine—the blue sky powdered with gold and the great spots of light like white wine splashed over the Jardins Publiques—Miss Brill was glad that she had decided on her fur. The air was motionless, but when you opened your mouth there was just a faint chill, like a chill from a glass of iced water before you sip, and now and again a leaf came drifting—from nowhere, from the sky. Miss Brill put up her hand and touched her fur. Dear little thing! It was nice to feel it again. She had taken it out of its box that afternoon, shaken out the moth-powder, given it a good brush, and rubbed the life back into the dim little eyes.「What has been happening to me?」said the sad little eyes. Oh, how sweet it was to see them snap at her again from the red eiderdown... But the nose, which was of some black composition, wasn't at all firm. It must have had a knock, somehow. Never mind—a little dab of black sealing—wax when the time came—when it was absolutely necessary... Little rogue! Yes, she really felt like that about it. Little rogue was biting its tail just by her left ear. She could have taken it off and laid it on her lap and stroked it. She felt a tingling in her hands and arms, but that came from walking, she supposed. And when she breathed, something light and sad—no, not sad exactly—something gentle seemed to move in her bosom.（選自 Katherine Mansfield：*Miss Brill*）

講評：

1. 選詞

（1）fur：fur 的本意有「毛皮、毛皮衣服、毛皮圍脖」等。通過上下文可以看出，本篇中的「fur」不應該是「毛皮」或「毛皮大衣」之意，因為布里爾小姐是那天去公園之前把它從盒子裡拿出的，而且原文有一句這樣的話：Little rogue biting its tail just by her left ear，下文寫到了「眼睛」，顯然是動物的形狀，一般都是用仿狐皮或貂皮做成的。而且，She could have taken it off and laid it on her lap and stroked it.（她本來可以將它取下來放在腿上好好撫摸一下。）所以根據語篇語境推測，fur 不應該是「毛皮大衣」，而應是仿貂皮或狐狸皮做的「圍脖」或「毛領」。

（2）brush：從整個語篇看來，布里爾小姐就是在那一天的下午把毛皮圍脖拿出來的，所以不可能是「刷洗」這個毛皮圍脖。如果洗過，就不可能馬上戴上，所以應該譯成「刷」。

（3）snap：從上下文來看，snap 這一動作的發出者是 them，即 eyes（眼睛），應該取「sparkle, flash（閃爍）」之意（參見 Merrtam-Webster's Collegiate Dictionary），所以 snap at her 就應該譯成「衝著她閃爍」，刻畫出布里爾小姐對圍脖的鍾愛之情，沉鬱的心情短時間內變得輕鬆快樂。

（4）eider-down：這裡的 eider-down 只是指圍脖上的「絨毛」，所以不應該譯成「鴨絨」或「羽絨」，而應直接譯為「絨毛」。

（5）composition：布里爾小姐想到必要的時候塗點「封蠟（sealing-wax）」就可以了，說明鼻子是人工做成的，所以 composition 應該譯成「合成物」，而不應譯成「組合」。

（6）knock：knock 應該譯成「碰撞」，而不應該譯成「敲擊」。It must have had a knock, somehow 應該譯為「一定不知怎麼碰了一下」，而不是「被敲了一下」。

2. 動詞形態

Miss Brill was glad that she had decided on her fur：聯繫下文就能明白，布里爾

小姐已經戴上了自己的毛皮圍脖。所以，這句話的意思既不是布里爾小姐要去買毛皮圍脖，也不是決定要戴上毛皮圍脖，而是「布里爾小姐很高興自己決定戴上了毛皮圍脖」，這裡一個「了」字就把動作發生與否表現得非常清楚，說明動作已經完成。

she could have taken it off and laid it on her lap and stroked it：從下文來看，布里爾小姐感到雙手和雙臂又麻又痛（tingling），所以顯然沒有把毛皮圍脖拿下來，因此應該譯為「布里爾小姐本可以把毛皮圍脖取下來，放在膝上撫摸」。一個「本」字就把原文的動詞形態體現了出來。

3. 句式連貫

（1）... from anywhere, from the sky：不能將該句直接譯為：「從何處來，從天上來」，因為這樣顯然缺乏連貫性。根據整個語篇，不難發現原文作者在用葉子的飄落來刻畫布里爾小姐心中的孤獨之感，所以，為了取得連貫的效果，應該將之譯為「不知從哪裡來，或許來自天上」，或者「不知飄自何方，或許飄自天上」，既符合對語篇的認知，又帶有文學語言的味道，達到了語篇認知的效果。

4. 語氣

（1）What has been happening to me? 這句話是用擬人的手法來刻畫毛皮圍脖，相當口語化，如果直接將之譯成「我發生了什麼事」，漢語就顯得非常生硬。因此為了傳達出原語篇的語氣，應該譯成：「我這是怎麼了？」

（2）Oh, how sweet it was to see them snap at her again from the red eider-down：原文使用了感嘆句，以刻畫布里爾小姐對毛皮圍脖的歡喜之心，與上下文中布里爾小姐對毛皮圍脖的「用心良苦」之情和嗔怪之意極為吻合。所以筆者建議將之譯為：「啊，再一次看到這兩只小眼睛躲在絨毛裡衝她閃爍，是多麼甜美呀！」

（3）Little rogue：如上文所述，這一段是布里爾小姐的一段心理描寫，刻畫出布里爾小姐的孤獨感。所以她對毛皮圍脖所說的話就如同對相依為命的寵物所言，帶著歡喜而嗔怪的語氣，所以不能將 Little rouge 按辭典意義直接譯成了「小流氓」或「小無賴」，這顯然不合乎原文的語氣。正確的譯法應該傳達出布里爾小姐的心理狀態，所以不妨根據語境改譯成「小調皮」或「小淘氣」，這樣才能傳達出原文的語氣。

參考譯文：

湛藍的天空抹上了金色，陽光斑斑駁駁，猶如白葡萄酒灑在公園。儘管天氣如此晴朗，陽光如此明媚，布里爾小姐還是很高興自己決定戴上了毛領。沒有風，但張開嘴會感到一絲寒意，就像飲一杯冰水前先吸到的涼氣。偶爾還會有一片葉子飄落——不知飄自何方，或許飄自天上。布里爾小姐抬手摸摸毛領，可愛的小東西！再次撫摸它的感覺真好。她下午將毛領從盒子裡拿出來，抖掉防蟲粉，仔細刷過，將那雙黯淡的小眼睛擦得又恢復了生氣。那雙憂鬱的小眼睛仿佛在問：「我這是怎麼了？」啊，又一次看見這雙眼睛在紅色的絨毛中衝她閃爍，

是多麼甜美啊……可那黑色合成物做成的鼻子卻不太牢固了，一定是不知怎麼碰著了。不過沒關係，到時候上點蜂蠟就行——到萬不得已的時候……小淘氣！是的，她真的有這種感覺。小淘氣就在她左耳畔咬住自己的尾巴。布里爾小姐本可以把毛領取下來，放在膝上撫摸，但感到手和胳膊有點酸痛，一定是走路造成的，她想。布里爾小姐呼吸時，一種淡淡的憂傷——不，確切地說不是憂傷——而是一種柔情湧上她的心頭。

篇章四（漢譯英）

「我真傻，真的，」祥林嫂抬起她沒有神採的眼睛來，接著說，「我單知道下雪的時候野獸在山坳裡沒有食吃，會到村裡來；我不知道春天也會有。我一清早起來就開了門，拿籃盛了一籃豆，教我們的阿毛坐在門檻上剝豆去。他是很聽話的，我的話他句句聽；他出去了。我就在屋后劈柴，淘米，米下了鍋，要蒸豆。我叫阿毛，沒有應，出去一看，只見豆灑得一地，沒有我們的阿毛了。他是不到別處去玩的；各處去一問，果然沒有。我急了，央人出去尋。直到下半天，尋來尋去尋到山坳裡，看見刺柴上掛著一只他的小鞋。大家都說，糟了，怕是遭了狼了。再進去；他果然躺在草窠裡，肚裡的五臟六腑已經都給吃空了，手上還緊緊的捏著那只小籃呢……」她接著但是嗚咽，說不出成句的話來。（選自魯迅：《祝福》）

講評：

1. 選詞

（1）祥林嫂：應該譯成 Xianglin's wife，因為根據故事，「祥林」是她丈夫的名，而不是姓，所以不能把「祥林嫂」譯成 Mrs. Xianglin，更不能譯成 Ms. Xianglin（Ms. 后面加祥林嫂自己的姓氏），也不能譯成 Sister Xianglin。

（2）沒有神採的眼睛：應該譯成 lackluster，這個單詞的英文意思就是（of the hair or the eyes）not shining; dull，即指「（頭髮、眼睛）無光澤的，暗淡的」。

（3）山坳：可以直接和前面聯繫起來譯為 in the hills。

（4）剝豆：pod（remove [peas or beans] from their pods prior to cooking），而不應譯作 peel 或 shell，前者指去果皮，后者指去殼。更不能譯作 strip（remove all the coverings from something or clothes from somebody）。

（5）教我們的阿毛坐在門檻上剝豆去：此處的「教」通「叫」，所以應該譯成 tell，而不應該是 teach。

（6）聽話：可選擇 obedient，或將「他是很聽話的」直接譯為 He was a good boy.

（7）我就在屋后劈柴，淘米：「劈柴」應該譯成 chop the firewood，不應譯成 cut the wood，因為 cut wood 有「砍柴」之意。「淘米」即 wash the rice。

（8）蒸豆：直接譯成 steam the peas/beans 即可，不應譯成 braise，braise 指 to cook slowly in fat and a little liquid in a covered dish，即「燜、炖」或「用文火煮」。

（9）刺柴：bramble。

（10）草窠：這裡的「草窠」應該就是「狼窩」，所以可譯成「the wolf's den」。

（11）五臟六腑：泛指內臟，所以可以譯成 innards 或 internal organs。如果譯成 viscera 就過於專業化（醫學）。

（12）說不出成句的話來：此句中的「說」不要譯成 speak，而是 utter。整個句子應該譯成 unable to utter a complete sentence 或者 unable to complete her sentence。

總之，由於魯迅先生在這篇文章中使用的詞語都比較簡單，所以在翻譯中也要注意選取常見的簡單詞彙，不要選用生僻的複雜詞彙。

2. 句式

由於本篇短句較多，而且多用並列結構，省略連詞，所以要注意譯文的連貫，適當的地方要添加一定的連接手段。

（1）我一清早起來就開了門，拿籃盛了一籃豆，教我們的阿毛坐在門檻上剝豆去：這一句使用了一系列動詞，最好不要譯成分詞短語，否則就失去了原文的連續性。所以建議譯成：I got up early in the morning, opened the door, filled a basket with beans/peas, and told Amao to sit on the doorsill podding them。

（2）我叫阿毛，沒有應，出去一看，只見豆灑得一地，沒有我們的阿毛了：「沒有應」最好不要譯成 he did not answer。因為從下文看來，阿毛已經不在原來的地方了，所以應該譯得客觀一些，而且注意整個句子的邏輯關係，添加適當的連接詞。整個句子應該譯成：I called Amao, but (there was) no reply/answer. so I went out to have a look only to find the beans/peas scattering all over the ground but no Amao.

（3）他是不到別處去玩的；各處去一問，果然沒有：「他是不到別處去玩的」是指祥林嫂根據阿毛以前的習慣作出的推測，所以不能譯成 he never went to play in other places，而應該譯成 He would never play in other places/He could not have gone to other places for fun。后半句應譯成：I went to look for him and as expected, I didn't find him.

（4）直到下半天，尋來尋去尋到山坳裡，看見刺柴上掛著一只他的小鞋：這句話的邏輯關係一定要搞清楚，否則就會誤譯成：Till afternoon, after looking for him everywhere, they finally got to the hills and saw one of his little shoes hanging on a bramble. 這句英文在語法和邏輯上是錯誤的，如果把 till 改為 in，譯文就合適了。當然，此句也可以譯成強調句，即：It was not until the afternoon that we saw a little shoe hanging on the bramble while searching the hills.

3. 時態

「我真傻，真的，」祥林嫂抬起她沒有神採的眼睛來，接著說，「我單知道下雪的時候野獸在山坳裡沒有食吃，會到村裡來；我不知道春天也會有。」這一段雖然是祥林嫂在自責，但依然是對過去所發生的事表示后悔，所以在譯文中，動詞時態應該是過去時的一種。比如后半句的時態應該是：I only knew that wild beasts would come to the village for food on snowy days for they could find nothing to eat in the hills, but I hadn't expected that they would come in spring.

參考譯文：

「I was so careless, really careless!」raising her lackluster eyes. Xianglin's wife continued.「I only knew that wild beasts would come to the village for food on snowy days for they could find nothing to eat in the hills. but I hadn't expected that they would come in spring. Early in the morning, I opened the door. filled a basket with beans and told Amao to sit on the doorsill podding them. He was a good boy and always followed every word of mine, so he went out. I, at that time, was chopping wood behind the house. After that, I washed the rice and put it into the pot. I needed to cook the beans so I called Amao, but no answer. So I went out to have a look only to find the beans scattering all over the ground but no Amao. He could not have gone to other places for fun. I went to look for him and as expected, I didn't find him. I got worried and pleaded with others to search for him. It was not until the afternoon that we saw a little shoe hanging on the bramble while searching the hills. Oh, terrible! Everyone said that he might have been attacked by a wolf. We went farther and found him lying in the wolf's den with his innards already eaten up and that little basket clung to his hand..." She then only sobbed, unable to complete her sentence. (楊憲益和戴乃迭譯，此處有改動。)

篇章五（英譯漢）

原文：

Always give others credit that is rightfully theirs. Don't be afraid of those who might have a better idea or who might even be smarter than you are. David Ogilvy, founder of the advertising firm Ogilvy&Mather, made this point clear to his newly appointed office heads by sending each a Russian nesting doll with five progressively smaller figures inside.

His message was contained in the smallest doll:「If each of US hires people who are smaller than we are, we shall become a company of dwarfs. But if each of US hires Deople who are bigger than we are, Ogilvy&Mather will become a company of giants.」

And that is precisely what the company becomes—one of the largest and most respected advertising organizations in the world.

講評：

1. 專有名詞的翻譯

（1）人名：像 David Ogilvy 這樣的人名翻譯成漢語時，不應隨便音譯，應該到網上搜索，因為 David Ogilvy 是一家著名企業的創始人，所以他名字的漢譯文應該已經存在，在網上能很快找到其漢譯文，即大衛・奧格威。只有名不見經傳的英文人名才可以自己翻譯，但一般也要參考辭典，把前後兩部分查出加以組合，最常見的參考辭典是《英語姓名譯名手冊》（新華通訊社譯名資料組編，商務印書館出版）。

（2）機構名：和前面的人名翻譯一樣，根據上下文，Ogilvy&Mather 是著名的廣告公司，所以其漢譯名也應該已經存在，所以不妨利用網路進行搜索，發現其中文名稱是奧美國際廣告公司。只有不著名的機構才可以根據原文的命名方式進行音譯或意譯。

2. 同位語的翻譯

本篇中 David Ogilvy, founder of the advertising firm Ogilvy & Mather 的中譯文應該根據漢語同位語的排列順序調整為：奧美國際廣告公司的創始人大衛・奧格威。

3. 選詞

本篇下列詞彙應該根據上下文選擇漢語的對應語：

（1）credit：此處應譯做「讚賞」或「榮譽」。

（2）office heads：根據上下文，應譯為「部門負責人」或「部門經理」或「分公司負責人」，而非「辦公室主任」。

（3）message：此處應譯做「贈言」，而非「信息」。

（4）smaller：不能直譯為「小」，因為漢語中「比……小「一般意指年齡小，而 small 的意思顯然是「個頭小」或「矮小」的意思，沒有「年齡小」之意，所以應該將其譯為「矮小」。

（5）bigger：根據上文對 small 的分析，big 顯然應該譯成「高大」。當然，smaller 和 bigger 還可以根據上下文分別變通翻譯為「不如……的人」和「比……強的人」。

（6）respected：此處如果譯成「受人尊敬的」與后面的 organization 搭配不是很合適，所以最好譯成「有名望的」或「聲譽卓著的」。

（7）organizations：譯者很容易將該詞譯為「組織」，但是 advertising organizations 如果譯成「廣告組織」，就讓中國讀者感覺不像一個企業，所以應該將 organization 的譯文具體化，譯為「公司」或「企業」。

4. 簡潔處理

本篇有兩個句子比較長，但要注意其漢語譯文的簡潔：

(1) I don't be afraid of those who might have a better idea or who might even be smarter than you are.

該句可譯為：

譯文一：不要害怕那些可能比你有更好的主意或可能甚至比你更聰明的人。

譯文二：不要害怕別人有更好的主意或比你更聰明。

將兩個譯文進行比較，會發現第二種顯然要比第一種譯法簡潔。

(2) David Ogilvy, founder of the advertising firm Ogilvy&Mather, made this point clear to his newly appointed office heads by sending each a Russian nesting doll with five progressively smaller figures inside.

該句是一個比較長的英文句子，主要因為其狀語較長，可以比較以下兩個譯文：

譯文一：奧美國際廣告公司的創始人大衛·奧格威通過送給每一位新任命的部門經理一個裡面有五個漸小娃娃的俄羅斯套娃而清楚地表明了這一點。

譯文二：奧美國際廣告公司的創始人大衛·奧格威送給每一位新任命的部門經理一個俄羅斯套娃，套娃裡面裝有五個娃娃，這五個娃娃一個套著一個。用這種方式，他向這些經理明確傳達了上述觀點。

雖然第二個譯文顯得比第一個譯文長，但通過斷句，使得每個分句的表達比較簡潔。實際上，我們還可以將譯文變得更加簡潔：

譯文三：奧美國際廣告公司的創始人大衛·奧格威送給每一位新任命的部門經理一個五個裝俄羅斯套娃，以此向他們闡明了上述觀點。

篇章六（漢譯英）

原文：

在曲阜，我已經無法尋覓到孔子當年真正生活過的環境，如今以孔廟、孔府、孔林組合的這個城市，看到的是歷朝歷代皇帝營造起來的孔家的赫然大勢。一個文人，身後能達到如此的豪華氣派，在整個地球上怕再也沒有第二個了。這是文人的驕傲。但看看孔子的身世，他的生前淒淒惶惶的形狀，又讓我們文人感到了一份辛酸。司馬遷是這樣的，曹雪芹是這樣的，文人都是與富貴無緣，都是生前得不到公正的。在濟寧，意外地得知李白竟也是在濟寧住過二十餘年啊！遙想在四川參觀杜甫草堂，聽那裡人在說，流離失所的杜甫到成都拜會他的一位已經做了大官的昔日朋友，門子卻怎麼也不傳稟，好不容易見著了朋友，朋友正宴請上司，只是冷冷地讓他先去客棧裡住下好了。杜甫蒙受羞辱：就出城到郊外，仰躺在田埂上對天浩嘆。尊詩聖的是因為需要詩聖，做詩聖的只能貧困潦倒。我是多麼崇拜英雄豪傑呀，但英雄豪傑輩出的時代斯文是掃地的。孔廟裡，我並不

感興趣那些大大小小的皇帝為孔子豎立的石碑，獨對那面藏書牆鐘情……（選自賈平凹：《進山東》）

講評：

1. 選詞

（1）環境：這個詞的翻譯很容易讓人想到幾個英文對應詞，如 situation、circumstance、condition、environment，但要注意區別，選取最恰當的詞，這幾個詞的解釋如下：

situation：condition or fact or event that has an effect on a person or society 形勢（側重社會或國家、時期）

circumstance：condition that has influence on a person or society 情況

condition：a state of being or existence 狀況，條件（側重個人）

environment：the physical and social conditions in which people live. As they influence their feelings and developing 環境，周圍的狀況（包括物質和社會）

根據以上意思的區別，建議選用 environment。

（2）赫然大勢：這個詞乍一看去顯得很「大」，實際上只需翻譯其意思，在上下文中「赫然大勢」指的是一種抽象的氛圍或感覺，所以可以選用 imposing grandness/magnificence/splendor。

（3）文人：很多英文資料中，均將中國的「文人」譯成了 scholar。

（4）大官：應該譯成 high-ranking official，不能望文生義，譯成 big official。

（5）門子：翻譯成 doorman or gateman 即可。

（6）傳稟：這裡就是「稟報」的意思，所以可以選用 report。注意 transmit 有「傳輸」（一般指通過媒介）之意，所以不可取，更不能將該詞譯為 send the message。

（7）上司：即「上級」，所以可以譯為 superior。選用 boss 不太合適，因為 boss 意思是 a person who is in charge of a worker or organization（老板）或 a person in control of a group or situation（頭兒）。

（8）住（客棧）：這兒不是指長期居住，所以不宜翻譯成 live，而應該取 stay，英文后者就有「逗留」之意。

（9）宴請：這裡比較正式，指「設宴招待」，所以不易選用 junket（野餐或公費旅遊）或 entertain，所以最好翻譯為 hold a banquet in honour of sb.。

2. 專有名詞

關於中文的人名，除個別的已經有了其英譯文之外，大都使用漢語拼音，但要注意將姓和名分開。本篇出現了幾個人名，其譯文如下：

（1）孔子：Confucius。相類似的還有「孟子」，譯為 Mencius。

（2）司馬遷：Sima Qian。這裡「司馬」是姓氏，所以要譯為 Sima，與名「遷」的拼音分開寫。同樣道理，「諸葛孔明」要譯為 Zhuge Kongming。

（3）曹雪芹：Cao Xueqin。

（4）李白：Li Po/Li Bai。關於「李白」的英文，有些漢學家將其翻譯成了 Li Po，但現在很多文獻中直接將其譯為 Li Bai，所以兩種都可以。不過，筆者認為后一種更好。下面的「杜甫」譯文也是如此。

（5）杜甫：Tu Fu/Du Fu。

本篇還出現了幾處景點的名字，前面有關篇章翻譯講評中已經提及其翻譯方法，一般要到權威網站搜索其譯文，如果發現搜到的譯文並不合適，再根據情況翻譯。例如：

（6）孔廟、孔府、孔林：Confucian Temple, Confucian Mansions and Confucian Cemetery。

（7）杜甫草堂：Du Fu Thatched Cottage。

（8）詩聖：在中國歷史上只有杜甫被譽為「詩聖」，所以該詞也屬於專有名詞，一般譯為 Sage Poet，但不要譯成 Saint Poet，因為 saint 富於宗教色彩。

（9）藏書牆：Book Security Wall。

3. 理解中文和英文的句式結構

（1）生前：並不是「死之前」，而是「活著的時候」，因此應該譯成 in one's lifetime 或者 when sb. is alive，而不能譯成 before one's death。

（2）一個文人，身后能達到如此的豪華氣派，在整個地球上怕再也沒有第二個了：

不能譯成：A scholar can achieve such luxuries after death is afraid to find a match in the world. 或 A scholar can achieve such luxuries after death. There is no second one in the world. 前者是語法錯誤的句子，后者拆句后前后不連貫。這個句子原文是典型的「話題—評述」句，要轉譯為英語的主謂句，所以翻譯之前，應該對該句進行分析，找到在英文句子裡充當主語和謂語的成分，擬譯如下：There has been no other scholar on this planet like Confucius who has received such respect since his death.

（3）但看看孔子的身世，他的生前淒淒惶惶的形狀，又讓我們文人感到了一份辛酸：在翻譯這句話之前也要弄清句子的結構，找到在英語句子中能充當主語和謂語的部分，而不能將之譯為：Seeing/Looking at Confucius' life and his miserable situation makes us scholars sad. 或 Seeing/Looking at Confucius' life, his miserable situation makes us scholars sad. 而應譯成：Confucius' family background and his miserable/deplorable life experience make us scholars sad.

（4）司馬遷是這樣的，曹雪芹是這樣的，文人都是與富貴無緣，都是生前得不到公正的：這句話實際上是先分說后總說，如果譯成 Sima Qian was like this and so was Cao Xueqin. Scholars all have nothing to do with wealth and justice. 前半部分語義模糊，所以應該根據英文的句式特點，將前半部分融入到后半部分當

中，擬譯為：Scholars, including Sima Qian and Cao Xueqin, had nothing to do with wealth or justice.

（5）遙想在四川參觀杜甫草堂，聽那裡人在說……：這句話屬於長句，首先要進行拆句，然后再根據邏輯關係進行翻譯。不能譯成：Recalling my visit to Du Fu's Hut in Sichuan, people there told me that when Du Fu, homeless and destitute, went to Chengdu to visit one of his old friends who had become a high-ranking official, the doorkeeper refused to report his arrival.（邏輯錯誤）或 Recalling my visit to Du Fu's Hut in Sichuan. I heard people there say that when Du Fu, homeless and destitute, went to Chengdu to visit one of his old friends who had become a high-ranking official, the doorkeeper refused to report his arrival.（給人感覺 hear 和 recall 兩個動作同時發生，顯然是錯誤的）。擬譯為：I recall a story about Du Fu told by the local people during my visit to Du Fu Thatched Cottage in Sichuan. When Du Fu, homeless and destitute, went to Chengdu to visit one of his old friends who was then a high-ranking official, the gatekeeper refused to report his arrival.

（6）尊詩聖的是因為需要詩聖，做詩聖的只能貧困潦倒：這句話也屬於漢語的話題—評述句，應該轉譯為英語主謂句，如果譯成 Those who worship a sage poet because they need one; those who are sage poets can only be poor 就完全錯了，因為前半部分英文並非主謂結構。擬譯為：People honored him as the Sage Poet out of their need while he himself only lived in poverty.

4. 時態

在翻譯本篇時要注意時態，關於「我」的所見所聞部分可以是現在時，而關於所提到的文人和歷史均應使用過去時。

參考譯文：

In Qufu I can no longer find the environment in which Confucius lived. Now in the city composed of the Confucian Temple, Confucian Mansions and Confucian Cemetery, I can only find the imposing magnificence built up by emperors throughout dynasties. I'm afraid that there has been no other scholar on this planet like Confucius who has received such respect since his death. This is what scholars are proud of. However, Confucius' family background and his miserable/deplorable life experience make us scholars sad. Scholars, including Sima Qian and Cao Xueqin, had nothing to do with wealth or justice. I recall a story about Du Fu told by the local people during my visit to Du Fu Thatched Cottage in Sichuan. When Du Fu, homeless and destitute, went to Chengdu to visit one of his old friends who was then a high-ranking official, the gatekeeper refused to report his arrival. After some difficulties, Du Fu managed to see his friend, but the latter was holding a banquet in honor of his superior and only coldly told Du Fu to stay in a hostel. Feeling humiliated, Du Fu left for the outskirts. Lying on the ridges of the field, he poured out his sentiments towards Heaven. People honored him as the Sage Poet out of their need while he himself only lived in poverty. How much I admire those imposing heroes but in the times full of heroes, learning was regarded as nothing. In Confucian Temple, those stone steles set up by emperors didn't appeal to me; what interested me was the Book Security Wall. (該譯文參考 Chen Haiyan 的譯文)

篇章七（英譯漢）

原文：

Any science may be likened to a river, says a Johns Hopkins biologist, Professor Carl P. Swanson.「It has its obscure and unpretentious beginning; its quiet stretches as well as its rapids; its periods of drought as well as of fullness. It gathers momentum with the work of many investigators and as it is fed by other streams of thought; it is deepened and broadened by the concepts and generalizations that are gradually evolved.」

So it is with the science of biological control in its modern sense. In America it has its obscure beginnings a century ago with the first attempts to introduce natural enemies of insects that were proving troublesome to farmers, an effort that sometimes moved slowly or not at all, but now and again gathered speed and momentum under the impetus of an outstanding success. It has its period of drought when workers in applied entomology dazzled by the spectacular new insecticides of the 1940s turned their backs on all biological methods and set foot on「the treadmill of chemical control」. But the goal of an insect-free world continued to recede. Now at last, as it has become apparent that the heedless and unrestrained use of chemicals is a greater menace to ourselves than to the targets. the river which is the science of biotic control flows again, fed by new streams of thought. (選自 Rachel Carson：*The Other Road*)

講評：

1. 選詞

（1）unpretentious：不引人注目的。

（2）generalizations：此篇選自科普英語，所以這裡的 generalizations 不用譯為「普通化」或「一般化」或「歸納」，而應根據前后的連貫譯為「結論」。

（3）biological control：生物控制；生物控制學。

（4）introduce：根據上下文，不應譯為「介紹」，而應譯為「引進」。事實上，很多時候，introduce 都要譯成「引進」，如 introduce foreign investment 即「引進外資」。

（5）effort：中國讀者看到 effort 一般就會想到其對應漢語應該是「努力」，實際上很多情況下，effort 並不能譯成「努力」，而應該譯成「工作」，尤其是該

詞當可數名詞使用時。

（6）treadmill：該詞有「令人厭倦的工作；單調的工作」之意，這裡實際上是指又回到了「化學控制」（chemical control）的老路。

2. 保留原文的生動性

第一段引號裡的表述描述性很強，而且是一種比喻，所以在措辭上要注意保留其生動的語氣。

3. 適當使用漢語的話題—評述句

第六章 英漢文化比較與翻譯

第一節 文化與翻譯

「文化」一詞在中國語言系統中古已有之，近代以來，其內涵被不斷賦予新義，成為一個非常具有生命力且內涵豐富的概念。在中國古代文獻中，「文」的原義指大自然經天緯地、萬物互相交錯，如《周易·系辭下》中記載：「物相雜，故曰文。」《尚書·舜典》載：「經緯天地曰文」。「化」字是人和匕的會意，本義是造化、生成，《周易·系辭下》載：「男女構精，萬物化生。「化」指事物形態或性質的改變，后被引申為教化、從善之義，如《說文解字》中說：「化，教化也。」

「文」與「化」合併使用始於西漢。西漢經學家、文學家劉向在其《說苑·指武》中指出：「人之治天下也，先文德而后武力。凡武之興，為不服也；文化不改，然后加誅。」這裡的「文化」就有教化之義。南朝齊王融《三月三日曲水詩·序》中寫道：「設神理以俗古，敷文化以柔遠。」即以詩說禮樂去教化天下。

總而言之，中國古代文獻中的「文化」即文治教化，還包括一整套禮樂典章制度的禮節，基本上屬於精神範疇。

在西方，「文化」一詞來源於拉丁文「cultura」；在英、法文中為「culture」；在德語中為「kultur」；其拉丁文詞源「cultura」，又由動詞「colere」派生而成。「文化」一詞原義是指農耕以及對植物的培育，從15世紀開始逐漸引申為對人的品德和能力的培養。

由此可見，「文化」一詞的中西兩個來源曲異而工同。現在人們多用其來指人類社會的精神現象，或泛指人類所創造的一切物質產品和非物質產品的總和。

一、文化的定義

文化是一個非常廣泛的概念，給它下一個嚴格和精確的定義是一件非常困難的事情。不少哲學家、社會學家、人類學家、歷史學家和語言學家一直努力，試圖從各自學科的角度來界定文化的概念。然而，迄今為止仍沒有獲得一個公認的、令人滿意的定義。據統計，有關「文化」的各種不同的定義至少有四百多種。

（一）國外學者對文化的定義

中外學者對文化的定義爭論不休，可謂「橫看成嶺側成峰，遠近高低各不同」。英國人類文化學家泰勒在其1871年出版的《原始文化》一書中給出了這

樣一個關於文化的定義，即「that complex whole which includes knowledge, belief, art, morals, law, custom, and many other capabilities and habits acquired by... [members] of society.」（一個複合的整體，其中包括知識，信仰，藝術，道德，法律，風俗以及作為社會成員而獲得的其他能力和習慣。）（莊錫昌，1987：98）很顯然，泰勒是從精神層面上解讀文化，其經典性普遍為人們所接受。泰勒因為對文化學的傑出貢獻而被譽為「西方文化之父」，他的人類學文化定義提出后，對20世紀的社會科學發展產生了巨大的影響。（曾貴，2010）

日本學者水野祜認為：「物質文化不是文化本身，而是文化行為的產物。但因為存在著非物質性文化，而它的前提是存在著物質性資料，所以把物質性要素從文化範圍排除出去是不可能的。因此，現代的定論認為文化包含物質文化和非物質文化。」

西方學者對文化的各種界定中，以美國文化人類學家克羅伯和克魯克洪的文化定義最為流行並廣為現代西方學者所接受。1952年，美國人類學家克羅伯和克魯克洪綜合以往定義，在《文化：對其概念和定義的批判性評述》中寫道：「文化存在於各種內隱和外顯的模式之中，借助於符號的運用得以學習和傳播，並構成人類群體的特殊成就，這些成就包括他們製造物品的各種具體式樣，文化的基本要素是傳統（通過歷史衍生和由選擇得到的）思想觀念和價值，其中尤以價值觀最為重要。」

克魯克洪還認為：「文化是歷史創造的生存形式系統，既包含顯性形式，又包含隱性形式，並具有為整個群體或在一定時期為其某個特定部分所共事的傾向。」他們的定義論述了文化的基本核心問題，比較全面地闡釋了文化的含義。

（二）國內學者對文化的定義

我國學者對於文化或文明的研究始於19世紀末梁啓超的研究。1899年12月，流亡日本的梁啓超發表《文明之精神》一文，說：「文明者，有形質焉，有精神焉，求形質之文明易，求精神之文明難。」是梁啓超首先使用了文明一詞，並提出物質文明與精神文明的概念。1922年，他在《什麼是文化》一書中進一步提出：「文化者，人類心能所開釋出來之有價值的工業也。」書中還系統介紹了西方文化學理論。梁啓超先生還用這樣一個例子來闡釋文化：一個老宜興茶壺，每泡一次茶，那個壺的內存便悄悄地發生一次變化，然而茶的「精」積在壺內，在第二次再泡新茶，前次積下的茶精便起一番作用，能令茶味更好。一次次地泡，一次次地倒，一次次地洗，這活動和每次活動所積下的「精」就是文化。（轉桑冰，2009）

1908年，魯迅在他的《文化偏執狂》一文中認為，「文化」除了包含文明的智力方面這一一般含義之外，還包含一個民族生活方式的某些方面，如社會政治組織的形式和社會關係的類等。（王思齊，1978）魯迅對文化含義的分析既有西方啓蒙思想的影子，也帶有明顯的社會學文化定義的痕跡。

中國現代著名的思想家、哲學家梁漱溟在其《中國文化要義》一書中寫到「文化，就是吾人生活所依靠之一切，意在指示人們，文化是極其實在的東西。文化之本義，應在政治、經濟，乃至一切無所不包。」他的關於文化的定義與泰勒的文化定義相似，但他的文化定義所指內容更加廣泛。

臺灣著名學者錢穆關於文化的定義肯定了文化的時間性、空間性、集團性、持續性和整合性。1952 年，他出版了其文化思想研究的代表作《文化學大義》。在書中，錢穆為文化做了這樣的定義：文化即人生。他指出：「文化是指集體的大群的人類生活而言。在某一地區、某一集團、某一社會或某一民族之集合的大群的人生，指其生活之各部門各方面綜合的全體性而言，始得目之為文化。」他站在史學家的立場上更注重文化的包容性、複雜性、完整性和傳統性。他從歷史發展的角度為文化下定義，強調大文化觀的同時更揭示了文化的精髓。

（三） 中英文化定義的比較

文化一般是指人類在社會歷史發展過程中所創造的物質財富和精神財富的總和。（《現代漢語辭典》文化第一條定義）其中既包括世界觀、人生觀、價值觀等具有意識形態性質的部分，又包括自然科學和技術，語言和文字等非意識形態的部分。文化是人類社會特有的現象，文化是由人所創造，為人所特有的，是人們社會實踐的產物。在 *Oxford Advanced Learner's English—Chinese Dictionary*（*the Sixth Edition*）中，文化（culture）的定義是：

1. ［U］ the customs and beliefs, art, way of life and social organization of a particular country or group 文化，文明（指國家和群體的風俗、信仰、藝術、生活方式及社會組織）；

2. ［U］ a country, group, etc. with its own beliefs, etc. 文化（指擁有特定信仰等的國家、群體等）；

3. ［u］ art, music, literature, etc. thought of as a group 文化（藝術、音樂、文學等的統稱）；

4. ［C，U］ the beliefs and attitudes about sth that people in a particular group or organization share 文化（某群體或組織的一致看法和態度）；

5. ［U］（technical）the growing of plants or breeding of particular animals in order to get a articulate substance or crop from them 種植；栽培；養殖；培育；

6. ［C］（biological, medical）a group of cells or bacteria, especially one taken from a person or an animal and grown for medical or scientific study; the process of obtaining and growing these cells 培養物；培養細胞；培養菌；（為醫療或科研作細菌、細胞培養的）培養。

由此可見，漢語和英語對於文化的理解不完全相同。對文化看法的差異，由於研究的視角、範圍或所用理論不同，對文化所下的定義也不同。所以文化是一種極其複雜的研究對象。

二、文化的分類

「文化」內涵的豐富性決定了它外延範圍的廣泛性。對此，美國文化人類學家洛威爾形象地表述說：「在這個世界上，沒有別的東西比文化更難捉摸。我們不能分析它，因為它的成分無窮無盡；我們不能敘述它，因為它沒有固定形狀。我們想用文字來規範它的意義，這正像要把空氣抓在手裡似的，當我們去尋找文化時，除了不在我們手裡以外，它無所不在。」

（一）從文化的外在層面劃分

通常情況下，文化研究者往往根據各自不同的視角，對文化做出不同的分類。例如，從時間角度上，分為原始文化、古代文化、近代文化、現代文化等；從空間角度上，分為東方文化、西方文化、海洋文化、大陸文化等；從不同民族看，可以分為漢族文化、藏族文化等；從不同的宗教影響看，可分為伊斯蘭文化、佛教文化、基督教文化等；從不同的社會層面上，分為貴族文化、平民文化、官方文化、民間文化等；從不同的社會功能上，可分為禮儀文化、服飾文化、校園文化、企業文化等；從流行的人群，可以分為雅文化和俗文化；從流行的時效，可以分為經典文化和流行文化；從歷史文化沿革和不同區域來看，文化又有齊魯文化、吳越文化、燕趙文化、荊楚文化、巴蜀文化等之分；若從文化的品位、性質判斷，文化又有先進文化、落后文化、腐朽文化之別。這些從時間、空間或社會層面對文化所做的分類是從外在角度所作的劃分。

（二）從文化的內在邏輯結構層面劃分

從文化的內在邏輯結構層面上看，一般我們將文化分為：物質文化（material culture），制度文化（institutional culture）和精神文化（mental culture）。物質文化，又稱物態文化，是人類所從事的物質生產創造活動及其勞動產品的總合。物質文化以滿足人類生存發展所必需的衣、食、住、行一類條件為目標，直接反應人與自然的關係，反應人類對自然的認識、利用和改造的程度與結果，反應社會生產力的發展水平，是一種可以感知的、具有物態實體的文化事物，是人類從事一切文化創造的基礎。其中包括飲食、服飾、建築、交通、生產工具以及鄉村、城市等。

制度文化是人類在社會實踐活動中所建立的各種社會規範的總和，包括婚姻、家庭、政治、經濟、宗教等制度以及組織形式在內。人是社會化的動物，社會活動要求人處理好人與人、人與社會之間的關係，否則，社會就會陷於無序。制度文化是解決與規範協調人與人之間行為的文化，具有很強的調適性。因此，制度文化又稱為調適文化。

精神文化是人類在長期的社會實踐活動和意識形態活動中昇華出來的價值觀念、知識體系、審美情趣和思維方式的總和。具體來說，精神文化又可進一步區分為社會心理和社會意識形態兩個部分。社會心理指人們的日常精神狀態和思想

面貌，是尚未經過理論加工和藝術昇華的流行的大眾心態，包括人們的情緒、願望和要求等。社會意識形態是指經過系統加工的社會意識，往往是由文化專家對社會心理進行理論歸納、邏輯整理、藝術昇華，並以著作或作品等物化形態固定下來，流行傳播，垂於后世。

在文化結構的諸層次中，外顯的物質性的文化往往隨著生產力這一最活躍的因素的變革而迅速變革，它的外在的物質實體比較容易發生變化。處於中層的制度文化隨著社會變革或快或慢地發生，並由於統治階級文化的改變而影響人們的社會行為方式。而精神文化、行為心理文化則由於內化於人的心裡，它長久地積澱在民族文化的深層，形成民族獨特的心理結構，最難於發生變化，其核心部分是歷史形成的思維方式、價值觀念和長期對生活意義的感悟。比如，對於外來文化，人們最容易理解和接受的外來的物質文化，即西方文化中外顯的物質實體性文化，對中層的制度行為文化已有很大的選擇性，而對深層的精神心理文化則很難認同和接受。西方人也是這樣，他們欣然接受了中國發明的火藥和鞭炮，卻無法認同中國鞭炮驅鬼闢邪的傳統信念。文化差異的關鍵是深層文化的不同，是思維方式和價值觀念的不同。

三、文化與英漢翻譯

朱光潛在《談翻譯》中寫到：「外國文學中的聯想意義在翻譯中最難處理。因為它在文學語境中有其特殊的含義，這種含義在辭典中是查不到的，但對於文學來說卻又十分重要。這就要求我們必須瞭解一國的風俗習慣和歷史文化背景，否則在做翻譯的時候就會有無法下手的感覺。」（朱光潛，1996）。

翻譯之所以不容易，就是因為語言反應文化並承載著豐厚的文化內涵，受到文化的制約。王佐良先生（1991）也指出：「翻譯的最大困難是兩種文化的不同。」語言進入交際時便出現了對文化內涵的理解和表達問題。這就要求譯者不但要有雙語能力，而且要有雙文化甚至多元文化的知識，特別是要對兩種語言的民族心理意識、文化形成過程、歷史習俗傳統、宗教文化及地域風貌特性等一系列因素有一定的瞭解。正是因為以上這些互變因素，英漢民族的語言文化才體現出各自特有的民族色彩。

各民族的文化作為人類社會發展的一個組成部分，具有共性，但更多的是由於文化差異導致的個性，理解不同文化的差異是翻譯的基礎。影響翻譯的文化因素有很多種，以下我們主要討論四種：歷史文化的影響、地域文化的影響、風俗文化的影響和宗教文化的影響。

（一）歷史文化差異

回顧人類歷史的發展，對民族文化影響最大的主要是地殼變遷、民族遷徙、民族的徵服與同化和民族之間的戰爭。歷史文化指的是由特定的歷史發展進程和社會遺產的沉澱所形成的文化。由於各個民族和國家的歷史發展不同，因而在其

漫長的歷史長河中所積澱形成的歷史文化也不相同。在語言的發展過程中，歷史文化的痕跡主要殘留在習語當中。在兩種語言之間進行交際時，會經常遇到由於歷史文化差異而出現的交際、理解難題。

例如，「東施效顰」這一漢語成語典故，對中國人來說，不難理解其文化內涵，但對於不甚瞭解中國歷史文化的西方人來說，若僅僅理解為「Tung Shih imitates His Shih」，就沒有準確、形象地表達和再現原典故的含義。東施是誰？西施又是誰？沒有交待清楚。為了讓西方讀者能瞭解這一成語的內涵，比較合適的做法是採用加註的方法：Tung Shih imitates His Shih. (His Shih was a famous beauty, Tung Shih was an ugly who tried to imitate her way)。這樣，就會使讀者一目了然。又例如《史記》的典故「項莊舞劍，意在沛公」，英語讀者根本不知道項莊和沛公是什麼人，當然也就不知道這個成語的意思。而如果借用英語成語，譯成「to have an axe to grind」，不僅能使英語讀者瞭解這一成語的意思，其中內含的「別有用心」也就表達出來了。

中國歷史燦爛悠久，華夏文化源遠流長，博大精深。與此相聯繫，中國的歷史成語和俗語典故俯拾即是，意蘊濃厚，如「卧薪嘗膽」「負荊請罪」「亡羊補牢」「塞翁失馬」「濫竽充數」「朝秦暮楚」「毛遂自薦」「班門弄斧」「名落孫山」「三顧茅廬」以及「司馬昭之心，路人皆知」「蜀中無大將，廖化作先鋒」「狗咬呂洞賓，不識好人心」等，每一個成語和俗語典故都包含有豐富的歷史文化信息，都是一個生動的歷史故事。

中國文化如此，西方文化亦如此。《聖經》中僅收入辭典的典故就有 700 條，比如：

（1）As old as Adam. 亞當（Adam）是上帝在創造天、地、海和萬物之后，在第六日用地上的塵土所造的第一人，是人類的祖先。因此，as old as Adam 意為「extremely old」——「極古老的」。例如：I've been visited many historical places in China which are as old as Adam.

（2）Noah's ark. 諾亞方舟。自從亞當和夏娃偷吃禁果被趕出伊甸園（Eden），該隱（Cain）誅弟，人間就充滿著仇恨、嫉妒與殺戮。上帝見此情景十分震怒，要將世上的一切毀掉。而諾亞（Noah）是世上唯一的一位義人，上帝就與諾亞立約，叫他造一只方舟，帶著妻子、兒子、兒媳一同進入方舟，同時把世上有血有肉的動物各一對兒帶進方舟。在他們進入方舟的第七天洪水從天而下，除了方舟，世上的一切都在這場洪水中毀滅。Noah's ark 就意味著「place of security or something that provides protection and safety」——「避難所，能提供保護和安全的東西」。

（3）Curious as Lot's wife. 過分好奇。上帝耶和華聽聞所多瑪（Sodom）城罪惡深重，於是派兩位天使到所多瑪城探聽消息。城中只有 Lot（羅得）一人迎接兩位天使並將之迎入家中熱情款待，Lot 卻受到其他市民的毆打和威脅。在天亮

之時，上帝將要毀滅這座城市，天使帶領 Lot 和他的妻女離開並吩咐千萬不可回頭。Lot 之妻卻在逃跑時由於好奇回頭一望便立即變成鹽柱。因此，curious as Lot's wife 意為「too curious」。

（4）A Rebecca/Rebecca at the well.《聖經》記載：亞伯拉罕（Abraham）要為其子以撒（Isaac）娶妻，管家帶著彩禮在拿鶴（Nahor）城外遇到一女子，名叫 Rebecca。這位姑娘不僅把水送給管家喝，還把水倒在水槽裡，來回打水給所有的駱駝飲水。A Rebecca 也就用來表示「a beautiful, kind and polite girl」，即「漂亮、善良、有禮貌的姑娘」。

（5）A Samson. 大力士。意為「a man with extremely physical strength」。力士參孫是以色列人反抗非利士人的孤膽英雄。他從小就力大無窮，曾徒手殺死一頭獅子，他所有的力量都歸於他的頭髮。后來，他與一位叫作 Delilah 的姑娘相愛，而這位姑娘卻禁不住金錢的誘惑出賣了他。非利士人剃去了他頭上的七條髮卷並鎖住了他。在他死時，他用盡全身的力量拉倒了廟堂的兩根頂梁柱和非利士人同歸於盡。英國詩人彌爾頓曾以此為題寫下了傳世佳作《力士參孫》。

（6）As wise as Solomon. 所羅門（Solomon）是以色列的一位國王，他智斷兩位婦人爭搶一個孩子的疑案傳為佳話。天下各國都派人去聽他的智慧箴言。As wise as Solomon 就用來形容「極有智慧」——「very wise」。

（7）A Judas kiss 意為猶大之吻，陰險的親熱。意為「false love, a deceitful act of simulated affection」。《聖經》記載：耶穌（Jesus）十二使徒之一的加略人猶大與祭司長勾結，在逾越節的晚上，出賣了耶穌。在逾越節的晚餐上，耶穌就指出「你們中的一個人要出賣我」，猶大離席溜走引來了敵人，他以親吻為暗號指認了耶穌，致使耶穌被釘死在十字架上。

（8）A Judas 意為「a traitor; a person who betrays a friend」「叛徒；出賣朋友的人。」莎士比亞作品中的典故更是熠熠生輝，有些莎士比亞作品的人物和事件本身就成了典故。羅馬人徵服不列顛四百多年，英語習語中「Do in Rome as the Romans do.」（入鄉隨俗）；「Rome was not built in a day.」（偉業非一日之功）；「All roads lead to Rome」（條條大路通羅馬）。這些都是這段歷史文化的影子。如果對歷史文化不熟悉，在翻譯中就會遇到很多困惑。因此，在交際、理解時，應在弄懂典故含意的基礎上，注重文化之間的差異，採取恰當的交流、表達方法。

（二）地域文化差異

地域文化指的是由所處地域、自然條件和地理環境所形成的文化，表現在不同民族對同一種現象或事物採用不同的語言形式來表達。

在中國，自古以來便有「南面為主，北面為朝」，南為尊北為卑的傳統。人們經常說「從南到北，南來北往」，「南」的方位在說法上常常置前。而英語文化卻恰恰相反，英美人從英語地域文化上來理解漢語中的「從南到北」，自然是「from north to south」。「北屋」為「a room with southern exposure」。諸如「西北」

「西南」「東北」「東南」之類的方位詞語，英語方位在說法上也和漢語文化相反，分別為「northwest」「southwest」「northeast」「southeast」。

地域文化方面的差異，使得不同民族在對同一事物的認識上存在著差異。在中國人的心目中，「東風」象徵「春天」「溫暖」，它吹綠了中華大地，使萬物復甦，故有「東風報春」之說，所以中國人偏愛東風；「西風」則正好相反，有一種砭人肌骨的味道，馬致遠的詩句「古道西風瘦馬」便是例證。然而英語的情況卻與漢語不同。英國的「東風」（east wind）則是從歐洲大陸北部吹來的，象徵「寒冷」「令人不愉快」，所以英國人討厭「東風」，我們會讀至英國詩人 Samuel Bulter 的「*Biting East Winds*」（《刺骨東風》）。不過英國人喜歡「西風」，它給英倫三島送去春天。關於西風，有 John Masefield 的「It's a warm wind, the west wind, full of birds' cries.」（那是一種溫暖的風，西風吹時，萬鳥爭鳴）。英國浪漫主義詩人雪萊寫有一首膾炙人口的《西風頌》（*Ode to the West Wind*）。在詩的最後，詩人名傳千古的佳句表達了他對未來的美好憧憬和堅定信念：Oh, the west wind, if winter comes, can spring be far behind?（啊，西風，假如冬天已經來臨，春天還會遠嗎？）理解此詩時應對這一地域文化差異作一註釋，否則會給缺乏英國地域文化知識的一些漢語讀者造成困惑或誤解。

（三）風俗文化差異

風俗文化指的是貫穿於日常社會生活和交際活動中由民族的風俗習慣形成的文化。在社會風俗習慣方面，中國與西方也存在很多差異，這對翻譯也造成了一定的影響。不同的民族在招呼、稱謂、道謝、恭維、致歉、告別、打電話等方面表現出不同的民族文化規定和習俗。如中國人見面打招呼時常用的幾句客套話是「你到哪兒？」「你要幹什麼？」「你吃過飯了嗎？」，這幾句話在中國文化裡並無多深的含意，只不過是無關緊要的、禮節性的打招呼的一種形式。然而西方人對這幾句話卻很敏感和認真，「你去哪兒？」「你要幹什麼？」在他們看來純屬自己的私事，別人不能隨便打聽，除非是親密的朋友。而「你吃過飯了嗎？」則使他們不知所措，對方會以為你想請他（她）吃飯。像這樣的見面問候，應視具體情況做相應的文化轉換，改為英語慣用語「Hello!」「Good morning!」等。同講英語的外國人談話時，還應該避免下列問題，儘管中國人不認為這樣做有什麼不好。How old are you?（您多大年紀？）How much do you make?（您掙多少錢？）Are you married or single?（您結婚了嗎？）Do you go to church?（您信教嗎？）如必須瞭解這類情況，可以在提問時說明理由。例如：在旅館裡、在醫院裡或在填寫表格時，可以這樣說：「為了登記，我要瞭解一些情況，您能告訴我您的年齡，是否已婚等嗎？」或「這些人想瞭解您的情況，您能告訴我嗎？」

有時對於同一件事物，不同的文化背景，看法大相徑庭。例如，中國人認為紅色是喜慶吉祥的顏色，所以人們用「滿堂紅」「開門紅」「大紅大紫」等詞表示順利和成功，新娘結婚的時候也著紅色。而在西方人看來，紅色是「火」

「血」的聯想，它象徵著殘暴、流血，是危險、暴力的，如：

　　the red rules of tooth and claw 殘殺和暴力統治

　　red revenge 血腥復仇

　　a red battle 血戰（象徵激進、暴力革命）

　　red alert 空襲報警

　　a red flag 危險信號旗

（四）宗教文化差異

　　宗教文化是人類社會文化的一個重要組成部分，它指的是由民族的宗教信仰、意識等所形成的文化。中西文化的歷史淵源不同、宗教信仰不同、典故的來源不同，也會對英漢互譯造成一定的影響。

　　儒教、道教、佛教是中國的三大宗教，這三大宗教在中國民眾中有著深遠的影響。在我國的傳統文化中，我們有道教的「玉帝」，佛教的「閻王」，有神話中的「龍王」，有「開天闢地」的盤古和主宰自然界的「老天爺」。而這些概念歐美文化中並不存在，歐美人大多信仰基督教，認為世界是上帝創造的。《聖經》文化以及希臘、羅馬神話對西方文化和社會的影響比較深刻久遠。對於中西宗教文化方面存在的差異，在交流、理解時應予注意。試比較《紅樓夢》第六回劉姥姥說「謀事在人，成事在天」這句話楊憲益和霍克斯的譯文：

　　楊憲益譯：Man proposes. Heaven dispose.

　　霍克斯（Hawkes）譯：Man proposes. God disposes.

　　兩名譯者分別來自不同的文化背景。在封建社會時期的中國，人們把「天」看成是自然界的主宰，由此可見道教、儒教等對中國人民的影響。而在西方國家，特別是英、美兩國，人們大多信仰基督教，認為上帝是無所不能的主，創造了整個世界。所以兩人分別用了 Heaven 和 God，這也反應出了東西方存在著很大的宗教文化差異。不同民族間溝通的最大的交際障礙也就是文化思維方式。如中國人說「菩薩保佑」，西方人則說「God bless you.」（上帝保佑你）；中國人說「天知道」，西方人則說「God knows.」（上帝才知道）。

　　又如，龍是古代漢族人崇拜的圖騰形象，象徵著吉祥、尊貴、權勢和奮發向上。我們自稱是龍的傳人，意思是一個偉大而傑出的民族。在漢語中，有關龍的詞語大都是褒義的，如藏龍臥虎、生龍活虎等。但是在英語中，dragon 卻含有不好的意思。這是因為在《聖經》中記載，與上帝作對的惡魔撒旦被稱為 the Great Dragon。Dragon 在西方被看作是邪惡的象徵，在現代英語中，dragon 用以指「凶暴的人」或「嚴厲透頂的人」。所以翻譯「她在這一帶是一個專橫跋扈的人。」這句話就可以譯成「She is a bit of dragon around this place.」。在翻譯這類詞語時，要在瞭解中西宗教文化背景的前提下，知道其出處，充分理解其深層文化內涵，再用恰當文字精確翻譯出來。

四、文化內涵的重要性

在翻譯中，無論是英譯漢還是漢譯英，一定要注意語言的文化內涵，如果忽略了這一點，不但譯文不易接受，有時還會事與願違，產生意想不到的后果。

據說，有一次周恩來總理陪同外賓觀看戲劇《梁山伯與祝英臺》，翻譯作了很多說明也沒能讓外國人弄懂故事內容。此時，周恩來提示說：「梁山伯與祝英臺就是中國的羅密歐與朱麗葉。」通過這一類比，外國客人立刻明白了這一戲劇的主題思想。

與此有異曲同工之妙的是，在蘭溪一個濟公紀念館裡有濟公事跡的英譯文。中文是「濟公劫富濟貧，深受窮苦人民愛戴。」其譯文為「Jigong, Robin Hood in China, robbed the rich and helped the poor.」譯者把濟公比作英美文學中的俠客羅賓漢，西方人就可能有一種熟悉感和親切感，對濟公的喜愛之情定會油然而生。譯者不但要熟悉本民族的文化，而且要熟悉其他民族的文化，熟悉其他民族人民的審美心理，不然就會在翻譯中出現敗筆。

我國生產的一種口紅，商標為「芳芳」。在漢語中這個名字確實很好，我國人一看到「芳芳」二字就不禁產生許多美好的聯想，仿佛看到了一位花容月貌的少女，而且好像聞到了她周身襲來的馥鬱的香氣。但這個商標用音譯法翻譯成「Fangfang」出口，懂英文的消費者看了不但沒有美好的聯想，而且會產生恐怖之感，因為 fang 恰好是一個英文單詞，它的意思是「毒牙」。由於翻譯中的這一敗筆，口紅的銷路大概是不難想像的。

一種出口干電池的商標叫「白象」，英譯成「White Elephant」，應該說是百分之百地正確。殊不知 a white elephant 是一個固定的英文短語，意為「沉重的負擔」（a burdensome possession）或「無用而累贅的東西」（useless），那麼誰會花錢買無用而累贅的東西呢？

以上這兩則翻譯的敗筆就在於孤立地看待翻譯，只在語言的範圍中，就翻譯論翻譯，沒有注意語言與文化不可分割的關係。

成功的例子也很多，把「白熊」商標譯成「White Bear」卻是成功之筆。按照北京外語學院編《漢英辭典》，「白熊」的第一英語譯名「Polar Bear」，這也是「白熊」的學名，於是廠商一開始就將商標名譯成了「Polar Bear」。但在國際政治鬥爭中，Polar Bear（北極熊）又另有所指，人們容易把它當作綽號與世界上一種政治勢力聯繫起來，所以就採用第二個英語譯名「White Bear」，這樣就不會使某一商品塗上令西方人士討厭的政治色彩。這一譯例說明譯者在翻譯的過程中，注意到了譯名中的文化內涵。下面再舉兩個例子進一步說明這一問題。

杭州的西湖藕粉是自古出名的滋養品，歷史上曾作為「貢粉」每年進獻給皇帝。許多炎黃子孫都知道這一點，但對英美人士來說卻鮮為人知。當翻譯人員根據具有權威性的《漢英辭典》中的「藕粉」英譯為「Lotus Root Starch」向外

賓作廣告宣傳時，不少人仍是不樂意購買。原因在於 starch（澱粉）一詞。因為多吃 starch 容易發胖，而許多西方人都怕發胖。后將 starch 改成 powder，消費者明顯增加。

有一種減肥藥，中文名字是「輕身減肥片」，此藥是著名的杭州中藥二廠的拳頭產品，減肥的效果很好。在剛開始打開國際市場時，把它名字翻譯為「Obesity-Reducing Tablets」。開始銷路理想，不知何故，后專家指出，這一譯名不符合外國人的社會文化和心理。在某些西方國家，胖與蠢、笨連在一起，在語言中也避諱使用 obesity, fat 等詞，而用 stout（強健，結實）等委婉語來代替。所以許多胖人礙於面子，不願問津。於是他們將原譯名改為「Slimming Pills」，其國外的市場很快就打開了。

五、文化的「不可譯」現象（Untranslatability）

漢語和英語在語言上和文化上有著各自不同的特點，這在翻譯中形成了語際轉換的障礙，即不可譯性的問題。不可譯性在翻譯中是客觀存在的，但又並不是絕對的。在我國，很早就有人涉及不可譯性問題的探討。古有唐朝的玄奘「五不翻」之論，近有一代譯學宗師嚴復先生《天演論譯例言》中的「信、達、雅」（王佐良，1987：53），都道出了譯者在具體翻譯操作中所遇到的困難。困難之一便是：根據等效翻譯的原則，譯者如何處理那些無論直譯、意譯、抑或直、意結合都無法滿意譯出的字句，即不可譯現象。

美國詩人 Robert Frost 說，詩就是「在翻譯中喪失掉的東西」。（轉許淵衝，1992：214）聞一多也不讚成漢詩英譯，他說：「它（指漢詩）的好處太玄妙了，太精微了，是禁不起翻譯的，你定要翻譯它只有把它毀了完事！譬如一朵五色的靈芝，長在龍爪似的老松根上，你一眼瞥見了，很小心地把它採了下來，供在你的瓶子裡，這一下可糟了！從前的瑞彩，從前的仙氣，於今都變成了又干又瘟的黑菌……壓根兒你就不該採它下來，採它就是毀它，『美』是碰不得的，一粘手它就毀了。」（聞一多，1991：138）

魯迅先生也曾有同感，其有如下一段文章：「人們因為社會的要求，聚在一起，又因為各有可厭的許多性質和難堪的缺陷，再使他們分離，他們最后所發現的距離——使他們得以聚在一起的中庸的距離，就是『禮讓』和『上流的風習』。有不守這距離的，在英國就這樣叫『keep you distance』。」（魯迅，1988：32）

這裡，魯迅先生為什麼將 keep you distance 原文照錄而不加翻譯？因為如果勉強譯成漢語，反而會減少原文的韻味。在名為《創作要怎樣才會好》和《論「費厄潑賴」應該緩行》的另外兩篇文章裡，魯迅先生分別將 sketch 不譯，將 fair play 音譯為「費厄潑賴」，這也正是他作為翻譯家的高明之處。

又如，《紅樓夢》之英譯是典型的例子。首先，書名便很難譯。有譯為

Dream of the Red Chamber，也有譯為 A Dream in Red Mansions 的。在我國古代的詩詞中，紅樓實際上指的是上層階級女子所住的華美房屋，常帶有愛情的聯想。因此《紅樓夢》這個書名無法令人滿意地譯出。基於此，當代英國學者 David Hawkes 煞費苦心，最后有意迴避，將之譯成 The Story of the Stone（《石頭記》）。（林以亮，1976：311）

通過一些文化現象的不可譯探索，我們不難發現，所謂的文化不可譯現象實際上只是在一定的歷史時期存在，即它們第一次出現時，它們是具有不可譯性的。但是隨著文化交流的深入，譯者可利用輔助手段，比如添加腳註的方法克服這種不可譯性，實現文化交往上的成功。隨著文化交流的深入，英漢互譯中的文化不可譯性將會更多地、在更大程度上朝可譯性方向發展。

實戰演練

一、翻譯下列詞組，注意文化差異。

1. Oval Office
2. black sheep
3. Queen's English
4. cave dwelling
5. as rich as Croesus

二、用適當的方法譯出下列句子。

1. Birds of a feather flock together.

2. Even before they were acquainted, he had admired Osborn in secret. Now he was his valet, his dog, his man Friday. (Robinson Crusoe)

3. Our son must go to school. He must break out of the pot that holds us in.

4. Like many other southerners, I came to seek my fortune in one of those pot-at-the-end-of-the-rainbow factories along Euclid Avenue.

5. The native grasses and weeds, the scattered patches of gorse, contended with one another for the possession of the scanty surface soil; they fought against the droughts of summer, the frosts of winter, and the furious gales which swept, with unbroken force, now from the Atlantic, and now from the North Sea, at all times of the year; they filled up, as they best might, the gaps made in, their ranks by all sorts of underground and overground animal ravagers one year with another, an average population, the floating balance of the unceasing struggle for existence among the indigenous plants, maintained itself. (Evolution and Ethics and Other Essays)

6. 漢武帝的陵墓形如復鬥。
7. 近朱者赤，近墨者黑。
8. 上梁不正下梁歪。
9. 貪多嚼不爛。
10. 晉太元中，武陵人捕魚為業，緣溪行，忘路之遠近。忽逢桃花林，夾岸數百步，亨無母犛，芳草鮮美，落英繽紛；漁人甚異之。復前行，欲窮其林。林盡水源，便得一山。山有小口，仿佛若有光，便舍船，從口入。（《桃花源記》陶淵明）

三、簡述排除思維方式的差異對翻譯消極干擾的途徑。

第二節　英漢文化差異的表現

英漢兩種文化的差異在語言中的表現幾乎可見於方方面面，以下就稱謂、宗教信仰、寒暄交際，對動物、顏色的聯想意義以及諺語等通過例證加以說明。

一、稱謂差異

漢語對親屬關係的稱謂分得比英語細，而且多數親屬稱謂都可用於稱呼非親屬，這屬於親屬稱謂的泛化。如「伯」「叔」「姑」「舅」「姨」，父系和母系親屬的稱謂亂不得。英語在這方面不嚴格，uncle 可分別指「伯、叔、舅」，aunt 指「姑」或「姨」都可以，年齡上沒有刻意區分。漢語中的兄弟姊妹關係，可以有「大哥/姐」「二哥/姐」「二弟/妹」「三弟/妹」「小妹」等按照年齡劃分的直接稱謂。英語中卻只用 brother 和 sister 來稱呼兄弟或姊妹。需要表達詳細情況時，也只是以 elder brother/sister 或 younger brother/sister 或序數詞進行區分，而且是作為間接稱謂使用。

古今漢語中用於指稱妻子的詞語有很多，現在依然可以見到如「內人、太太、夫人、妻子、愛人、老婆、媳婦兒、老伴兒」等指稱，可根據不同的語域或正式程度選用這些詞語。但在英語裡，似乎什麼場合下都可以用 wife，類似的形式在數量上相對較少。

早期英語文學作品中常常可以看到 My Lord 這樣的稱呼，在漢語翻譯時也會根據人物之間的社會關係來處理。大臣稱國王應處理為「萬歲」；稱太子應處理為「殿下」；僕人稱主人、貴族的妻子稱自己的丈夫均可處理為「老爺」；軍中將官稱呼最高統帥可處理為「將軍」。

二、宗教文化

各類宗教文化裡都有神。道教、佛教、基督教、薩滿教都有自己的神。在中

國文化裡，甚至連孔子、關公也是膜拜的對象，各路神仙相安無事。神靈雖多，但沒有基督教文化裡那樣全能的「上帝」。所以，漢語文化裡，人們更喜歡膜拜一個超越各路神仙的「天」。一些與「天」有關的表達形式常見於漢語，如「老天爺」「老天保佑」。這些表達形式在翻譯時要費些心思。比如，「天知道」譯成 God knows 或 Lord knows 應該是有道理的。但又不得不顧及其中包含的風險。因為我們的「天」和 Lord 一點關係也沒有，其實譯成 Heaven knows 興許更合適一些。

1. 謀事在人，成事在天。
Man proposes and Heaven/God disposes.

2. 天生我才必有用。
Heaven/God has endowed me with talents for eventual use.

同樣，英語裡的一些 God 類表達也可以使用漢語的「天」來翻譯，主要是因為漢語沒有語用功能完全對等的表達形式。但 God 譯成「天」的做法不是必須的，Almighty God 譯成「萬能的上帝」「萬能的主」顯然更合適。

3. God knows!
天曉得！

4. Thank God!
感謝上帝！／謝天謝地！

5. God helps those who help themselves.
自助者天助。

另外，英語裡的 monk 譯成漢語需要區分宗教：基督教的，叫「修士」；佛教的，叫「和尚」。不過，在漢語文化裡，道觀裡修行的叫 Taoist。同樣，nun 在佛教裡指「尼姑」，而在基督教裡稱「修女」。

三、寒暄語

見面打招呼，寒暄幾句，免不了說「吃了嗎？」「來了！」「哪兒去呀？」「上班呀？」「買菜呀？」等。這些寒暄語（phatic communion）其實壓根兒就沒有詢問的意思，只是用來維繫人與人之間的社會關係，在功能上相當於英語裡常說的「Hi!」「How are you?」「Nice day, isn't it?」等。

寒暄語的使用範圍很廣。如，英文信件中署名時常常出現 yours, sincerely yours, love, respectfully 等表示寫信人與收信人之間社會關係或情感距離的詞語。在漢語信函裡，表達類似功能的並不是這些形式，而是在信末署名時使用一些附加成分。如子女寫給父母用「兒子／女兒：XXX」，朋友之間有時會用「摯友：XXX」，「學生對老師用（您的）學生：XXX」，下級對上級可以用「XXX 呈上」，在商務信函裡可以用「敬上」，等等。信函類文本的翻譯更要注意目的語書信體的規範。目前常見的做法是：英譯漢時可以部分移植源語的規範，如信頭

的「Dear XXX」可以譯成「親愛的XXX」（私人信件），也可以使用漢語的規範，如「Dear Sirs」譯成「敬啓者」（商務信函）。而漢譯英時則需要依循英語書信格式和規範。

四、動物的聯想意義

英語和漢語文化都喜歡拿一些熟悉的動物說事，通常是貶義多，褒義少，調侃意味比較濃。常見的習語性表達形式多與「狗」「貓」「蛇」以及鳥類有關。最常見的是和人類生活最緊密的「狗」。英漢兩種語言文化裡的「狗」有不同的聯想意義。應該說，在漢語語言文化裡，狗也是可愛的動物，也有很多人把狗視為忠誠的朋友，如「狗不嫌家貧」，但對狗的偏見和貶抑也遠遠多於英語文化。如：

狗急跳牆 a cornered beast will do something desperate
狗腿子 lackey
狗眼看人低 to be a crashing, terrible snob
走狗 servile follower

在英語文化裡，狗常借指人。如：

lucky dog 幸運兒
every dog has his day 人人都有得意時

英語文化裡的狗也有貶義，如：

1. You can't teach an old dog new tricks.
上年紀的人學不了新玩意。
2. Let sleeping dogs lie.
不要惹是生非。
3. He who lies down with dogs must rise up with flea.
近朱者赤，近墨者黑。

除此以外，漢英兩種語言中與動物有關的各種表達意思對應，但形象不一致，常見的有：

牛脾氣　pigheadedness
如魚得水　like a duck to water
蠢得像豬　as stupid as a cow
瘦得像猴子　as thin as a shadow

在特定文化裡，某些植物也有聯想意義。比如漢語裡的「梅蘭竹菊四君子」，英語裡的 apple of the eye（掌上明珠），sour grapes（酸葡萄心理）等。

五、顏色的聯想意義

顏色詞在各種語言文化中都有，而且基本顏色詞為大多數語言所共享，然而

同一種顏色在不同語言中卻會產生不同的聯想意義。如「紅色」在漢語中通常有「吉祥、喜慶、幸福」等含義，但在英語國家的人眼中，red 有時則意味著流血、暴力或危險。所以大衛・霍克斯（David Hawks）在翻譯《紅樓夢》時就避開了書名中的「紅」，而採用小說原來曾使用的書名《石頭記》，處理為 The Story of the Stone，將「悼紅軒」譯成 the Nostalgia Studio，將「怡紅院」譯成 the House of Green Delights，以避免文化差異可能造成的誤解。這是處理文化內容的極端例子，事實上，我們常見的一些與顏色有關的表達形式已經規約化了。如：

漢—英

紅包（壓歲錢等）　red envelope

紅娘　matchmaker

紅人　favorite with somebody

紅事　wedding

紅糖　brown sugar

英—漢

red-letter day　（日曆上用紅色標出的）節假日

red tape　官樣文章，繁文縟節

漢語中「綠色」的特殊含義較少，通常象徵著生機、希望。英語中 green 的含義有：①嫉妒、眼紅；②缺乏經驗、生手；③鈔票、經濟實力（因為美元紙幣是綠顏色的）。如：

漢—英

綠茶　greentea

綠色食品　eco-labeling food

綠色通道（即無申報物品通道）　green channel

英—漢

green about the gills 臉色蒼白

Greenback　美鈔

green goose　雛鵝

green hand　新手，生手

green house　溫室

白色（white）在漢英兩種語言中都具有「純潔」的聯想意義，如新娘在婚禮上會穿白色的婚紗，代表愛情的純潔。漢語中的「白色」有時還與「死亡、喪事」相聯繫。如「白事」是指喪事（funeral），而英語 white 一詞並沒有這一含義。如：

白酒　liquor

白開水　plain boiled water

白粉　heroin

white 有時表達的含義與漢語中的「白色」並沒有對應關係。如：

white lie　善意的謊言

white coffee　加牛奶的咖啡

white manifold paper　複印紙

white meat　白肉（如雞肉、魚肉）

英語中的 blue 常用來喻指「情緒低落」或「心情沮喪」，如 She looks blue.（她看上去情緒低落。）如前所述，blue 有時有「黃色、下流」的意思。

此外，blue 還有其他一些用法。如：

a bolt from the blue　昊天霹靂

blue collar　藍領

He is proud of his blue blood.　他因出身名門貴族而驕傲。

英語單詞 black 在英漢兩種語言文化中的聯想意義大致相同，如表示「悲哀」的含義，表示「陰險」「邪惡」之義，在英語和漢語裡已是一個感性色彩很強的詞彙。如：

黑幫　underworld gang/mafia

黑車　unlicensed vehicle

黑店　gangster inn

黑話　cant

black and blue　青一塊紫一塊，遍體鱗傷

black art　妖術，魔法

black gold　黑金，石油

Black Hand　黑手黨（由義大利西西里移民組織的進行走私、販毒、敲詐勒索和恐怖主義活動的集團）

black hole　黑洞

black humor　黑色幽默

black ink figure nation　國際收支順差國

六、其他情形

作為人類文明的一部分，不同文化間存在一些共性特徵。但由於各語言社團的生存環境、歷史發展不同，風土人情、傳統習慣、思維方式和價值觀方面也有差異，每一語言社團都有自己表情達意的方式。這一點主要體現在成語、俗語、雙關、文字游戲、典故等方面。還有委婉語，如 go west, pass away, go to one's long rest, asleep in Jesus, 去逝，安息，歸西，去五臺山，見馬克思，等等。如：

一箭之遙　a stone's throw

水中撈月　to fish in the air

石沉大海　to remain a dead letter

半瓶子醋　half-baked

守口如瓶　dumb as an oyster

揮金如土　to spend money like water

drunk as a sailor　爛醉如泥

to gild the lily　畫蛇添足

to tread upon eggs　如履薄冰

diamond cut diamond　棋逢對手

有些成語在譯語文化裡可以找到類似的表達。但由於文化上存在差異，漢英表達中使用的意象不盡相同。如：

1. 掛羊頭賣狗肉。To cry up wine and sell vinegar.

2. 江山易改，本性難移。The leopard can't change its spots.

3. 巧婦難為無米之炊。Even the cleverest housewife can't make bread without flour.

4. in birthday suit　光著身子，一絲不掛

5. thorn in the flesh　眼中釘

6. as rich as Jew　像猶太人一樣富有

7. as wise as Solomon　像所羅門一樣聰明

8. A new broom sweeps clean.　新官上任三把火。

9. Two minds are better than one.　三個臭皮匠，頂個諸葛亮。

10. An iceberg is not formed in one month. 冰凍三尺，非一日之寒。

上述諺語所表達的含義在英語裡也有類似的表達，但在形式和意象上有差異，這樣的歸化（domestication）處理主要是為了方便讀者理解。同樣地，為了使譯語讀者更全面地瞭解源語文化，也可以採用異化（foreignnization）的方法，如將 In the land of the blind, the one-eyed man is King. 譯成「瞎子王國，獨眼稱王」，將「三個臭皮匠，頂個諸葛亮」譯成「Three cobblers with their wits combined, equal Zhuge Liang, the master mind.」。這樣的譯文同樣可為譯語讀者所接受。

因此，譯者在翻譯前需要考慮翻譯的主要目的是什麼，是為了方便譯語讀者，還是為了使譯語讀者更多地瞭解源語文化。即，將原文拉近譯語讀者，還是將譯語讀者拉近原文。但有些表達本身過於依賴源語語言的形式特徵，翻譯成另一語言時就需要變通，如：

漢譯英

11. 三個人品字式坐下，隨便談了幾句。

The three men sat down facing each other and began casually chatting.

英譯漢

12. a Dear John letter

（由女友或妻子寫給自己男友或丈夫的）分手信

13. Every family is said to have at least one skeleton in the cupboard.
俗話說，見不得人的事兒家家都有。

14. We must hang together, or we'll be hanged separately.
人心齊，泰山移；人心散，全玩兒完。

實戰演練

一、將下列表達形式譯成英語。

1. 狗拿耗子，多管閒事
2. 狗嘴裡吐不出象牙
3. 多如牛毛
4. 熱鍋上的螞蟻
5. 濕得像落湯雞
6. 山中無老虎，猴子稱霸王
7. 紅榜，光榮榜
8. 紅茶
9. 紅塵
10. 紅光滿面
11. 紅極一時
12. 紅利
13. 和……紅臉
14. 紅頭文件
15. 紅眼病
16. 開門紅
17. 塞紅包
18. 綠肥
19. 白色污染
20. 白字
21. 黑客
22. 黑幕
23. 黑車
24. 黑手
25. 黑體字

二、將下列表達形式譯成漢語。

1. to be like a dog with two tails
2. to treat somebody like a dog
3. red alert
4. red clause credit/letter of credit
5. red line clause
6. red meat
7. to roll out the red carpet
8. They caught the thief red-handed.
9. green beer
10. green belt/greenbelt
11. green brick
12. green cheese
13. green coffee
14. green fingers
15. green ham
16. green power
17. green rubber
18. green soap
19. green wound
20. white livered
21. white alert
22. to be white as a sheet
23. white book
24. white elephant
25. white gasoline
26. white gourd
27. white lime
28. white night
29. white noise
30. white paper
31. white wine
32. once in a blue moon
33. out of the blue
34. to be blue in the face

35. black beer
36. black box
37. black magic
38. black coffee
39. black day
40. black economy
41. black fever
42. black future
43. black lie
44. black market
45. black money
46. blackout
47. black sheep
48. black storm
49. black thoughts
50. black-hearted

第三節　英漢稱謂系統與翻譯

　　稱謂系統是文化的重要組成部分。稱謂往往暗示著被稱呼人的社會地位、身分、角色以及談話雙方之間的關係。無論在漢語中還是在英語中，稱謂都有著很長的歷史，只不過「每一種語言，經過長時間的發展和演變之后，都會形成各自獨特的稱謂體系和使用規範」（杜學增，1999：30）。漢語和英語均如此。因此，在翻譯過程中譯者要力圖使譯文達到「社交語用等效」。也就是說，譯者「要從社會、文化交際的角度去考察語言的使用」（何自然，1999：189），要熟悉這兩種不同語言的稱謂系統，同時還要考慮到譯文的讀者，順從這些讀者的文化習慣。可也有一些譯者在翻譯稱謂的時候採取直譯的方式，認為這樣可以保持「原汁原味」。而實際上，在大多數情況下，直譯並不符合譯入語讀者的文化習慣，所以往往會引起誤解。因此，筆者認為譯者應該根據譯入語的表達習慣、譯入語讀者遵循禮貌原則所使用的方式進行適當的調整。換句話說，就是「變洋為土」，其實這也是一種「再創造」。下面就探討一下英漢兩種語言中人們是怎樣運用禮貌原則來稱呼不同身分、不同職業的人的，以及如何正確地根據譯入語的習慣進行翻譯的。

一、親屬稱謂

　　親屬稱謂是指家庭成員之間的稱呼，或用這些稱謂來稱呼非家庭成員。英語

國家的人在稱呼他人時，除在正式場合用 Mr., Mrs., Ms. 和 Miss 以及 sir 和 madam 外，越來越普遍地使用小名（即英語中的 given name），即便對方是自己的父母、祖父母或親戚、朋友、同事等，他們認為這樣更親切，同時使雙方都感覺很平等。而中國人卻全然不同，很早就形成了君臣父子、上下尊卑的等級秩序，這種道德規範對稱謂作出了明確的規定。除父母、祖父母要被恭敬地喊作「爸爸」「媽媽」「爺爺」「奶奶」外，對其他人也要表現出尊敬的態度，所以漢語稱謂中不乏「大哥」「二哥」「大姐」「三姐」「四嬸」「大伯」「二叔」等詞，表現出中國傳統中上下尊卑的等級秩序。可在譯成英語時，一般要根據英語的特點作靈活處理。

例1：

「四妹，時間不早了，要逛動物園，就得趕快走。」

四小姐蕙芳正靠在一棵楊柳樹上用手帕揉眼睛……

「九哥，他是不是想跳水呢？神氣是很像的。」（茅盾：《子夜》）

「Huei-fang!」He called. 「It's getting late. We'll have to get a move on if you want to see the zoo.」

Huei-fang was leaning against a willow, dabbing her eyes with a handkerchief...

「Chih-sheng, was he going to throw himself into the pond? He looked as if he was.」（楊憲益和戴乃迭譯）

這裡「四妹」和「九哥」分別譯成了各自的名字 Huei-fang 和 Chih-sheng。如果直譯成 Sister Four 或 Brother Nine，英語就顯得晦澀難懂，所以譯者用了歸化的譯法，來避免引起英文讀者的誤解。因為在英語中用作稱謂時，brother 通常指 a member of a male religious order, esp. a monk or a fellow member of the Christian Church (*The Concise Oxford Dictionary*), sister 指 a member of female religious order or a senior female nurse（同上）。所以英語中的 Brother Joseph 或 Sister Mary 通常理解為屬於天主教或其他宗教團體的人，分別譯為「約瑟夫修士」和「瑪麗修女」。

中國人還喜歡用「解放軍叔叔」「警察叔叔」「李嬸」「周大伯」等來稱呼非家庭成員。但是，這些稱謂最好也不要譯作 Uncle PLA Man, Uncle Police-Man, Aunt Li 或 Uncle Zhou，因為在英語中 aunt 和 uncle 一般是用來稱呼家庭成員的（當然也有與漢語類似的用法，如思陀夫人的 *Uncle Tom's Cabin*（《湯姆叔叔的小屋》）。下面的例子中，譯者就對這方面的稱呼進行了歸化翻譯。

例2：

喜的蕊官笑道：「姐姐，給了我罷。」鶯兒道：「這一個咱們送林姑娘，回來咱們再多採些，編幾個大家頑。」（曹雪芹：《紅樓夢》）

Jui-kuan was delighted with it. 「Do be a dear and give it to me!」She begged. 「No, this is for Miss Lin. We'll pick more to make some for the rest of us later.」（楊

憲益和戴乃迭譯)

眾所周知，英語中 sir 和 madam 用來稱呼上級或陌生人，這種情況下直譯成「先生」或「女士」或「長官」是可以的。但還需注意的是，英語國家的人還頻繁使用 sir 或 madam 來稱呼父母。此時，要根據漢語的禮貌方式翻譯這兩個稱謂。

例 3：

I think, sir, it's not hard to see, George said, with a self-satisfied grin. Pretty clear, sir. —What capital wine !

What do you mean—pretty clear, sir?

Why, hang it, sir, don't push me too hard. I am a modest man. I—ah—I don't set up to be a lady-killer, but I do own that she's as devilish fond of me as she can be. Anybody can see that with half an eye. (Thackeray: *Vanity Fair*)

喬治很得意地笑了一笑說：「我想這件事情很清楚。誰都看得出來。喝！這酒真不錯。」

「誰都看得出來——你這話什麼意思？」

「咳！您別追得我太緊啊。我不是愛誇口的人。我——呃——我也算不上什麼調情的聖手。可是我坦白說一句，她一心都在我身上，非常地愛我。隨便什麼人一看就知道。」(楊必譯)

上面這段引文是父子之間的一段對話，父子二人都用 sir, 稱呼對方，可譯者將大部分都省譯了，只用一個「您」來顯示出父親的身分，這與漢語文化中的禮貌方式是相符的。

二、用頭銜稱呼對方

「王局長」「李處長」「張主任」「劉校長」「陳司令」「蔡經理」「張工」「李總」等在漢語中也是常見的稱謂，現在像「王局」和「李處」這樣的稱呼也司空見慣，這些稱謂顯示了對方的社會地位、職務和社會官職，含有明顯的敬意，而且中國人傳統上對仕途是很看重的，所以被稱呼的人也樂意接受。而對英語國家的人來說，director、manager、commander-in-chief、principal 等只能說明社會分工的不同，並不能被用作稱謂。職稱或頭銜如 general、captain、doctor 和 professor 可以用作稱謂，而像 gover、president 和 chairman 在用作稱謂時，一般也要說 Mr. Governor、Mr. President 和 Mr. Chairman。

在中國，一位姓張的老師一般被呼作「張老師」，因為「老師」一詞不僅指一種職業，還可以被用作稱謂。而「張老師」譯成英文的時候，是不能直接譯成「Teacher Zhang」的。因為在英語中，teacher 只是一種職業，就像 worker、farmer、和 student 一樣，不能被用作稱謂。漢語中「XXX 老師」應該譯成 sir/madam 或 Mr/Mrs. /Miss/Ms. XXX。例如，「張老師」可以被譯成 Mr. Zhang 或

Miss Zhang。同理,「老師,我有個問題要問」,最好譯成 Could I ask you a question, sir/madam? 下面這個例子對「老師」的翻譯就符合英文的習慣:

山桃兒追老師追到家門外,她似乎想說什麼,她卻說:「老師,您慢走。」老師應了一聲,心想,這孩子真懂事。(劉雲生:《藍藍的山桃花》)

Shantao hurried out! And caught up with him at the gate. But all she could say was,「sir, thank you for coming.」What a nice girl, he thought. (Wang Mingjie 譯,此處有改動)

三、社會上常用的通用稱謂

社會上一些通用稱謂如「先生」和「小姐」在 20 世紀 80 年代的中國非常流行。當然可以直譯。而筆者認為它們本身就是「西化」的結果,而像「老王」和「小李」一般只能譯成 Wang/Mr. Wang 和 Li,而不是 Lao Wang 和 Xiao Li 或 Old Wang 和 Little Li,因為 Lao 和 Xiao 可能會被誤認為是名字的一部分,而 old 和 little 可能會引起人們的誤解。在中國,傳統的「同志」和現在比較時髦的「師傅」經常用於稱呼陌生人。怎樣把它們譯成英語呢?「師傅」字面的意思相當於英語中的 master,隱含著某種師徒關係。而事實上稱呼陌生人「師傅」只是表示尊重,所以此時可以把它譯成 sir。雖然「同志」一詞因為現在有時指同性戀,所以在稱呼中不如以前使用得頻繁,但也有人用其來稱呼中年的陌生人。此時最好也不要把它譯成 comrade,因為 comrade 有很強的政治含義,通常指志同道合或為共同的利益而奮鬥亦或是參加同一項活動的人。在此情況下,為了與英文的表達習慣相符,一般譯成 sir、madam 或 man 甚至 guy,如果是「XXX 同志」,就譯成 Mr. /Mrs. /Miss XXX。下面是關於「同志」翻譯的一個例子。

例 1:

「喂,同志,同志!」身後傳來叫喊聲。四周無人。叫我?她慢慢地掉過頭去,只見一把傘伸出車窗外。啊,自己的傘!剛才抱孩子的那只手正向這邊用力地揮著。她心頭猛地一熱,快步跑上前去。(傅振川:《車走遠了》)

「Hey, madam!」Someone was shouting behind her.

「No others about here. Calling to me?」She turned about to find out. A parasol sticking out of the bus window. Her parasol! The hand which had been holding the baby was beckoning to her vigorously. With a surge of warmth rising in her heart, she rushed forward... (居祖純譯)

從上下文中可以看出,這兒的「同志」指的是一位陌生人,而且是一位女性,所以譯者把它譯成了 madam。

漢語中還有一種稱呼方法,那就是用「老人家」「王公」「徐老」等傳統稱謂表示對長者的尊重。此時,不能直接譯成 old man、Old Wang 或 Old Xu,顯然這些都太不禮貌了,而是應譯成 sir、Mr. wang 和 Mr Xu。與漢語複雜的社會通用

稱謂不同，英語更多的則是使用 sir 和 madam，所以上述漢語的很多社會通用稱謂就譯成了這兩個英語單詞。根據英漢語文化的這點不同，英文的 sir 和 madam 在不同的社會語境和文本語境下，應歸化翻譯為漢語讀者能接受的稱謂。

例 2：

「Aye, aye, sir, I know your worship loves no holiday speeches.」（W. Scott：*Red Gauntlet*, *III*）

「是，是，老爺，我知道老爺不喜歡聽冠冕堂皇的話。」

這個例子中的 sir 如果譯成「先生」在中國讀者看來就顯得生硬，譯成「老爺」反而會讓中國讀者能夠想像得到其表達的語境。

例 9：

「The cannonading has got the wind up in young Raleigh. Sir.」said the sergeant. Captain Mitty looked up at him through tousled hair. （J. Thurber：*The Secret Life of Walter Mitty*）

「炮彈把小拉萊轟昏過去了，長官。」中士說。密蒂上尉透過亂蓬蓬的頭髮抬頭望著他。

這個例子中的對話發生在軍隊，所以這裡的 sir 根據其語境譯為「長官」。

四、昵稱

在英漢兩種語言中，都有一些昵稱，比如英語中的 dear、darling、sweetheart、honey、babie 等和漢語中的「親愛的」「心肝寶貝」等。如果這些詞都用來稱呼很親近的人，直譯就可以了。但是，我們都知道，dear 在英語中使用得相當普遍，而「親愛的」在漢語中的使用頻率並不高。這時，翻譯就要根據英漢的禮貌差異作些變動。

例 10：

「This is a thousand pities,」he said gallantly to two or three of the girls nearest to him as soon as there was a pause in the dance.「Where are your men, my dears?」（Hardy：*Tess of the D'Urbervilles*）

跳舞剛剛停了一下的時候，他就朝著離他頂近的那兩三個女孩子殷勤地說：「這樣真是萬般可惜了，你們的舞伴哪，我的親愛的？」（張谷若譯）

這個英文句子中的 dear 是向對方表示友好，對方（一群姑娘）並不是說話人很親近的人。所以筆者認為，翻譯成「我的親愛的」並不怎麼符合漢語的習慣，所以建議改譯成「姑娘們」，這樣更容易被漢語讀者接受。同樣，在英文書信中，開頭總是會用 Dear Sir/Madam 來稱呼，即使不知對方是誰的情況下也可以如此稱呼。而漢語寫給陌生人的信，卻不用「親愛的先生/女士」，此時可以換成漢語書信的習慣稱呼「敬啓者」，即使知道對方是誰，英語書信的開頭 Dear Mr. …… 最好也不要譯成「親愛的……先生」，而應該譯成「尊敬的……先生」或

「……先生臺鑒」。

漢語中還有一個有趣的現象，即在某些地區用「阿哥」「阿妹」稱呼自己的戀人，特別是民歌中較為常見。此時就不能直譯成 brother 和 sister，而應譯成英語中的 darling、sweetheart 或 honey。

五、其他稱謂

英漢語文化中還有其他不同於以上情況的稱謂，在翻譯中要靈活處理。請看下面的例子。

例1：

「Now, look here, old woman,」Higginbotham bullied,「for the thousandth time I've told you to keep your nose out of the business, I won't tell you again.」（J. London：*Martin Eden*）

這個例子中，英文 old woman 用來稱呼自己的老伴，比較通俗，由於漢語相應比較通俗的稱謂便是「老婆子」，所以這樣譯出可以傳達原文的語氣，同時也符合漢語讀者的文化心理。

例2：

「Hold on, Arthur, my boy,」he said, attempting to make his anxiety with facetious utterance.（同上）

「等一等，阿瑟老弟，」他說，想用開玩笑的口氣來掩飾自己的不安。

例3：

「I will, so help me!」Danny cried with abrupt conviction.「I'll beat you to death in the ring, my boy—you monkey in with me this way.」（J. London：*The Mexican*）

「哎，好吧！」丹尼忽然信心百倍地叫道，「我要在臺上打死你，小子！——你竟敢這麼挖苦我。」

英語的 boy 經常用來作為稱謂使用，其翻譯要根據語境斟酌。比如有時會譯成「小伙子」，有時也可根據情況譯成「哥們」，有時還可以譯成「老弟」或「小子」。上面兩個例子中，例2譯成了「老弟」，例3譯成了「小子」，符合說話人的身分，所以是個不錯的翻譯。

以上分析了英漢兩種語言稱謂的不同，並提倡根據譯入語的表達習慣和禮貌方式對這些稱謂進行翻譯。因為稱謂是對話中重要的組成部分，有著非常重要的語用效果。英漢兩種語言分別有自己的一套稱謂體系。當然，它們之間有相通的部分，但由於雙方的文化差別，造成了在稱謂方面有很大的差異。在翻譯過程中，為了使譯入語通順易懂，最好根據譯入語讀者文化心理進行歸化翻譯，這樣才能保留原文的語用效果。

實戰演練

把下面的漢語句子譯成英語，同樣注意語體特徵的不同。

1. 今宵酒醒何處？楊柳岸，曉風殘月。
2. 父親便問：「該死的奴才！你在家不讀書也罷了，怎麼又做出這些無法無天的事來……」
3. 綠草萋萋，白雲冉冉，彩蝶翩翩，這日子是如此清新可愛；蜜蜂無言，春花不語，海波聲咽，大地音沉，這日子是如此安靜。
4. 美貌、體力、年輕，就像花朵，終將衰盡；義務、信念、愛情，就像樹根，萬古長青。
5. 鄙人當盡力而為。
6. 來是春初，去是春將老。
7. 天若有情天亦老。
8. 該案何時開庭審理尚未確定。
9. 有朋自遠方來，不亦樂乎。
10. 北山愚公者，年且九十，面山而居。
11. 太陽這麼高了，大姑奶奶怎麼還不露面？
12. 弄得不好，就會前功盡棄。
13. 這小伙子長相老實，看上去脾氣也好，到處有人緣。
14. 忽聞有人在牡丹亭畔，長吁短嘆。

第四節　英漢語言感情色彩的異同

一、感情色彩的相似點

英、漢民族在歷史、地理、宗教、風俗習慣等方面的差別使各自的語言文化在感情色彩上都有愛憎、褒貶、善惡之分，但表達的方式各有不同。所以我們說語言不只具有辭典上的涵義，還帶有感情色彩的意義。

有些事物對於所有民族來說具有同一感情色彩。比如：一說到「太陽」，人們都會感到「溫暖、光明」；一提到「春天」，人們感到「生機盎然、充滿活力」；一提到「夏天」，人們感到火辣辣的；一提到「冬天」，人們就會感到寒冷，沒有生命；當提到「死亡」，人們的感覺是痛苦和可怕的。

各民族都有自己的宗教信仰，漢族人信佛教、道教，所以有「佛」「菩薩」之類的詞，有「泥菩薩過河，自身難保」「酒肉穿腸過，佛祖心中留」這樣的句

子。而在西方文化中，西方人篤信基督教、天主教，因此我們會讀到「God」「devil」之類的詞，我們也會聽到如：God bless me!」「Go to the hell」等句子。同樣，不少動物在中、西方人心中會引起相同的感覺。如：獅子是勇猛的，狐狸是狡猾的，豬在中、西方人心中都代表貪婪、骯髒、懶惰、愚蠢，兔子是可愛的，老鼠是膽小的，牛是勤勞的，蛇是冷酷的，綿羊是溫順的，蜜蜂是勤勞可愛的，鳥兒是代表自由的。

再有，人們都常用花來比喻貌美如花的女子。漢語中有「人面桃花相映紅」「閉月羞花之貌」，玫瑰代表甜蜜的愛情。英語中也有這樣的詩句：「Your lip is like a red, red rose.」

世界萬紫千紅，人們對色彩的感覺也有相似之處。比如：紅色代表喜慶。英語中的 red-letter days 指重大節日；中國婦女傳統的結婚服裝是紅色。白色代表「純潔、無辜、真誠、美好」。漢語中有「清清白白」「白璧無瑕」「真相大白」等詞；而西方婦女傳統的結婚禮服是白色的，取其純潔、美好之意，英語中的有 a white day（吉日）、white lie（善意的謊言）、white war（不流血的戰爭）。所以在做英漢翻譯時，有些是可以直譯的。比如：

櫻花紅陌上，柳葉綠地邊。

The pathways red with cherry blossoms.

The lakeside green with willow leaves.

這句中顏色詞是基本對應的，只要認準各自真正的含義，翻譯時就不會有多大困難。

漢語和英語的擬聲詞，有許多共同之處，不少可以找到對應，兩者的發音十分近似。如貓叫聲在漢語中是「喵」，而英語的發音是 mew；叮噹聲在英語中發作 ding dong；門的撞擊聲在英語中是 bang；蛇爬行的聲音在漢語中是「嘶嘶」，英語中用 hiss 來表示；再有布穀鳥的叫聲漢語中是「布穀、布穀」，而英語中為 cuckoo，發音與其十分近似。

二、感情色彩的差異

（一）對動、植物的喜好不同

動、植物在人們的心裡可以有相似的聯想，但是中、西方人對它們的喜惡的表現也常常不同。漢語文化中，龍是備受詩人尊崇的，龍是皇帝的代名詞，是高貴、神聖的象徵，是威嚴神武的象徵，許多與龍有關的詞彙就有神聖、高貴的含義。比如「真龍天子」「龍顏」「龍體」「龍威」「望子成龍」「龍的傳人」「龍子龍孫」等。但是，在西方文化中，龍卻是一種能噴吐火的可怕的、凶殘的怪物，是一個恐怖、可怕的象徵。再如，漢民族文化中，蝙蝠是吉祥、健康、幸福的象徵，但在西方文化中，蝙蝠是一個醜陋、凶惡、吸血動物的形象。與蝙蝠有關的詞語大都帶有貶義，如 as blind as bat（有眼無珠），（have）bats in one's belfry（瘋瘋癲癲）。此外，中國人認為喜鵲是吉祥的象徵，但西方人卻認為喜鵲是「多嘴多舌」的象徵。再看看植物，中國人把水仙花看做優雅、高貴的象徵，但是西方人卻因為希臘神話中的傳說，把它看做是自戀的象徵。中國人認為菊花是清雅、優美的象徵，因此有「採菊東籬下，悠然見南山」這樣的詩句，而且覺得菊花有很好的藥用價值，但西方人卻對菊花並無好感。

（二）色彩詞的感情色彩的差異

由於英漢民族在文化、生活等方面的不同習慣，不同的民族對顏色的偏好是有所不同的。黑色在古代是一種尊貴和莊重的顏色，是夏朝和秦代所崇尚的正色。緇衣（黑色的棉布衣服）是卿士上朝所穿的正服。黑臉包公、李逵象徵著剛正不阿或行俠仗義的形象。英語中黑色主要指悲哀、絕望和死亡。紅色在中國是喜慶、吉祥、勝利、好運的象徵，如「開門紅」是指工作一開始就很順利，「紅運當頭」指好運不斷，「大紅人」指受領導器重的人，「生意紅火」指生意興旺。紅色在中國也是進步和革命的象徵，如「五星紅旗」是中國的國旗，紅臉關公是忠臣的象徵。而英語中「go into (the) red」指「出現赤字」「發生虧損」；「paint it red」意為「把事物誇大」；「He was callght red-handed」是指某人在做壞事時被現場捉住；「go red」是資本主義反動勢力稱共產黨人「赤化」「赤軍」，帶有貶義。黃色在中國歷來被視為「神聖、威嚴」的顏色。「炎黃子孫」是中國人的自稱，而且在「黃道吉日」中，黃色代表「吉祥」。但在英語中，黃色指膽怯、懦弱，如「yellow dog」（膽小鬼），「turn yellow」（膽怯）。藍色在漢語中是「平靜、安詳」的象徵，漢語中有「藍天白雲」「藍色的海洋」；但在英語中，藍色卻是憂鬱的象徵，如 (be) in the blues（無精打采），look blue（沮喪），turn blue（臉色發青），blue film（黃色電影）。由此可見，顏色詞也往往被打上了民族的烙印，不同的地理環境、社會、文化背景等使不同的民族對同一顏色詞所持的態度以及產生的聯想有很大差距。因此，翻譯時應考慮漢英詞語的感情色彩的差異，才能反應不同民族、不同時代人們的文化心理、審美情趣和時代風尚，避免死譯、硬譯。如：

例2. 他聽到這話，臉色一陣青、一陣紫。

Where the heard this, his face turned black and blue.

如果我們死譯為「turn blue and purple」，這種譯法不符合英語的表達習慣，在感情上也不易被英語讀者接受。因此，將其譯為「turn black and blue」是有可讀性和可接受性的，它保留了原文的語用意義和信息功能，達到了意義相符、功能等效的要求。又如：

例3. 這個可憐的孩子餓得臉色發青。

The poor child's face was pale because of hunger.

例4. 她對他的成功感到眼紅。

She is green-eyed with his success.

例 5. She was a tall silent women with a long nose and gray troubled eyes. (Sherwood Anderson)

她個子挺高，沉默寡言，長長的鼻子，一雙灰眼睛，流露出憂鬱的神情。

譯者在翻譯時，並沒有把該婦女的容貌特徵譯為「灰的憂鬱的眼睛」，而是用簡短的詞組復現，這樣更為鮮明，更符合漢語的表達習慣。

三、語義的褒貶色彩

語言的感情色彩還體現在褒貶含義中。褒義詞帶有嘉獎、讚賞之情；貶義詞則帶有貶斥、厭惡之情。當然還有一些語義則介於兩者之間，不帶有鮮明的褒貶色彩，稱為「中性詞」。由於語言的色彩是與作者觀點、立場、身分相聯繫的，所以褒貶之別很多時候也是因人而異，因景而異的。如，smart 和 sly，前者表現一個人的機智、聰慧，而后者則表示滑頭滑腦、耍小聰明的人。再有 old 和 senior，這兩個詞都可表示人的年紀大，但 senior 不光指年紀大，也可能指在地位、閱歷、知識層方面處於一個較高的地位。相反，old 給人的感覺是老態龍鐘，沒用的，死腦筋，觀念舊的人。所以西方的老年人都寧願被稱作「senior citizen」，而忌諱被稱為「old people」，他們不想讓自己覺得是被社會遺棄的人。所以，在翻譯上應根據上下文語境來分析詞語的感情色彩。詞義的褒貶要與原文一致，因為譯文中的褒貶關係到作者的立場和情感。如：

例 1. He was fascinated by the political processes—the heeling and dealing of the presidential politics...

一幕幕政治花招真使他著了迷：總統競選活動中的勾心鬥角，爾虞我詐。

有時在特定的上、下文裡，褒貶義可以相互轉換。如：

例 2. And then for several years she remained with the same group, moving from district to district, wherever disease flourished. (J. Waten)

而后好幾個年頭，她跟隨這個醫療隊從一個地區忙到另一個地區，凡是流行病猖獗的地方都去過。

四、聲音詞的感情色彩

文章要富於感染力，離不開聲音詞的應用，聲音詞可以使文章增色不少。有些感嘆詞帶有不同的感情色彩。如，表示驚訝的 oh, wow；表示快樂的 yippee；表示讚同的 aha, sure；表示不讚同的 tut-tut；表示疼痛的 ouch；表示驚嘆的 Oh, (my) goodness! God! Oh, dear! 表示詛咒的 damn, blast (it/you)；各詞所表達的感情隨語境變化而變化。

模仿事物或動作的聲音可構成擬聲詞。在許多情況下，漢語和英語的擬聲詞各有各的特點。比如狗叫聲，漢語用「汪汪」，英語用 bark，發音相差甚遠；在漢語中表示豬的叫聲是「哼哼」，英語用 grunt，發音也不相近；同樣，漢語中人

發出的咕嚕聲，英語用 murmur 來表示。漢語中形容重物落地或落水的聲音是「撲通」，英語中是用 flop, thump, splash, pit-a-pat 來表示。聲音詞在表現感情色彩方面也是十分重要的。以下面的例子為證：

And on one edge of the wide white prairie shone a solitary light, and toward it moved a sleigh with the jingle of harness, the elope of hoofs, the squeak of runners on the snow; and the jingling, clopping, squeaking, rose up like the horses』frozen breath to the silent music in the sky. (R. Kroetsch)

白皚皚大草原的一方天邊閃射著一盞孤燈，一架雪橇朝它滑去，馬鈴叮當有聲，馬蹄叮鈴在響，跑步時雪面踹出了咯吱咯吱的呻吟。叮當聲，叮鈴聲，咯吱聲攪混在一起，像馬兒噴出的冰凍寒氣騰空而起，衝向演奏著無聲樂曲的夜空。

這段中展現出這樣一幅畫面，白皚皚的草原，一盞朦朧的孤燈，冰凍的寒氣，無聲的夜空，草原上馬拉著雪橇，馬頸上的鈴兒叮當響。聲音詞的運用十分豐富，「叮當、叮鈴、咯吱」給寒冷的靜謐的夜空注入了活力，打破了夜空的寧靜。動靜鮮明的對比，更襯托了夜的靜謐和趕路人的孤獨與寂寞。如果不用感情詞，就會顯得平淡無味，難以展現原文的感情色彩。

由此可見，譯者一定要從上、下文及不同的語境中去細心把握，使譯文能傳神生動，忠實地再現原文的感情色彩。

實戰演練

一、把下面的句子譯成漢語，注意原文的感情色彩。

1. Pom! Ta-Ta-Ta-Tee-Ta! The piano burst out so—passionately that Joe's face changed.

2. He sat in his massive armchair with sick eyes, breathing like a wounded animal.

3. I waited in a still, nut-brown hall, pleasant with late flowers and warmed with a delicious wood fire—a place of good influence and great peace.

4. He was at this time in his late fifties, a tall, elegant man with good features and thick waving dark hair only sufficiently graying to add to the distinction of his appearance.

5. Music's Gay Measure, wailed the voices. The willow trees, outside the high, narrow windows, waved in the wind. They had lost half their leaves. The tiny ones that clung wriggled like fishes caught on a line.

6. Uttering it boldly and triumphantly in the stop—diapason note which her voice acquired when her heart was in her speech.

7. Whose reputation as a reckless gallant and heart-breaker was beginning the im-

mediate boundaries.

8. A north wind is whistling.

9. The dishes and bowls slid together with a clatter.

10. God save the fools, and don't let them run out, for if it weren't for them, wise men couldn't get a living.

11. The door closed with a squeak.

12. The waves splashed on the beach.

13. The car crashed into a tree.

14. Tears fell like pearls from a broken string on her face.

15. What the man said was nothing else than nonsense.

二、把下面的句子譯成英語，注意原文的感情色彩。

1. 他們沒有殺人的罪名，又償了心願，自然都歡天喜地，發出一種嗚嗚咽咽的笑聲。

2. 薛蟠也假說來上學，不過是「三日打魚，兩日曬網」……卻不曾有一點兒進益。

3. 他坐在不遠處，凝視著天上的繁星，聆聽著大海的低語，直到睡著。

4. 他整天在島上漫遊，欣賞那島的美，它比以往見過的任何景致都更令人愉悅。

5. 「順便說一下，五號桌的那個家伙，」她說，「一直坐在那裡已有一個多小時了，雖沒惹什麼麻煩，但什麼也沒有要。」

6. 我朝角落望去，果然有個男子孤單單地獨自坐在那裡。這人身材修長，面容英俊，穿一條舊的李維斯牌牛仔褲，上身是一件紅黑相間的方格襯衫，頭戴一頂黑色的棒球帽。

7. 「沒有水了」，他喃喃地說道。

8. 一輛破車軲轆軲轆地走過高低不平的車道。

9. 天色已晚，幾只不知名的灰色羽毛的鳥，在河邊一棵歪斜要倒的樹上，不住地朝著他發出「咯咯呀呀」的難聽的聲音。

參考文獻

[1] Allan, Keith. 2001. Natural Language Semantics [M]. Oxford: Blackwell.

[2] Baker, Mona. 2000. In Other Words. A Coursebook on Translation [M]. Beijing: Foreign Language Teaching and Research Press.

[3] Catford, J. C. 1965. A Linguistic Theory of Translation: An Essay in Applied Linguistics [M]. Oxford: Oxford University Press.

[4] Crawfurd, John. 1867. On the Origin and History of Written Language in Transactions of the Ethnological Society of London [M]. V01.5, PP. 96—104. London: Royal Anthropological Institute of Great Britain and Ireland.

[5] Halliday, M. A. K. & R. Hasan. 1976. Cohesion in English [M]. London: Longman.

[6] Hannah-Faye Chua&Richard Nisbett. 2005. In Asia. the Eyes Have It. http://www.wired.com/culture/lifestyle/news/2005/08/68626.

[7] Hermans, Theo. 1999. Translation in Systems: Descriptive and System-oriented Approaches Explained [M]. Manchester: St. Jerome Publishing.

[8] Jakobson, Roman. 1959. On Linguistic Aspects of Translation [A]. In R. A. Brower (ed.) On Translation [C]. pp. 232—239. Cambridge, MA: Harvard University Press.

[9] Ji, L. J., Guo, T, Zhang, Z., &Messervey, D. 2009. Looking into the Past: Cultural Differences in Perception and Representation of Past Information [J]. Journal of Personality and Social Psychology, 96 (4): 76, 1—769.

[10] Langacker, R. W. 2004. Foundations of Cognitive Grammar [M]. Beijing: Peking University Press.

[11] Levin, Beth. 1993. English Verb Classes and Alternations: A Preliminary Investigation [M]. Chicago: The University of Chicago Press.

[12] Lockwood. David G., Peter H. Fries & James E. Copeland. 2000. Functional Approaches to Language, Culture and Cognition [C]. Amsterdam/Philadelphia: John Benjamins Publishing Company.

[13] Lyons, Hohn. 1977. Semantics [M]. Cambridge: Cambridge University Press.

[14] Newmark, Peter. 1991. About Translation [M]. Clevedon: Multilingual Matters Ltd.

[15] Nida, Eugene A. 2001 Language and Culture: Contexts in Translating [M]. Shanghai: Shanghai Foreign Language Education Press.

[16] Nida, Eugene A. &C. R. Tabe. 1982. The Theory and Practice of Translation [M]. Leiden: E. J. Brill.

[17] Nord. Christiane. 2006. Text Analysis in Translation: Theory, Methodology, and Didacffc Application of Model for Translation-Oriented Text Analysis [M]. 2nd edition. Beijing: Foreign Language Teaching and Research Press.

[18] Nord Christiane. 2001. Translating as Purposeful Activity: Functionalist Approaches Explained [M]. Shanghai: Shanghai Foreign Language Education Press.

[19] Pinkham, Joan. 2000. The Translator's Guide to Chinglish [M]. Beijing: Foreign Language Teaching and Research Press.

[20] Ouirk, R., S. Greenbaum, G. Leech, et al. 1985. A Comprehensive Grammar of the English Language [C]. London: Longman.

[21] Reiss, Katharina. 2004. Translation Criticism: The Potentials&Limitations [M]. Shanghai: Shanghai Foreign Language Education Press.

[22] Shopen, Timothy (ed.). 1985. Language Typology and Syntactic Description [C]. Cambridge: Cambridge University Press.

[23] Sinclair. J. M. 1991. Corpus, Concordance, Collocation [M]. Oxford: Oxford University Press.

[24] Smapson, G. &D. McCarthy. 2004. Corpus Linguistics: Readings in a Widening Discipline [M]. London: Continuum.

[25] Tirkkonen-Condit, Sonja. 2002. Process Research: State of the Art and Where to Go Next [A]. Across Languages and Cultures [J]. (1): 5—20.

[26] Toury. Gideon. 2001. Descriptive Translation Studies and Beyond [M]. Shanghai: Shanghai Foreign Language Education Press.

[27] Tucher. Gordon H. 1998. The Lexicogrammar of Adjectives: A Systemic Functional Approach to Lexis [M]. London: CASSELL.

[28] Wang Kefei & Qin Hongwu. 2010. A Parallel Corpus-Based Study of Translational Chinese [A]. In Richard Xiao (ed.) Using Corpora in Contrastive and Translation Studies [C]. PP. 164—181. Newcastle: Cambridge Scholars Publishing.

[29] 居祖純. 英漢語篇翻譯 [M]. 北京: 清華大學出版社, 1998.

[30] 居祖純. 新編漢英語篇翻譯強化訓練 [M]. 北京: 清華大學出版社, 2002.

[31] 柯平. 英漢與漢英翻譯教程 [M]. 北京: 北京大學出版社, 1991.

[32] 李定坤. 漢英辭格對比與翻譯 [M]. 武漢: 華中師範大學出版社, 1994.

［33］李國南. 英漢修辭格對比與研究［M］. 福州：福建人民出版社，1999.

［34］李運興，張新紅. 法律文本與法律翻譯［M］. 北京：中國對外翻譯出版公司，2006.

［35］李運興. 英漢語篇翻譯［M］. 北京：清華大學出版社，1998.

［36］李運興. 語篇翻譯引論［M］. 北京：中國對外翻譯出版公司，2003.

［37］連淑能. 英漢對比研究［M］. 北京：高等教育出版社，1993.

［38］劉宓慶. 當代翻譯理論［M］. 北京：中國對外翻譯出版公司，1999.

［39］劉宓慶. 翻譯教學：實務與理論［M］. 北京：中國對外翻譯出版公司，2003.

［40］劉宓慶. 翻譯美學導論［M］. 北京：中國對外翻譯出版公司，2005.

［41］劉宓慶. 新編漢英對比與翻譯［M］. 北京：中國對外翻譯出版公司，2006.

［42］劉重德. 渾金璞玉集［M］. 北京：中國對外翻譯出版公司，1994.

［43］呂俊. 跨越文化障礙——巴別塔的重建［M］. 南京：東南大學出版社，2001.

［44］羅新璋. 翻譯論集［C］. 北京：商務印書館，1984.

［45］馬秉義，方夢之. 漢譯英實踐與技巧［M］. 北京：旅遊教育出版社，1996.

［46］毛榮貴. 翻譯技巧111講［M］. 上海：上海交通大學出版社，1999.

［47］毛榮貴. 翻譯美學［M］. 上海：上海交通大學出版社，2005.

［48］毛榮貴. 英譯漢技巧新編［M］. 上海：外文出版社，2001.

［49］潘文國. 漢英對比綱要［M］. 北京：北京語言文化大學出版社，1997.

［50］錢歌川. 翻譯的技巧［M］. 北京：商務印書館，1982.

［51］錢冠連. 美學語言學——語言美和言語美［M］. 深圳：海天出版社，1993.

［52］邵志洪. 漢英對比翻譯導論［M］. 上海：華東理工大學出版社，2005.

［53］思果. 翻譯研究［M］. 北京：中國對外翻譯出版公司，2001.

［54］思果. 譯道探微［M］. 北京：中國對外翻譯出版公司，2002.

［55］蘇福忠. 譯事餘墨［M］. 北京：生活·讀書·新知三聯書店，2006.

［56］孫大雨. 古詩文英譯集［M］. 上海：上海外語教育出版社，1997.

［57］孫萬彪. 高級翻譯教程［M］. 上海：上海外語教育出版社，2000.

［58］孫迎春. 張谷若翻譯乏術究［M］. 北京：中國對外翻譯出版公司，2004.

［59］王道庚.新編英漢法律翻譯教程［M］. 杭州：浙江大學出版社，2006.

［60］王福禎. 中國人最容易誤解的英語詞語［M］. 北京：中國書籍出版

社，2006.

[61] 王治奎. 大學漢英翻譯教程［M］. 濟南：山東大學出版社，2006.

[62] 王佐良. 翻譯：思考與試筆［M］. 北京：外語教學與研究出版社，1997.

[63] 翁顯良. 意態由來畫不成——文學翻譯叢談［M］. 北京：中國對外翻譯出版公司，1983.

[64] 吳克明，胡志偉. 英語廣告精品［M］. 北京：北京大學出版社，1999.

[65] 奚永吉. 文學翻譯比較美學［M］. 武漢：湖北教育出版社，2001.

[66] 蕭立明. 新譯學論稿［M］. 北京：中國對外翻譯出版公司，2001.

[67] 熊學亮. 英漢前指現象對比［M］. 上海：復旦大學出版社，1999.

[68] 楊殿奎，任維清. 語法修辭辭典［M］. 濟南：濟南出版社，1992.

[69] 楊莉藜. 英漢互譯教程［M］. 開封：河南大學出版社，1997.

[70] 楊自儉，李瑞華. 英漢對比研究論文集［C］. 上海：上海外語教育出版社，1990.

[71] 要同林. 比較與翻譯［M］. 北京：科學普及出版社，2003.

[72] 余光中. 余光中談翻譯［M］. 北京：中國對外翻譯出版公司，2001.

[73] 余立三. 英漢修辭比較與翻譯［M］. 北京：商務印書館，1985.

[74] 張今. 文學翻譯原理［M］. 開封：河南大學出版社，1987.

[75] 張夢井，杜耀文. 漢英科技翻譯指南［M］. 北京：航空工業出版社，1996.

[76] 張培基. 英譯中國現代散文選［Z］. 上海：上海外語教育出版社，1999.

[77] 鄭雅麗. 英漢修辭互譯導引［M］. 廣州：暨南大學出版社，2004.

[78] 周儀，羅平. 翻譯與批評［M］. 武漢：湖北教育出版社，1999.

[79] 周克希. 譯邊草［M］. 上海：百家出版社，2001.

[80] 周志培. 漢英對比與翻譯中的轉換［M］. 上海：華東理工大學出版社，2003.

[81] 朱文振. 翻譯與語言環境［M］. 成都：四川大學出版社，1987.

國家圖書館出版品預行編目(CIP)資料

英漢語比較與翻譯 / 劉政元，于德晶 主編. -- 第一版.
-- 臺北市：財經錢線文化出版：崧博發行，2018.11

　　面； 公分

ISBN 978-957-680-276-8(平裝)

1.翻譯

811.7　　　　107018840

書　名：英漢語比較與翻譯
作　者：劉政元、于德晶 主編
發行人：黃振庭
出版者：財經錢線文化事業有限公司
發行者：崧博出版事業有限公司
E-mail：sonbookservice@gmail.com
粉絲頁　　　　　網　址：
地　址：台北市中正區延平南路六十一號五樓一室
8F.-815, No.61, Sec. 1, Chongqing S. Rd., Zhongzheng Dist., Taipei City 100, Taiwan (R.O.C.)
電　話：(02)2370-3310　傳　真：(02) 2370-3210
總經銷：紅螞蟻圖書有限公司
地　址：台北市內湖區舊宗路二段121巷19號
電　話:02-2795-3656　傳真:02-2795-4100　網址：
印　刷：京峯彩色印刷有限公司（京峰數位）

　　本書版權為西南財經大學出版社所有授權崧博出版事業有限公司獨家發行電子書及繁體書繁體版。若有其他相關權利及授權需求請與本公司聯繫。

定價：500元

發行日期：2018 年 11 月第一版

◎ 本書以POD印製發行